ディスカヴァー文庫

天生《あもう》の狐《きつね》

志坂圭

Discover

目次

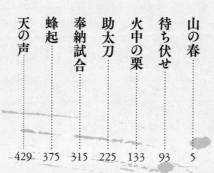

山の春

一

夜明け前に出立し、天生《あもう》の山中を朝靄《あさもや》掻き分けるように歩《ほ》を進めてきた紺《こん》はやれやれとばかりに一息つくと背負子《しょいこ》を背負い直した。背負子に括《くく》りつけられた行李《こうり》の中の荷が躍《おど》ってガサリと大きな音を立てた。空はすっかり晴れ、すでにお天道様は頭の真上にさしかかろうとしている。紺は雪解けの水に浸《ひた》された春の森の泥の匂《にお》いと、それと混ざり合い重くたちこめる噎《む》せ返るほどの草いきれを味わいながら、そこに広がるブナの森のミズナラ、ホオノキなど一本一本に目をやる。もうどこかで田虫葉《たむしは》（ニオイコブシ）が花を咲かせ始めているらしく、山の木々の間を吹き抜ける風に乗ってその香気を漂《ただよ》わせる。疲れを忘れさせてくれる何とも心地のよいひと時であろうか。木々には大小、形、色、さまざまあることは言《げん》を俟《ま》たない。曲がりくねった木、まっすぐな木、苔《こけ》むした木、朽ちかかった木、それらすべてに顔があり表情があり、人生ならぬ木生があるはずで「まるで世上《せじょう》を生きる人のようじゃ」と紺はいつも心の片隅で思う。「あの木など、長瀬村《ながせ》の五十八爺《いそはち》さんがくしゃみをする寸前の顔そっくりではないか」とその顔を思い浮かべて吹き出しそうになる。人は嫌いじゃが、木々は好きじゃ。苔むして曲がりくねった木は特に好きじゃ。長い年月、風雨と戦い抜き、耐え忍んできた力強さが漲《みなぎ》っている。

天領地（幕府直轄地）であるここ飛州《ひしゅう》（飛騨高山周辺）には代官所が直《じか》に管理する杉林、檜林《ひのき》もあるため安易に通り抜けることはかなわず、山歩きには至極厄介《やっかい》で、うっかり立ち入《い》ろうものならきつい咎《とが》めがあることを覚悟せねばならぬ。

とりあえず無事に抜けたことを安堵《あんど》した紺は、腰にぶら下げた吸《す》い筒《つつ》をやおら手に取ると天を仰いで喉《のど》を潤《うるお》した。口元から溢《あふ》れた水が首筋を流れ汗と混じり胸元のさらしを濡《ぬ》らした。紺は口元を拭《ぬぐ》うと「それにしても難儀じゃな」と呟《つぶや》いた。今でも所々雪が残る山道には泥濘《ぬかるみ》も多く、歩き慣れた山道とて歩きにくいことこの上ない。草鞋《わらじ》もズクズクと音を立て春の気配とは裏腹に不快この上ない。もう一足の草鞋の替えはあるものの、ここで替えてもすぐに泥水を吸い同じ羽目《はめ》となるので思い止《とど》まり、替えの草鞋は帰りの分として取っておくことにし、高山までその足で行くことにした。背に負う荷物は重いが今年初めて納める荷となるせいか、その重さはさほど感じられず、心浮き浮きするばかりであった。

顎《あご》に滴《したた》る汗を拭《ぬぐ》うと紺は「まだこんなところか。わたしの足も衰《おとろ》えたもんじゃの」とひとり言いつつ苦笑いを浮かべる。「馬鹿な。わたしはまんだ十七じゃぞ。しっかりせい」と己の足に言い聞かせるように呟《つぶや》いた。気持ちと行動がちぐはぐとなるのは年頃のせいか。

紺の住む天生は白川郷の東一里（約四キロ）ほどのところにある。このあたりでは比較的高い山、ソウレ山を北に望む日当たりのよい集落である。集落といっても五軒ほどの粗末な家屋が点在するだけで、しかもそのうちの三軒はすでに廃屋となり、一軒は夏の間だけ白川郷から人がやってきて炭焼きのために寝泊まりするだけである。紺も天生の山中に年中住むわけではなく、雪の時期を除いて、八カ月ほどを住まうだけである。同居人は育ての親である宋哲《そうてつ》ひとり。

紺はここまですでに十里（約四十キロ）の山道を歩いてきた。男の足でも丸一日かかる道のりを、その半分ほどの刻で乗り越えるのであるから大したものであるが、以前はさらに早かった。とはいえ、それほど急ぐ必要もない。膝下《ひざした》三寸の着物と脚絆《きゃはん》はことのほか足取りを軽くし、清々《すがすが》しく心弾《はず》ませるせいもあるのであろう。知らず知らずのうちに早足となる。理由は他にもあったはずで、不思議に思い自分の中で何が楽しみなのじゃろうかとちょっと首を捻《ひね》ってみる。きっとあれじゃなと紺はニヤリほくそ笑む。

直《じき》に高山の町を望もうとする最後の峠に差しかかろうとしたころ、目の前を一羽の蝶がひらひらと横切った。「おう、今年も出会えたな。この時期に出会えれば良い年になると相場は決まっておる」と紺は満足そうに頷《うなず》いた。今年初めてのダンダラであった。毎年この時期になると姿を現す美しい蝶である。翅《はね》は、薄い黄色地に黒のダンダラ模様が鮮やかにあしらわれていることから、このあたりではそう呼ばれていた。

ダンダラは紺の目の前まで来ると挨拶をするようにしばらく留《とど》まり、そして舞い上がると、二度三度と頭の上を回り木々の奥へと姿を消した。

紺は再び汗を拭うと最後の峠の切通しを抜けた。しかし、ここまで来て、満たされていた浮き浮き気分は嘘のように消沈することとなる。というより、消し飛ぶがごとくの感があった。毎度のこととはいえ迂闊《うかつ》であった。意表を突くように心の奥底にしまわれていた忌《い》まわしい記憶が蘇《よみがえ》ってくるのである。ここを通るまで記憶の底にしまわれていることが不思議でならないが、従順な手代《てだい》の助言でもあるかのように忘れていたことが蘇るのであった。そしてこれから通る《登ると不吉なことが起こる》という御墓山《みはかやま》の裾《すそ》を下りるたびにいつも紺はこう呟く。「両親が目の前で斬《き》り殺された者などこの世にはいくらでもいよう。だからと言って仇討《あだうち》などと目くじらを立てて生きていくのも面倒じゃ。そのような愚行《ぐこう》は、暇人粋人《ひまじんすいじん》に任《まか》せておけばよいではないか」と。そこからの道のりはその言葉が胸の内で繰り返されるばかりである。風景、木々、草花、動物、虫など一切がそこからは、紺の目に映ることはなくなり、いつの間にか白川街道へと入り高山の喧噪《けんそう》の中に身を晒《さら》していることに気付きハッと我に返るのであった。

去年より半刻（一時間）ほど遅い高山入りとなっていた。刻限は昼八ツ（午後二時ごろ）になろうとしている。何も食わず、時折、吸い筒の水で喉《のど》を潤《うるお》す程度でここまでほとんど歩き詰めに歩いてきたわけであるから腹が減るわけである。紺の腹の虫はグウグウ鳴くが町の喧噪《けんそう》にかき消されて幸いであった。

四月の初旬である。飛騨の長い冬が終わり、雪解けとともに白一色だった町が色づき始めると、そこに住む人々はそわそわとしはじめる。町の風景からもそこを行く人々からもどことなく感じられる。もう直に山王祭《さんのうまつり》の季節となるからである。しかし残念ながら紺にはそれを楽しむ性質《たち》はもともと備わってはいない。「騒がしいこと、煩《わずら》わしいことは嫌いじゃ」の一言で片づけられる。

紺の行く手、高山陣屋前の川原町通りにはちらほらと店が出始めている。しばらく行くと冬の間に造り置いた菅笠《すげがさ》を売る店、一刀彫の仏様を売る店、曲げわっぱを売るないが、それは後回しにするのが今の紺である。紺の目当てはその先の向町《むかいまち》に立つ店、漬物を売る店、櫛《くし》、匂い袋などを売る店が立ち並び、ただ見て回るだけでも飽き店である。すでにそこから漂う香りが紺の鼻を掴《つか》んで離さず、そこへ向かう紺は、鼻輪につながれた牛が引き回されて行くかのようであった。早足で辿《たど》りつくと「みたらし団子」と書かれたのぼり旗を掲《かか》げる屋台の前に立った。この店の団子といい、それにかかる醤油《しょうゆ》と黒砂糖から成る甘辛いタレといい味は……味は絶妙なんじゃよ。覗《のぞ》きこんだ紺は空腹を忘れるほどに意表を突かれて動作を止めた。だが、一瞬の間をおいて「団子、二十本おくれ」と裏返ったような声を絞り出した。

「はいよ、二十本じゃね」と丸い赤ら顔を綻《ほころ》ばせて張りのある声で応対したのは若い女であった。例年なら干からびた冬瓜《とうがん》のような婆さんが莫蓙《ござ》に蹲《うずくま》るようにし、七輪に向かって拝《おが》むように団子を焼きながら、嗄《しわが》れた声で応対するのであるが、その様子はなく、若い娘の姿が婆さんの姿に取って代わっていた。意表を突かれた紺は呆気《あっけ》に取られながら問いただした。「婆さんはどうしたんじゃ？　いつものお金《かね》さんじゃよ。風邪でも拗《こじ》らせて伏せってござるかね。ところで、お前さんはだれじゃね？」と紺は娘の顔をまじまじと覗《のぞ》きこんだ。

娘は「婆ちゃんは、去年の暮れに死にましてな。今はわたしがここで団子を焼かせてもらっております。わたしは孫のハルと申します。婆ちゃんは死にましても秘伝のタレは生きてますがね」と自慢気にニコリと笑い、赤い頬《ほお》に笑窪《えくぼ》を作った。

「死んだ？　死んだかね……」驚きのあまり紺の頭のてっぺんから突き抜けたような声が出た。「そうか、死んだかね……去年の暮れにも会ったがね、元気そうに見えたがね……人の運命とはわからんものじゃな」と気落ちした紺の声がくぐもった。

「突然でしてな。その日まではぴんぴんしておりましたが、夕刻、井戸へ水を汲《く》みに行ったまま戻りませんでしてな、心配して様子を見に行ったら井戸端で倒れておりましてな、そのまま往生しましたわ。それでも穏やかな死に顔でしたわ」

「いくつじゃったね？」

「六十七でしたがね」娘の顔は祖母を亡くして悲しみに暮れる顔ではなく、最期まで元気に働いた婆さんを誇らしく思う顔であった。

「あら、ひょっとすると、あなたが噂の紺さんですかね」

噂になっているかどうかは知らないが、紺は、そうじゃよと口元に力を込めて頷いた。

「婆ちゃんから話は聞いておりますよ。婆ちゃんの言うとおりの人ですね」とハルは話をしながらも七輪の上の団子を手早く転がしていく。やがて香ばしい煙がふわりと漂いはじめた。ハルは手元を見ながらクスと笑った。

「わたしのことをなんて言っておったかね？　気の強いじゃじゃ馬とでも言っておらなんだかね」別にどう言われようと構わないが、ちょっと興味もあって聞いてみた。悪口を言われるのは慣れていて、たとえ性悪狐と言われようが気にはせぬが……相手によるかも知れぬが。

「いえ……。気の強さは男勝りじゃけど、目の澄んだ心優しい娘さんだと」

「当たり障りのない言いようじゃな。ちょっと話をしたくらいでわかるもんでもないじゃろ」と紺は照れ臭くなって顔を歪《ゆが》めた。そのような言われようは初めてであった。

お金婆さんとはここだけの付き合いで、月に一度ほどの割でこの店を訪れ、婆さんの焼く団子を買い、紺が持参した滋養の薬を届けていただけである。そのとき一言二言世間話をする程度の間柄であった。宋哲とは長年の付き合いらしいが、紺は身の上話をしたわけでもなく、愚痴を聞いてもらったわけでもない。

「客商売をしているといろいろな人と顔を合わせますから、わかるもんですよ。意外と」と言いながら、ちんまりした目で上目づかいにちらと紺を見た。心の奥底を見定めようとする目であった。お金には確かにそれが見えていたのかもしれなかった。

「ほんとかね」と反対に紺は疑いの目をハルに向けた。

じゃじゃ馬、阿婆擦《あばず》れ、お転婆《てんば》などと陰口を叩《たた》かれることもある。ときには売女《ばいた》などと言われるが、貞操観念だけは弁《わきま》えているつもりであった。現に生娘《きむすめ》である。男の手すら握ったことはない。しかし、そう思われてもしかたのない紺の容姿である。高山まで来るには丸一日を掛けて山道を歩いて来なければならないため、短い着物に脚絆に草鞋。化粧気など微塵《みじん》もなく、露出した肌は日焼けして黒々とし道程の汚れもいっそうその様相を濃くする。濃く細い眉に獲物を狙うような、または人を疑うような冷たい目。しかし、裏腹に、その奥にある瞳はビードロのように澄んで清らかで、見つめる者を吸い込むようであった。それが物欲しそうな悪女を思わせるのかもしれなかった。そして細く長い手足は嫌でも人目を惹《ひ》く。腰には護身用の木剣を差しているからなおさらである。

「いくらじゃね？」と紺は聞いた。

「婆ちゃんは紺さんの持ってきてくれた薬がよく効いて元気に働けると喜んでおりましてな。いつも感謝しておりましたよ」

「わたしが作った薬ではないがね。わたしは、爺様が調合した滋養薬を持ってくるだけでな。それほど感謝されるわけにはいかんわね」

「持ってきてくれる人がいるから薬も口に入るんですがね。無用な仕事などありませんよ。そうそう前の薬代はまだ支払っておらなんだはず。おいくらでしたかね」

「薬代はよいわ。香典代わりにとっておいてくれ」

「よいのですか？　先生に叱られませんか？」

「よいわ。あの先生は薬代のことなどとんと気にはしとらんでな。酒でも持って帰ればご機嫌《きげん》じゃ」

「そうですか。では。この団子もお礼です。持って行ってくださいな。タレもたっぷりと掛けておきましたわ」とハルは竹の皮で包んだ焼きたての団子を差し出し添えるようににっこりして見せた。受け取ると包みを通して温かさがじんわりと紺の手に伝わった。

「そうか。ではもらっておくことにするわ。それなら三十本にしておけばよかったな」と紺が言うとハルも大きな口を開け並びのよい歯を見せて笑った。

紺の育ての親、親といっても六十に近い爺さんである。爺さんは杉浦宋哲《すぎうらそうてつ》と名乗る漢方医であり、この界隈《かいわい》では知らぬ者はない。特に宋哲の調合する滋養の薬萬寿丸《まんじゅがん》と痔の薬快肛軟膏《かいこうなんこう》はことのほかよく効くとの評判で引きも切らず注文があり、紺は宋哲が調合した薬を届け、代金を受け取るというのが役目の大半となっていた。

紺は、その目と鼻の先、高山の町を二分《にぶん》するように流れる宮川に架かる中橋を渡り安川町へと足を向け、また右へと折れる。そこは三之町。高山は京都の町づくりに倣《なら》い、東から一之町、二之町、三之町と並ぶ。その東側には武家屋敷が立ち並び、南の方面、高山城のあった城山の麓《ふもと》まで続く。

紺は竹皮の包みの中から一本の団子を摘《つま》み取るとタレを落とさぬように舌ですくい上げながら道を闊歩《かっぽ》した。一本の串に五つの団子が刺されていて、ほど良い焦げ目に甘辛い絶妙のタレは、お金婆さん直伝らしい。味が変わらぬことに紺は安堵した。歩きながらの食べっぷりを、だれしもが行儀の悪い性悪女として目に映したに違いない。しかし、紺は一向に気にする様子もなく、「何をじろじろ見ておるのかの。この団子が欲しいのか。丁寧《ていねい》に頼めば一本くらい分けてやってもよいのじゃがな」くらいにしか気にとめなかった。三本目の串を引き抜いたころ、騒いでいた紺の腹の虫はようやく静まった。紺がなおも立て続けに十本ばかりを腹に収めたころには、三之町の南の角まで来ていた。その右手が紺の目的とする薬問屋喜楽堂《きらくどう》であった。残りの団子は天生への土産《みやげ》として取っておくことにし、包み直して懐《ふところ》へと押し込んだ。

紺は店先に掛かる暖簾《のれん》で、手に付いたタレを拭《ふ》きながらその下を潜《くぐ》った。去年、手に付いたタレの染みがそこに付いていて、来るたびにいつ洗うのか気になっていたが、——暖簾というのは洗濯をしないもんじゃな——と紺は妙な発見をしたような気になって嬉しくなった。

紺は、この喜楽堂を訪れるために朝早くからほぼ丸一日を掛けて歩いてきたのである。やれやれと一息ついて店先に腰を下ろし「紺が来ましたよ。お馴染《なじ》みの紺じゃ、天生の紺じゃよ」と店の奥まで響く、よく通る声で叫んだ。愛想の無い言い回しが紺のいつもの挨拶であった。それがまた信頼の証《あかし》でもあり、媚びないことが紺であると自負する。

番頭の二助《にすけ》が大きな腹をゆすりながらいそいそ出てくると「待っていたんだよ。こちらから天生まで取りに伺おうかと思っていたところだよ」といつもの愛想笑いで出迎えた。

「ほう、その腹でかね」

「はは、冗談じゃ。この腹では無理じゃ」といつものように笑うと「今年の天生は薬草の出来はどうなんだね。去年のようなことはないだろうね。二年続けては勘弁しておくれよ」と愛想笑いも仕舞って紺の背負ってきた行李《こうり》を背負子《しょいこ》から下ろし開け始めた。

一昨年は夏から秋にかけて長雨が続き、気温も上がらず、草の生育がことのほか悪く、去年納めた品は質、量ともに例年になく悪かった。

「わたしのせいにされても困るがな。天気まではどうにもならん」といい、乾燥させた甘草（アマチャヅル）の束を取り出し、「夏に採《と》ったものを丁寧により分けて、しっかりと天日で乾燥させておる。腕に撚《より》をかけておるから、自分の口で言うのもなんだがね、いい出来じゃや。これで文句を言ったら罰が中《あた》るでな。なんならわたしが中《あて》たるでな」と匂いを嗅《か》ぎ、そのまま二助の鼻先に「ほれ、わかるじゃろ」と押しあてた。

二助も、二度三度鼻を鳴らすと安心したかのように「なるほど、なかなかのもんじゃやな。安心しましたわ。去年の甘草は客からの評判がいまひとつでな、危うく看板に傷がつくところでしたわ。これだったら汚名返上となりそうですな」とほくそ笑んだ。

紺は薬を届ける傍《かたわ》ら、頼まれた薬草を採っては薬問屋へと納めることを生業《なりわい》としていた。紺の集める薬草は質が良いとの評判で、この薬問屋が一手に引き受けてくれていた。

「吉草《きっそう》（カノコソウ）と茜草《せんそう》（アカネ）はどうじゃね。これも丁寧に葉と茎、根に分けてある。質量ともに申し分ないはずじゃが」

「ああアカネですかね。これは間に合ってます。どこもようけ茂ってるようでね、余っておりますわ。カノコソウはいただきますわ」

「茜草は持って帰れというんかね。持って帰っても始末に困るでな。おまけとして納めておいてくれんか」

「そうかね。じゃ遠慮なくそうさせてもらうかね」と言いながら二助はほくほく顔で引き取った。

「なんじゃ嬉しそうじゃな」紺は商売上手な二助に一杯食わされたような気がした。

「何を言いますかね。人の心を見透かすようなことは礼儀知らずですがね」

「心を見透かさんでも、二助さんの顔を見ればわかることじゃね。正直すぎる人は商人には向いておらんな」と紺はずけずけと言いたい放題である。

二助は困ったように顔を歪めて「これだけだと二両でいいかね？」と聞く。

「二両二分にはなると思ったんじゃがな。無理かね？」と紺は上目遣いで二助を見るが、

「なかなか厳しくてな。それで何とか」と二助は拝むように背中を丸めた。

「他にも欲しがっておるところはあるんじゃがな。しかたがないのう。それでよかろう。じゃが、お譲りするのは今回までということで、それでよいな」

「待って下さいよ紺さん」と二助は餅のようなふくよかな手で項《うなじ》を掻いた。

「わたしはね、熊が出るともわからん、山賊に手籠《てご》めにされるともわからん山の中で命がけでこれらの葉っぱを採って来てるんですよ。その苦労を汲んでもらわないと割りが合わんですよ」

「熊は怖いがね、紺さんを手籠めにする山賊はおらんでしょ」

「なぜじゃ？　わたしには女子《おなご》としての婀娜《あだ》っぽさはないと申すかね？」

「そうじゃないですわ。そんな連中なら簡単に片づけられましょうに」

「わたしは十七の小娘ですよ。そんなこと、できやしませんて」

「いやいや、去年の暮れ、川原町で酔って絡《から》んできたヤクザ者五人を、あっという間に叩きのめしたじゃありませんか」

「そんなことできるもんですかね。それはね、ただの噂ですがね。だれかが面白おかしく話を大きくして広めただけですがね。そんな噂話を二助さん、あんたは信じますかね？」

「わたし、その場に居合わせたんですがね。目の前で見てましたよ。歌舞伎役者の市《いち》川團十郎《かわだんじゅうろう》の芝居を観ているような、いやぁ、鮮やかな立ち回りでしたな。御捻《おひね》りを投げようかと思わず懐の小銭を探してしまいましたわ」と二助は歌舞伎役者が見得《みえ》を切るような所作をして見せた。

紺は絶句した。「……見てたのかね」「はい」「五人じゃなくて三人だったでしょ」

「いや五人でしたな。商売柄、数はちゃんと数えられますでな」「そうでしたかね」と紺の顔が赤らんだ。「相手が酔ってた上に、しょぼかったからじゃ」と小声で取り繕《つくろ》ったが二助の耳に届いたかどうか……この町はいかに狭い町か身をもって知り、迂闊なことはするべからずと肝《きも》に銘《めい》じた。

「しかも、叩き割った額《ひたい》に塗るようにとヨモギ軟膏を置いて行くとは、なかなかできることじゃありませんな。さすが紺さんじゃ」

「二助さん。あんた、だれかに話したかね」

「話してはおらんですが、この界隈《かいわい》で、その話を知らぬ者はおらんですよ」

「……成り行きじゃて。……で、なんじゃったかな。そうじゃ、二両二分じゃ。どうあっても負からんが」

「大変なのはわかってますがね」と言いしばらく黙考しながらも絞り出すように
「……いいでしょう、二両二分で……紺さんにはかなわんわ」と二助は萎《しぼ》んだように小さくなって折れると銭の勘定をはじめた。「そうじゃ。もう一つ相談なんじゃがな、ヨモギ軟膏の調合を教えてもらえんかね？　噂はこれ以上、尾鰭《おひれ》がついて広がらんようにせねばね」

「二助さん、あんたわたしを脅す気かね？」商売人は、侍と違って手段を選ばぬので厄介じゃと紺は思った。扱いにくい類《たぐい》の人間であると、もう一つ肝に銘じた。

「とんでもない。只《ただ》とはいいませんよ。買いますよ。五両でどうですかね？」

「五両かね？　あの軟膏の調合は爺様の秘伝中の秘伝ですからね。十両はいただかないと……。見つかればわたしの命はないかもしれん。そのときにはちゃんと弔《とむら》ってもらわんと」と紺はわざとらしく神妙な顔つきを作って首を横へ振った。

「わかりました、そのときには丁重にお弔いをさせていただきますので……」

「断っておるのがわからんかね」と言い、背中を向けるが十両なら危ない橋を渡ってもよいかと心の隅で誰かが囁《ささや》いた。

その場で話は決裂となったが、二助は神頼みするかのように紺の背中に向かって手を合わせた。

二助に、「来月の中ごろまでには忍冬《にんどう》は採れそうかね、蕾《つぼみ》もあれば助かるがね」と言われ、紺は考える振りをしながらも記憶にとどめて了承し、二両二分を受け取り初めての笑顔を見せ「ではごめんあそばせ」と頭を下げて店を出た。二助の「相変わらず妙な娘じゃのう」という顔色を背中に感じつつ、すっかり軽くなった背負子を背負い、温かくなった懐を抱いて歩き出した。

今日は、もう直《じき》に日も暮れる。傾きかけた陽を浴びながら、今来た道を少し戻った。そこには馴染《なじ》みの居酒屋まつ屋がある。店先の行燈《あんどん》にはまだ火は灯《とも》されてはいないが、紺は縄暖簾《なわのれん》を潜り「ごめんよ。紺じゃよ」と声を掛ける。するといつものように耳触りのよいお為《ため》の声が出迎えた。

「あら紺ちゃん、今日か明日かと思ってたところだよ。春の便りみたいだね」

「今晩、厄介になるでな。よろしゅうに」とまだ準備整わぬ店の奥へ向かうと、空になった行李を背負子ごと壁に立てかけた。草鞋を脱いで二畳ほどの座敷へと上がり込んで、ふっと一息つく。ここ、まつ屋へ来ると、ようやく年の最初の仕事を終えたことを実感し、心が和むようであった。周辺には旅籠《はたご》もあるが、旅籠の主人や泊まり客と顔を合わせるのも気苦労が絶えないので、宿はいつもまつ屋と決めている。ここなら主人、女将《おかみ》ともに顔馴染みで、嫌な顔一つせず受け入れてくれる。あとは酒があればそのまま座敷が寝間となる塩梅《あんばい》である。

「はいはい、毎度のこと。でも紺ちゃんの元気な顔が見られてなによりだわ」

「おやじさんの痔の具合はどうですかね」と紙包みを差し出した。これが今日のここでの宿賃代わりである。まつ屋の主人が患う痔のために宋哲が特別に調合した快肛軟膏である。

「暖かくなると少しはよくなるみたいだけど。……紺ちゃんには言いにくいんだけど、もう薬ではどうにもならないみたいだね。押し込んでも押し込んでも出てきてしまうようだよ」

「そうかね、主《あるじ》と同じで頑固じゃね。郡上《ぐじょう》まで行くとよいお医者がいるそうじゃ。行って切ってもらったほうがいいんじゃないかね。我慢していても埒《らち》が明かないよ」

「だめだよ。尻の穴を切るくらいなら腹を切って死ぬ方がましだって聞かないんだ。侍でもないのに」

「意外と意気地がないんじゃね」

「そうなんだよ。あの顔でね」

「包丁で腹を切るのかね？」と紺は刀を握って腹を切る真似をして見せた。

「包丁さばきは大したもんだけど。腹を切るくらいだったら自分で痔も切ったらいいのにね」

「うるさいんじゃ。余計なこと喋《しゃべ》るんじゃねぇ。さっさと下ごしらえしねえか」と店の奥からちらと顔を覗かせて怒鳴る、鬼瓦がくしゃみをしたような厳《いか》つい顔の爺さんがこの居酒屋まつ屋の主人松造《まつぞう》である。

「覚悟ができたら言ってくださいね。うちの先生が郡上の先生へ紹介状を書きますんで。大袈裟《おおげさ》に考えることはないんですよ。出たところをちょっと切るだけですから。それで皆ずいぶんと楽になるようですよ」

「……杉浦先生は元気ですかね。最近はとんと寄られないんでね」と松造。

「ええ、天生で酒ばかり飲んでますがね。あれでよく病人が診られるもんじゃと感心しますわ」

紺はお為としばらく世間話をすると、「じゃあちょっと温まりたいから。熱燗《あつかん》頼みますよお為さん。肴《さかな》はいつもの」

「いいのかね、嫁入り前の生娘がこんなところで酔いつぶれて」

「いいんですよ。何もありゃしませんて。何かあったら赤飯ものですよ」と言いつつ、いつも周囲には気を配っている。木剣も肌身離さず身に着けている。酒には強い紺なので一線を越えることはないと自分でも高を括っている。何かあればそのときであり、それを恐れて山は歩けない。もっとも紺を襲おうとする者がいるとも思えないというのが周囲の大方の見方であるが。

紺は、陽も落ち切らないうちから酒をちびりちびりとやり始めた。肴は決まって朴《ほお》葉味噌《ばみそ》である。ここの朴葉味噌はことのほかうまい。味噌を突《つ》つきながらやるのが楽しみの一つであった。

徳利《とっくり》を五本ばかり空けたところで山歩きの疲れも出たせいかうとうとし始めた。そのころになると店は活況となり、座敷の隅でごろんと横になる紺の姿はすっかり埋もれていた。

夜四ツ（午後十時ごろ）を越えるころになると店も閑散とし、酔いつぶれた客が店のあちらこちらにうつ伏している。

「あの尻は、ひょっとしてお紺様ですかね」とかなり酔った客がごろんと横になった紺の後ろ姿を見つけてからかった。「紺の尻を肴にして飲む酒も格別じゃな」と言い店中に聞こえるほどの声でいやらしく笑ったのは左官職人の五助《ごすけ》。夢うつつの中で聞いていた紺は二本の指を立てて見せた。

「なんじゃ？　ふたつとはどういう意味じゃ」と五助。

「二朱ってことだよ」とお為。

「そりゃちょっと高《たけ》えんじゃないか？　二朱だったら女郎だって買えるぜ。見るだけで二朱とは」と五助。

「じゃあ、やめときなってことだよ」とお為。

ここだけは安心できると思ったせいか紺は再び夢の中へと落ちていった。

次に気がついたときには店はすっかり暗くなりひっそりとしていた。あっちにひとり、こっちにひとりと酔いつぶれた客が大きないびきを掻いて眠り込んでいた。お為が傍《そば》に火鉢を置いてくれていたが、その火が消えかかっていた。寒さのあまり夢の狭《はざ》間《ま》から呼び戻されたらしい。掛け布団《ぶとん》が掛けられていたが、それだけではさすがにこの地方のこの季節の夜を越すことはできそうになかった。火鉢の隅に四つばかりの備えの炭が置いてあったのはさすがに気の利くお為さんだと感謝した。今、何刻だろうかと考えながら紺は消えかかった炭の上に新しい炭を置き、ふっと息を吹きかけた。火は赤く紺の顔を照らすほどに燃え、すぐに新しい炭に燃え移った。ふと気がつくとちゃぶ台の上に一朱銀が四つ並べて置いてあった。紺は、さてこの銭は何かなと考えた。

とりあえずその銭を懐に入れると炭の炎をじっと見つめた。暗闇で燃える炭の炎は人の命のように赤々と燃えていた。わずかな風にほんの少し揺らめくがそれがまた人の命のようでもあった。

いつの間にか眠り込んでしまったようで、気がつくと、うっすら外は明るくなっていた。紺が身体を起こすとそれを見計らったように二階からごとごとと音がしてお為が下りてきた。他の客はもう出て行った様子で、店に残っていたのは紺ひとりであった。

「眠れたかね」とお為。「いつものことだけど、こんなところでよいのかね。あたしゃ気が気でないよ」

「よいよい。よく寝られた。寝すぎたようじゃ。何か簡単なものでいいから食わしてくれんか。それと握り飯を頼みます。……忘れるところじゃった。爺の酒もね。首を長くして待っておるわ」

「あいよ」と気前よくお為は取りかかった。

紺は懐から一朱を取り出すと勝手場に通じる覗き窓の台の上にパチンと小気味よい音を響かせて置き、お為が用意してくれた握り飯を懐へ押し込み、新しい水を入れた吸い筒を腰にぶら下げた。酒の入った徳利二つを、空になった行李《こうり》に入れ、背負子を担《かつ》ぐと、「ありがとう。世話になりました。また、来ますでそのときはまた面倒頼みます」と声を掛けニコリ笑うと居酒屋まつ屋を出ていった。

「山道、気を付けてね。もう少し愛想良くすれば、引く手数多《あまた》なのにね。もったいない」とお為の言う意味もわからずが、聞き返すこともなく背中で聞いて手を振る紺。

明六ツ（午前六時ごろ）ごろであろう、すでに空は明るくなり、人もちらほら出歩いている。昨夜の酒もすっかり抜けて気分は上々である。うっすらとした雲が南から北の山の稜線《りょうせん》へと棚引《たなび》くもさわやかな空が広がり、心地よい風が紺の背中を軽やかに押す。今から帰途に就《つ》けば夕暮れ前に天生へと到着しよう。しかし、急いで帰ったところでだれかが待っているわけではない。待っているのは爺の手伝いばかりである。だが、ここ高山にいても何もすることはない。人の顔を見ていても煩《わずら》わしいことばかりなので早く山へ入りたいと思うだけである。

すっかり軽くなった背負子と懐の銭は歩調を速めるには都合よく、意気揚々と足が前に出るようであった。

いっそう歩調を速めようとしたところ、その行く手に人だかりが見えた。鍬《くわ》を担いだ村人や行李を背負った旅人が人垣を作って覗きこんでいる。こんな朝早くにこれほどの人がどこにいたかと思うほどの人だかりであった。人垣の中ではなにやら言い争っているらしいが、人だかりの発するどよめきのせいではっきりとは聞き取れなかった。「お前が……じゃねえか」とか「そっちが……でねえか」とか、お互いに咎《とが》をなすりつけ合っているようであった。

紺は、喧嘩《けんか》は嫌いではなかった。売り歩くほどではないが、売られた喧嘩なら、暇と折り合いがつきさえすれば気軽に買う性分である。

紺は高い背を生かしてひょいと人垣の上から中を覗いた。丁度、土俵の中で力士が睨《にら》み合うような気配であったが、様子が根本的に異なるのは、三対一であること。

一人の方はというと小柄《こがら》ではあるが骨太な百姓の倅《せがれ》か。年は紺よりいくつか若く見える。十五か十六であろう。顔は色黒で丸く、あたかも炭団《たどん》のようで、その炭団の真中には、取って付けたようなダンゴ鼻がちょこんとあしらわれていた。地味な面立ちのようでありながら目元は精悍《せいかん》で、見る者を吸い込む深潭《しんたん》のような瞳がそこにあった。しかし、前を見据える瞳の奥からは、明らかに敵意のようなものを放っていた。

三人組の側は横一列に並び、揃《そろ》ってやはり百姓の倅らしい。これもまた十五か十六か。

向かって右の男は背がひょろ高く、紺ほどもありそうである。しかし、筋ばっているもののひ弱そうに見える。真中の男は中肉中背で体躯《たいく》はがっちりとし、腕っ節は強そうで、三人の中心的立場であるらしい。残りの一人は大柄であるが、誘われたので仕方なくついてきただけといった気弱そうな男であった。しかし、三人とも手には二尺（約六十センチ）ほどの棍棒《こんぼう》を持ち、今にも飛びかからんばかりの気構えを見せている。

一方、一人のずんぐり男は着物の袖《そで》を捲《まく》りあげ、太く短い腕を胸のところで組み、足を肩幅ほどに広げ大地を掴むように踏ん張って身構えていた。三対一ではだれが見てもずんぐり男の方が分が悪い。このままでは袋叩きにあわされ、ひょっとすると殺されかねんと紺は思った。若い連中ほど容赦ないことを紺は心得ていた。このまま見過ごすと今夜の酒が不味《まず》くなると思った紺はその取組に割って入ると、三人組に立ち向かって怒鳴った。

「待たんか、お前ら三人対一人とは卑怯《ひきょう》とは思わんか。弱い者いじめして、何がおもしろいんか」

すると驚いたことに紺の後頭部が何かで叩《たた》かれた。拳骨《げんこつ》であろう。頭の芯まで響いて一瞬めまいを起こしそうになった。驚いて振り返ると、当然そこにいるのはずんぐり男である。ずんぐり男は眉間《みけん》に皺《しわ》を寄せながら紺をキッと見上げた。

「だれが弱い者なんじゃ。だったらこっちを向かんかい。わしに説教せんかい」とずんぐり男が怒鳴った。

「……なんじゃと？」意表を突かれたのは紺であった。これほどの意表があろうか。己の目が真逆を見ていたとは。

「弱い者は向こうの三人組じゃ。わしを弱い者などと言うたらたとえ女であっても承知せんぞ。ひんむいて宮川へ放りこむぞ」明瞭なよく通る声であった。その声のせいもあってか、そこを行く人々が往来の真中で睨みあうこの者たちに気付き注目し始めたらしい。そしてたちまち人垣ができてこの騒ぎとなったと合点した。

「悪いのはその狸じゃ。その狸がいつもいつも喧嘩を吹っ掛けてくるんじゃ。じゃからこうやってしかたなく棍棒《こんぼう》を持ち歩いているんじゃ」

「こいつらてんで弱いんじゃ。棍棒くらい許してやるわ。これで互角じゃ。まとめてかかってこんかい」ずんぐり男は着物の袖を肩まで捲り直すと紺を脇へと押しのけて手招きした。「さあ、かかってこんかい」

するとどういうわけか三人のうちの真中の男が人垣を掻き分けて逃げ出した。これほどの騒ぎになろうとは考えてもいなかったのであろう。続いて脇にいた二人も逃げ出した。最早《もはや》、睨み合った段階で勝負はついていたようであった。

「待たんかい。屁垂《へた》れ野郎」とずんぐり男は一町（約百十m）四方に聞こえるような声で怒鳴った。

紺は呆気にとられた。わたしは何をやらかしてしまったのか、大きなお世話じゃったのだろうかと。今更《いまさら》ながら無視して通りすぎればよかったと思ったときにはもう遅かった。

「どうしてくれるんじゃ。わしの楽しみを台無しにしてくれよって。逃がしてしもうたじゃねえか」とずんぐり男は、今度は紺へと矛先《ほこさき》を向けた。

紺はじっとずんぐり男の顔を見た。喧嘩ばかりしているらしく、顎や額には無数の傷跡が刻まれていた。

「では聞くが、何が楽しくて弱い者いじめなぞするんじゃ？」と紺が聞いた。

「いじめとるわけじゃない。あいつらが小さな子供をいじめとるから仇《かたき》を討ってやろうとしただけじゃ。わしはそんな連中が大嫌いじゃ。どうしてくれるんじゃ。じゃましおって。奴ら、またどこかでやらかすぞ。ここで痛い目に合わせておかねばならんかったのに」とずんぐり男は地団太でも踏みそうなくらいに悔《くや》しがって見せた。紺には返す言葉を見つけることができなかった。だれがどう見ても三人組が弱い者をいたぶろうとしているようにしか見えなかったはずである。わたしが悪いのか？

紺はじっと男を見つめていた。都合のよい返答を見つけようとしていたのではなく、不思議と何かしら惹《ひ》きつけられるものがあったようである。男も無言で紺を見つめるばかりであった。三回ほど呼吸をしたころ、堪《たま》らず男が口火を切った。

「なんじゃお前は。なんぜわしの前に黙って立ちはだかっておる。これ以上、なんぞわしに用か?」とずんぐり男は紺を睨みつけて口を結んだ。紺はそんなずんぐり男を見下ろしていた。背丈は四寸（約十二センチ）ばかり紺の方が高い。腹いせに紺に八つ当たりしようという魂胆であろうと察した。この男にとって相手はだれでもよかったに違いない。せっかくのいい気分を台無しにされた紺はなんだか無性に腹が立ってきた。

「わたしにどうせいというんじゃ?　わたしに喧嘩の相手をせよというのなら相手になるが」

それでも男は表情一つ変えず、そして、ぐっと噤《つぐ》んでいた帯の結び目のような口を解《ほど》いた。「それを聞きたいのはわしの方じゃ。なんぜわしの前に断りもなく立ちはだかっておる。これ以上なんぞ用か?　喧嘩でけりをつけるのなら相手になるぞ。女だからといって容赦はせぬぞ。じゃが、一言詫《わ》びを入れれば許してやらんこともないがの」

「詫びじゃと?　わたしが……」

紺の心の片隅には、どうしてこうなったんじゃろうか、どこぞで間違ったのじゃろうかというささやかな問が芽生えたのは確かであったが、すぐにかき消された。

「また探さねばならん。どうしてくれるんじゃ」

何を探すのかは紺にはわからなかった。今の三人を探そうというのか、それとも次の喧嘩相手か？

「わしは腹が減った。朝から何も食っておらん。飯を食わせてくれたら今回のことは許してやる」

紺のお頭《つむ》に怒りが迸《ほとばし》った。「何もお前に許してもらおうとは思わん。怨《うら》むなら怨め。馬鹿者が。町にはこのような馬鹿者がいるから嫌なんじゃ」

「何じゃと？」男は紺をこれでもかとばかりに睨んだ。そして言った。「さっき言ったのは冗談じゃ。わしは女と喧嘩などしようとは思わん。泣かれると困るんでな。女と喧嘩したなどと言われると末代までの恥じゃからな」とずんぐり男はうすら笑いを浮かべた。

「そうか、ではどいてくれんか、先を急ぐんじゃ。これ以上、馬鹿の相手はしておられんのでな」

「わしも同じじゃ」

「お前が道を開ければいいんじゃ。チビなんじゃから道を開けるのが筋じゃ」紺は口元を歪めて笑った。そして背伸びをするようにして上から見下ろした。

それにはさすがのずんぐり男も顔色を変えた。口元が引きつり歯ぎしりが聞こえるかと思えるほど奥歯を噛みしめる様子が丸い頬を通しても見て取れた。

「お前が道を開ければいいんじゃ。女じゃからな。女は素直に男の言う通りにすればいいんじゃ」ずんぐり男の精一杯の返答であった。

紺にとっては女であることが前々から無性に腹立たしく、それを知ってか知らずか一番痛いところを突かれた形となった。

「女のどこが悪い」

「チビのどこが悪い」

「女だったらなぜに道を開けねばならんのじゃ」

「チビだったらなぜに道を開けねばならんのじゃ」

侍であればここで抜刀し、死ぬまで斬りあうところであろうが、不幸にも、ではなく、幸いにも二人の腰に刀は帯《たい》されていなかった。

見物していた馬子《まご》が「お節介かもしれないがね、どうだろう、お互いに半歩ずつ譲ったらいいんじゃないかね。ここは引き分けということで」とニヤつきながら助言した。これからこの二人がどうなるのか、もっと見ていたい気もするが、このままでは客との約束の刻限に間に合わないと算段したのである。このままここを後にして他の者を楽しませるのも癪《しゃく》に障《さわ》るというわけで、断腸の思いで声を掛けたわけであった。

「女と喧嘩などしても恥になるだけじゃ。わしはそれでもよいが」とずんぐり男。

「こんなチビと喧嘩などしても笑い物になるだけじゃ。わたしもそれでよいが」と紺。

　ずんぐり男と紺はお互い睨み合ったまま半歩ずつ左へ寄ると、断ち切るように視線を逸《そ》らし、洟《はな》でもひっかけるかのように鼻を鳴らして歩き出した。「馬鹿な奴がいるもんじゃ」と両者は背中で言いあった。

　見物をしていた一人の男、道具箱を肩に載せてる様子から大工であろう。二人について多少の聞き覚えがあった。「さっき尻尾《しっぽ》丸めて逃げた三人はどうでもいいが、今の取組はかなりおもしろかったぜ。女の方は天生の山中に住む紺という名の娘だ。いい女だが、少々、……いや相当に気が強い。天生の狐とも呼ばれておるな。男の方は本郷村の善久郎《ぜんくろう》だ。乱暴者だが、度胸がいい上に頭の巡《めぐ》りが早い。本郷村の小天狗と呼ばれておるな。もう少し見ていたかったが、お節介な馬子のせいで台無しになっちまった」とひとり言のように呟いた。

二

飛騨高山。天正十四年（一五八六）より金森長近《かなもりながちか》によって三万八千石の飛騨国として治められてきたが、この地方の豊富な木材と鉱山資源に目を付けた幕府の直命《じきめい》により、元禄五年（一六九二）突如として天領地となった。その後は関東郡代伊奈忠篤《いなただあつ》が飛騨代官を兼任し民政を司り、金沢藩前田綱紀《まえだつなのり》が高山城在番となったが、元禄八年（一六九五）高山城の維持が難しくなると事実上の廃城となり、その後取り壊された。

このころ、明和八年（一七七一）には大原彦四郎紹正《おおはらひこしろうつぐまさ》が飛騨代官の要職を任されていた。

御墓山の脇までは白川街道を来たときとは逆に歩を進めていたが、そのまま街道を進めば、口留番所に止められ、時を無駄に費やすことは間違いないと紺は考えた。しかも遠回りになり、予定の夕刻までに帰宅できるかどうかわかったものではない。地元の者は時を節約するため、勝手知ったる山道を通ることが常であった。役人もそれを大目に見ていた。

紺は山道へと入った。高山へと入るときには陰鬱《いんうつ》な過去によって気分悪く、ろくすぽ山の様子など目に入らなかったが、今見ると、心なしか葉の緑が濃くなった気がする。不思議であった。ろくに見てもいないにもかかわらずそんな気がする。目は見ずとも心は知らぬうちに見ているものなのだろうと思った。山の匂いが瑞々《みずみず》しさを伴って濃くなった。身に染み付いた町の臭いが拭《ぬぐ》い払われたようで紺はほっとした。紺は山の中でしか生きられないことを自覚していた。不便この上ない身の上を呪うばかりであった。

しかし、しばらく行くと腹の中に一旦は沈んだはずのしこりがぽっかりと浮き上がってくる。と同時に、あのずんぐり男の顔がまざまざと蘇《よみがえ》ってくるではないか。

「あのずんぐり男にさえ会わなければこんな気分で歩くことなぞなかったはずなのに」と紺の歩調はますます速くなった。背中の酒の揺れる音が気になる。この気持ちを肴《さかな》に自棄《やけ》酒でも飲めばさぞかしうまいだろうにと思うと酒の音がますます耳から離れなくなった。

一旦は立ち止まるが、「いや、やめておこう。これでも十七の生娘じゃ。飲みすぎて酔いつぶれて、山犬にでも食われたらいい笑い物じゃで」

腹立ちの勢いもあってか二刻(約四時間)ほど歩き詰めに歩き、峠を二つ越えた。お天道様が真上に来る前に夏厩《なつまい》村に入ることができた。紺の額にうっすらと汗が滲《にじ》んでいた。山桜の木陰に地蔵が佇《たたず》んでいたのでその隣を借りて一服することにした。吸い筒の水で喉を潤す。日差しは暖かくとも山の空気はひんやりとしている。朽ちた草木の匂いが雪解けの水とともに流れてくる。春の香りを嗅ぎながら休めばすぐに額の汗は引く。天生へ辿りつくまでにはもう二つほど峠を越えねばならぬ。その前に小鳥《おどり》川《がわ》の支流を渡らねばならない。こればかりは慣れることはない。雪解けの水の中を腰まで浸かって渡らなければならない。いっそ遠回りでもしようかと思うが一刻（約二時間）を無駄にすることとなる。覚悟を決める。腹ごしらえに、お為が用意してくれた握り飯を食うことにした。竹皮に包まれた握り飯の横には沢庵《たくわん》が三切れ添えられていた。お為の優しさに感謝しつつ口へと放り込んだ。一つは間借り賃にお地蔵様へと。

握り飯をすべて腹へ納めると紺は再び天生へ向かって歩き始めた。近道をするために再び山道へと分け入る。

大谷村近くの山道へ入った途端、紺はふと気がついた。この先に人がいると。このあたりの村人ではないらしい。百姓や猟師ではない臭いが山風とともに漂ってくる。侍であることはすぐにわかった。しかも、かなり位の高い侍であることもわかった。馬の臭いである。しかも、百姓や馬子《まご》が飼う馬ではない手入れの行き届いた上等な馬の臭いである。「こんなところに、何の用じゃろ」と紺は首を捻《ひね》りながら先へと歩を進めた。できれば顔を会わせずに済めばいいのだが。どのような顔で侍をやり過ごせばいいのか、このようなことが紺は苦手であった。地位のある侍となればなおさら厄介で、いきなり無理難題を押し付けられないとも限らない。遠回りしようか、身を隠そうかといろいろ考えているうちにその姿が見えてきた。考えているうちに気配を掴《つか》むことがおろそかになっていたらしい。迂闊《うかつ》。ここまで来たからにはもう遅かった。そこの侍にも紺の気配は伝わっているはずである。

この先には少し開けて、笹が茂る場所があり、侍は馬から降りて陣笠を小脇にし、目の前に広がる笹原をじっと見ている様子であった。しかし、背後を窺《うかが》う気配は放散していた。馬は近くの木につながれ、お供《とも》の者が水を飲ませていた。

遠出のための軽装であろうが、侍の身なりはよいものであった。高山の町でもそうそうお目にかかれぬ侍である。

「だれであろうか、このようなところに。ひょっとすると山廻《やままわり》役の重役であろうか」紺は好奇心が先に立っていた。

紺は馬の横を通り、馬とお供を見た。馬は見事な栗毛が陽に照らされて艶々《つやつや》と輝いていた。お供の者は貧相でありながら気ぐらいだけは高そうな侍であった。

そして位の高い侍の後ろを通るとき、紺は、その横顔を見ながら、ちょっと立ち止まると、軽く会釈をした。侍は無言であった。木漏れ日が揺れる横顔は、青白くほっそりとしているものの深い知性と自信の滲みを思わせた。しかし、遠くを見つめる目はどことなく寂しげであった。

紺は会釈すると、足早に通り過ぎようとしたが、不意に声が投げかけられた。

「このあたりに住む者か？」侍の声は落ち着いていて優しく響いた。

紺は再び立ち止まって侍に向いた。口留番所を介さぬことを咎《とが》められるのかと内心不安が過《よぎ》った。

「この先の天生に住む者でございます」と紺はかしこまって言った。

「天生か」侍の視線は前へと向けられたままだった。「この冬の雪はどうであった」

「多うございましたが、わたしは、冬の間は山を下りて白川の方に仮住まいをしておりますので……」

「なるほど、そういうことか。仮住まいをするのか」と何かしらを納得したように侍は答えた。紺が歩を進めようとすると、再び侍が口を開いた。「あれは何と呼ばれておる？」

紺は虚を突かれたように「あれ？　笹でございますか？」と聞き返した。

「それじゃ。そこを舞う蝶のことじゃ」と指を差した。

侍は蝶を見ていた。笹原の上を、そよ風に逆らうように舞う蝶である。侍の前、二間（約三・六m）ほどのところを雌雄であろうか二羽の蝶が絡《から》み合うように舞う。紺は、てっきり侍は遠くを見ているとばかり思っていた。

「蝶でございますか。あれは……わたしらダンダラと呼んでおります」

「ダンダラか……。なるほどダンダラ蝶か。翅《はね》の模様からそう呼ばれておるのか」

「そのようでございます」

「この地には多いのか？」

「春になると約束していたかのように、ここらの山に姿を現します」

「美しい蝶じゃな。あのように美しい蝶を見たのは初めてじゃ」

「左様でございますか」紺は不思議に思った。毎年、あたりまえのように見ている蝶である。しかも、蝶を愛《め》でる侍を紺は初めて見た。

「あの蝶の卵を見たことはあるか？」

「卵ですか？　……いえ」紺の顔が、きょとんとして見えたに違いない。紺には侍の横顔の口角が緩《ゆる》んだように見えた。紺は、そのような物を見たことも、気にしたこともない。卵を見たところで何の卵かなどわかるものではないし、なぜ蝶の卵などが気になるのか不思議に思った。

「お侍さまはこのあたりの方ではないのですか？」

「この地に赴任して六年になるが……」と忙しさに感《かま》けて周囲を見る暇がなかったというたいのであろう。言葉には出さなかったが言葉の端から読みとれた。「急ぎのところ足留めして悪かった」と侍は初めて紺に顔を向けた。細面《ほそおもて》ではあるがはっきりした鼻梁《びりょう》と力強く整った顎《あご》は意志の強さと冷静さを表しているように感じられた。

紺はもう一度会釈すると笑顔で山道を歩み始めた。侍とは乱暴で堅物《かたぶつ》な者ばかりと思っていたが奇特な侍もいるものじゃと紺は心の中では嬉しかった。しかし、あの侍は一体何者であろうかと気になった。山廻役にしては身なりも高貴で、いささか妙である。特に珍しい蝶ではないのだから山廻役であれば初めて目にしたなどということはあるまいに。その場で聞くのも憚《はばか》られたため結局わからず仕舞いとなった。爺に聞けば何かわかるかも知れぬと思いながら紺は山道を急いだ。

天生の春

一

紺と宋哲が春から秋にかけて住居とする庵《いおり》は、天生峠を白川郷の方向へと少し下ったソウレ山の南斜面に構えており、白川郷までは西へ三里（約十二キロ）ほど歩くこととなる。天生峠は高山方面から行くと白川郷へ入る最後の峠で、冬には雪が人の背丈の倍ほども積もる豪雪地帯である。とてもではないがこの地で冬を越せるものではないため避暑ならぬ避雪するわけである。豪雪に備え堅牢な造りとなっている庵ではあるが屋根が抜け落ちていたり、落雪により壁が押し倒されていることさえある。

三月初旬には雪が膝丈ほどまでに痩《や》せるので、白川郷の仮住まいから紺と宋哲とでカンジキを履いて庵へと向かい、まず雪の重みで屋根が壊れてないかの見分が始められる。壊れていれば自らの手で修繕となる。女であっても容赦なく扱《こ》き使うのが杉浦宋哲。紺の育ての親である。紺は育ての親であり、師匠でもある宋哲を心から尊敬してはいるものの、紺の性格から、師匠とか先生とか呼ぶことができず、照れと親しみを込めて爺と呼んでいる。宋哲も、当初は面食らったが、長年の慣れもあり、すでに耳に付いている。

歳は五十七、八。もう少し上かもしれないが明らかにしない。年齢など無用の代物というのが宋哲の口癖である。病や衰《おとろ》えを歳のせいにするのが嫌いらしい。髪は白髪交じりの慈姑《くわい》頭。太い眉の下の目はいつも眠そうであるが時折、特に珍しい薬草を見つけたときなどはぎょろりとした目を見せる。医者にしては色黒で筋骨は意外なほど逞《たくま》しい。薬草を求め長年にわたって山歩きをすればこのような風貌《ふうぼう》になろうが、それだけの理由ではなかった。

紺が昨日、高山から戻るや否や宋哲から言われたのは「クナイ、四百の投擲《とうてき》を命ずる」であった。二日分の投擲稽古であった。クナイとは両刃の棒手裏剣で、紺が手にするものは長さが四寸（約十二センチ）ほど、重さが三十二匁《もんめ》（約百二十グラム）ほどで、黒錆《くろさび》に覆われたものである。

クナイを投げるためにわたしはここへ帰ってきたのかと思わせる言葉を第一声で聞くこととなるのは不幸の証《あかし》であろう。己の身の上を嘆くばかりであるが、嘆いたところでどうにかなるわけではないので文句を言いながらもそれに従うこととなる。一日に課せられた課題は二百本である。一日おろそかにすればそれだけ腕が落ち、それを取り戻すために三日を要すというのが宋哲の言い分である。冬の植物のように一旦休んで新たな成長を目指すという紺の言い分は一蹴《いっしゅう》される。

紺は四つのころより宋哲の元で育てられている。実の両親はすでに死んでいる。何者かに殺されたのである。そこに居合わせた紺は父と母が斬り殺されるところを目の当たりにしている。苦痛に歪《ゆが》む両親の顔。鮮血に染まる着物。紺へ差し伸べられる母の手……。

宋哲に引き取られ、数えで五歳になったころからクナイの投擲稽古を、毎日課せられた。当時は一日に百本の投擲稽古を課せられ、七歳になると百五十。十歳を越えるころには三百を課せられていた。今では一日に二百と数は減ったが、怠《おこた》ることは許されなかった。雨が降ろうが、雪が降ろうが、風が吹こうが、風邪をひこうが一日も休まず命じられた。冬の間、白川に仮住まいしているときでさえもそれは変わらなかった。宋哲の留守中に稽古を怠れば、それが宋哲にはわかるらしく、厳しく叱責《しっせき》されたものである。そのおかげもあってか十間（約十八メートル）以内の距離で投げれば数寸の誤差で的中させることができ、二十間（約三十六メートル）以内の距離で投げれば人の胴を外すことはないほどの正確さを得ていた。確かに稽古を怠った日の翌日には命中精度が落ちることから宋哲の言うことの信憑《しんぴょう》性に疑う余地はないが、これが何の役に立つのか、いまだ役に立った例《ためし》はない。宋哲から教わったことはそれだけではない。剣術も習い事の一つであった。町を徘徊する浪人程度なら手傷を負わせるくらいの腕はある。もっとも紺が普段携えているのは木剣である。金属の芯を埋め込んだ特殊なもので、真剣に対してもある程度太刀打ちできるとのことであるが、いまだ真剣相手に手合わせをしたことはない。町のヤクザを打ちのめしたことは三、四度、いや五、六度はあったか……。さらには毒草、薬草の見分け方、山の歩き方、動物への罠の仕掛け方など、山に関わるすべてを宋哲から学んだ。紺の飲み込みは早く、山の知識に関しては、今では宋哲を凌《しの》ぐことさえある。

庵の裏に設けられた稽古場に向かうと、十間（約十八メートル）ほど離れた木に的となる板を立てかけ、紺はそれに向かってクナイを投げ始める。宋哲はすぐ脇の床机《しょうぎ》に腰掛け、治療代の代わりにいただいたらしいシメサバを肴《さかな》にし、紺が持ち帰った酒をちびりちびりとうまそうに飲みながら紺が投げる様子を眺めるのであった。

「どうじゃった？」と宋哲はほろ酔い気分になったところで聞いた。

「何がじゃね？」紺はクナイを一投するたびに傍らの笊《ざる》から隣の笊へ小豆を移していく。

「何がとは、気が利かんな。高山はどうであったかを聞いておるのじゃ」

もちろんわかっていた。いつも紺が高山から戻ったときにはその土産《みやげ》話を聞くのが常である。どうってことない話であっても新鮮な話は聞いていておもしろいものらしい。

「気になるのなら自分の足で行けばよかろうに」紺は虫の居所が悪くなる一方であった。横で酒を飲まれては気が散るし、すべて飲まれては困る。気が気でなかった。

「この程度のことで気が散っていては精進が足りん。クナイの刺し傷がばらけておるぞ」

傍《そば》で酒を飲むのも稽古のうちか、ただの当てつけか。しかし、紺の稽古の様子はしっかりと見分しているようであった。

団子屋のお金婆さんが亡くなったこと、居酒屋の親父の痔が思わしくなくて、かといって切るのも怖いとのこと、居酒屋で目覚めると一朱銀が四つ置いてあったこと、妙なずんぐり男に絡《から》まれたこと、大谷村近くの山道で蝶を愛《め》でる侍に出会ったことなど、クナイ投擲四百の課題が終了するころには一通りの話は終わっていた。

「蝶を愛でる侍か……」宋哲はその部分に著しく興味が湧いたらしく事細かに聞いてきた。付き人はどんな男であったか。どんな馬に乗っていたか。着物の柄《がら》はどうであったか。顔立ちは？　声は？　いい加減、うんざりして紺は投擲の片づけをすませると、そそくさと庵へ戻った。しかし、宋哲はそのまま床机に座ったまま、酒をちびりちびりとやりながら、一人何かしら考え事をしているようであった。

二

翌日、夜半から雪が降り始めた。春先の雪が深く積もることはまずないことであるが、散々《さんざん》雪に悩まされてきたこの地の者にとってはいささかも嬉しいものではない。幸い本降りとはならず、草木や山道にうっすらと雪が乗る程度で、夜明け前には止み、明六ツ（午前五時ごろ）には葉の上や山道の雪は氷となった。明六ツ半（午前六時ごろ）には春の日差しが差し始め、紺が庵《いおり》を出る朝五ツ（午前七時ごろ）にはすっかり解《と》けて光の粒となっていた。

紺は背負子《しょいこ》に竹籠《たけかご》を括《くく》りつけると足袋《たび》、脚絆《きゃはん》に足を包み、山歩きのための草鞋《わらじ》を履いた。草を採るために山へ入る手筈《てはず》である。

「今日はどこへ向かうつもりじゃな？」夜更けまで飲んでいた宋哲が顔を洗い、手拭《てぬぐ》いで滴《しずく》を拭《ふ》きながら出かける支度《したく》の紺に声を掛けた。

「爺、顔色が悪いぞ」

「うまい酒じゃったせいで少々飲みすぎたようじゃ。大丈夫じゃ、酔樂丸《すいらくがん》が残っておる」

「自制の心が足りんようじゃな。あの薬はもうないぞ、わたしがいただいた」酔樂丸は沢瀉《たくしゃ》・猪苓《ちょれい》・茯苓《ぶくりょう》・白朮《びゃくじゅつ》・桂枝《けいし》から成る五苓散《ごれいさん》に宋哲独自の薬草を配合した二日酔いの特効薬であるが、

「なんと？　早く言わぬか」と宋哲は薬箪笥《くすりだんす》の引き出しを片っ端から開け始めた。しかし、他に効きそうな薬はない。やれやれと宋哲は頭を抱えた。さて、どうしたものかと考えたが妙案、妙薬なし。已《や》むを得ず塩を舐《な》めて我慢することにした。

「今日は北ソウレ山まで行ってみるつもりじゃ。あのあたりには質の良い御輿草《みこしぐさ》（ゲンノショウコ）や虎耳草《こじそう》（ユキノシタ）があるでな、ちょっと探してくる。他にもよい草があれば採ってくるでな。日暮れ前には戻るつもりじゃ」と言い、紺はぬかるんだ山道へと足を出すとき、言い忘れたことがあったので、庵の中に向かって叫んだ。

「クナイ二百はもう終えたぞ」

「大きな声で言うでない。頭が痛いわ」宋哲は蚊が鳴くように呟いた。

紺はソウレ山の中腹を抜けて、その隣に鎮座する北ソウレ山を目指していた。歩き慣れた山道である。どこに木の根が張り出しているか、岩が剥《む》き出しになっている

か、暗闇でも、目を瞑《つむ》っていても歩けるほどに慣れた道でありながら、ほとんどだれも立ち入ることもない、紺が薬草を独《ひと》り占めできそうな山である。横取りするのは熊くらいか。

途中、紺は、見過ごすことのできそうにない良質な草を目に留めると、手っとり早く採《と》り、竹籠へと詰め、再び歩を進めた。よい手土産ができたと内心ほくそ笑んだ。

ソウレ山と北ソウレ山の間には白川郷と越中（富山）を結ぶ越中西街道が通っていて、所々には茶店がある。その中の一軒、お竹《たけ》という顔馴《な》染《じ》みの女将《おかみ》が営む茶店へ立ち寄ることにした。一刻（約二時間）ほど歩き、朝五ツ半（午前九時ごろ）になるころにはお竹が営む茶店が見えてくる。小ぢんまりとしながらも品のいい茶店である。

無愛想な亭主の作造《さくぞう》が勝手場を切り盛りし、愛想のよいお竹が客の相手をする。店の中へ、外へとお竹が独楽鼠《こまねずみ》のように動く影が見えて紺はにんまりとする。お竹は四十を少し越えたほっそりとした女で、年増ながら旅人には人気があった。器用に何でもこなし、ここらの山や山道にも詳しく、紺だけでなく、旅人の良き相談役でもあった。二十以上の歳の差こそあれ紺とは妙に気が合い、茶を啜《すす》りつつ、お竹の作った草餅を頬張りながら歓談するのがなによりの楽しみであった。

顔を合わせると紺はニコリと笑う。出会って紺の方から笑顔を見せるのはお竹に対してくらいのものである。

街道の途中にぽっかりと広がった空き地に旅の無事を見守る祠《ほこら》のような茶店である。すぐ横には、山から引いた湧水《わきみず》による小さな池が作られ、おもちゃのような水車がカタコト音を鳴らして回っている。客の湯呑《ゆのみ》の後片づけに出てきたお竹に紺は声を掛けた。

「お竹さん。しばらく」紺の笑顔に、お竹も鏡のように笑顔を映し返すのが常であった。

「あら紺ちゃん元気そうだね。三月《みつき》ぶりかね」と弾《はず》んだ声を響かせた。「ゆっくりできるんかね？」

「そうゆっくりもしておられんのじゃ。北ソウレ山まで行かんといかんのじゃ。今の時期ならよい御輿草や虎耳草が茂っていようからな。今が、わたしにとっての書入れ時なんじゃよ」と言いながらも背負子を下ろし、載っていた竹籠を下ろした。「これじゃ。ヨモギじゃ。途中に育ちのよいヨモギが仰山《ぎょうさん》茂っていてな、見過ごすのも勿体《もったい》のうて、手っ取《と》り早く採ってきた」

「あら、こんなによいのかね？　杉浦先生も必要じゃないかね」と掴《つか》み上げると顔をその中に埋めるようにして香りを嗅いだ。摘《つ》んだばかりのヨモギが鼻の奥をくすぐり、お竹は思わず笑みを零《こぼ》した。ヨモギは血止めの薬にもなり、餅に混ぜればヨモギ餅、乾燥させて煎《せん》じればヨモギ茶と使い勝手の多い草である。

「ええんじゃ。持って帰るころには萎《しお》れてしまうわ。またどこかで採れるわ」

「じゃ、遠慮なく」お竹はほくほく顔でヨモギを別の籠へと移し始めた。「お茶くらい飲んで行きなさるじゃろ」

「今日は急ぐでな、このまま行くわ。今度、ヨモギ餅をごちそうになるでな。たんと拵《こしら》えておいてくれな」と紺は言い終えると背負子を背負い、手を振りながら北へと向かった。

越中西街道を横切って山道へと入り、沢をいくつか渡る。山を登れば登るほど沢を流れる水は冷たくなり、針で刺されているかと思えるほどとなる。白川郷を貫く白河川（庄川）の支流を登り、落差三十間（約五十四m）はあろうかと思われる高滝を横目に見つつさらに登る。半刻ほど歩いてようやく目的の場所へと紺はたどり着いた。朝四ツ（午前十時ごろ）となっていた。「ここじゃここじゃ。わたしだけが知る秘密の場所じゃで」と額から頬へと流れる汗も気にならぬほど心待ちにした光景であった。いまだ朝露に光り輝く御輿草の若葉が自分を待っていたかのように思われて痛快の極みであった。御輿草はここに限らず見つけることができるが、他の地では葉は痩せ、どれも生気に欠ける。育成の条件など詳しくは紺にもわからぬが、この場所に生える御輿草の育ち具合の違いは素人目に見ても明らかであった。このあたりの山を熟知した紺の獲物と言えよう。七月ともなれば白や紫の花が咲き乱れるが、今はまだ緑一色であった。

さっそく採取に取りかかろうとしたとき、目前の茂みが動いた。背丈ほどの草を掻き分けて迫るものがあった。紺は思わず息を飲み動きを止めた。「熊か？　よりによってこんなときに」このあたりには熊は少ないと勝手に思い込んでいたため、熊よけの土鈴は懐の奥に押し込まれていた。紺は不意に木剣を握るも、熊には木剣などではとても刃が立たぬ。迂闊《うかつ》であったと、一瞬に思考を巡《めぐ》らしたとき現れたのは、頰《ほ》っ被《かむ》りし、のっそりとした男であった。紺の全身から力が一気に消失した。

「なんじゃ、権六《ごんろく》じゃねえか。脅かすんじゃねえ」紺は三角の目を剥いて睨みつけた。

のっそりと草を掻き分けて出てくると、無言で紺の横を通りすぎた。不精髭《ぶしょうひげ》に丸顔、つぶらな目はあたかも子供のようである。ずんぐりした巨体に、熊の毛皮で拵《こしら》えたちゃんちゃんこを羽織って山をのっそりと歩くのが権六である。背負う籠には紺の目当てである御輿草の葉がいっぱいに詰め込んであった。ちらりと見ても良質な物ばかりである。

「何じゃお前もここを知っておったか。だれに聞いた?」権六であれば知っていても不思議ではないが、紺は悔しさのあまり思わず口を尖《とが》らせた。「そんな風体で山を歩くと猟師に撃ち殺されるぞ」と紺は権六の後ろ姿に叫ぶも聞こえるわけはない。権六は耳が不自由で口も利けぬ。お頭の巡《つむ》りも少々悪いとの噂である。しかし、山の知識に関しては紺を凌《しの》ぐかもしれぬと思うこともしばしばで、ここならばと思っていても先を越されることがある。権六は、紺が住む庵から二町(約二百二十m)ほど西の斜面に小屋を構え、炭焼きを生業《なりわい》としているが、その合間に山菜、薬草を採り、それを売って食い扶持《ぶち》の足しにしてるらしい。雪の季節にはどこへ身を寄せているかは知らない。ご近所でありながらも、もちろん口を利いたことも挨拶をしたこともない。通り過ぎる権六にとっては紺など山の木と同じなのかもしれぬと思わされることがある。

「権六であっても全てを採りつくすことはないじゃろ」と高を括って御輿草の葉を選び始めた。しかし、良い葉はあらかた採りつくされ、良質な葉を竹籠《たけかご》いっぱいに採るには相当に難儀することとなった。「権六の奴め……わたしに手の内を見せまいとさっさと逃げたんじゃな。だが、あまいな権六。採った草を見ずとも切り口でわかるわ。意外とあざとい奴じゃ。だれが頭の巡りが悪いなどと言ったんじゃろか。ひょっとすると、とんでもない知恵者かもしれんぞ」騙された気分になった紺は無性に腹が立って仕方がなかった。

どうにかこうにか竹籠がいっぱいになったのは昼八ツ（午後二時ごろ）を過ぎたころであった。虎耳草も少し収穫があった。こちらは権六に荒らされておらず幸いであった。高い山に囲まれたこの一帯は陽が少し傾くと急速に暗くなる。空の明るさと木々の暗さが相反し、視界も悪くなる。

三

半刻（約一時間）ほど掛けて登ってきた道を下りるが、背中の荷が重いせいか、下りでも思いのほか難儀する。泥濘《ぬかるみ》では足を取られぬよう注意を払い、慎重に歩を進める。腹立ちも手伝って少々欲張りすぎたじゃろうかと後悔するも、ここで捨てて行くのも憚《はばか》られる。苦労の先に極楽が開けておるとの宋哲の言葉を信じて一歩一歩足を進める。

もう四半刻（約三十分）で越中西街道へ出られるころになって、妙な風に紺は巻かれ心臓がドクンと大きく脈打ち、その波は瞬く間に全身へと広がった。人の気配の混じったしかも殺気を多分に含んだ不快な気が山風に乗って漂《ただよ》ってくるのである。複数の男。百姓や猟師ではない、おそらく侍。百姓であれば泥と汗が混じった力仕事の臭いが混じるが、それとは無縁の泥の混じらぬ薄くて生臭い汗の臭いが侍であることを確信させた。殺気を含めば侍であろうと大方の予測はつくものであるが、饐《す》えた臭いが混じることから、生活に窮《きゅう》する浪人であろうことも薄々感じ取った。

二町（約二百二十m）ほど先であろう。木々と曲がりくねった山道のせいで声はするが姿を見ることはできなかった。幾度となく気合の籠《こも》った掛け声がこだまし、刀同士がぶつかる音が山肌に跳ね返り、木々に吸いこまれた。三人以上の侍が共に刀を抜いて斬り合っているのであろう。

回り道をすればこのまま知らぬ顔をして通り過ぎることもできようが、紺にはそれができそうになかった。しかし、ここからでは何も見えぬ。迂闊《うかつ》に近づいて感づかれればただではすむまい。命さえ危うい。さすがに複数の侍を相手に戦うほどの技量もそれに伴う気概もない。分け入って試してみるかと心のどこかで囁《ささや》く紺もいるが、止《と》める紺の勢力がわずかばかり勝《まさ》っていたようである。どのような経緯《いきさつ》にて斬り合っているのかはわからぬが、ふと先日のずんぐり男の一件を思い起こし、関わらぬ方が無難かもしれんとも思った。

応戦しているのはだれじゃろう？ まさか権六か？ 「その薬草をよこせ、さもなければ命をもらう」などと浪人に迫られているのか？ 少々無理があると紺は思った。権六が襲われる理由など三日考えても考え付くまい。しかも、権六ならもう二刻（約四時間）も前に山を下りているはずじゃと思考を巡らしながら、少しずつ距離を詰めてゆく。気配が近づくにつれて声が大きくなり、息遣いまでも聞こえそうな距離となった。騒動との距離は四半町（約二十五ｍ）ほどとなり、木々の間に人影が見えるほどとなった。

「また一対三か。どちらが弱い者じゃろか」

一人は山歩きの出で立ちながら身なりのよい侍である。察するに役人であろう。対する三人は薄汚れた着物に擦《す》り切れた袴《はかま》からして浪人であろう。二町手前からの紺の予測はほぼ的を射ていた。

「このようなところで辻斬《つじぎ》りとも思えんし、侍を狙う山賊と化した浪人とも思えん」

何らかの事情で役人の命を取るため後を付けてきて、まさにその最中《さなか》に出くわしてしまったのであろうと紺は思った。すでに役人風の侍も浪人も刀を抜いて向かい合っている。山の木々、緑に真っ向から反する鈍色《にびいろ》の刃は、これほど似つかわしくないものはない。よく見ると、すでに役人風の侍の袖《そで》の一部がぱっくりと開いて垂れ下がり、二の腕が見え、血が流れている。精神的にも追い詰められているらしく、手傷を負う侍は、肩で激しく息を繰り返すばかりである。いまどきの役人など、刀を腰に差していても抜いたこともないであろう輩《やから》がほとんどで、最早《もはや》刀は飾りである。中段に構えてはいるが形ばかりの剣である。一方、浪人三名は、『お主《ぬし》の命は手の中にある』と言わんばかりに落ち着いた様子で一様に八双《はっそう》に構えている。すでに勝負は見えている。

一人の浪人が素早く踏み込むと同時に刀を斬り下ろした。一つの光が新緑の中で弧を描いた。人を斬り慣れた太刀筋であった。一瞬、驚きの顔を浮かべると侍は血飛沫《ちしぶき》を噴《ふ》き上げながら崩《くず》れた。紺のいる距離からでも袈裟《けさ》に斬られたとわかった。その血飛沫の量から、瞬時にして絶命したであろうことも紺は判ずることができた。

紺は目を瞠《みは》ったまま身を隠すことも忘れて思わず立ち尽くした。何もできなかったことより人が斬られるところを見たことの衝撃は大きかった。二度目であった。かつての父母が斬られたときの情景が全景として再現された。四つの紺の目の前で斬られた父母の血飛沫と、たった今斬られた侍の血飛沫が寸分たがわず重なり、紺の顔から血の気が引き、身体の芯から指先にかけて感覚を失うほどの震えが走った。

浪人の一人が呆然と立ち尽くす紺に気付くと、他の二人の浪人に目でもって合図す。

浪人たちが紺に向かって走った。紺は気付くのが一瞬遅かった。はっと気付いたときには三浪人が目前まで迫っていた。紺は今来た道を逃げるために踵《きびす》を返す暇すらなく、山の上の方へ、さらには草むらの中へと身を走らせた。山道を逃げるより、草道を行く方が紺には慣れている。浪人たちは長い刀を持つため、草や木の生い茂る山を駆けるには不自由であろうと一瞬にして判断を巡らせた。

「女じゃ。小娘じゃ」

「どこじゃ、小娘。どこへ行った」紺の後方で声がこだました。

「あっちじゃ」

「あっちとはどっちじゃ？」

「向こうじゃ」

「向こうじゃわからん」三浪人の声が山の中で散らばった。方向を見失いお互いの位置すらわからぬようになったらしい。紺の目論見《もくろみ》は的中したが、一人の浪人が紺へと迫っていた。侍を斬った浪人である。背丈があり、痩《や》せた男で、マムシのような目つきで鷲鼻《わしばな》。あの手の顔はもっとも嫌いな顔じゃと腹の中で呟《つぶや》いた。

「待たんか娘」嗄《しゃが》れた低い声。浪人は山道に慣れているせいか、意外にも速く、徐々に紺との距離を縮めていった。

背負子のせいで紺は思うように走ることができなかったが、これを投げ捨てて逃げることは避けたかった。しかし、命には代えられんがとも。

「やはり捨てられん。せっかく採ってきたんじゃ。山に申し訳ない。山の恵みじゃ」

紺は懐《ふところ》へと手を当て、中の三本のクナイを確認すると、素早く一本を手に取った。

紺は迫りくる浪人の気配を背中で感じると、距離、動作、その歩調に合わせ、心の目で狙いを定めた。

紺は一瞬身を捩《ねじ》ると、浪人めがけてクナイを放った。音もなく木々の間を抜けて侍へと向かった。と思った。

クナイは浪人の額《ひたい》を掠《かす》めた。

「うっ」というわずかな呻《うめ》き声が紺の耳へと届いた。紺はあの蛇のような目を狙ったはずであった。一つだけでも潰《つぶ》してやろうと狙ったのであったが、しかし、外した。

実戦でクナイを使用したのはこれが初めてであった。的板とは異なる生きた標的、しかも己の命が懸《か》かる緊迫した状況での行為は稽古とは異質の行為であった。

しかし、浪人の足は止まった。浪人も身の危険を感じたに違いない。それ以上に追いかけてくる気配はなく、紺の草を掻きわける足音だけが山々に響いた。

なぜ外したのか、紺は道々考えた。未熟なせい、いや、背負子のせいじゃと楽観してみた。背負子の肩紐《かたひも》が肩の自由を制していたためじゃと己を庇《かば》ったが、ほっとしたわけではなかった。己をごまかしただけであることはよくわかっていた。あの場で命をとられていれば言いわけすらできなかったはず。運がよかっただけである。紺にはわかっていた。動揺が手元を狂わすことを実感した。

越中西街道に出るまで駆け足を続けた。四半刻（約三十分）も駆けたであろう。あの浪人たちは必ずやお竹の茶店へ聞き込むだろうと察し、紺は早々に、お竹の茶店に寄ると、もし怪しげな浪人に、どっちへ行ったかを聞かれたら、街道を越中の方へ向かったことにしてくれと頼んだ。

「ええがね。何があったんかね？」とお竹は愛想よく頷《うなず》くも怪訝《けげん》に聞いた。

「今度、ゆっくり話すで。今日は急ぐでな」と紺はそれだけ言い、街道を横切ると、飛びこむように山道へと入り、帰途へと就《つ》いた。

陽が西の稜線《りょうせん》に差しかかろうとするころ紺は庵《いおり》へと着いた。空が夕日に照らされ稜線を境に山が影絵のように沈むが、紺の顔は夕陽が差すかのように紅潮していた。

撒《ま》いたはずにもかかわらず、追われるようにして帰ってきたことが滑稽《こっけい》であった。庵へと着くと、紺はものも言わず勝手場へと向かい、水甕《みずがめ》の水を柄杓《ひしゃく》で二杯三杯と立て続けに呷《あお》った。宋哲はその尋常《じんじょう》でない様子から、すぐに紺に降りかかった危難を察した。

聞かれるまでもなく一息つくと紺は、山での凶禍を話した。神妙な顔つきで聞き入っていた宋哲は顎を掻きながら問うた。

「そやつらの人相や特徴は覚えておるか？」

「最後までわたしを追ってきた浪人の顔はよく覚えておる」背丈があり、痩せた男で、マムシのような目つきで鷲鼻。「あの手の顔は大嫌いじゃ。思い出すだけでぞっとするわ。他の二人も見ればわかるはずじゃ」と付け加えた。お気に入りのクナイを一本失くしたことも腹立たしさに拍車を掛けているようであった。

「お前は、其奴《そやつ》らに顔を見られたのか」と宋哲。

「どうであろうか」紺は口を尖《とが》らせ、首を傾《かし》げながら自分のいた場所のことを思い起こした。木の陰になっていて、人相まではわかりにくかろう。浪人たちは立ち合いのため、明るく見通しのよい場所を選んだに違いなかった。紺から見た光景と浪人たちから見た光景には大差があったに違いないと思った。

「その程度であれば心配なかろう。女は化粧や着物、髪型で印象が変わるからの。万一に備えて、その顔をよく覚えておくことじゃ。どこかで出くわすかもしれん。そのときには先に見つけることじゃな」

「見つけたらどうすればいいんじゃ？」紺には宋哲の言いそうなことはわかっていた。その顔を見ながら「嫌じゃぞ。一生逃げろというのか」と紺は宋哲から目を逸《そ》らした。

「では、どうする気じゃな？」と宋哲は逆に紺に問いかけた。

「受けて立つ」

「だめじゃ。己の技量を弁《わきま》えろ。しかも、お前の手の内は読まれておる。無駄な勝負をするものではない。クナイなど所詮一時凌《しの》ぎにすぎん」と宋哲は鼻息とともに窘《たしな》めた。実のところ、技量の問題ではなく目立つことを避ける意図があった。

紺は口いっぱいの苦虫を咀嚼《そしゃく》したような顔で宋哲に向き直った。

「どうすれば勝てるか教えてくれんのか」

「その必要はないぞ。お前に教えた技は相手を倒す技ではない。身を守るための技であることは承知のはず」

紺は「つまらんのぉ」と喉の奥で呟いた。そして「己の腕は己で磨くか」とも。

「そしてもう一つ言っておく、クナイを軽はずみに使うでないわ。これは口を酸っぱくして言っておいたはず」

「軽はずみではないがの。身が危うくなって已《や》むに已まれずじゃ。身を守るためのものと今、爺は言ったではないか」その後も紺の不平不満が噴出して止まらない。

しかし、紺がクナイを使ったのはこれが最初ではなかった。十二のときも白川郷の子供たちと些細《ささい》なことから喧嘩となり、相手のガキ大将が棒きれを振り回すところ、その足元へと一本のクナイを投げて制した。そのとき以来、紺にはだれも寄りつかなくなった。歩きやすくなったと表向きには喜んではみたが、内心はちょっと寂しかった。そのころから天生峠に住む狐、天生の狐と呼ばれるようになった。他の村の子供たちとはほとんど遊んだ記憶はない。寄りつくのは武勇を残そうとする不良小僧ばかりであるから、喧嘩なら数知れず。十人を相手に木剣で殴り合い、そのときは不覚にも二つ三つの瘤《こぶ》をこさえて帰ったことがあった。髪を掻き分けると今でもそのときの傷が見られる。

「これでお前がただの村娘でないことが相手方に知れたことになる。彼奴《きゃつ》らが先にお前を見つけたときには正面から向かっては来ぬぞ」

「好きで使ったわけではないわ。已むに已まれずじゃと言ったろうに」と紺はひとり不貞腐《ふてくさ》れた。

「お前はいつも同じ言いわけをする。だれしもが、何事も已むに已まれずじゃ。避ける算段ができんのはお前が未熟なせいじゃ。言いわけにはならん」と宋哲は憮然《ぶぜん》とする。

「未熟なのはわたしのせいではないわ」と紺はそっぽを向いた。

「わしのせいか？」宋哲が再び突っかかった。

「そんなことは言っておらんがの」と紺はどこ吹く風と窓から見える外の眺めに目を向けていた。「年を取ると説教がくどくなると言うのは本当のようじゃな」とぼそり。

「何じゃと？　お前は親代わりであり、師匠でもあるわしのことをいつも蔑《ないがしろ》にしよる……大体、爺とはなんじゃ。先生とか師匠とか呼ぶ口は無いのか」

「生憎《あいにく》じゃの。前世に忘れてきたらしいわ」と仕舞いにはいつもの調子の口げんかとなって終わることとなる。お互いに言いたいことを言ったその後は、宋哲はけろりとするが、紺はそれでも腹の虫が治まらず、腹の中へしこりにして溜《た》めこむことが常である。

四

　翌日、紺は庵《いおり》の中で御輿草《みこしぐさ》の葉の選別をしてほぼ一日を過ごした。良い葉ばかりを摘《つ》んだつもりでも、そうでない葉も交じってしまう。虫食いの葉、色斑《いろむら》の葉、未熟な葉を吟味《ぎんみ》していく。労を惜しまず手を掛ければそれだけ価値を上げることになる。どの道、出歩くことなどできないわけである。侍を斬るところを見たわけであるから、見た者を野放しにしておくことは命取りになりかねないわけで、三浪人は紺を探し回っているに違いなかった。二日目も同じように過ごした。雨が降ったことは紺の気持ちを落ち着ける効果はあったが、三日目にはよい天気となり、籠《こも》っているといかんとも苛立《いらだ》ちが募るばかりであった。四日目もそのように潜んでいるとやることもなくなり、苛立ちも限界に達しようとしていた。クナイを研《と》いだり、新しい投げ方を工夫したりしても最早《もはや》時を潰すネタが尽きていた。仕方なく「草鞋《わらじ》でも編むか」と思い立ち早速《さっそく》取りかかった。

　しばらくして宋哲から「紺、支度をせい。出かけるぞ」と言われ、十二足目の草鞋を編む紺の手が止まった。意表を突く言葉にきょとんとした紺の目が宋哲を捉《とら》えた。

「どこへじゃ。しばらくは隠れていろと命じたのは爺であろう」

「斬られた侍を探しにゆく」

「四日目じゃぞ。もうとっくに死んでおる。あの出血では助からん。爺が名医でも生き返らすことなど無理じゃ。それどころか熊の腹の中かもしれん」

「熊とて丸呑みするわけではなかろう。何か残っておれば身元くらいはわかるかもしれん」

紺にはその理由はわからなかったが、宋哲が行くと言えば逆らうわけにはいかず、渋々それに従うことにした。

「針と糸を忘れずに持って参《まい》れ」と宋哲。

「わたしが縫《ぬ》うのか？」

どのような死骸であろうが、そこに放っておくわけにはいかないと思った宋哲は運ぶことになるやもしれんと考え、そのときには傷が開いたままでは都合が悪かろうと思った。

「よいわ、わしが縫うで。首は繋《つな》がっておったか？」

「袈裟《けさ》切りじゃ。ざっくりじゃな。心の臓まで斬られたかもしれんでな」

「そうか。念のためじゃ。……早く支度をいたせ」

紺は支度しながら「庵に籠《こも》っておれと言ったり、突然、出かけると言ったり。わがままな爺じゃの。歳のせいか？」と言うも、少々耳の遠くなった宋哲には聞こえなかったのはこれ幸い。

「その場所を覚えておろうな」と言う宋哲の言葉に紺は無言で「当然じゃ」の顔を突き付けた。

北ソウレ山へ向かう前に、紺と宋哲は、お竹の茶店へと立ち寄った。宋哲が呑気《のんき》に茶を啜《すす》っているうちに先日の一件をお竹に話した。「へえ、そんな物騒なことがね……やっぱり紺ちゃんの予想した通り、あの後、三人の浪人が来て紺ちゃんのことを聞いて行ったのよ。胡散臭《うさんくさ》い連中だったよ。でもちゃんと越中方面へ駆けて行ったと言っておいたから安心しなさいな。見つかりっこないよ」

お竹の根拠のない言葉であっても紺は安堵《あんど》したが、呑気に茶を啜っていたとばかり思われた宋哲が「其奴《そやつ》らが、その話を鵜《う》呑みにしたとは思えんが。地元の者なら庇《かば》い合うのは当然じゃで」と冷や水を掛けたが、宋哲の読みを信じるのが身のためかも知れぬと紺は思った。

「それとね」とお竹は紺を手招きした。紺が耳を近付けると「その二日後だったと思うけど、若い侍が来て、役人風の侍を見かけなかったか聞いていったよ。ひょっとするとその若い侍も、斬られた侍を探していたのかね」と首を傾《かし》げた。

「侍が侍を探しておったと……どうじゃろか」と紺も首を傾げた。

「まずはだれが斬られたかを見極めねばならん。それがわかれば三人の浪人が何者かわかるかもしれん。打つ手はそれからじゃ」と宋哲は草餅をうまそうに頬張《ほおば》った。一皿に二つ載る草餅。宋哲は挙句《あげく》、三皿も平らげた。

紺と宋哲が北ソウレ山へと入り、四半刻（約三十分）も歩かぬうちに、人の気配を察した二人は足を止め、顔を見あわせた。紺が再びこの場所へと戻ってくると予感した奴らが待ち伏せをしたと紺は思った。そうであればむしろ好都合と宋哲は思った。

「じゃが、相手は一人じゃぞ、紺。奴の居場所はわかるな」先を行く宋哲が肩越しに紺へ向けた。

「わからいでか。ぷんぷん臭うぞ」しかし、と紺は怪訝《けげん》な色を浮かべた。あの時とは何かが違う。気のせいじゃろうか？　しかも一人とは……。

「では、ここから山を登って、背後へと回りこめ」

「叩きのめしてもよかろうか」と紺は木剣を握りしめた。

「だめじゃ。先日の輩《やから》かどうかわからんじゃろ。まずは、相手を確かめねば」

「確かめてからじゃな」紺は頷《うなず》くより早く行動へと移した。紺の姿は茂みへと消えた。それを見届けると宋哲は道なりにゆっくりと人の気配へと近づいた。丁度、山道が右へと曲がり込んだところに一抱えもある欅《けやき》の木がそそり立っている。その陰に潜んでいるようであった。大きく根が張り出していて、隠れるには申し分ないところであった。息を潜め、身を低くし、刀の柄《つか》に手を添え、じっとこちらの気配を窺《うかが》っている。その緊張感、その様子が宋哲には手に取るようにわかった。宋哲は、此奴《こやつ》、熟《こ》なれない奴じゃと心の底で思わず憫笑《びんしょう》する。

宋哲がその手前で立ち止まると、其奴《そやつ》の動揺ぶりが欅の木を通して伝わった。その動揺が、刹那《せつな》、揉《も》み合う気配となり、十を数えるまでもなく哀《あわ》れな悲鳴に変わった。

「ああ……いっ、痛いではないか。何をするか」

若い男の声であった。紺によって右腕を捩《ね》じ上げられて欅の根の陰からウナギのように身をくねらせながら出てきた男は、年のころは二十二、三であろうか、精悍な顔立ちではあるが青白く、体躯《たいく》は細く、とても刀を振り回せるようには見えない若侍であった。

「痛いではないか、離さんか、金平《きんぴら》娘が……」金平娘とは荒々しい振る舞いをする乱暴女のこと。

「だれが金平娘じゃ」紺は若侍の腕を更に強く捩じ上げた。細い生木が折れるような音がその男の肩あたりから聞こえた。侍は痛みのあまり最早《もはや》言葉にならず呻《うめ》き声だけを不気味に山々へと響かせた。

「もうよい。それ以上に捩じ上げると折れるぞ。もうそのへんで止《や》めにしておけ」と宋哲は制したものの、「もう折れたようじゃぞ」と紺はあっさり言って退《の》けた。紺が手を離すと若侍の右腕は、肩から力が抜け、妙な方向に向いてぶらぶらと垂れ下がった。

「なんと?」呆気に取られ呆《あき》れたのは宋哲であった。

「カッとして、思わず力が入ってしまったわ。わたしのせいではない。この若侍がわたしのことを金平などと言うから……」

侍は左手で右肩を押さえ、呻《うめ》きながら蹲《うずくま》った。右腕は小刻みに震え、その震えが全身へと広がっているようであった。

「罰《ばち》があたったんじゃ。山賊めが」と紺の口はなおも雑言《ぞうごん》を放った。

侍は口汚く罵《ののし》られようが、痛みに抗《あらが》うのが精一杯で反論すらできず蹲ったままであった。宋哲は紺を無言で睨《にら》むと、その侍の肩に手を添えた。「折れてはおらんようじゃぞ、外れただけじゃ」と宋哲は侍の腕を上へ下へ、そしてぐるぐると回した。再び若侍は呻き声を漏らすこととなった。

「このような山賊侍など手当てすることなかろうに、爺。もったいないわ」

「例の三人組とも違うようじゃな。山賊のようにも見えんが」と宋哲は言い、ポンと肩を叩《たた》くと「しばらくすれば痛みはなくなるはずじゃ」とその襟首《えりくび》を掴《つか》み、ぐいと引き上げて立たせた。「お前さんは一体何者じゃ？　なぜわしらを待ち伏せた？」と若侍の顔をまじまじと見た。

若侍は、ようやく我に返ったように大きく息をするとあらためて宋哲の顔に視線を向け、そして、若侍は今初めて出会ったかのように驚き、目を見開くと宋哲の顔をまじまじと見た。「……杉浦先生ではありませんか」

宋哲は首を傾げた。はて、どこかで会ったであろうかと記憶を探ってみた。

「拙者《せっしゃ》、新田兵吾《にったひょうご》と申します」いまだ痛みが癒えておらぬようで言葉の抑揚は所々波打っていた。爺、知っておるのかと紺は宋哲の顔に訊くも、宋哲は口をへの字に曲げて首を横へ振った。

「末広町に門を構える堀部《ほりべ》道場の門下生、新田兵吾でございます」

堀部道場であれば宋哲も無縁ではなかった。梶派《かじは》一刀流師範、堀部英斎《えいさい》を道場主とし、門下生は六十名ほどと決して多くはないが、高山では最も古くから存立し、最も知られた道場である。宋哲もかつては堀部道場へと通い、剣術の腕を磨いたものである。現在の道場主堀部英斎の父である法元《ほうげん》は宋哲の師であり、道場との関係は足掛け四十年となる。医師となった今でも高山を訪れたときには、道場を訪れ、堀部との旧交を温めつつ、また稽古で怪我《けが》をした門下生の治療をするなど関係は続いていた。兵吾に関して、実のところ、おぼろげな記憶はあった。しかし、宋哲は兵吾のことを「知らんな」と首筋をぺたぺたと叩きながら突き離すように言った。

兵吾は、しょぼくれたようにうなだれ「無理もありません。わたしはまだ先生に治療をしていただくほどの腕ではありません」未熟な者同士が怖々打ち合っても所詮腰の入らぬ剣であるため、怪我などしれており、軽度の打撲《だぼく》、擦《す》り傷程度で、医師の治療など受けるほどのことにはまずならない。仲間内で手当てする程度ですむ。気合の入った打ち合いによる頭部打撲、裂傷、骨折などがあれば宋哲のような医師の治療を受けることとなる。しかも運が良ければの話である。

「情けない限りでございます。もっと鍛錬して腕を磨かねばと思っております」と兵吾は拳《こぶし》を握った。

「お前さんには見込みがないわ。剣術は諦《あきら》めた方がよい。やるだけ無駄じゃ」

「なぜでございますか」兵吾は人が変わったように宋哲に詰め寄った。背丈はあるが宋哲を威圧するほどの気迫はない。宋哲は怯《ひる》むことなく言った。

「今のお前の身のこなし、まるでなってない。足腰の弱った婆さんのようじゃ。お前に比べればお金婆さんの方が見込みはある。時を掛けて稽古するだけ無駄じゃ。そして気の弱さ……………泣くな」

兵吾は目に零《こぼ》れんばかりの涙を溜《た》め、歯を食いしばって震えていた。肩の痛みに耐えかねてのことではないだろう。そして一瞬間をおいて一筋の涙が頬を伝った。剣術に向いてないことは兵吾自身、痛いほどにわかってはいるが、これほどまでに面と向かって言われても返す一言さえないことに情けなく、悔しかったわけである。

「泣いておるのか？」と紺がその心情を察することなく兵吾の顔を無表情で覗《のぞ》きこんだ。「本当に泣いておるぞ、爺」珍しいものを見させてもらったと笑壺《えつぼ》に入《い》る紺。この北ソウレ山はいろいろと珍しいものを見させてくれる不思議な山じゃと紺は思った。

「お前には惻隠《そくいん》の情というものがないのか」と宋哲は紺を戒《いまし》めた。

しかし、「よくそれでわたしを手籠《てご》めにしようと考えたもんじゃな」と紺はあまく見られたことに腹立ちを覚えたようであった。

「何の話ですか」兵吾はさすがに腹に据《す》えかねたらしく当たり所を紺へと変えると、その泣き顔を向けた。

「お前さんは、ここでわたしらを狙っておったわけじゃ。刀の柄に手を添え、姿が見えたところで斬りかかろうとしていたわけじゃな。まずは爺を殺《あや》め、金品をせしめ、その後、わたしを手籠めにしようと目論《もくろ》んでおったわけじゃ。そうそううまくいくわけなかろう。未熟な者は考えることも未熟じゃな」と紺は嘲《あざけ》るように言うと猜疑《さいぎ》の目を躊躇《ためら》いもなく向けた。

「この金平娘は風狂《ふうきょう》（狂人）でございますか？　杉浦先生」

兵吾は、気持ちとともに右肩の痛みが落ち着いたらしく、袖《そで》で涙を拭《ぬぐ》うと、気持ちを改めるように深く息を吸い、なぜこの場に潜んでいたのかその理由を語り始めた。

兵吾の兄新田新衛門《しんえもん》は新田家当主であり、代官所に勤める役人で、材木改役を仰せつかっている。兵吾は新田家の二男で今は部屋住み（居候）の身分である。

ことは六日前、新衛門が上役である桑田伝四郎《くわたでんしろう》より、白川郷総代である田中孫左衛門《たなかまござえもん》宛てに、書簡を届けるよう命ぜられたことからはじまっていた。

その翌日、旅支度を整えた新衛門は、高山陣屋から四半里（一キロ）ほど離れた吹屋町の新田邸から、夜明けとともに出立したとのこと。高山から白川郷までは十三里（約五十二キロ）ほどの道のりとなる。新衛門は、御墓山《みはかやま》の裾《すそ》を通り、夏厩《なつまい》村を経て、越中西街道へ出る行程で、ほぼ手筈《てはず》通り夕刻には総代の屋敷へ到着し書簡を手渡している。その晩は、総代の屋敷にてもてなしを受け、宿を取り、翌朝、明け六ツ(午前六時ごろ)には高山へ向けて帰途に就いたとのことであった。

出立し、越中西街道へ入るところまでは総代の使用人、八助《はちすけ》によって見届けられているがそこからの消息は不明となった。遅くとも三日前には戻ってなければ何事かが起こったと察するが必定で、代官所の者、家の者が俄《にわ》かに騒ぎ出した。しかし、上役である桑田伝四郎から「道に迷ったことも考えられるので早合点して騒ぐでない」とのお達しもあり、表《おもて》立っては動くこともできず、そこで駆り出されたのが部屋住みである兵吾であった。兵吾からしてみれば、幾度も往来する街道で迷うことなどあり得ず、兄新衛門の身に災禍が降りかかったに違いないと推察したのである。

「白川へは新衛門殿ひとりで向かったのかな」と宋哲が聞いた。

「そのようです。至急の用件にてひとりで向かうこととお達しがあったようで」

「妙じゃのう」と宋哲は視線を落とした。供《とも》の者を付けぬように命じるとは、何か裏があるような気がしてならなかった。

兵吾は、この三日間、歩き詰めに歩き、街道を何度も行き来し、目に付く茶店、駕《か》籠《ご》屋、通りすがりの馬子《まご》に聞き回ったが、消息を掴むことはできなかったとのこと。

もしや桑田様の言う通り道に迷ったのではないかと、街道から脇へと延びる山道へと足を踏み入れ、兄の消息を探っていた。良からぬ思いが沸々と湧《わ》き、膨《ふく》らみ、不安の中、一休みし、吸い筒の水で喉を潤しているところに人の気配がし、万一関係ありやと息を殺して身構えたところ、不覚にも紺によって後ろ手に捩《ね》じ上げられたという次第であった。

紺と宋哲は事情を聞き、顔を曇らせた。茶店でお竹から聞いた、若い侍が来て侍を探していたとの話の、若い侍というのが兵吾で、探していた相手というのが兄の新衛門のことであろうと、紺と宋哲には合点がいった。

「お二人は兄について何かご存じでありますか?」兵吾は不安そうな面持ちで二人の顔を交互に見つめた。無表情な二人の顔から兵吾は何かを察したようであった。

宋哲は四日前に紺がこの道の先で出くわしたという出来事を話して聞かせた。案の如《ごと》く、兵吾は哀れなほどに顔色を曇らせることとなった。

「そなたの兄上であると決まったわけではない。まずはその顔を確かめねばならん」

宋哲の言葉を合図としたかのように紺が先を歩き始めた。続いて兵吾、宋哲と北ソウレの山道を歩くこととなった。

道々、兵吾は宋哲に聞いた。「あの方は杉浦先生とはどのようなご関係の娘さんで

ございますか。道場でお見かけしたことはあるのですが、そのときから気にはなって
はいたんですが」
「あれか、ただの孫娘じゃ。少々気は荒いが、よく気がつく賢い娘じゃ」と言うと、
前を行く紺が「ただの草取り娘じゃ。気立てはすこぶるよいぞ。決して金平娘でも風狂でもない」と今更のように取り繕《つくろ》う。クナイによって侍の額を傷つけたことは伏せてあった。
四半刻ほどして紺の足が止まった。紺は緊張の面持ちで空き地を見ていた。森を切り開いたようなぽっかりとした広場で、ところどころに倒木が横たわり、何も知らなければ腰を下ろして一休みしたくなるような所である。
「ここじゃ」と紺は指を差した。数人が踏み荒らしたように草の葉や茎がつぶれ、惨劇の舞台であることは一目して分かるが、先日の雨で洗い流されたらしく血飛沫の痕跡は見当たらなかった。しかし、宋哲と紺はその場所から草むらの方へと何かを引きずった跡を見逃さなかった。三人の浪人が侍を斬った後、その遺骸を運び去るとは考えられず、人目につかないところへと遺棄しているに違いないと推察していた。
宋哲は草むらへ入り、十数歩と行かないうちにそれを目にした。放り捨てられた侍の遺骸であった。遺骸はわずかに顔を横へ向けたうつ伏せの状態で横たわっていた。

獣に荒らされることなくそのままの状態であったことは幸いであった。このあたりには山イヌ、キツネ、クマ、イノシシなど肉を食らう獣も多く生息している。数日放置された遺骸は見るに堪《た》えないものも多い。

宋哲は兵吾を草むらへと呼び入れると「確《しか》と確認しなさい」と腹を据えるよう暗に命じ、遺骸へと導いた。

兵吾は草を踏みしめ、ゆっくりと遺骸へ歩み寄ると首を伸ばすようにして横たわる遺骸の横顔を見た。その瞬間の兵吾の呼吸の揺らぎが宋哲にも聞こえた。一つ息を飲み、兵吾は後ずさった。そして口を固く結び、はっきりと頷いた。

宋哲は紺を呼び入れると、遺骸を確認させた。紺はちらと見ただけで感慨なさそうに「やっぱりそうか」と低い調子で言葉を漏らした。

宋哲は紺に耳打ちした。「白川まで行って荷車と三人ほど人を連れてきてくれ。一旦、総代の田中孫左衛門殿のところへ運びたいとな。糸と針はわしがあずかろう」

今の刻限から遺骸を直に高山の新田邸へ運ぶことは無理と考えた宋哲は、まずは白川郷へと戻し、運ぶ手筈を整えたのち、明日にでも高山へ運ぶことが良策であろうと考えた。

「それともう一つ、孫左衛門殿に、新田新衛門殿が届けた書簡にはどのようなことが書かれていたか聞いてきてくれまいか。詳しくは話してはくれまいが、それとなくでよいぞ。急を要するものであったかどうかが知りたいだけじゃ」

「わかったわ」と針と糸を宋哲に渡し、紺が走り出したとき、兵吾が不意に呼びとめた。「あの」

「なんじゃね？」と紺が振り返ると、「紺殿。お世話になります」と兵吾は深く頭を下げた。先ほどとは手の平を返したような対応に紺はびっくりして目を見開き、ぎこちなくぺこりと頭を下げると、今来た山道を走り出した。紺の耳の奥では「紺殿……」という言葉が何度も繰り返された。なぜじゃろうかと考えた。胸がどきどきと激しく鼓動し、酒を飲んでもいないのに顔が熱くなった。なんじゃ？　わたしはどうかしてしまったのかね？　お紺とか、紺ちゃんとかなら何とも思わぬが、このような呼ばれ方をしたのは初めてであったからなのか、別の理由からなのか？　駆ける足に力が入り、思わず速くなった。

「しかし、紺殿……よい響きじゃ」と紺は呟《つぶや》くと、思わず顔がほころんでしまう。

　白川郷の総代田中孫左衛門の屋敷まで、紺の足で半刻（約一時間）ほどである。孫左衛門に事情を話すと、一大事とばかりにおっとり刀で人を集め、荷車の手筈を整えてくれた。その間に、宋哲から言われた書簡の内容について聞いてみたところ、孫左衛門は「詳しくは申せませぬが、特に、急ぎのことでも、大切なことでもありませんでしたな」と言葉を濁しながらも首を傾げていた。

人手を集め、荷車とともに紺が新衛門の遺骸のある場所へ案内すると、後は兵吾に任せて、紺と宋哲は天生へと戻ることにした。孫左衛門から聞いた話を宋哲にすると、「やはりそうであったか。何らかの目論見《もくろみ》があってのことであろう」とひとり呟き曇った顔を作った。

五

数日後、昼九ツ（正午ごろ）を少し過ぎたころ、紺は庵《いおり》にいた。紺は宋哲から、乾燥させた蕺草《どくだみ》の葉と茎を選別し包丁で細かく刻むように言いつけられていた。これは紺が嫌いな仕事のひとつであった。蕺草の臭いはいつまでたっても好きになれない。蕺草には皮膚病治療、殺菌、毒消しなどいろいろな効果があり、重宝される薬草で実入りもよいが、これを手にすると独特な臭いが染み付き、数日はこの臭いに悩まされることとなる。紺は顔を顰《しか》めながら蕺草の山の前で憂鬱に刻んでいた。

「もうこれくらいでよかろう。全部とは言われておらん。できるところまででよいはずじゃ。もう十分じゃ。よいよい」

紺が仕事を終えようと包丁を置いたとき、庵の粗末な戸を壊れんばかりに叩《たた》く者があった。紺はおもむろに立ちあがると、前掛けを手で払い「叩くな。壊れる。今開けるで」と面倒な面《つら》を隠すこともなくこれ見よがしに張り付けたまま戸を開けた。すると、着物の裾《すそ》を端折《はしょ》った三十代半《なか》ばの男が汗だくで立っていた。

「お前さん、だれじゃね？　わたしに用かね。それとも先生かね？」

「へえ、お忙しいところ申しわけねえです。わたしは新田様の使用人で矢平治《やへいじ》と申します。新田様から手紙を預かって参りました」と東北の訛《なま》りを交えながら言い、懐から汗臭い手紙を取り出すと紺に渡した。「では、わたしはこれで」と矢平治は頭を小さく下げた。

「待ちなさい。茶くらい飲んで行きなさいよ。疲れたでしょうに。今、淹《い》れるで」

「いえ、遠慮いたします。わたしなら大丈夫でございますから」と言うと、もう一度頭を下げ、そそくさと帰って行った。せっかちな男じゃなとの目で後ろ姿を見送ると、その場で紺は手紙を開いた。手紙には流麗な書体で次のような内容が記されていた。

新田新衛門の遺骸は無事に自宅へと戻ったこと。両人のお骨折り、当家一同、心より感謝いたしているとのこと。高山へ来た折にはぜひ当家へお立ち寄り下されとのこと。最後に、相談したきことありとのことであった。その内容はさておき紺の脳裏に兵吾の顔が浮かんだ。「相談とは、どのようなことであろうか。ひょっとするとわたしとのことであろうか」とひとり妄想に耽《ふけ》っているところへ、白川郷まで往診に出向いていた宋哲が戻ると、戸口でぼーと突っ立っている紺を見て奇異な目を向けた。

「どうした。熱でもあるのか？　顔が赤いぞ。熱冷《さ》ましならあったはずじゃ」

「新田殿から手紙じゃ」

「恋文か？　嫁に来てくれとでも書いてあったか？」

紺は途端に膨《ふく》れ面《つら》となったが、顔はさらに赤く、首までも赤く染まった。

「あのような屁垂《へた》れ侍でよいのか？　わしは反対じゃが、お前さえよければ話を通してやってもよいが……」

「わたしは何も言ってはおらん。余計なことはせんでもらいたい」紺は手紙を宋哲に押し付けると蕺草の山の前に座し、包丁を握りしめ、残りの葉を力任せに斬り刻んだ。

手紙に目を通した宋哲が気になったのは最後の文であった。相談したきことあり。

高山吹屋町に屋敷を構える新田家は、豊臣秀吉《とよとみひでよし》の命を受けて飛騨へ攻め込み平定した初代高山藩主金森長近《かなもりながちか》の筆頭家老根尾清長《ねおきよなが》の流れを汲《く》む家系である。天領となった元禄五年（一六九二）以降も代官所において代々材木改役の要職を務め二百石の俸禄《ほうろく》を拝領する。先代の新田景親《にったかげちか》はすでに他界し、家督を相続し三年目にして嫡男《ちゃくなん》新田家六代目新田新衛門が殺害されたことは一族の中のみならず代官所でも大きな騒ぎとなっていた。しかし、それをほくそ笑む者も少なくなかったことは、代官所において目には見えぬ争いがあることを暗に物語っていた。

新衛門の遺骸が新田家に戻されてから十日がたったころ、宋哲が屋敷を訪れた。その背後に張り付くようにして紺の姿が見られたのは意外であった。人ごみへ身を晒《さら》すことを好まぬ紺は高山を毛嫌いしていたはずである。それを察して「紺は来なくともよいぞ」と宋哲は言うが「わたしは下手人を見ておる。わたしが仇討《あだうち》の手助けとなることは間違いない」との強い申し出から付いてくることとなった。紺の内心をすでに感じ取っていた宋哲であったが、そう簡単にうまくいくものではないとも案じていた。紺は人との関わりが少ないためか、己の人に対する情のどこまでが真《まこと》かを知ることに疎《うと》い。山で暮らすことの瑕瑾《かきん》である。ややこしいことにならなければよいがと思うばかりであった。

立派な門構えの戸を叩き、しばらくして出てきたのは先日、手紙を届けた矢平治であった。「よくぞお越しくださりました。旦那様がお待ちしております」と丁重に迎え入れてくれた。

座敷へと通されてしばらく待つと兵吾が現れた。先日、山道で出会ったころより幾分窶《やつ》れたようにも見えた。

「杉浦先生、お待ちしておりました」しかし、兵吾には、当家の主《あるじ》としての自覚と、苦難を乗り越えたことによる風格も見え始めていた。「紺殿も、よくいらっしゃいました」

「はい、参りました」とニコリと笑顔を見せる。ここを訪れる前、紺は宋哲に「半刻（約一時間）ほど暇をくれんか」といい残し、姿を消したかと思うと戻ってきたときには別人のようになっていた。紺は小間物屋へ立ち寄ると、紅とおしろいを買い、その場で化粧を施《ほどこ》した。というより店の者に施してもらった。紺にとっては初めての化粧であった。十七の娘であるため致《いた》し方《かた》なかろうと宋哲は、あえてそれに触れることはなかったが、奇異な視線を感じた紺は「何じゃ、悪いか？　じろじろ見るでないわ」と照れ臭そうに返した。

草採りと山歩きにて日焼けし、薄汚れたあのときの紺と、今の紺の違いに兵吾が気付いたであろうかと、紺は内心では気が気でなかった。

そして楚々《そそ》として茶を運んだのは兵吾の母房江《ふさえ》であった。房江は紺と宋哲の前に茶を置くと対坐《たいざ》した。憔悴《しょうすい》しきった房江であったが長年武家の奥を切り盛りしてきただけあり、新衛門の遺骸を見つけてくれたこと、遺骸を運ぶ手配に奔走してくれたこと、ここまで足を運んでくれたことなどに毅然《きぜん》とした面持ちで礼を述べた。

その後、話し手は兵吾へと移った。

「兄はなぜ殺害されたかについてですが、それには心当たりがあるのです。下手人が浪人であるとのことですが、この者は単に雇われた者。裏には雇った人物がいるのでございます」

宋哲は無言で兵吾の顔を見つめ、一口茶を啜《すす》った。そして話を噛みしめるように固く口を閉ざしたまま腕を組んだ。兵吾の話は続いた。

「代官所には二つの力が拮抗《きっこう》しております。一つは代官である大原彦四郎紹正《おおはらひこしろうつぐまさ》側の力。もう一つは反大原彦四郎紹正側の力でございます」

そこまで聞くと宋哲には大方察することができた。

「新衛門殿はどちら側でしたかな?」

「反大原彦四郎紹正側でございます。しかし、これは口に出しては言えぬこと」

「もっともですな」と宋哲はゆっくりと腕を組み直した。

「兄は、山賊に襲われて殺されたわけでも、辻斬《つじぎ》りにあって殺されたわけでもありません。このことを知っていただきたかった。兄の沽券《こけん》に関わることでございます」

「ご理解いたします」と宋哲。

「すでにわたしが家督を相続することに決まっております。兄の要職をすぐに継ぐわけには参りませんが、わたしにも何らかの凶刃が向けられることも考えられます。そのようなこととなった場合、だれにもそのことを告げられず死ぬことほど無念はありません。ですから杉浦先生にはこのことを知っていただきたかったわけで、ご足労願ったわけでございます」

「なるほど。ご事情、お察しいたします。しかし、妙ですな。大原代官に反発したからと言って、代官側がそのような凶行に出るとは……。それくらいのことはどこにでもありそうなこと。いわば単なる派閥争い」

「まだ他にもあるのです。役務《えきむ》に関わることですので詳しくは申せませんが大原代官にとっては進退に関わる重大なことを握っていたように思います」

「つまり、口封じというわけで殺されたというわけですかな」

兵吾は目を閉じてはっきりと頷《うなず》いた。

「大原代官が直《じか》に命じたとお考えですかな」と宋哲は腕組みを解《ほど》いて聞いた。

「それは……」と兵吾は言葉を濁した。大原代官が直接に反対勢力の抹殺を命じるとは考えにくいのである。そのようなことが明るみに出れば執政に関わることは必定。であれば、大原に取り入り、出世を目論《もくろ》む者の仕業と考える方が無難である。確信はないものの大方の目処《めど》は付いているとのこと。兵吾は口には出すことはなかったが、その名も掴《つか》んでいるようであった。しかし、これ以上に深入りすることができぬ歯がゆさを兵吾は噛みしめていた。

兵吾は、未熟者ゆえ、執政の仕組みや世情に疎く、わからぬことはまだ多いと締めくくり、このことについては他言なきようにと念を押され一刻（約二時間）ほどで宋哲と紺は新田邸を出ることとなった。

二人が新田邸を辞去した後、道々、紺は不機嫌な面を呈していた。すでに下手人の見当は付いていると言われれば、紺の出る幕はない。しかも、兵吾が紺に目を向けたのは新田邸に入るときと出るときのみ。不機嫌となることは必然の道理か。紺にとっては何しにきたのかわからなくなっていた。化粧までして支度してきた己が馬鹿に思えた。

「なんじゃ、あの男、失礼にもほどがあるではないか。あの男、屁《へ》っ放《ぴ》りだけでなく相当に鈍いぞ」

「時と場合を考えんか、紺」宋哲の叱声であった。紺は不貞腐《ふてくさ》れ、これ以上できないというほど顔を潰した。

宋哲は、所用があるとのことで、そこで紺とは別れた。宋哲の背中を見ながら紺はこれ幸いと、居酒屋まつ屋へ向かうと自棄酒《やけ》を呷《あお》ることにした。とてもこのままひとり夜道を帰る気分にはなれなかった。

「お為さん、酒くれぬか。飲みたい気分じゃ」と言う紺に、お為はきょとんとした眼で紺の顔に視線を向けた。

「紺ちゃんかね？　どうした風の吹き回しかね。雨でも降るかね。天気がいいのにね」と聞いた途端、そこにいた客のすべての目は紺へと注がれた。

「雨など降らん。まだまだ降らんが、いつか降らせて見せるでな」と紺。

「紺が……」だれかが驚きの声を発すると、まつ屋の主人松造までもキツネに抓《つま》まれたような顔で勝手場から首を伸ばして見た。呼吸を三つほどする間、まつ屋は沈黙に包まれた。

「なんじゃね？　じろじろと人の顔を見おって。わたしの顔になんぞついておるのかね？」と言った瞬間、――そうであった、わたしは生まれてはじめての化粧というものをしていたのじゃ――すっかり忘れていた。

だが、「どうじゃ、見直したか？　ただし、今日はいつになく機嫌が悪い。心の中で別嬪《べっぴん》じゃのうと密《ひそ》かに鼻の下を伸ばすだけなら大目に見るが、下手に手を出したら腕の一本二本折れるだけじゃすまんぞ」と熱い鼻息を撒《ま》き散らした。

待ち伏せ

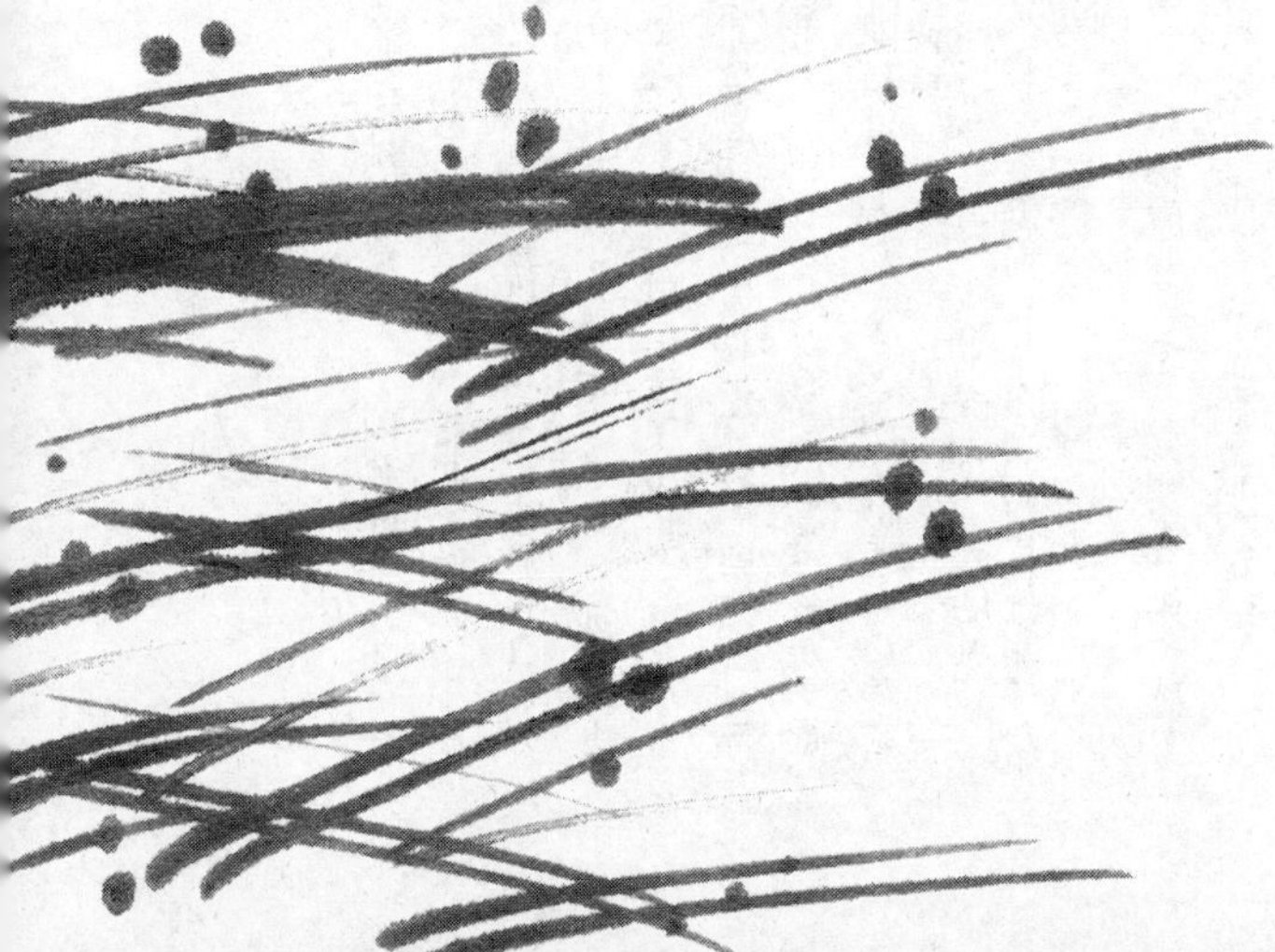

いつものように居酒屋まつ屋の座敷で目覚めた紺は、勝手場で口を濯《すす》ぎ、顔を洗う。もったいないとは思うも紺は手拭《てぬぐ》いでごしごしと顔を拭った。最初で最後になるやもしれんと思った化粧であったが、知った顔に会ってこれ以上じろじろ見られるのも不愉快この上ない。拭った後、白粉《おしろい》と紅で薄汚れた手拭いを見て、ふと、爺のことを思い出した。爺はどこへ何をしに行ったんじゃろう？　所用とはなんじゃろうか。まさか、飯盛旅籠《めしもりはたご》へ女郎でも買いに行ったかと紺は思った。宋哲は意外と堅物《かたぶつ》で、浮いた話もない。しかし、隠し事はうまく、何を考えているかわからないところがあるから、ひょっとするという思いも紺の心の片隅にはあった。まさか、どこかに後家《ごけ》さんでも囲っておるか、治療と称してどこかの新造《しんぞう》さんに手を出してはおるまいか？　いろいろと妄想が渦巻く。まあ、よいのだが……。どこで何をしようが紺には関係ないこと。しかし、気になる……。

紺は、お為に「また来るでな」と一朱を手渡すとお為の心配そうな顔を背中に感じながら天生へと足を向けた。今から歩けば夕暮れ前には庵《いおり》へ着けると思った。

前に高山へ来たときから十五日ほどたっていて、解け残った雪はさらに痩せ、日陰や雪崩《なだ》れて溜まった谷に残るばかりとなっていた。残った雪も純白であった面影もなく、山土に混じって斑《まだら》となり、ほとんど山肌に埋もれるほどであった。それに反して木々の緑はより深みを増し、初夏の匂いをいっそう色濃く感じさせた。

紺は山道へ入るとすぐに山の風に混じる人の気配を感じた。いつかはくるであろうと予期していたことではあったが「ここで来たか」と心の臓が大きく鼓動し、全身に緊張を漲《みなぎ》らせた。木剣の柄に右手を掛け、左手でクナイを一本握りしめた。しかし、人の気配は一つであった。咄嗟《とっさ》に額に傷を与えた浪人の顔が思い浮かんだ。気配は近いと思った。十間（約十八m）は離れていまい。

――あの木の陰か――紺は、気配の主は杉の大木の陰と読んだ。そして、五間（約九m）と近づいたとき、気配が動いて影は飛び出した。紺は、瞬時に身構えた。しかし、木の陰から飛び出したのはいつぞやのずんぐり男であった。

ずんぐり男は顔の右半分で不敵に笑い、勝ち誇ったように「待ったぞ。天生の狐め」と紺を指差した。片方の手には漆黒《しっこく》の木刀が握られている。敵意がそのずんぐりとした身体から沸々と湧きだしている。しかし、紺に危機感を与えるほどのものではなかった。

「なんじゃお前か、脅かすでないわ。お前の敵意を勘違いするとは、わたしも未熟じゃの」紺の身体から瞬く間に緊張は消散するが、疲労感だけは澱《おり》のように残った。

「わしじゃ驚くに値せんと申すか」ずんぐり男は心外とばかりに不服を露《あら》わにした。

「お前はだれじゃね？　なぜわたしに付きまとう？　金が欲しいのか？　食い物が欲しいか？　わたしを手籠《てご》めにしたいか？　それとも嫁にしたいか？」

ずんぐり男は無言で紺を見つめていた。呼吸が荒くなるのがわかった。

「なぜ黙っておる？　耳は達者じゃと思うたが」紺は男に詰め寄り、見下ろした。

「一度に多くを聞くな。何から答えていいかわからなくなる」

「ほう、お頭《つむ》の巡りはそれほどよくないようじゃな」と紺は小馬鹿にしたように笑みを零《こぼ》した。

「違う。わしのお頭の巡りはよいとの評判じゃ。ただ……」

「ただ、なんじゃね」

「なんだか、お前が苦手じゃ」蛇に睨《にら》まれた蛙の気持ちはこんなもんじゃろうとずんぐり男は思った。紺は、このずんぐり男は妙に正直な奴じゃなと思った。

「じゃあ、そのまま帰ることじゃ」と紺はその横を通りすぎようとすると、ずんぐり男がさっと紺の行く手を塞《ふさ》いだ。

「このままではわしの負けになる」

なぜ負けになるのか紺にはその理由がとんと掴《つか》めぬが、この男の中ではいろいろな葛藤《かっとう》が渦巻いた結果、この場へ来ているのであろうと漠然《ばくぜん》とした思いが過《よぎ》った。

「なぜ、ここを通るとわかった？」と紺が聞いた。

「お前のことは町の人から聞いた。天生峠に昔から住む狐と言われているそうじゃな。妖怪の類かどうかは、わしは知らん。良く言う者もおれば悪く言う者もおる。もっとも、わしは妖怪など信じないがな」陰で「狐」と言われていることは薄々知っていたが、面と向かって言ったのはこのずんぐり男が初めてであった。それにしても、昔から住むとはいつのころからか……？　いつから妖怪の類と噂されるようになったのか、紺にはわからなかった。正直だが、ずいぶんと失礼なことを面と向かって言う奴じゃ、礼儀と言うものを知らぬ者じゃなと思った。ずんぐり男は大きく息を吸い込むと一気に吐き出す勢いで話を続けた。「旅人でない限り、天生へ行く道はこの山道が一番近いそうじゃ、だからここで網を張っていたというわけじゃ。わかったか。まんまと狐が網に掛かったわけじゃ。言い忘れた。わしは善久郎じゃ。本郷村の善久郎じゃ。覚えておけ」

紺はここで初めてずんぐり男の名を聞いたが、なぜ覚えておかんといかんのじゃろうと首を傾《かし》げそうになった。此奴《こやつ》、風狂じゃろうか、もし、そうであればあまり相手にしないほうがええかもしれんと紺は平静を取り繕《つくろ》った。

「よくわかった。覚えておくことにする。本郷村の善久郎じゃな。ではわたしは急ぐでな」

「待てと言っておろうが。勝負じゃ。わしはここで十と五日もお前が通るのを待っておったのじゃ。潔《いさぎよ》く勝負せんか」

「十と五日じゃと」紺は聞いて耳を疑った。「やっぱり風狂じゃな」と思わず呟《つぶや》いてしまった。

それを聞き逃さなかった善久郎は即座に反応した。「だれが風狂じゃ？」そしてかっとし感情の赴《おもむ》くまま、漆黒の木刀で殴りかかってきた。剣術が得意ではない紺であったが、所詮素人の鈍《なまくら》木刀。その程度を見切るのは造作もないこと。素早く身を躱《かわ》すと、善久郎の背中をとんと突き払った。そして「やめておけ。怪我《けが》をするぞ」と背を向けて山道に足を踏み出した。しかし、ずんぐり男は素早く身を翻《ひるがえ》すと紺に向き直った。

「わしは十と五日もお前を待ったんじゃぞ。ここで逃せば、また飯が不味くなる」

「お前の飯の味まで面倒は見切れんがな」

ざす。

「待たんか。狐め。鍋の具にしてくれるわ」と追いかけると木刀を更に大きく振りか

紺が振り向いた瞬間、石火のごとくクナイが放たれた。

音もなく飛んだクナイは善久郎の右足から二寸（約六センチ）のところを捉え、小石を弾き飛ばして突き刺さった。善久郎の顔は瞬く間に青くなった。背筋に悪寒が湧きそれが全身にまで広がった。そして、思わず後ずさりしてペタンと尻もちをついた。

「いい加減にせんか。しつこい男は嫌われるぞ。度胸と熱意だけは褒《ほ》めてやるが、無謀な行いは命を縮めるぞ」紺の凄《すご》みに、善久郎にはその目が光ったように見えた。

「お前、何者じゃ？　ただ者ではないな」善久郎の声は震えた。紺が本気であれば己の命はなかったかもしれないと思った途端、股間が縮みあがった。

「天生に住む、ただの草採《と》り娘じゃ」と紺はニヤリ笑う。

「いや違う。わしの目はごまかされんぞ。ただの草採り女にこのような芸当ができるもんではないわ。言いふらしたる。お前は忍《しのび》かくノ一か」

「馬鹿者めが。勝手に言いふらすがいいわ。わたしも言いふらしたる。本郷村の善久郎は喧嘩に負けて小便漏らしたとな」

「小便？　馬鹿たれ。だれが小便など漏らすか」

「お前の尻を見てみろ。びしょびしょじゃろ」

善久郎は自分の尻に手を当ててみた。そこでようやく自分の尻が濡れていることに気づいた。

「ば、馬鹿たれ。これは……尻もちをついたとき、そこが水たまりだっただけじゃ。その染みじゃ」

「小便臭いのがぷんぷん臭うがの」と紺は鼻をひくひくと動かした。

「馬鹿なこと言いふらしたら承知せんぞ」善久郎はよろよろと立ちあがると踵《きびす》を返し、尻を隠しながら走り出した。「下らんことを言いふらすでねえぞ。覚えてろ」

覚えてろとの捨て台詞は、また次の待ち伏せがあるということではないか。紺の口からは無意識のうちに溜息が漏れた。妙な奴に魅入《みい》られたもんじゃ。だから町は嫌いじゃ。

紺はクナイを拾うと、「欠けてはおらんか」と刃先を見た。お気に入りのクナイである。凝った飾り紐が結びつけてある。「大丈夫のようじゃ。傷はついたが……。無暗《やみ》なことをするものではないの」よかったと胸を撫《な》でおろすと懐の革袋へと入れた。

しかし、投げてしまったことを今更のように悔やんだ。かっとなると考えるより早く手が動く。止められんのが己の欠点であることは弁《わきま》えていた。爺に知れたらまた一刻(約二時間)ほどの説教を聞かなくてはならぬ。これは黙っていようと思った。善久郎も言いふらすことはないだろうと思った。あの善久郎という男は辱《はずかし》められることをなによりも嫌うらしいことはあの顔つきや態度からもわかる。

狢《むじな》と狸《たぬき》

一

「代官所は思った以上に腐っておるようじゃ。聞けば聞くほど耳を疑うことばかりじゃ」

高山から一日遅れで戻った宋哲が思い悩むような面持ちで薬研《やげん》を挽《ひ》きながらひとり言のように呟《つぶや》いた。薬研で竜骨を砕く小気味よい調子が時折途切れる。

紺はその隣で背中を向け、山で採ってきた吉草《きっそう》(カノコソウ)の葉と茎、根を分けていた。吉草は足の臭いのような独特な臭いがする。紺はこの臭いも好きにはなれなかった。蕺草《どくだみ》に次いで嫌いな草であった。紺は口元を手拭いで覆うも思わず眉を顰《ひそ》めた。紺は宋哲が挽く薬研の音の変化から憂いていることに気付いていた。紺はあえてその話に立ち入ることはないが、宋哲が代官所の内情を深く気にすることを不思議に思っていた。窓から入る日差しに吉草の葉を透かしながら紺は宋哲の様子を背中で窺《うかが》っていた。

元禄八年（一六九五）、金森家が六代にわたって居城とした高山城は廃城となっている。その三年前の元禄五年（一六九二）には、飛州は幕府の直轄地となり代官所が設けられ、関東郡代伊奈半十郎《はんじゅうろう》忠篤が初代を命じられた。現在の代官大原彦四郎紹正は明和二年（一七六五）に着任し、十二代目飛州代官となった。このころ財政が逼《ひっ》迫《ぱく》し財源確保に苦慮した幕府は、飛州への締め付けをにわかに厳しくした。飛州は金や銀の鉱物資源、それに加え、木材などの森林資源が豊富なため、絶好の財源領地であった。さらに財源を万全とするため、それに伴う下準備として大原を代官として抜《ばっ》擢《てき》した次第である。勘定組頭からの大抜擢であった。

幕府の期待に応《こた》えるべく、大原は、赴任した二年後には御用木元伐休山《ごようぼくもとぎり》とする内示を出した。これは、もともと決められた数だけ伐《き》ってよいとされ、伐った木材は幕府が買い上げることとなっていたが、その伐採を全面的に禁止することであった。乱伐によって乏しくなった森林資源の保護とされたが、これを生業《なりわい》とする山方は困窮必至であり、大いに憤慨《ふんがい》することとなった。さらには年貢の初納を十月から八月へと早めたり、それらに抗議した高山地役人を幕府の意向と称して遠方へ追放し、百姓の徒党、強訴《ごうそ》、逃散を禁じる高札を設置するなどし統制を強《し》いたのである。

明和八年（一七七一）飛州百姓衆の憤懣《ふんまん》は最早《もはや》、飛州にとどまらず、直接に江戸へと向かおうとしていた。江戸門訴である。

「お前は、お前に関係ないことと思っておるかもしれんがな、医師として診療をするためには、冥加金《みょうがきん》を支払わねばならんのじゃぞ。お前が薬草を売る分も含まれておる。それも高額になりつつある」宋哲の言葉が突然、紺の背中に投げかけられて己が咎《とが》められているような気になってどきりとする。しかし、冥加金のことなど紺は初めて耳にすることであった。無関係でないことを初めて知ったが、我が懐痛まずであればさして気にすることもなかろうと思った。

「お前にも負担してもらわねばな」と立ち上がると、前掛けを叩《はた》いて嫌がらせのように埃《ほこり》を立てた。竜骨の白い粉が舞って紺を包んだが、紺は作業に乗じて聞こえない振りを決め込んだ。

厠《かわや》へでも行ってきたのか、戻ってきた宋哲が、紺の後ろへ立った。じっと紺を見下ろしているようで、その視線は紺も感じていた。そして宋哲はおもむろに、低く疑いを含んだ声色で言った。「紺、何か隠しておるな」と。

吉草から視線を外して、ふっと顔を上げる紺。「なんじゃ？　何も隠してなぞおらんが。妙なことを聞く爺じゃな」と平静を装って手作業を進めた。近年は紺の嘘も堂に入って宋哲でさえも見抜けなくなりつつあったが、これは何かあると見切った。

「半分、竜骨が挽《ひ》いてあったが。なぜじゃ？」と宋哲が鎌を掛けてみた。

「なぜと聞かれても。やっておけと命じたのは爺であったぞ」

「いつもならやらずであろう。そのように素直な紺は十年ぶりか」宋哲が留守をするときに命じておいてその仕事がなされていたことは、かつて三度あったであろうか。

「暇じゃったから挽いておいただけじゃ。それで文句を言われたのなら、わたしの立つ瀬がないわ」とわざとらしく不愉快を演じて見せたが、それが通用する宋哲ではない。

「そうか、それなら、木剣を見せてみろ」宋哲は、どこぞのだれかと喧嘩でもしたのではないかと勘繰《かんぐ》った。打ち合ったときの傷が付いていたり、ときには血や髪の毛が付いていたことが過去にはあった。

「そこに掛けてある。勝手に見ればよいわ」

戸口横の壁に数本掛けてある。紺が持ち歩くのは決まって鉄芯を埋め込んだ二尺五寸（約七十五センチ）の紫黒檀《しこくたん》から成る木剣である。紺の腕の力ではこの長さが丁度いい。刀より一尺（約三十センチ）弱短いが、紺の素早い動きによって、長さのある刀に対しても十分に対応できるわけである。

「得物は木剣ではないようじゃな」

どきりと紺の胸が鼓動したが、ここで動揺は見せられぬと応戦に転じた。

「爺は、最近歳のせいか疑り深くなって困る。もの忘れも多くなるし、小便も近くなるし、自分のために滋養強壮湯でも調合したらどうじゃ？」

「クナイを見せてみろ」と宋哲は手を出した。

「女子《おなご》の持ち物を見分するとはよい趣味とは言えんぞ」と背中を向けたまま言うが説得するには弱い言葉であった。

「見せろと言うておる。どこにある」

紺は胡坐《あぐら》を掻いた足をちょいと持ち上げると座布団の下から革袋を取り出した。

「見たけりゃ好きなだけ見るがいいわ」と最早、紺には諦《あきら》めの顔ができていた。

宋哲にはそのクナイの光を一目見ればわかる。小石を撥《は》ね退《の》けて地面に突き刺さったクナイには欠けは無いものの表面には無数の傷が付いている。

「しかたなかろう。あの小僧がなにかと絡《から》んでくるんじゃ。降りかかる火の粉は払わねばならん」

「逃げればよかろう。それくらいの脚はあるであろう」

「なぜ、逃げねばならん？　わたしは何も悪くない」

「自分の立場を弁《わきま》えろ」

「立場と言うほどのものではなかろう。ただの草ではないか」草とはその地に根付く忍《しのび》である。

「草として生きる道を選んだのはお前ではないのか」

「それ以外に生きる道はないと脅したのは爺であろう。そのときわたしは四つだった。両親を殺されて途方に暮れているとき、見ず知らずの親類にこのような辺鄙《へんぴ》な地へと連れて来られ、わずかな金とともにわたしを爺に引き取らせた。そのようなときに言われても、それがどのような生き方なのか、わかるはずもなかろう。好きで選んだのではない。爺に唆《そそのか》されただけじゃ」と暗く沈んだ面持ちで今までの不満を一息で吐いた。紺の胸の一つの蟠《わだかま》りは少しは小さくなったが、このような蟠りなど数え切れぬほど胸の奥に詰まっていた。もう一つ二ついでに吐き出してしまおうかとも思ったが、宋哲の口がそれを制したのでまたの機会に取っておくことにした。

「生きてこられただけでもありがたく思わねばならん。違うか？」

「半分は感謝しておるが……」

「あとの半分はどうじゃ？」

「どうであろうか。それはまだわからん。これからの出来事で決まるのではなかろうか」

「草であることが知られれば、その意味が無くなるだけでなく、お前の命までも危うくなる。草をじゃまに思うておる者も数多《あまた》おる。それを危惧《きぐ》しておる」

紺には宋哲の言いたいことはよくわかるが、生まれ持った性分《しょうぶん》のせいもあり、抑えられぬこともある。宋哲もそれは重々わかっていた。十年以上ともに暮らせばその性分はわかる。

「軽はずみに使うでない。木剣までにしておけ。木剣であればごまかしようがあろう」と釘を刺すもクナイを紺に手渡した。

宋哲が仕事に戻ると聞いた。「その小僧、名は何と言った？」

「本郷村の善久郎と名乗ったわ。ずんぐりとした狸のような小僧じゃ」

宋哲はその名を胃の腑へと落とし込むように飲み込んだ。その様子が紺には妙に心のどこかに引っかかった。爺は何か言いたげにしながらもそのことを隠したように思えた。

紺は吉草の部位を選り分けると天日に干すため外へと持ち出し、広げた筵《むしろ》へと押し並べた。春の日差しが眩《まぶ》しく紺の顔を照らしたが、心の中にはうっすらと影が差した。吉草の臭いのせいもあったが、そればかりではなかった。なぜじゃろうかと紺自身にもわからなかった。わたしは草などという生き方は性《しょう》にあわん。人のために生き、人のために死ぬなど。なぜ自分のために生き、自分のために死ねぬのか。草など人として日の目を見られぬ嫌われ者である。紺は慎ましながら山で野草を採ってのんびりと生きたいが、運命と根底の性《さが》はそれを許さぬらしい。

なぜか、己が目の前の吉草と重なって思えた。効能は多いが臭いにより嫌われると……わたしは臭うのか？

二

紺は喜楽堂の二助に頼まれていた忍冬《にんどう》とその蕾《つぼみ》を採るべく腰を上げることにした。明け方は曇天《どんてん》で気分はすぐれなかったが、朝飯を食って、出かけるころには陽が差し始め、紺の気分も上々となった。忍冬には抗菌作用や解熱作用があるため漢方薬の材料としては重宝され、高値で取引される。今度、まとまった金が入ったとき、上等な紅と櫛《くし》を買おうと密《ひそ》かに決めていた。新田邸を訪れる前に立ち寄った小間物屋で目を付けたものである。知らず知らずのうちに紺の顔がほころぶ。

紺は背負子《しょいこ》を担《かつ》ぎ、木剣を腰へ差す。クナイが入った革袋へ手を伸ばしたが、すっとその手をひっこめた。意外と宋哲の説教が利いたようで、また、自らへの戒《いまし》めの意味を含めていた。懐が軽い日があってもよかろう。しかし、こんなときにこそ何か起こるかもしれんとの思いも過《よぎ》るが、小さな苦難など己の機転で回避できよう。

忍冬の群生地を、庵《いおり》より南へ少し行った籾糠山《もみぬかやま》の中腹に見つけている。山道から脇へ逸《そ》れると獣道のごとくとなる。しかし紺の脚で一刻（約二時間）も行かぬうちにそこへとたどり着く。手つかずの群生地であった。木々の谷間に開けた空き地。一町（約百十m）ほどの広場一面に、小さな白い鳥が羽を広げたような忍冬の花が、あたかも手入れされた畑のように咲き広がっていた。

「見事じゃ、独り占めじゃ」と紺は思わず声が出て顔がほころんだ。

紺は背負子を放っぽり出すと、まずは一つ、二つと忍冬の花を摘《つ》み、その付け根を吸う。舌先から奥へと春の味が広がる。花の蜜である。甘いものに目がない紺には、数一つ、二つですむわけがなく、次から次へと口へと運ぶ。花一つはわずかでも、数十、数百となれば満足がゆく。紺の周りだけはあらかた花は採りつくされ、ぽっかりと穴の開《あ》いたように白が抜けていた。「今日のところはこれくらいにしておいてやるか。楽しみは次回にも」とひとりごちると、ではと採取に取りかかる。

忍冬は、花はもちろん、蕾、葉、茎もすべて利用できるため、採取はとても容易であった。持参した鎌で、雑草を避けながらザクリザクリと刈り、背負子の竹籠《たけかご》へと詰め込むだけである。あっという間に竹籠は一杯になる。ここにある忍冬はとても一日では採りつくせるものではない。質の良いものはあらかた採ったが、まだまだ使えるものは多い。しばらくすればまた育ち、質の良い忍冬になるだろうと、数日後にまた来ると決めて、その日は戻ることにした。金になる草をこのまま残して帰ることはひどく後ろ髪引かれる思いであったが致し方なし。

帰途に就こうとした紺はぎくりとし足を止めた。見覚えのある黒い人影を見つけたのである。「権六……」と、声が喉まで出かけたが、それは、笑みへと変わった。してやったりの笑みである。北ソウレ山での一件は先を越されたが、今回は先を越した形となった。しかし、権六は顔色一つ変えず、無言で忍冬畑を眺めていた。

「悪く思わんでくれ。早い者勝ちじゃ。でもな、まだまだ売れそうな忍冬はあるぞ。集めるには少々骨は折れるが」声を出して笑っても耳の聞こえぬ権六に聞こえるはずもないが紺は声を押し殺して笑った。紺のささやかな礼儀であった。

紺が権六の横をすり抜け、家路に向かう中、何度か振り返ると、権六はそのままいつまでもぼーとその一画を眺めていた。

「悪いことをしたかの……」と思いながらも家路を急いだ。獣道から林道へと入り、しばらくすると人の気配に出会った。林道で人と会うことは珍しくない。大抵は顔見知りである。しばらく行くと気配が、はっきりと形になった。しかし、その人の形は後ろ姿で、森の大木の陰に息を潜めて身を隠している。若い男、百姓風の後ろ姿であった。ずんぐりした後ろ姿……。

「こんなところで何をやってござる？」と紺はその後ろ姿に聞いた。

はっと驚いたように振り返ったその顔は、やはり善久郎のものだった。まさかとは思った紺であったがやはり驚いた。善久郎は紺に気付くも「しっ」とおちょぼ口の前に人差し指を当てた。

「お前さんのことじゃ、どうせ覗《のぞ》きでもしておるんじゃろ」

山の中では時折見られることがある。気候が良くなると男と女が草むらや木の陰で乳繰《ちちく》り合う場面を。紺も嫌いではないので草むらに潜んで覗き見たことがあるので人を非難できる柄ではないが。

善久郎の視線の先へ紺が目を向けると、半町（約五十五ｍ）ほど先の草むらにはいつぞや見た光景が再現されたような光景が展開されていた。四人の武士が向かい合っている。正確には、やはり三人と一人である。幸運なことに、まだ刀は抜いていなかった。柄《つか》に手を掛け、お互いに相手の出方を見ている状態であった。しかし、その中のだれかが動いた瞬間、四人は一斉に刀を抜くはずである。その緊迫した空気から察するに、水の一滴《ひとしずく》も落ちれば十分であろう。そして、三人はいつぞやの浪人、さらに向かい合う侍は……。

「兵吾殿じゃ」紺が喉の奥で声にならぬ声で叫んだ。

「知っておるのか?」

紺は草むらから飛び出そうとするが、善久郎が肩を掴《つか》んだ。

「馬鹿かお前は。お前が行けば二人とも殺されるぞ。何もできぬ。悔しいが……」

「お前はそれでも男か。ただの法螺吹《ほらふ》きか」

「わしはただの百姓じゃ。いくら腕に自信があろうとも、刀を持った侍三人に太刀打ちできるわけはなかろう。お前も行くな。死ぬだけじゃぞ」

しかし紺は善久郎の手を振り払い、背負子ごと竹籠《たけかご》を投げ捨てて飛び出した。無意識のうちに懐に手を入れるもクナイは無かった。こんなときに限って持たぬとは、己の甘さ、爺が恨めしい。あるのは腰に帯した木剣のみ。幼いころからクナイの稽古に明け暮れたにもかかわらず肝心なときにクナイが無いなど、笑いぐさじゃと心のどこからか声が聞こえた。

駆け迫る足音がし、山道の先から走り来る紺に驚いたのはそこに向かい合った四人であった。

「何じゃ？」とだれかが言った。一斉に四人の目が紺へと向いた。

「兄上のお命を奪ったのはそいつらじゃ」紺が駆けながら叫んだ。

迫る速さは尋常《じんじょう》ではなかった。野山を縦横無尽に駆ける狐のよう。その素早さに一人の侍が一瞬怯《ひる》み、刀を抜くのが一呼吸も遅れたか、紺が振りおろした木剣がその侍の額を捉えた。鉄芯を埋め込み、強度と重さを有する木剣の発した鈍い音が径三間（約五・四m）ほどの円を描いて響いた。瞬間に額から飛び散った血に紺の胸元は塗《まみ》れた。しかし、紺に怯む気配はなく、二人目の侍に向かった。二人目の侍は刀を抜くと、向かい来る紺に対して水平に斬りかかった。紺は瞬時に身をかがめて躱《かわ》し、反撃とばかりにその侍の横っ面へと木剣を叩《たた》きつけた。骨が砕ける鈍い音とともに絞り出すような呻《うめ》き声が漏れ、鼻血を放った。二人の侍は最早《もはや》応戦できぬほどの痛手を受け、刀を投げ出し草むらでのたうち回った。二人はまったくの雑魚《ざこ》であった。

三人目の侍は、紺のクナイを額に受けた侍である。蟀谷《こめかみ》の上には治りきらない傷が痛々しく残っていた。しかし、この侍は手ごわいと思った。まともに受ければ紺の腕力では受けきれないとわかった。

「女、いつぞやの。よくも……覚悟いたせ」三人目の侍は遺恨を晴らすべく、闘志を漲《みなぎ》らせた。素早く刀を抜くと中段へと構え、紺の眼前へと切っ先を向けた。

紺は懐からクナイを出して投げる、真似をして見せた。侍は、二度同じ手は食わぬとばかりに刀で払いのけようと刀を額へと翳《かざ》した。その瞬間、がら空きとなった鳩尾《みぞおち》を木剣で力任せに突いた。鈍い音は、侍の身体に共鳴して響き、背後へと突きぬけた。見事に紺の木剣は侍の鳩尾へとめり込んでいた。息も絶え絶えに侍は堪《たま》らず前のめりになり、頭を下げたところ、紺は身を躱《かわ》し、木剣を後頭部へと叩き下ろした。乾いた音が径五間（約九m）ほどの円を描いて響いた。侍は呻くこともなく木偶《でく》人形のように草むらへと崩れ落ちた。

「兵吾殿、早く」紺は兵吾の手を引くと山道を導いた。呆気《あっけ》に取られていた兵吾も「はあ」と情けない声を出しながらも、這々《ほうほう》の体《てい》で走り出した。最早これまでとの命の危機から一瞬で救われたのであるが、その状況を飲み込むには少々時を必要とするようであった。

山道から獣道へと入り二町（約二百二十m）も走ったところでようやく一息つい

た。

「ここまで来れば追って来られまい。もう大丈夫じゃ」紺はわずかにも息を乱すことなく言ったが、兵吾は息苦しそうに喘《あえ》いでいた。「大丈夫ですか、兵吾殿」

兵吾は大きく息をしながらもまじまじと紺を見た。不思議な生き物でも見るような目で紺を見ていた。

「お前は何者じゃ。やはりただ者ではねえな」と叫んだのは善久郎であった。善久郎は紺が放っぽり出した背負子を拾って、しかもそれを背負ってのたうつ侍の横を駆け抜けてきたのであった。善久郎は背負子を下ろすと座り込んで一息ついた。忍冬は無事であった。

「なぜ、お前がここにいる？」と紺は礼も言わずに背負子を担いだ。

「お前は、化け物か。こんな女子《おなご》にわしは喧嘩を売ってしもうたか。わしには見る目がないということか」善久郎には一連の動きが一瞬に思えた。最初の侍の額を叩き割ったところから、兵吾の手を曳《ひ》いて駆け出すまでの間、三度の呼吸はしてないように思えた。

「はよ帰れ。お前がなぜそこにいたのかは知らんが。お前はじゃまじゃ」

「わしには刀がない。侍とは喧嘩はできんが、わしはわしのやり方で戦う。いずれわかるわ」善久郎は意味ありげに何か言いたげであったがそれ以上は口を噤《つぐ》んだ。

「そのようなことは何も聞いておらんぞ」と言葉は善久郎へ向けていても紺の目は兵吾へと向いていた。兵吾は身の置き所がないようで一人、俯《うつむ》いていた。

「怪我《けが》でもされたかね、兵吾殿」

兵吾は侍でありながら恐怖のあまり身動きもできず刀を抜くこともできなかったことを不甲斐《ふがい》なく思っているのか、兄の仇《かたき》を目の前にして討つことができなかったからなのか、男でありながら紺という女に命を助けられたことを恥じているのか、兵吾の内心ではすべてが渦巻いていた。堪《た》えられぬ涙が兵吾の頬を伝った。

「泣かずとも……」と紺はその心中測りかねながらも気遣った。

「おお、この侍、泣いておるぞ」と善久郎が珍しい物でも見るかのように覗きこんだ。

「お前には惻隠《そくいん》の情というものがないのか。やはりただの狸か」と紺は横目で睨《にら》んだ。

「紺、お前はなぜあのような芸当ができるのじゃ?」善久郎は兵吾を気遣う紺の横顔に問いただした。

「何をあたりまえのことを聞いておる?　このあたりの女子は皆あれくらいのことは

できるわ。知らんのか？」と紺は嘲笑《ちょうしょう》を交えて答えた。

「知るわけなかろう。わしは初めて見た」

「お前は見聞が狭いのじゃ。どうせ女子《おなご》の尻ばかり見ておるんじゃろ」紺は、爺から
「皆これくらいのことはやっておる。このあたりの女子はこれで生きていくのじゃ。毎日、鍛錬するのはあたりまえのことじゃ」と四つの歳から聞かされて稽古を積んできた。もちろん宋哲の嘘であるが、紺は疑うこともなく鵜呑《うの》みにして今日まで生きてきた。

「馬鹿かお前は。そんなことできる者などわしは聞いたことも見たこともないわ。お前は化け物じゃ。確かに女子の尻は好きじゃが」

今まで信じていたが、今になって揺らぎ始めた。嘘？　まさか……

「お前は、もう帰れ。じゃまじゃと言うておろうが。法螺《ほら》吹《ふ》き狸め」と吐き捨てると紺は兵吾に向いた。「あの者たちは、兄上様だけでなく、兵吾殿の命まで取ろうとしていたようですが、その理由《わけ》とは？」

「今は何も言えません。心当たりはありますが、それを突き付けるだけの証《あかし》がありません」

「言ってくれれば、わたしにできることならなんでもするが」紺は積極的であること

が自分でも不思議であった。相手によって己が変わることを知った。

善久郎が口を挟《はさ》んだ。「実は、わしがここへ来たのも、それに関係があるんじゃ。わしも今は何も話せんがな」

「お前は何も話さなくてよい。じゃまだから帰れと言うておろうが。そしてわたしの前に二度と顔を出すでないわ。お前の方からわたしを見つけたら、その場で遠回りをしろ。よいかわかったな。そしてもう一つ、背負子を拾って担《かつ》いでくれたことには礼を言う。だから帰れ」

「そこまで邪険《じゃけん》にせずともよかろうに」と善久郎は子供のように不貞腐《ふてくさ》れた。「わしだって遊んでいるわけではないわ。よいか、直《じき》に、この飛州は大騒ぎとなる。紺にとってはおもしろかろうが、わしらにとっては命懸けなんじゃ。よいよいわしは帰るが、紺の思いなどその男には通じんぞ。その男は紺のことなど何とも思っちゃいねえ。腹の中にあるのはお家のことだけじゃ。侍とはそういうものじゃ。女狐《めぎつね》など相手にするものか」と長い捨て台詞を残し、善久郎は高山方面に戻っていった。

「そちらの方角には、まだあの三侍がおるぞ。死んだわけではない。一刻もすれば歩けるくらいにはなるじゃろ」と紺。

「そうじゃった」と善久郎はぶるっと身を震わし顔色を変えると道を変えるべく山の

茂みへと入っていった。

「道に迷わねばよいが。今の時期は腹を空《す》かせた母熊がいるからの」と紺はひとり言のように呟《つぶや》いた。今の時期の母熊は人を食う。子供のために乳を出さねばならん。

「知っておるのかの？」紺は善久郎の後ろ姿が見えなくなるまで見ていた。

「わたしは白川郷へ用事がありますゆえ、これで」と兵吾は頭を下げた。

「途中までご案内いたします」と紺には珍しく言い出した。機会を得たとばかりに内心ほくそ笑んだ。

「いえ、そこまで面倒を掛けては……」と兵吾は一旦は断るが、紺は話もしたい。

「方向が同じですから」と押してみた。

「そうですか、……ではよろしくお願いします」と兵吾は思い詰めたような表情ながら丁寧に頭を下げた。しかし、紺は兵吾の思いを考えると苦しくなった。一人の方が気は楽であったかもしれぬと、その心中はわからなくもない。それを押し殺して兵吾の前を歩き始めた。紺は何とか兵吾の気を紛らせようと幾度となく振り向き、話しかけてみた。道場での剣術の稽古は捗《はかど》っているかとか、兄上の引き継ぎのため代官所から呼び出しはあるのかとか……。これらについて兵吾ははっきりと応えることはなく、曖昧《あいまい》に答えるばかりだった。それらはどうでもよいのだが、そこで、意中の女子はいるのかと聞いてみた。二十二、三ともなればそのようなことを考えるのは至極当然のことで、許嫁《いいなずけ》がいてもおかしくはない。これは紺にとって最も関心のあることであった。しかし、「わたしはながく部屋住みの身でありましたので、そのようなお相手はおりません」とはっきりと言った。耳を裏向けるようにして聞き入っていた紺の内心は安堵した。人と話をすることは煩《わずら》わしいことばかり思っていたが、自分でも不思議なくらいに口が動くことが滑稽であった。

天生まで来ると分かれ道に差しかかった。「この方角へ一里（約四キロ）も行けば白川郷が見えてきます。道なりに行けば迷うことはありませんが、何が起こるかわかりません。どうかお気を付けて」と言うと、兵吾はただ深く頭を下げて紺と別れた。紺は兵吾の後ろ姿が見えなくなるまで見ていた。別れてからもしばらくはその後ろ姿が目に焼き付いていた。

庵に帰ると、さっそく、宋哲に問い詰められた。黙っていても着物の胸元に降りかかった血を見れば、大方の察しはつく。「殺《あや》めたのか？」

「それはわからん。二人は生殺しの蛇のようにのたくっていたわ。もう一人は知らん。最後まで見届けたわけではないのでな」

宋哲の説教は夜更けまで続くが、クナイを持ち出さなかったことで命を危うくしたことをぶつけてみると、宋哲の威勢は次第に萎《しぼ》み、困った顔へと変容し、説教は途切れた。

「わしは、十三年前に誤ったようじゃ。クナイなど教えるではなかった。女であることから力に頼るには限度があると思い、飛び道具を使えるよう指南したんじゃが……。今となっては遅いが……」と宋哲は厳しい目を紺へと向けた。

「わたしは十三年間、騙《だま》されていたようじゃな。まさかわたしだけだったとは……」と紺は宋哲へと三白眼を向けた。自分だけがこのような稽古をさせられていたことを今日知ったと宋哲に恨み事を言った。宋哲は無言であった。無言であったことは下手な言いわけをされるよりは溜飲《りゅういん》を下げるにはよかった。

その後、宋哲は残っていた酒を飲み干し、そのまま鼾《いびき》を掻いて寝入った。

「わたしの酒はないのか。これが爺からの罰なのであろうか」

当たり所を失った紺は不貞寝《ふてね》するしかなかった。

源信坊《げんしんぼう》現る

代官大原彦四郎紹正にとって地役人はひどくじゃまな存在であった。地役人とは地元に根づく役人で、地元の百姓との結びつきが強く、制度の改革に反対する者が多い。大原はすでに六名の地役人を、幕府の意向と称して摂津《せっつ》の国へ出向させている。体のいい追放である。しかし、じゃまな存在はその六名だけではなかった。厳しい年貢徴収を断行するにあたって障壁となる者は粛清《しゅくせい》せねばならぬと内心では策を練《ね》っていた。

幕府からはすぐに三千石を納付せよとの内示を受けていたが、南の益田《ました》郡、東の吉城《よしき》郡、西の大野郡の百姓衆より激しい抵抗を受け、年貢三千石の納付は中止せざるを得なくなった経緯があった。大原においては煮えくりかえる腹《はらわた》を抑えるに容易ではなかった。このままでは幕府より無能との烙印《らくいん》を押され、飛州民より腑《ふ》抜《ぬ》け代官との嘲笑《ちょうしょう》を向けられかねない。次の策を練る段となっていた。

飛州民においても大原代官が三千石の納付を単に諦《あきら》めたとは思ってはいなかった。次の策に兢々《きょうきょう》としながらも静観していた次第である。

天生の庵《いおり》を出て右へと半町（約五十五m）ほど行くと左へと入る獣道ほどの道があり、そこを折れて山肌に沿って下って行くと、やがては宮川へ注ぐ緩やかな沢へと突きあたる。清らかな水が一年を通して流れている。流れに沿って少し登ると落差五尋《ひろ》（約九m）ほどの滝がある。このあたりに住む者からは龍神《りゅうじん》の滝と呼ばれていて信仰の場にもなっている。なんでも、このあたりには性質《たち》の悪い龍が住んでいて、農作物が実るころになると田畑を荒らし回り、大きな被害をもたらしたとのこと。住民らが困り果てていたところ、旅の途中にこの地を通りかかった弘法大師《こうぼうだいし》が見るに見かね、その法力によって懲《こ》らしめたとのこと。それにより改心した龍がここから天に昇って神になったとか、ならなかったとかの言い伝えがあるが、紺は、蛇が逃げ惑《まど》って沢へ飛び込んだだけじゃろ、それを大袈裟《おおげさ》に吹聴《ふいちょう》しただけじゃろ、と子供心に思った。都合の良いときに出てくるのが弘法大師で、本当に弘法大師だったか疑わしいことも一理ある。しかも、このへんにはマムシやアオダイショウならいくらでも見かけるわけであるから。そのような言い伝えはともかく、紺にとってはとっておきの場所であることには違いなかった。夏には降り注ぐ水で水浴びをしたり、髪を洗ったりと、ことあるごとに利用させてもらい、それに関しては龍神様に感謝をしていた。五月ではまだ、上流から雪解けの水が流れ込むため手が痺《しび》れるほど冷たいが、紺は沢の畔《ほとり》の岩に腰掛け、せっせと砥石《といし》に向かっていた。ひと月前、侍に向けてクナイを放ち、そのとき、一本のクナイを無くしている。三本を持たぬとどうも落ち着かぬ。しかも、手入れのできた納得のいく三本でないと我慢ならなかった。投げて無くすものなら粗末な物でもよさそうなものであるが、紺はそれを許さなかった。相手の命を奪うこともあるもので、侍の刀と同じと紺は自負していた。稽古用を合わせると三十本程あるが、その中から一本を選び、砥石で研《と》ぎ直すのである。半刻（約一時間）ほどかけて研いだ後、刃先を吟味《ぎんみ》し、髪に当ててみる。すると髪がパラパラと落ちる。納得の切れ味に満足であった。

納得の仕上がりにご満悦の紺の頭の上にポトンと何かが落ちた。紺はふと上を見るが、刹那《せつな》、人の気配を察知して「だれじゃ」と振り返ると手にしていたクナイを翳《かざ》して身構えた。

滝の落水の音に気配がかき消されていたらしい。大柄な影がそこに立っていた。紺の身構えた位置より一尺（約三十センチ）ほど高い岩の上に立つ影はさらに大きく映った。影は所々破れた網代笠《あじろがさ》を深くかぶり、逆光にて顔は見えず、墨染直綴《すみぞめじきとつ》を身にまとう姿だけが異様に浮き立っていた。腹の前には頭陀袋《ずだぶくろ》を下げている。

「坊主か？　坊主がわたしになんの用じゃ？　弔《とむら》いなど頼んだ覚えはないがな」と紺は警戒心を剥《む》き出しにし、低い声で問いただした。

「坊主と言うでない。雲水《うんすい》と呼べ」大きな影は笑いを堪《こら》えるようにして答えた。聞き覚えのある野太い声に主《ぬし》の面影が蘇《よみがえ》った。

「左助《さすけ》か？　そうじゃろ。なんじゃその格好は。出家でもしたのか」紺の身は途端に解け声は弾けた。

左助は宋哲の弟子である。紺の兄弟子で、紺が四つのときにはすでに宋哲のところに住み込んでいた。紺が十二の時に庵を出た。突然に出て行ったので、どこで何をしているのかさえ知らされてはおらぬが、ときどき、このようにひょっこりと顔を出す。いつも異なる格好で現れるのでいささか驚かされるが、楽しみでもある。身の丈は六尺（約百八十センチ）は優にある大男であるが、身の軽さ、脚の速さは常人を遥かに凌《しの》ぐ。容貌は普段は見えているのかどうかはっきりしない細い目、胡坐《あぐら》を掻いた鼻に、がっしりとした顎《あご》。面と向かうたびに、眠そうな牛に似ていると紺は思う。

「いつ戻ったんじゃな？」

「たった今じゃ。昨夜、高山に泊まって、今朝、早く立った。庵に寄ったが、先生は留守じゃったからな。勝手場に紺が食い散らかした跡があったので、近くにいるだろうと思ってここへ来てみた。案の定じゃな」と左助は山々に響き渡るほどの大きな声で笑った。散々笑った挙句《あげく》、押し殺して「ちっとも変わっとらんな」と言い、また笑った。

「一年やそこらで変わるものか」

「クナイの手入れか」

見せてみろと左助は紺のクナイを手に取る。じっと凝視し指先への掛かり具合を見る。紺の研ぎの鋭さがわかる。

「これほどまで研がずとも……痩せた皺腹《しわばら》なら突き抜けてしまうわ」

「くれてやるのも惜しいでな。あとは仕上げじゃ」と紺はクナイを受け取る。鋭く、鏡のように仕上げられてはいるものの、それでも紺には満足ではなかった。まだ所々に曇りがある。

前回、左助が天生へと戻ってきたのはやはり丁度今ごろであった。何かしらの目的を持って戻ってくるのであるが、紺がそれを問うことはなかった。宋哲に何かを伝えるためであろうことはわかるが、紺にも関わることとは考えてもみなかった。

「わしは、今は源信坊と名乗っておる。人前ではそう呼んでくれ」

「源信坊か？　もう少し、ましな名を思いつかなかったのか？　まあよいが。どうせ、次に来るときは別の名であろうに。前は確か、占い師の徐庵《じょあん》ではなかったか」

「ほう、よく覚えておるの。わしはすっかり忘れておった」と再び腹の底まで響くような声で笑ったかと思うと「先生は、いつお戻りになられる？」と左助は突然話を変えた。

「今朝早く、白川まで往診に出向いた。夕刻には戻ると言っておったがな。どこかで酒でも呼ばれたら今日は帰らんじゃろ」

「では、それまで、紺のお相手をいたそうかな」

「いつまで居られるんじゃ？」

「明日の朝には立つ。今度は越中まで足を延ばさねばならん」

「爺に何か用か？」

「そうではない、ちょっと紺と先生の顔が見たくなってこちらへ足を向けただけじゃ」

「わたしの顔も見たかったか？」

「お前の顔はおまけじゃな」左助は紺の顔を覗《のぞ》きこんであはと笑った。

ふんと鼻を鳴らしながらも紺は嬉しそうに笑みを噛みしめた。「では、茶でも淹《い》れてやろうかの。旨《うま》い茶が手に入った」と庵へと足を向ける。

「わしは酒の方がよいが」

「昨日、爺が飲んでしまってな、一滴も残っておらん。一日遅かったな。今日、帰りがけに白川で旨い酒でも手に入れて帰るかもしれんから期待して待ってりゃよいわ。じゃが、修行中の坊さんが酒など飲んでもよいのか」

「よいわ。これは仮の姿じゃ。仮とはいえ、経くらいは読めるがな」

庵へ戻ると、茶を飲みながら左助の話を聞いた。左助の話は、ほとんどが旅の話であった。今回、左助は江戸から駿河《するが》、三河《みかわ》を通り、飛州までやってきた。時には越中、能登《のと》まで行くとのことであるが、その目的に触れることはなかった。旅の途中で山賊にふんどしまで盗られそうになり、「これだけは勘弁してくれ」と言って、隙を突いて逃げたことや、山犬に囲まれて股ぐらを噛まれたこと「玉は二つとも無事であったが歯形は今でもくっきりとついておる」と自慢げに見せようとするが「馬鹿な物を出すな」と紺は遮る。下《しも》の話となるとやたら張りきるのが左助であった。「止《や》めんか、ちょん切るぞ」との紺の一喝《いっかつ》で話題は変わった。山中で野宿したときに見た流れ星の大群の話には紺の心は動き、思わず聞き入った。左助もそのときのことを思い出したのか空を見上げるようにしながら悦に入り語った。

夜も更けて、あり合わせの物で空腹を凌《しの》ぎつつ待てども、宋哲は帰らなかった。左助はそのまま板の間でごろんと横になると旅の疲れが出たのかそのまま寝息を立てはじめた。紺の寝床は梯子《はしご》を上がった中二階にあり、時折気にして見ると、野宿には慣れているとはいえ、左助はひどく寒そうであったので宋哲の布団を掛けてやった。酒でもあればもう少し暖かく寝られたであろうにと思うと、運が悪いときに帰ったものだと気の毒に思った。そう思いながら馴染《なじ》みのある寝顔を見ていると紺はこの地へつれて来られたころのことを思い出した。左助は、今のように不精髭《ぶしょうひげ》など無いきれいな顔の青年であった。左助は歳の離れた兄のような存在であった。歳にして十二の差がある。いつも紺は左助の背中を見ていた。雨の中での宋哲との剣術の稽古が、夜中まで続くことも珍しくなかった。翌朝には体中が痣《あざ》だらけになっていたが泣きごと一つ言わず、紺の手当てを受けることもしばしばであった。そのおかげか、怪我《けが》の手当ての仕方を学んだ。時には、大きな荷物を背負わされて山道を一晩中歩かされていたこともあった。朝、帰ったときには息も絶え絶えで、その日一日は死んだように眠っていた。何のためにこのような稽古をせねばならぬのかと左助の姿を見ながら思ったこともあった。

後に、「辛《つら》くなかったか？」と紺が佐助に聞くと、「辛いときもあったが、それがあったから今がある。感謝しておる。生きるために先生が教えてくれたことじゃ」と左助は真顔で応えるが、照れもあるのか「出来過ぎな返答であろうか」と口元を歪《ゆが》めて笑う。「わしより紺の方が重い荷を背負っておるような気がして弱音など吐《は》けなんだわ」とも。

左助は白川街道沿いにある常安寺の境内《けいだい》に、臍《へそ》の緒《お》が付いたままの状態で、筵《むしろ》に包《くる》まれて捨てられていたという。筵には、一枚の書付が挟みこまれており『左助』と名が記されていたとのこと。一月の半《なか》ばであったため、寺男が、もう一刻（約二時間）も見つけるのが遅れていたなら命がなかったかもしれぬとのことであった。六歳になるまで、その寺男の家で育てられたが、いかんせん寺男の家も貧しく、それ以上は育てられぬとのことで寺を通じて宋哲の元へと連れてこられた。どのような理由《わけ》があろうとも子供を捨てる親など許せそうにないことのようであるが、左助は「どのような理由《わけ》で捨てたかはわからぬが、この世に生を授けてくれたことだけでもありがたい。生まれてすぐに間引くこともできただろうに、生かして名をくれた。両親も生きるか死ぬかの瀬戸際だったかもしれぬ。ひょっとすると、わしの両親はもうこの世にはおらぬかもしれぬ。せめてわしの命だけでもと救ってくれたのかもしれぬ。感謝せねばならぬ」と言う。これが左助という男であった。紺は宋哲より立派ではなかろうかと思うことさえある。

左助は、夜明けとともに起きると、昨晩の残り飯を掻き込み、早々に旅支度をはじめた。

「やはり、ここが一番安心して寝られるわ。よく寝た。紺のおかげで風邪はひかなんだ」と爽快な顔で庵を出た。

「言伝《ことづて》はないのか？」紺は眠い目を擦《こす》り、欠伸《あくび》を堪えて聞いた。

「先生によろしく伝えておいてくれ」

「ああ、わかった」と紺が笑顔で手を振る。

「帰りに寄るかもしれん。そのときには一緒に酒が飲みたいともな」そう言い残して左助は朝靄《あさもや》の煙る山道へと消えていった。

左助は何かを伝えに来たのではないかと紺は勘繰っていたが、その勘は外れたようであった。単に里帰りのつもりであったらしい。左助にもそんな世俗的な所があることに少し心が和《なご》んだ。

宋哲が戻ったのは陽が頭の真上に差しかかろうとしていたころであった。もどかしい足取りで帰ってきた姿を見て、やはり往診先で酒を呼ばれ、しかも相当な量の酒を呼ばれたらしく、二日酔いどころの様子ではなかった。しかし、よくこのような状態であの山道を登ってこられたものだと呆《あき》れながらも感心した。

宋哲は、庵へ入るや否や「酔樂丸《すいらくがん》を持ってきてくれ」と崩《くず》れるように座り込み、頭を抱え込んだ。

「どれほど飲んだのじゃ？」紺はそんな宋哲の姿を見て無性に腹が立った。医師ともあろうものが身を害するほど呑まれるとは。

「さて、……二升か……酔楽丸……」

「旨い酒じゃったか？」

「ああ、旨かった。旨すぎた。そのせいでこのざまじゃ。酔楽丸……」

「土産《みやげ》は？」

「ないが。酔……」

「白川からここまで歩いてこられて、ここから先へは歩けんのか？　土産も持たずに帰ってきて扱《こ》き使うか？　酔楽丸は無かったはずじゃが……」と紺は憮然《ぶぜん》。

「いや、先日、作って入れておいた。持ってきてくれぬか……水とな」と宋哲は死の淵を彷徨《さまよ》う病人のような情けない声を出す。

紺が渋々と薬簞笥《くすりだんす》の引き出しを開けて見ると、引き出し一杯に丸薬が納められていた。いつの間に……。

湯呑に水を汲み、酔樂丸を持ち、宋哲の肩越しに左助が立ち寄ったことを告げると「そうか、醜態《しゅうたい》を見られなくて幸いであった」と安堵混じりに言い、手渡された酔樂丸を口へ含むと一気に水で流しこんだ。宋哲には左助がなぜ昨日ここへ来たのか、何を伝えようとしたのかはわかっていたようであった。「紺にもいずれわかる」とぼそり宋哲は呟《つぶや》いた。

火中の栗

色と言うより、人の活気なのであろう。紺には、祭の前と後とでは高山の町の色が違っているように思えて仕方がなかった。祭が終わった今は何となく気が抜けてしまったようで人々には皆目元気がなく、ただ漫然と生きているようにしか見えなかった。生きる目的のない者ほどつまらぬ人生はなかろうと感慨を味わいながら、背負子《しょいこ》を背負い直した。

一

紺は背負子に、分別して乾燥させた忍冬《にんどう》を竹籠一杯にして背負ってきた。兵吾が襲われた日以来、三日後と十日後にも籾糠山《もみぬかやま》へ行き、忍冬を採ってきた。同じ場所へ行くにも勇気が必要であったが、幸い、その後は何事も起こることはなかった。三人の浪人も当然であるが姿を消し、待ち伏せされることもなかった。懲りたのか、それとも紺に負わされた怪我《けが》を癒しているのか、それは分からなかったが、とりあえず胸を一つ撫《な》で下ろすことができた。ただ、その後、顔を合わせることはなかったが、権六も何度も足を運んで忍冬を採っていたらしく、良質の忍冬は目に見えて少なくなっていた。

「権六はあの忍冬をどこへ売っておるのかのう?」商売敵の動向がひどく気になるところである。「高く買ってくれるところがあるんなら、わたしもそっちに鞍替《くらが》えしてもええんじゃが」と一人ぶつぶつ呟《つぶや》くうちに薬問屋喜楽堂の前に差しかかった。うっかり行きすぎるところであった。暖簾《のれん》を払い、戸を開けていつものように「紺がきましたよ。お馴染みの紺じゃ、天生の紺じゃよ」と叫ぶと、目の前の上《あ》がり框《がまち》に二助がびっくりしたような顔で座していた。

「どうしたんじゃね、二助どん。タヌキが餅をぶつけられたみたいな顔をしておるぞ」と紺は半笑いの顔でずけずけと言う。

「ああ、紺さん……」と無理やりの愛想笑いをするが、その二助の前に広げられた筵《むしろ》の上には忍冬が山のように盛られていた。「たった今、買ってくれないかと置いていった人がおりましてね。安くしておくからと……」

「ほう、そりゃよかったの。わたしは約束通り、持ってきただけじゃが」と不穏な空気を感じ取った紺の顔が俄《にわ》かに曇った。

「困った……」と二助は日差しの中の雪だるまのように脂汗を流し始めた。

「何が困ったんじゃな？　わたしは約束通りお持ちしただけじゃが……だれじゃね？常連かね？」

「いや、そうではないがの、初めての背負子でな。身振り手振りで迫られてな」

紺には即座に心当たりの顔が浮かんだ。だがまさかと思い、とりあえず人相風体を聞いて、頭の中で描いてみた。「ほお、大柄で熊のような風体で……大きな顔の真中に目鼻口が小さくまとまっていると……」案の定であった。「ほおほお、まぎれもなく権六じゃな。腹いせにやりおったな……で、どうするんじゃ。二助どんの顔にはこれ以上は必要ない、買いたくないと書いてあるんじゃが。わたしの読みは正しいかね？……よいか、商売人というのは信用が一番大切なのと違うか。頼んだものは買い取るというのが商売人の掟《おきて》じゃ。違うのなら違うとはっきり言ってもらわんと、わたしが間違っていたんならわたしが悪いんじゃ。こんな頭でよければ額を擦《こす》りつけてでも謝るがな」

「わかっております。買います。ただ……」「ただ、何じゃ？　ただ何じゃ？　もごもご言わんとはっきり言ってもらわんと。最近、歳のせいか、とんと耳が遠くなったようでな」と紺は年寄りが聞き耳を立てるように耳に手を当てた。紺は十七。

「……半額でなら」と二助は呟くように言った。

紺の顔から炎が噴《ふ》き出たかと思うほどの怒りが迸《ほとばし》った。自制心では到底止めようもない怒りの炎が全身を包んだかのようであった。

「わたしの耳は狂ったのかしら？　もう一度、同じことを言ってくださらんか」

「半額でならと……」

「半額とな……わたしはな、山へ入り、命がけでこの草を採ってきたんじゃぞ。そのわたしの命が半額ということかね。じゃあ、あんたの命も半額やね。ここにいる丁稚《でっち》どんや番頭どんの命も半額じゃね。この飛州の者の命も半額かね。みんなみんな侍も百姓も、子供も大人もみんな半額かね。では、犬や猫の命はどうなんじゃ。熊や猿や鹿は……それを撃つ猟師の鉄砲の値も半額かね？」もう、自分でも何を喋っているのかわからなくなってきた。ついでに今までの不満、怨《うら》み辛《つら》みをまとめて吐き出したような、勝手に噴き出したような気分であった。その後、半刻（約一時間）にわたって叫んだような気もするが、何を叫んだのかとんと覚えてもいない。二助は黙って耐え、ひたすら嵐の過ぎ去るのを待っているようであった。我に返ったときには紺は店を出ていた。手のひらに半額の二分という代金が載っていた。「わたしの命は二分かね」と紺の口から吐息とともに漏れた。一両にはなるはずじゃと勢い勇んで天生を出てきたにもかかわらず、今、手にあるのはたったの二分。店を出るとき、「六月の中までに靫草《うつぼぐさ》お願いしますね。紺さん」と二助から合掌されて頭を下げられた。「そのような草は知らんな。欲しければ自分で採りに行くがいい。それが生えているところは熊の巣窟《そうくつ》じゃ。蝮草《まむしぐさ》なら採ってきてやってもいいわ。お前さんの鼻に詰めてやるわ」と紺は吐き捨てるように言い返した。多分……。蝮草は毒草で、汁が肌に付くだけで激痛となり、薬草としての使い道はない。

店の外には人だかりができていた。怒鳴り声に引き寄せられて集まったらしい。「何を物珍しそうに見ておるんじゃね？　見世物でも見ておるつもりなら銭を払ってくれんかね。一人二分じゃ」人々は紺の口からそう聞くや否や蜘蛛《くも》の子を散らすように消えていった。「お前らは蜘蛛かね」と紺はひとりごちるがほとほと己の性質《たち》が嫌になる。山の木にでも生まれ変われるものなら生まれ変わりたい気持ちであった。山の木々は紺のような人々の生まれ変わりなのかもしれないと思いつつ権六にしてやられたことを思い出した。あのとき「早い者勝ちじゃ」などと言ったのが不味《まず》かったのであろうか。いや、そうではないであろう。権六は耳が聞こえない。しかし、紺の勝ち誇ったようなうすら笑いが、権六の内心に火を付けたのかもしれんと思った。権六が、どこかの断崖絶壁で勝ち誇ったように高笑いしている姿が脳裏に浮かんだ。山々に響きわたる権六の高笑い。だが、腹が立ったのは権六に対してだけではなかった。

二助に対しても腹が立ってしかたがなかった。商売人であれば、たとえ安い薬草が持ち込まれたとしてもそれを突っぱねるだけの気概を持たずしてなんとするか。そして己自身に対してもであった。勝ちを誇示すれば相手の内心に火を付けることに気が付かなかった浅はかさ。自己嫌悪の中で自棄酒でも飲もうかと思い、高山陣屋前の道をとぼとぼと歩いていた。

ふと紺が行く手を見ると、前を行く浪人の後ろ姿に見覚えがあった。肩の部分が日に焼けて白く抜けた藍染着物に、擦《す》り切れた茶袴《ちゃばかま》。浪人は額に幾重にも包帯を巻いている。中背でずんぐりとし腹が出ている。「あのときの浪人ではないか」と紺は確信した。新田新衛門を殺《あや》め、兵吾を亡き者にしようとした三浪人のうちの一人である。最初に脳天を叩き割ってやったあの浪人である。

紺はその後を追いながら首に掛けていた手拭《てぬぐ》いを頭に掛けると、その端を口にくわえ、そして懐へ手を入れるとクナイの感触を確かめた。年に一度あるかないかの虫の居所の悪い日である。

――見つけられたのが運の尽きじゃな。さてどう始末してくれようか――

宮川沿いに川原町を南へ歩き、左へ折れて宮川に架かる橋を渡る。後を付けながらあれやこれやとどうしてやろうかと考えた。城山が左手に見えるころになると武家屋敷が立ち並ぶ神明町《しんめいまち》である。そこまで来ると俄かに浪人の挙動に揺らぎが見えはじめた。ときどき歩調を緩め、背後へと耳を傾ける仕草が交じる。ひょっとするとと思った瞬間、浪人は駆け出した。やはり勘づかれたらしかった。後を付けることに慣れてない紺であるが、足の速さで負ける気はしない。浪人の逃げる足はことのほか遅く、瞬く間に浪人の背中に追いつくと、その汗ばんだ背中をドンと突いてやった。浪人はよたよたとつんのめったかと思うと転がり、そのままうつ伏すかと思いきや、かろうじて体勢を整え、素早く振り返った。そして尻もちを突きながらも浪人は刀を抜いた。紺は木剣で素早く浪人の小手を打った。刀は呆気《あっけ》なく飛んで道端へと落ちて転がった。

あっと悲鳴のように声を上げて手首を押さえ、「待て待て。何じゃお前は、なぜわしを付け狙う」と浪人は怯《おび》えながらも精一杯に紺を睨《にら》みつけた。額の包帯が解《ほど》けてだらりと垂れ下がった。

「わたしのことを覚えておろう」と紺が頭に掛けた手拭いを取ると浪人は解けた包帯の隙間から紺をまじまじと見て「ああ……あのときの……」と情けない声で言い指差した。

紺は浪人の襟首《えりくび》を掴《つか》むとグイとばかりに立たせ、「ちょっとこい」と言うと、浪人は「か、刀……」と落とした刀を名残惜しそうに見送り、紺は「あとで拾え、どうせ安物であろう」と。

「安物といえども武士の魂じゃ」

「武士の魂をあのような所で人殺しの得物として使おうとしたではないか。武士として自負があればそのようなことはできんはずじゃ」

「武士とて喰わねば生きていけん。背に腹は代えられんのじゃ」

「それでも武士か」

「返す言葉もござらん」

紺は叱責《しっせき》しながら人目に付かないところを探し、歩かせた。

「お前さんは忍《しのび》の心得があろう。幼いころから厳しい修行を積んだ、いや積まされたであろうな。わかるぞ。お前さんは強い、刃向かう気も起こらぬわ」と技の違いを見せつけられたせいか浪人はしょんぼりとし、すごすごと歩いた。「わしがこのように話をしていても一分《いちぶ》の隙も油断も見せん。大したもんじゃな。それくらいはわしでもわかる。これでも武士だでな。わかるぞ、このようなわしを馬鹿にしておろうな」

「当然じゃ。武士とはその程度のものかと呆《あき》れておるわ」

「正直じゃな」

城山の麓《ふもと》の竹藪《たけやぶ》まで連れてくると、浪人は座り込んで、紺が何も聞かぬうちに勝手に語り始めた。「わしはただの雇われ浪人でな。わしの他にもう一人、肥えた浪人がいたであろう。わしの古い友人でな。橋本仁助《はしもとじんすけ》という。わしらはあの背丈のある浪人に一日一両で雇われただけじゃ。悪くない日銭じゃ。人を殺めるというわけではない、ただ、頭数を揃えて逃げ道を塞《ふさ》ぎたいとのことじゃった。斬るのはその浪人が自らやるから手出し無用とのことじゃった。なぜ、その侍を狙ったのかは知らん。其奴《そやつ》の遺恨《いこん》か、若《も》しくはだれぞから依頼されたのかは知らん」

「わたしに斬りかかった」

「それはしかたなかろう。降りかかる火の粉は振り払わねば」

「では聞くが、背丈のあった人相の悪い浪人はどこのだれじゃ？」

「知らん。矢部千十郎《やべせんじゅうろう》と名乗っておったが、それが本当の名かどうかもわからん。しかたなかろう、背に腹は代えられん。金さえもらえばそれでよいのだからな」などとその後、聞かされたのは愚にもつかぬ言いわけばかりであった。『背に腹は代えられん』とは『已むに已まれず』と同じではないか。確かに耳触りのよい言葉ではないなと紺は自嘲した。

「お前さんの名は」紺は侍の顔に聞いた。

「勘弁してくれんか。このように怪我もしておる。これ以上わしにどうしろというのじゃ」

「名を聞いておる」紺はいたずらをした子供を叱るように詰め寄った。

浪人は上田松五郎《うえだまつごろう》と渋々名乗ったが、これも信じるに値せぬものであった。まあよいと紺は思った。

「どこで出会った?」

「花川町《はなかわまち》の居酒屋じゃが……お前さんが知らんのは無理もないが……」

「なにをじゃ?」紺は首を傾《かし》げながら聞き返した。

「そこへ行けば矢部を見つけられると思っておるようじゃが、それは無理じゃぞ」上田は憐《あわ》れむような目で紺を見上げ、首を振った。

「なぜじゃ?」紺は怪訝そうに詰め寄った。

「死んだぞ。橋本とともに」

紺は衝撃を受け一瞬にして青ざめた。あの程度の一撃で死ぬとは思ってもいなかった。

「死んだだと。あの一撃で?」人を殺めていたとは今まで知らなかったことである。

「お前さんも人を殺すと青ざめるのか? はじめてか?」と上田は嘲るように笑みを

浮かべた。

「人など殺したことなどない」紺の声はわずかに震えた。だが、「勘違いしちゃいかん」と紺の心中を察して浪人は言った。「お前さんにやられたあと、一刻（約二時間）もすると二人とも正気を取り戻した。わしともどもよろよろと惨《みじ》めたらしく帰ったわ。矢部は、これじゃ金は払えんと言い出してな、まあ、それは仕方がないわ。何も仕事をしておらんのだからな。それでだ、翌日、あの侍の帰り道を待ち伏せし、今度こそ止《とど》めを刺そうとしたわけだ。籾糠山《もみぬかやま》の林道で、わしとあの二人、二手に分かれて待ち伏せをしたのだが、一刻もしたころか、二人の方からなにやら声がした。妙だとは思ったがしばらく様子を見た。しかし、気になって見に行くと、そこに二人の姿はなかった」

「なぜ、死んだと思う？　お前さんだけ置いて逃げたかもしれんではないか」

「そこには夥《おびただ》しい血が柄杓《ひしゃく》で撒《ま》いたように散っておった。あれだけの血が出れば生きてはいまい。わしは居ても立ってもおられず、恐ろしくなって逃げ帰ったわけじゃ」

「二人とも死んだのか？」

「おそらく。一人分の血ではなかった。橋本も同様。あの近くに骸《むくろ》となって転がっておるじゃろ。獣に食い荒らされてなければよいが。橋本だけでも弔《とむら》ってやりたい」

「やったのはだれじゃ?」

「わからん。お前さんではないとわしは思うがな」紺の目を見て心根はやさしいであろうと見抜いていた。根っから忍《しのび》には成りきれんかもしれんとも上田は思った。

「あたりまえじゃ。そう簡単に人の命は取らん。しかし、なぜお前さんだけ助かった?」

「さてな。わしの居場所がわからなかったのか、二人が死んだことを知らせさせるために見逃してくれたのか、それはわからん。もういいではないか。わしの知っていることはこれくらいじゃ。あの若侍がだれなのか知りたいのはこちらの方だが、教えてはくれそうもないな」

「あたりまえじゃ。知ったところでどうなる?」

「それもそうじゃな」と上田は項《うなじ》を掻きながら苦笑いを噛みしめた。

「何が起こっておる? とんでもないことが起こっているような気がするが」と紺は大きな動きに不安を感じていた。知らぬは己だけかもしれんと不安が過《よぎ》った。

「まだ起こってはおらん。これから起こる、その前触れじゃ」

「わたしにはわからんが」

「そうじゃな。お前さんには関係のないことかもしれん。とは言え、わしにもじゃ」

と上田は噛みしめるように笑った。

人の関心事にはあまり関わりを持たぬ生き方をしてきた紺であったが、こう仲間外れにされては気分はよろしくない。馬鹿にしていた者から馬鹿にされ、腹の底にはなにやらもやもやしたものが溜まり始めていた。

「もうよい。どこへでも行け。二度とわたしの前に現れるでないぞ。今度、会ったときには容赦せん」と紺は上田を放《はな》した。

「この町は狭いからの。どこかで会うかもしれん。お前さんも見て見ぬ振りをしてくれればそれでよいのじゃ。わしもそうするで。……ああ、忘れておった。あのような刀でも無くなれば大損じゃ」とばつが悪そうにいそいそと刀を探しに戻っていった。

その後、上田が刀を探し当てたかどうかは定かではない。

紺は新田邸へ足を延ばした。兵吾とは山道で別れて以来会ってはいない。兵吾があの日、白川へどのような用件で訪れたのかは関心事ではないが、無事に戻ったかどうかはそれ以来気掛かりとなっていた。

紺は新田邸の門からそっと中の様子を窺《うかが》った。変わった様子がなければ無事である証か。人の動きも声も聞こえず、わかるはずもないが、来ただけで少しは胸の痞《つか》えがとれたような気がした。

丁度よいことに、そこへ使用人と思われる五十絡《がら》みの男が風呂敷包みを抱えて屋敷から出てきた。

紺は楚々《そそ》と駆け寄ると「ちょっと尋ねるが」と詰め寄った。

「何の御用でございますかね」と男は驚いて立ち止まると顎《あご》を引いてまじまじと紺を見た。

「兵吾殿は、ご在宅かね」

「旦那様ですか？　ええ、居《お》られますが」

「無事か？」

「へえ、お元気でございますが、それが何か？」

「いや、何でもない。元気にしておればいいんじゃ。無事ならいいんじゃ」と紺の顔に自然と笑みが膨らんだ。

使用人は、変な奴じゃと顔に現しながらも、そそくさとお遣《つか》いらしき先へ向かった。

二

森の静けさの中にぽつんと立つ庵《いおり》は凛《りん》とした趣《おもむき》があって紺はことのほか好きであった。このような辺鄙《へんぴ》な地であっても、宋哲が毎年この庵を根城とする気持ちが紺にはよくわかる。木々の色づきによってさまざまな表情を見せてくれる。外から帰るたびにそう思う。しかも宋哲が挽《ひ》く薬研《やげん》の音がその風景の印象を一層深くしてくれる。

この日、紺が高山から戻ったのは昼八ツ（午後二時ごろ）を少し過ぎたころであった。前日は旅籠《はたご》に宿をとり、久々に高山での一夜を酒抜きでゆっくりと過ごした。こんな夜もいいかとも思った。高山での夜を毎度毎度お為の世話になることも気が引けたため、宿をとることにしたのであったが、おかげで帰宅の足取りも軽く、本郷村の狸に待ち伏せされることもなく、斬り合いの場面に出くわすこともなく、思いのほか早く天生の地へと着くことができた。

庵の前に立つと、しかし、いつもと様子の違うことに紺は気付いた。宋哲が薬研を挽《ひ》く音が聞こえなかった。この刻限には決まって挽く音が聞こえるのであるが、かといって外出しているわけではなさそうである。屋根からはうっすらと煙も棚引《たなび》いている。

中の気配を窺《うかが》うと、人の気配は二つ。殺気は感じられず、凶事の前触れとは思えなかった。なにやら飯の匂いがすることにはいっそう、不可解を募らせずにはいられなかった。普段は、宋哲が庵に人を迎え入れて飯の支度をすることなどあり得ないことで、紺にはピンと来た。越中の帰りには立ち寄ると言っていた「左助か？」と顔が浮かんで勢いよく庵の戸を開けた。

「おう、帰ったか紺」とにこやかに呼び入れたのは宋哲で、囲炉裏《いろり》を挟んだ向かい側には飯を喰らっている男の背中があった。その背中には見覚えがあった。振り返らずとも左助ではないその顔がはっきりと思い浮かんだ。振り返らずともよいのに振り返った顔は、やはり善久郎であった。しかも、飯を頬張《ほおば》り、頬袋《ほおぶくろ》に餌《えさ》を溜《た》めこんだリスのようにはち切れんばかりに顔を膨《ふく》らませていた。

善久郎は飯粒《めしつぶ》を飛ばしながら言った。「酒でも飲んで、二日酔いで、山道で吐いておるのかと思ったが、顔色はいいじゃねえか。姉《ねえ》ちゃん」

「なぜに、この狸がここにおるのか、爺、説明してくれんか。しかも、わたしの席で、しかもわたしの茶碗と箸で、しかもなぜにわたしの飯を喰らっておるのか。それは、わたしの今晩の夕餉《ゆうげ》ではないのか。爺、わかるように話してくれんか」

「姉ちゃん落ち着け。一度にたくさんの問を出すのは悪い癖じゃ」と善久郎は箸で紺を差した。

「だれが姉ちゃんじゃ？　お前の姉ちゃんになった覚えなどないぞ」と紺はただでも吊り気味の目をさらに吊り上げた。

そこへ宋哲が口を挟んだ。「紺、まあ上がって、茶でも飲んで落ち着け。順を追って話すでな」

紺は草鞋《わらじ》を解《ほど》くと善久郎を横目にし、懐に手を入れ警戒心をそのまま露《あら》わにしながら囲炉裏端に座した。紺は盆の上の急須から自分で湯呑《ゆのみ》へと茶を注ぎながらも視線は善久郎へと向けていた。

「姉ちゃん機嫌《きげん》が悪そうじゃな。フン詰《づ》まりか？」

「いたって快調じゃ」

「紺、懐から手を出してもよいぞ。敵意はなさそうじゃからな」と宋哲は大きな口を開けて笑った。「何から話そうか……」

宋哲の話は、なぜここに善久郎が座っておるかの理由《わけ》からはじまった。

複雑極まりない話のようであったが、以外にもこの話は簡単であった。善久郎が所用で本郷村から白川へ行く途中に近道をしようと脇道へ逸《そ》れたばかりに道に迷い、三日三晩飲まず食わずで歩き回り、空腹でふらふらになりながら裏山から転がり落ちるようにして降りてきたところを宋哲が見つけ、介抱したというのが経緯であった。それが今朝の明け六ツ（午前六時ごろ）であったとのこと。

「馬鹿者とはお前のためにあるような肩書きじゃな。くれてつかわすので遠慮なく使え」と紺は呆《あき》れ顔。「めんもくねえわ」と善久郎もさすがに照れ笑いを返すだけであった。

「こんな山なぞ、目をつむっていても歩けるわ」

「わしははじめてなんじゃ。しかたなかろう」

宋哲の話は続いた。「それでな、名を尋ねると『善久郎じゃ』というではないか。この名にピンときた。以前、紺から聞いた狸の名じゃと。本郷村の善久郎かと聞いたら『そうじゃ』というではないか。『なぜわしの名を知っておるのか。わしはそんなに有名か』と聞くもんだから、有名ではないが紺から妙な狸のことを聞いたというと、『紺とは気の強い狐のような女子《おなご》のことか』と聞くもんだから、わしは『そうじゃ』と答えてやった」と宋哲は泡《あわ》を飛ばしながら言うと膝を崩しながら笑った。善久郎は飯粒《めしつぶ》を飛ばしながら笑った。

「狸、飯粒を飛ばすな。もったいないわ」と紺は独《ひと》りしらけ、仏頂面を突き付ける。

なおも宋哲の話は続く。「でな、朝飯を食わせてやったんじゃ。すると少し元気が出たようなので、いろいろ話を聞いてやった。するとな、この男の生い立ちというのが紺の生い立ちとそっくりでな、よくよく見れば、なんと此奴《こやつ》の顔が純七郎《じゅんしちろう》殿そっくりではないか。それですぐにわかった。此奴は純七郎殿の子息とな」

純七郎というのは紺の実父である。善久郎の顔を見て、心の底で妙な懐かしさを感じたのはそのせいかと今になって思い出した。その目、眉、鼻、口に父親の面影を見《み》出《だ》したのであろう。

「つまり、お前らは生き別れた姉弟《きょうだい》であるということが、ここでわかったというわけじゃ」「というわけじゃ」と善久郎はしたり顔で笑った。二人はお祭り騒ぎのように手を叩き、はしゃぎ、宋哲は今にも踊りださんばかりであった。何がそんなに嬉しいんじゃと紺はひとりごちた。今更姉弟と言われても嬉しいとは思えなかった。姉弟とはどうすればいいのかもわからず、面倒じゃなと思った。しかも狸じゃし。

紺が四つ、善久郎が二つのとき、山蔵《さんぞう》家に賊《ぞく》が入り、二人の両親は紺の目の前で惨殺された。惨殺の理由は解明されることはなかった。その後、父純七郎の古くからの知り合いである宋哲が養女として紺をもらい受け、善久郎は本郷村の大場《おおば》家に養子として引き取られた。大場家は高山でも有名な豪農で、主人の善左衛門《ぜんざえもん》は人格者でもあった。善久郎には跡取りとして読み書きはもちろん学問までみっちりと叩き込もうとしたが、いかんせん、生まれつきの熱血漢で、じっと机に向かっている性質《たち》ではなかった。窓から飛び出しては仲間を引き連れて喧嘩に明け暮れたが、そこで培《つち》かわれた統率力と行動力、機転の速さはだれよりも秀《ひい》で、本郷村の小天狗などと評判になっていた。

三

「よいか姉ちゃん……」飯を食い終わった善久郎は腹も膨れ、姉弟の再会を果たした嬉しさもあってか、饒舌《じょうぜつ》となった。「姉ちゃんはこんな山の中に籠《こも》っていて世情に疎《うと》いようだから今、高山で何が起こっているか教えてやるわ。耳の穴をかっぽじって聞くがいいぞ」

「なんじゃ、急に偉そうにしおって。飯の恩を忘れるでないわ」紺は困惑の色を現したが、善久郎はそのようなことは気にしない性質《たち》であるらしい。紺にしてみれば、そのような話に興味はないし、固い話は苦手である。しかし、善久郎が話すと言えば聞かぬわけにはいくまいと、とりあえず聞く振りをした。

「今、高山陣屋に大きな顔をして鎮座している代官は大原という代官じゃ」それくらいは『知っているわ』と紺は内心で呟《つぶや》いた。「その大原代官というのは六年前にここ飛州へ来て着任された。いわばよそ者じゃ。そして、着任早々、やってくれたわ。何をやってくれたかというとな、まず、この高山で代々務めてくださった地役人様を地方へ飛ばしてくださった。地役人様は、お代官様と飛州民との橋渡しをしてくださるお方じゃ。うまく治められるように骨を折ってくれるお方を、じゃまとばかりに摂州へと飛ばしてくださったのじゃ。噂では、お代官様に、この地方の掟《おきて》、気質、触れてはいけないことなどを懇切丁寧《こんせつていねい》に意見したからだそうじゃ。つまり、大原というお代官様は、飛州民とうまくやっていこうなどという気は更々ないと言うことじゃな。これも知っておろう」紺は知らなかった。だれがどこへ行こうが興味はないし、代官が何を考えているかも関心はない。しかし、紺は善久郎の話を黙って聞くことにした。「それだけじゃない。山の木を伐《き》るなとのお沙汰を出した。五年間もじゃ。山方衆はどうやって凌《しの》いだらええんじゃ？　カンカンじゃ。山方衆は死んでしまえと暗に言っておるようなもんじゃ」それに関してはちらっと聞いたことはあったが、それに関してでも以後、気にしたことはなかった。明和四年（一七六七）元伐休山の内示があり、窮地に立たされた山方衆は、杣頭大古井《そまがしらおおぶるい》村の伝十郎《でんじゅうろう》と湯屋村の百姓代長三郎《ちょうさぶろう》らを、江戸へ嘆願のために出向かせるも徒労に終わったとのことであった。「まだある。あれをするな、これをするなとの高札もおっ立てやがった」

「あれをするな、これをするなとは何じゃ？」と紺が関心ありげに聞いてみたが、さして興味はなかった。

百姓の徒党《ととう》、強訴《ごうそ》（幕府に訴えること）、逃散《ちょうさん》（土地から逃れること）を禁止する高札を出したのであったとのこと。

話をしているときの善久郎の顔は先ほどまで飯を食って浮かれていた顔ではなかった。大きな獲物を見つけた猟師のように目が炯々《けいけい》と輝いていた。ひょっとすると善久郎はわたしより賢いかもしれん、いや確かに賢いと紺は思った。「しかも……」と善久郎の話は続いた。御用金の借り上げ。裕福な町人から二千両三千両と借り上げ、長期にて返済するとのこと。そこで紺がここは突っ込み所とばかりに口を挟んだ。「貸した金なら返ってくるからええんじゃないのか？」と聞いてみた。「甘いな、姉ちゃん。利子は付くとのことであるがな、非常に低い利子でな、ひどいことに全額返済の保証はないとのことじゃ。返らなくても文句も言えんのが町人じゃ」

「大原という代官は、その金で私腹を肥やしておるのか。遊び呆けておるのか」

「そう思うじゃろ、じゃが、そうでもなさそうなのじゃ」と善久郎が紺へ顔を寄せた。姉弟と思えぬ対照的な顔であった。

「なんじゃ？」と紺。

「姉ちゃんきれいじゃな。血がつながっておらなんだら嫁にしたいくらいじゃ」

「痛い目にあいたいか？　お前の腕をへし折ることぐらいは造作《ぞうさ》もないぞ」

「……私腹のことじゃが、それがわからんのじゃ。遊び呆けておるとも聞いておらん。陣屋の畳も替えられんほど内状は逼迫《ひっぱく》しておるとのことじゃ」と善久郎。

「でどうなる？」と紺は事情はともかく、その後の成り行きには興味がそそられた。

「いままでの大原代官の策略はまだ序の口じゃ。これからまだまだ秘策、奇策がありそうじゃ。じゃが、あの大原という代官は外から来たせいもあってか飛州のことをまだよく知らないようでな、この国の百姓を舐《な》めておる。であれば、他国の百姓とは気概も性根《しょうね》も違うことを思いしらせてやらんといかんとわしをはじめ、皆はそう思っておる」善久郎は祭の前の下準備を始めるように嬉しそうに笑った。

「思いしらせてやるとは、どんな手段を使うんじゃ？」と紺。

「さてと……」善久郎はニヤリと笑って腕を組んだ。

宋哲は席をはずし、隣の部屋の薬箪笥《くすりだんす》の前でザクリザクリと両手包丁で薬草を刻んでいるらしいが、善久郎の話にはそれとなく耳を傾けていたに違いなかった。紺は善久郎の得意げな顔に呆《あき》れ顔で向かっていた。「お前は、箍《たが》が外れるとどこまでも突っ走る性質《たち》らしいな。箍を緩《ゆる》めるでないぞ」

「わしの性分じゃ。しかたなかろう」と善久郎は紺の忠言をも意に介さずであった。

打ち壊し

木材の伐採を生業《なりわい》とする山方衆は、江戸へ大古井村の伝十郎ら三名を送って伐採再開の嘆願を試みたが、徒労に終わることとなった。その三名が江戸から戻ると、丁度、集会を開いていた所へ出向き、そこで伝十郎らは知りえた吉左右《きっそう》を告達した。

そこでようやく地元の百姓らは、高山の豪商らが年貢米三千石を直納する方向で動いていることを知らされることとなった。さらに、その裏で暴利を貪《むさぼ》る魂胆《こんたん》も露見したのである。それを聞いて憤慨した百姓らは、直納を主導した丸屋平八《まるやへいはち》、福島屋五《ご》右衛門《えもん》の家宅土蔵をその晩のうちに打ち壊しその翌日にも、川上斎右衛門《かわかみせいえもん》、屋貝権四郎《やがいごんしろう》の家宅土蔵を打ち壊した。十二月の半ばの雪の降る夜であった。

天生も直《じき》に雪の底に埋もれようとするころとなり、雪が舞う日が多くなった。すでに山の中腹までうっすらと雪がかかり、ブナの森から緑が消えたかのようであったが、善久郎はことあるごとに天生の庵《いおり》を訪れた。

「手ぶらで訪ねる善久郎は礼儀を弁《わきま》えてはおらん。お前の養父殿は礼儀を教え忘れたようじゃな」と前回の折、紺に嫌味を交えて叱責《しっせき》されたので「今日は、姉ちゃんの好きなみたらし団子を買ってきたが、土産《みやげ》を催促する女子《おなご》もどうかと思う。杉浦先生は礼節を教え忘れたらしいな」と善久郎がしたり顔で返すと脇から宋哲が「双方の血じゃ。血には抗《あらが》えん」と苦悶《くもん》の色を見せ、呆《あき》れ顔で首を振りつつも、「どれ」と宋哲も団子に手を伸ばす。

善久郎は猫舌らしく、熱い茶を鼻息で冷ましつつ啜《すす》り、土産として持ってきた団子を頬張りながらも憤慨を撒《ま》き散らした。

「こんな腹の立つことはないわ。丸屋にしても福島屋にしても、二足三文の安い米を富山や名古屋で調達してな、『わしらが立て替えておいたで、飛州の米をよこせ』と言うつもりだったんじゃ。その米を高値で売ってボロ儲けしようって魂胆だったわけじゃ。そのような阿漕《あこぎ》な真似を見逃すようなわしらじゃねえ」と善久郎は騒動の発端を話して聞かせた。

確かに話を聞けば、そのあくどさは度を過ぎている。百姓でなくても憤慨するであろうと紺も同調しながら、囲炉裏《いろり》に刺した団子を見て、そろそろ焼けたかと手に取った。ほんわりと湯気が出て、頃合《ころあ》いであった。

「でな、わしも打ち壊しに加わってやった。掛矢《かけや》（大きな木槌《きづち》）を担《かつ》いで皆についていったわ。雪が降っておったが、腹の底からじわじわと熱いものがこみ上げてな、思わず身震いしたわ。武者振るいじゃぞ」とそのときの興奮が再燃したかのように、顔を真っ赤にし、腰を浮かせながら泡を飛ばした。「やっぱり、わしにも武士の血が流れておるんじゃろうな。合戦前夜の武士の気持ちがよくわかったわ」

「で、どうしたんじゃ？」と紺が冷めた顔で聞いた。聞くには聞いたが、やはり興味は毛頭なく、団子を頬張った。さすがにハルのところの団子はいつ食ってもうまいと感心した。

「頭《かしら》の号令を合図に、皆で木戸を叩き壊し踏み込んだわ。店に踏み込むと掛矢を力いっぱい振り回し、手当たり次第に叩き壊してやった。主《あるじ》や奉公人《ほうこうにん》たちのおろおろする顔は、今、思い出しても愉快じゃわ。それだけではないわ、それらの店の主をひっ捕らえて頭を丸めて中橋の下の川原まで引きずっていって、木に縛り付けて晒《さら》してやったわ。捨札《すてふだ》にはこう書いてやった。《粗悪な米三千石を立て替えたことにし、飛州の三千石の米を騙し取ろうとした禿《は》げ狢《むじな》》とな」善久郎は己一人の武勇伝のように語った。

「よいのかのう。それで」と紺の顔は呆れ顔から心配顔に変わった。宋哲は知らぬ顔。

「わしらを蔑《ないがしろ》にした報いじゃ。自業自得じゃ。百姓がどれだけ苦しんで米を作っておると思うんじゃ。それをじゃな、ちょっと売りと買いを細工するだけで莫大《ばくだい》な金をせしめる悪党にはそれくらいしてやらんと地獄に落ちるわ。地獄へ落ちるとかわいそうじゃろ。わしらが罪滅ぼしをさせてやったんじゃ。人助けじゃ。それなら文句はなかろう」と善久郎は妙な理屈をつける。やはり、お頭《つむ》の回転は少々速いのかもしれんと紺は思いつつ、善久郎のタレの付いた顔をまじまじと見た。

「物は言いようじゃな」

「そうじゃろ」と善久郎は悪戯《いたずら》小僧のように笑った。

「代官所は、なんて言っておる?」

「何も言っておらん。あれから五日経《た》つが、だれも動いておらん。飛州の百姓に恐れをなしたんじゃろ。大原代官は今ごろ布団《ふとん》の中で震えてござらっせるわ」と善久郎は大口を開けて笑った。

紺はそれですむわけがなかろうと思った。さまざまな方面から探索し、言い訳できぬよう囲い込む策に出ていると見た。賢いようでも甘い所があるのは若さのせいか。

丁度、宋哲が厠《かわや》へ立つのを見計らったように善久郎は紺に聞いた。

「姉ちゃんはどっちに加担する？　百姓か代官所側か？」と善久郎の声は小さくなった。

「わたしは、どちらにも加担はせん」

「忍《しのび》として育てられ、忍として生きていくのじゃろ。どちらかに付かんと生きてはいけんじゃろ。やはり代官所側か？……だが、その方がよいかもしれん」善久郎の言葉は、意味深に聞こえた。

「そう決めたわけではない。爺の命令があればそれに従うつもりじゃ。そのつもりで生きてきた。それが暗黙の約束じゃ」

「わしを売るか？」

「売ってどうなる。何の得もない。恩義はあるが、たった一人の弟を売るほどの忠義はない。わたしはこの地で草を採って生きたいだけじゃ。已《や》むに已まれず草と草採りの、二足の草鞋《わらじ》を履いておるだけじゃ」

「悠長じゃな」善久郎には紺の生き方が、羨《うらや》ましいのか腹立たしいのか、どっちつかずに見えて仕方がなかった。紺も善久郎という人間に腹が立って仕方がなかった。何を焦っているのかと、そのように見えた。

「何が悪い。お前も平穏に生きる道を探せ。逃げるのなら手引きするくらいしてやっても構わんが」

「それはお節介じゃ。逃げるくらいなら、はじめからやらぬ」

しばらく静寂が囲炉裏端を覆った。静けさの中で炭が弾けたのを切っ掛けに善久郎が口を開いた。

「姉ちゃんはいい。好きなことができて」

「何が好きなことか。幼いころから毎日毎日、この山の中でクナイの稽古じゃ。はじめは嫌で堪《たま》らなんだ。投げれば肩が痛くなる、指の皮が破れて血が出る。なぜこのようなことをせんといかんのかと、泣きながら投げたもんじゃ。それだけじゃない。他にもいろいろな稽古を積んだ」

「そんなことは不幸にならん。すべては姉ちゃんの実になっておる。幸せなことじゃ」

紺は、確かにそうかもしれんと思った。辛い稽古ではあったが、ある日を境にし、稽古が嫌でなくなったことを覚えている。忘れもせん。七つのときであった。思った通りに投げられるようになったとき。それからというもの毎日が楽しくなった。投げ方を変えたり、持ち方を工夫したり、異なる体勢から投げてみたりと、さまざまな稽古をした。工夫すればするほど妙に楽しくなったことを覚えている。また、爺から剣術も教わった。これもはじめは辛かったが、やはり上達するにつれて楽しくなった。いまだに未熟と言われるが、町の浪人風情には負ける気はしない。今あるのはそれがあったからであることは間違いない。

「遊びでも、見世物でもない。何のための稽古か、お前はわかっておらん」

「いつかは役目が回ってくると言うことじゃろ。確かにそれも辛かろう」

「そうじゃ、人を殺《あや》めねばならん。その逆もある」命を取られる覚悟もしておかねばならんと紺は肝《きも》に銘《めい》じていた。

「しかし、だれしもそうじゃろ」

「簡単に言うてくれるな。お前は百姓じゃろ。滅多なことではそのようなことにはならん」

「簡単とは思わんが。いつ何が起こるかわからんのが世の常じゃ……そこで相談じゃ、わしにも剣術を教えてくれ。強くなりたいんじゃ」

「嫌じゃな」と紺はそっぽを向いた。

「なぜじゃ」と善久郎は前のめりになった。

「お前は百姓じゃ。百姓を全《まっと》うすべきじゃ。育ててくれた親父殿の恩に報いるのじや」

「無理じゃな」と言った善久郎の顔は諦めたようにも、悲しそうにも見えた。

その晩、善久郎は、紺の隣で寝て、翌朝早く、握り飯二つを懐に入れると朝日の方角へと帰っていった。紺にはその背中が、やけに寂しそうに見えてならなかった。目指すことが誰にも理解されぬ寂しさだったかもしれないと紺は思った。

それから十日ほどして、紺と宋哲は冬に備えて天生の庵から、白川郷へ下りる支度をはじめた。雪に備えて窓を塞《ふさ》ぎ、出入口には木戸を立てかける。荷車に荷物を積めるだけ積み、紺が荷車を曳《ひ》く。馬の気持ちがわかる狐であった。白川郷の冬の家は、天生の庵より広くて快適ではあるが、雪の中での生活は退屈極まりない。ほぼ三月《みつき》の間の滞在はことのほか憂鬱であった。

狐狸家

紺は宝暦五年（一七五五）二月、山蔵純七郎《さんぞうじゅんしちろう》と美里《みさと》の間に生まれている。その二年後の宝暦七年（一七五七）八月に善久郎は生まれている。山蔵家は金森長近の側近山蔵宗次《さんぞうむねつぐ》の流れを汲《く》む家柄で、山蔵宗次は金森長近《くかく》が飛騨を攻略する際、三木方《みつき》の猛将、畑安高《はたやすたか》を一騎打ちの末討ち獲ったことで知られる勇猛な家臣であった。この武勲により金森軍は勢い付き飛州攻略を早めたとさえ言われている。

端午《たんご》の節句を明日に控え、準備に奔走《ほんそう》する山蔵家に黒い頭巾《ずきん》を被った賊《ぞく》が踏み込んだのは昼九ツ（正午）ごろのことであった。親類縁者を呼び、首も据《す》わった嫡男《ちゃくなん》善久郎をお披露目するため純七郎が陣羽織を着せる手順を確かめているとき、使用人の与平《よへい》が息せき切って座敷へと駆けこんできた。「旦那さま大変でございます」と与平が叫び、純七郎が振り返ると同時に賊の凶刃が与平を背後から斬《き》りつけた。絶叫とともに障子は血飛沫《ちしぶき》に染まり、与平は庭へと転がり落ち、そのまま動かなくなった。純七郎には狼藉《ろうぜき》の向きに心当たりがあったのか、床の間の刀を無言で手に取ると素早く抜き、賊に応戦する。しかし、畳の目に足を取られ、体勢を崩《くず》したとき、賊の凶刃が純七郎の首を捉《とら》えた。首の半分を斬り通した刃は、武芸に秀《ひい》でた純七郎の身を一振りで滅した。美里はその隙に善久郎を隣の部屋の天袋へと隠し、紺を庭へと押し出し、武家の嫁として短刀にて応戦をするも凶刃に倒れた。善久郎を素早く隠し、紺に逃げるよう指図していたことは、この事態を予見していたとも言える。この凶事は庭の掃除をしていた与平の妻浜《はま》によって語られたことであった。

このとき、十代代官上倉彦左衛門信門《うえくらひこざえもんのぶゆき》は、表向きにはこの事件に対して徹底した検証を命じたが、結局、うやむやに終わらせ、下手人を特定させるまではいたらせなかった。内々では、事あるごとに代官上倉と対立する地役人のまとめ役であった山蔵を亡きものにし、上倉に取り入ろうとした運上改役《うんじょうあらためやく》のある人物の仕業ではなかろうかとの憶測が広まっていた。その者は山蔵を凌《しの》ぐ剣の使い手で、飛州においては右に出る者なしと噂される剣豪で、素早い踏み込みと剣の斬り返しは無敵と言われていた。与平を斬った初太刀における背中の左脇腹から右肩に掛けて斬り上げる剣捌《けんさば》きは、その者の流派によることは一目して判じられたが、それを口に出して言う者はなかった。

紺はそのとき、その場におり、凶事のすべてを見ていた。善久郎は天袋の中で何事もなかったかのように寝ていたところを後になって見つけられたとのこと。賊がその気になって家中を隈《くま》なく探せば、善久郎も紺も見つけることはできただろうと考えられるが、それをしなかったのは、賊に一家皆殺しとまでの腹づもりはなかったと考えられる。純七郎に対する怨みによるもの、そして手向かいする美里を已《や》む無く斬《き》ったのであろうと判ずることができた。

紺にとっては四歳までの記憶と言えば母美里の死の間際の苦悶《くもん》と憎悪が入り混じった顔のみであった。四歳であれば他にも記憶は残っていていいはずであるが、それがすべてを覆い隠していたに違いない。善久郎の出現により、一つ思い出したことがあった。

あらためて善久郎の顔を見ながら、そういえば、ときおり、赤ん坊の泣き声が耳朶《じだ》に蘇《よみがえ》ることがある。「あの泣き声の主はお前じゃったのか。耳の奥に付いて仕方がないわ。何とかしてくれんか」

善久郎は何のことかわからず、首を傾《かし》げるばかりであった。

宋哲は、今でこそ医師として名を馳《は》せてはいるが、元は歴《れっき》とした武士で、吹屋町に屋敷を構える榊原《さかきばら》家の嫡男《ちゃくなん》であった。しかし、当主である父とは日ごろから折り合いが悪く、些細なことから揉《も》めることが多かった。紺の実父純七郎も宋哲と同じ梶派一刀流堀部道場の門下生であったことから山蔵家と榊原家は旧知の間柄で内情も知り得ていた。宋哲は師範候補であったが、ある日、取るに足らないことから父と言い争いとなり、それを切っ掛けとして、弟に家督《かとく》を譲ると言い残し、家を飛び出すこととなった。そのときにはすでに武士を捨てる覚悟であったという。

その後、長く放浪の旅に出ていたため宋哲と山蔵家は音信が途絶えることとなった。全国を行脚する間、宋哲は漢方医学に傾倒するようになり、やがて漢方医香川《かがわ》修庵《しゅうあん》に師事し、その元で八年にわたる修業《しゅぎょう》の末、漢方医として独立。また旅の途中で昵懇《じっこん》となった忍《しのび》の者からさまざまな技を会得したことも今の宋哲と紺の関係を成していた。宋哲がこの地へ戻ったのは三十二のときである。その後、二十五年以上にわたって、飛州の地で漢方医として奔走して来たのであった。宋哲が純七郎の死を知ったのはたまたま高山へ所用で出向いているとき、凶事が起こり、代官所へ運び込まれた三人の遺骸の検死を依頼されて初めて純七郎とその妻美里、そして使用人の与平であることを知った。

そのひと月後、天生の庵《いおり》へと親類の手に曳《ひ》かれてやってきたのが紺であった。進む道が違ったために山蔵家とは音信が途絶えていたことから、宋哲は諸般の事情に疎《うと》く、それを見越して連れてきたと考えられる。また、賊が紺の命を奪いかねぬとの恐れもあったに違いなく、高山から少しでも離れた天生の地は都合がよかったのであろう。紺を連れてきた者は多くを語らず、数両の金子《きんす》を付けて「よろしく頼む」と言い残して帰った。宋哲はこの地に根を下ろし、漢方医の傍《かたわ》らすでに三人の忍《しのび》の育成に携わっていた。左助が三人目で紺で四人目となる。それ以前の者に関して宋哲の口から語られることはないが、親類の者は、それをどこかで聞き及び、一縷《いちる》の望みに懸けて連れてきたのかも知れなかった。

善久郎も紺同様に、命の危険があるとのことで武家とは一線を画す豪農大場善左衛門宅へと養子に出されたのであった。やはり、多くは語られぬまま数両とともに頼まれる形となった。

明和騒動の後

三月、日差しが日ごと明るくなり雪解ける勢いが増し、初夏を心待ちにさせる時期になると善久郎が草鞋《わらじ》を濡らしながら山道をやってきた。紺と宋哲が白川郷の仮住まいから天生の庵《いおり》へと引っ越しして三日目のこと。数日の違いがあれば無駄足となるところであったが、雪解け水が冷たかろうが、泥濘《ぬかるみ》に足をとられようがお構いなくやってくる善久郎の無鉄砲さは頼もしくもあり、かわいくもあった。

紺と善久郎は囲炉裏《いろり》を挟《はさ》んで向かい合い、茶を飲み団子を食いながら顔を突き合わせた。

「掃除もすんでいるようじゃな。丁度ええときに来たもんじゃ。わしの勘も大したものじゃ。日差しの温《ぬく》い日が続いたじゃろ、そろそろじゃなと思ったんじゃ」善久郎は不躾《ぶしつけ》にがははと笑う。

「もう一日でも早ければ掃除や荷運びをさせることができたのに。運のええ奴じゃ」

「杉浦先生も姉ちゃんも、元気そうでなによりじゃ」

「お前もな」と心からか口先だけかわからぬような挨拶が交わされた。赤い頬を膨らませて笑う善久郎であったが、吸いこまれるように笑顔が曇り、沈痛な顔色へと変わった。

その異変に気付いた紺の顔からも笑みが消えた。

「何か厄介事《やっかいごと》か？　お前らしくないが」

「甘く見ておったわしらが悪いのかもしれん」と善久郎はいつになく弱気を見せた。

善久郎の話によると、代官所は昨年十二月に起こった商家打ち壊しの件で動き出したとのことである。なぜに今ごろになってかはわからぬが、血気盛んな百姓を手当たり次第に代官所へ連れてこさせ、厳しく詰問《きつもん》しているとのこと。その数は五十人とも六十人ともいわれ、中には毛頭関わっておらぬ者も含まれていた。

「あたりまえじゃ。そのような騒動を引き起こしておいて何の咎《とが》めもないなど、あるわけがなかろう」紺は最早《もはや》、呆《あき》れてはいない。善久郎が罪人として牢へ送り込まれはしないかと案ずるばかりであった。「馬鹿にも程がある。馬鹿に付ける薬は無い。名医の誉《ほま》れ高い杉浦先生に頼んでもこればかりは無理じゃな」大好物である団子が喉を通らなくなった。「お前は、しょっ引《ぴ》かれたのか？」

「いや、わしはお目こぼしがあったようで、呼ばれることはなかった。子供だと舐《な》めておるのかもしれん」

「それで良いではないか。だが、安心するでないぞ。明日かもしれん」

「よいわ、わしはそんなことは承知で騒ぎに加わったんじゃ。牢へ入るくらい屁でもない。ただ、関係の無い者にまでお咎めが及ぶのは我慢ならんのじゃ」

東向く狐

一

己がどれだけ大きなことに寄与したかを得意満面で語る善久郎を憂うばかりであったが騒動の一件で紺の心は軽くなった。馬鹿な弟であってもようやく再会できたたった一人の弟である。肉親を得た喜びから再び一人になる寂しさに耐えられるか心配であった。その心配事が一つ消えたのである。打ち壊しに加担した者の捜索は一旦終息となったらしく、善久郎は捕縛の網から逃れられたらしい。これで善久郎も懲《こ》りたであろう。

雪の下から青葉が覗《のぞ》き始め、その割合が日に日に増し、山が色づき始めるころ、紺は例年のごとく薬草採りに動き始める。北ソウレ山へ向かう途中、例の欅《けやき》の大木のところまでやってきたとき、兵吾の顔が欅の幹に出来た瘤《こぶ》と重なって浮かんだ。兵吾の顔を思い浮かべると、なぜかそれをじゃまするように善久郎が出てきて、大口を開けて笑う。此奴《こやつ》は人の恋路をじゃましようとしているらしい。クナイの的にしてくれようか、などと考えながら善久郎の顔をかき消すと兵吾の思いへと無理やり思考を傾けた。兵吾はどうしておるじゃろうか。元気でいるじゃろうか。他の女子《おなご》に手を出してはおらんじゃろうかと……また善久郎の笑い声が聞こえた。善久郎もまた紺の気持ちの中では大きな存在となっていたが、じゃまであることが大概である。再びかき消し、兵吾への思いへと無理やり傾ける。再び襲われたなどということはないだろうかなどと紺は道すがら考えた。今度、高山へ赴《おもむ》いたときには、ちょっと屋敷を覗《のぞ》いてみてもよかろうかと思った。迷惑じゃろか？　ではちょっと忍びこんでみるのも乙《おつ》かもしれんなどと考えてみる。いやいや、そんなはしたないことできやせんわ。では、こうしたらどうじゃろ。兵吾を待ち伏せして、その姿を見つけたら、たまたまそこを通りかかったように振る舞って「あら、兵吾殿、ご無沙汰しております。こちらへ行くと兵吾殿のお屋敷でしたか。道に迷いまして、ついうっかり」という策はどうじゃ。

などと考えているうちに紺は御輿草《みこしぐさ》の群生地を通りすぎて二町（約二百二十m）も歩いたところで気が付き、あわてて戻った。

御輿草の出来は今年もよい。虎耳草《こじそう》もそれなりであった。しかし、出来がよいことを素直に喜ぶことはできない。なぜなら、ここ以外でも豊作といえるからである。他からも多く持ち込まれれば売値は期待できそうになく、紺の懐が膨らむことも期待できそうになかった。

翌日から紺は庵《いおり》にて、収穫した草の下処理をした後、天日により乾かす作業に取り掛った。晴天に恵まれたせいか五日ほどで高山へ卸すことができるまでとなった。そして高山へ。なぜか気が逸《はや》る。が、その前に……。

気の重いまま喜楽堂を訪れ、二助の見たくもない顔を見ながら期待をしてみるが、やはり期待した紺が馬鹿であったと思うほど安く買い叩《たた》かれた。「今年であんたとの縁もこれまでじゃな」と捨て台詞のように投げかけて店を出た。「また頼みますよ。紺さん」と背中に声がかかるも付いた虫でも払い落とすように背で断った。このようなことは今回が初めてではないので二助も呑気《のんき》に構えている。もう、これっきりじゃと紺は腹の中で決意したが。

三之町から左に折れ、二之町、一之町を通りすぎると、すぐ先が武家屋敷の立ち並ぶ大場町である。そのまま進めば新田邸のある吹屋町であるが、紺の足は大場町へと向かっていた。もし、ばったりと出くわしてしまったら、どんな顔をして何を話せばよいのやら。やっぱり「あら、兵吾殿、ご無沙汰しております。こちらへ行くと兵吾殿のお屋敷でしたか、ついうっかり」……見え透いていると紺自身も思う。まだ、心構えができてはおらなかったがため、時を稼ぎたいとの思いが紺の中にあった。武家屋敷の並ぶ築地塀《ついじべい》に挟まれた通りは商家が立ち並ぶ通りとは一転してひっそりとし寒々しささえ感じる。しかし、紺の胸はなぜか高鳴る。なぜじゃろうかとわかりきったことをあえて己に問うてみた。馬鹿馬鹿しくなって足を止めた。やはりこのようなことをしても何の意味もないし、どうなるものでもない。泣き虫侍のことなどなぜ気になるんじゃろうか。いつもの自分らしくないと思いながらも、いつの間にか足が出ていた。

大場町の中ほどまで来たとき、すぐ目の前の屋敷の門内が騒がしくなり、わずかな間をおいて人と馬の足音が入り乱れて出てくると、道の脇へと身を寄せた紺の横を一行が通り過ぎていった。槍《やり》持ちが先導し、その後に馬の口取り、草履《ぞうり》取り、供侍、挟《はさみ》箱《ばこ》持ち、それらの者が囲む中の馬には一人の侍が前方を見据え、毅然《きぜん》と跨《また》がっていた。紺の横を通るとき、馬上の侍はチラと紺の方へと視線をやった。頭を下げる紺の内心の目とぶつかった。馬上の侍から見れば、武家屋敷の通りに背負子《しょいこ》を担《かつ》いだ娘が一人歩いていることを妙に思ったかもしれない。ただそれだけであろうか。しかし、紺の印象は明らかに違っていた。紺の心の中に妙なざわめきが走った。先ほどまでの兵吾に対する思いとは似ても似つかぬ不快なざわめきであった。不快極まりなく、腹の底から何かがこみ上げるような、虫唾《むしず》が走るとはまさにこのこと。

なぜじゃ？　どこかで会ったか？　四十の半ば、若《も》しくはもう少し越えたころであろうか。真一文字に並《へい》する冷然《れいぜん》とした目。鷲《わし》を思わせる細い鼻梁《びりょう》からなる鼻。薄い唇は妙に赤黒い。しかし、あの容貌は初めて目にするものであった。目にするのは初めてであると確信はあったが、なぜ、そのように思うのか紺にはわからなかった。気配、匂い、眼光、その類《たぐい》のいずれかが己の肺腑《はいふ》を衝《つ》いたのかもしれんと思った。

紺はその門の前に立つと誰様の屋敷かとそっと覗いてみた。そのとき、門番と思われる六十絡みの小男が出てきて、門扉を閉めにかかった。「何か用かね。物売りかね？　そうなら裏口へ回りなさい」と逆に声を掛けてきたので、「今出ていかれたお武家さまはどちら様でございましょうか」と紺は聞いてみた。

「こちらのお屋敷は運上改役、津田八郎左衛門正助《つだはちろうざえもんまさすけ》様のお屋敷じゃ」と六十絡みの小男は自分がそうであるかのように胸を張って答えた。

「津田正助様ですか」このときまで、紺は津田正助の名を耳にした記憶はなかった。

「そうじゃが……でなんぞ用かね」

「いえ、立派すぎて恐れ多くて」と紺は頭を下げた。

妙な娘じゃのと言いたげな口元と怪訝《けげん》な眼差《まなざ》しを残して小男は軋《きし》み音とともに門を閉めた。そのとき、紺の中に何かが蘇《よみがえ》った。軋み音とともに重々しく閉まる門扉の音。

紺は今の今まで、この大場町へは初めて来たとばかり思っていたが、そうではないことに気付いた。かつて、幼いころ、ここを行き来したことがあるはずとの確信を持った。この築地塀《ついじべい》の連なる通り。塀を越えて所々から覗《のぞ》く松の木。振り返ると旧高山城のあった城山。低い目線から見上げた記憶と、抱かれた目線から見た記憶が混在した。紺は幼いころ、このあたりに住んでいたことを確信した。

そこからの紺の足は新田邸のある吹屋町へと向かうことはなかった。津田正助とは何者か気になって仕方がなかった。ぞっとするあの目は、紺の四つのときの記憶と結びつくものかもしれぬと肺腑の虫が宿主に知らせているような気がしてならなかった。昼九ツ（正午）を少し過ぎたころであった。この刻限なら、まだ陽の残るうちに帰ることができそうじゃとばかりに紺の足は、天生の庵へと走るような勢いで動き始めていた。

二

紺が天生の庵《いおり》へと着いたときにはすっかり陽は落ちていた。紺の帰りは翌日になろうと、のんびりと、ひとり寛《くつろ》ぐつもりであった宋哲は驚くとともに気落ちした。

「なぜに、これほどまで早くに戻ったのか？　何をそれほどまでに急いでおる。酒はどうした？」と宋哲は紺の背負子《しょいこ》の竹籠《たけかご》を物色したが、そこには土産《みやげ》らしいものは何一つなかった。「これじゃあ、何しに高山へ行ったかわからんじゃろ」

「酒は忘れた。というより買わなかった。

「なぜに走ってまで帰ってきた」宋哲は生薬を乳鉢ですり潰しながら、籠《こも》った声で言った。すでに何かを察した宋哲の顔が曇ったようにも見えた。

「爺に聞きたいことがあるでな、走って帰ってきた。さすがに陽のあるうちに着くのは無理じゃったが」

「いくら眼前で仁王立ちされても、何も話すことはないがの」と宋哲はそっぽを向く。

「それは爺の都合の悪いときの言い回しじゃな」

宋哲の顔色がさらに曇った。その顔色は呆《あき》れたようにも困ったようにも紺には見えた。いつかこのときが来るのではないかと予想していたときが今、ここに来ている、そんな表情であった。

「わたしが何を聞きたいか爺はわかっておるようじゃな」

「どうであろうか。わしの方からそれを語ることはないことはわかっておるであろう。……そこの油紙を取ってくれぬか」

「では、わたしの口から聞くことにする。わたしが知りたいのは津田正助という侍はどんな人物かということじゃ。爺の予想は合っておるか」と紺は言いながら油紙を手渡す。

宋哲の口元が固くなったように見えた。宋哲が予想していた問とは異なってはいたが、紺がいずれ問うであろうと予見した問の一つであった。

端午の節句目前、準備に奔走《ほんそう》する山蔵家へ踏み込み、父純七郎を斬り、四歳の紺の目の前で母を斬った男は津田正助であろうか。紺の目は、宋哲の口から出る次の言葉を待っていた。それを聞いたとき、心の中の無数の蟠《わだかま》りを一つでも消し去ることができるのではないか。期待とともに不安もあり、知ったとき、紺自身、その思いをどのように捌《さば》けばよいか見当もつかなかった。

「いつかお前の口からその名が出るのではないかと恐れていたが、今日がその日になろうとは思いもせなんだ。飯を食った後でよかった」

その言葉で、紺は意を得た。紺は高山での、その名を知る切っ掛けとなった出来事を宋哲に話して聞かせた。

宋哲は紺の話を腕を組んだままじっと聞き、そして「なるほどの」と頷《うなず》くと、考え込むように俯《うつむ》き、しばらく黙った。さらにしばらくして重そうに口を開いた。「お前が生まれて四歳まで育った屋敷は、その日と鼻の先にある。お前が、その道を歩いて通ったこともあるはず。そしてその扉《とびら》の軋《きし》む音も聞いたかもしれん。しかし、津田正助がお前の両親を斬ったとする証《あかし》はない。あくまでも憶測《おくそく》である」

代官所における対立と、剣術の流派による太刀筋から成された憶測にすぎぬと宋哲は示唆《しさ》した。

「津田正助とはいかなる者か？」運上改役であることはすでに聞いていた。運上改役とは、民衆から徴収する年貢の取り締まりや、管理などを行う役目である。代官所にとって、まさに要《かなめ》の役どころである。

「歳のころは五十をいくつか越えていよう。何事にも真摯《しんし》に向き合い、沈重《ちんちょう》で世故《せこ》に長《た》けておると言われる。それ故《ゆえ》、地役人でありながら十代代官上倉信門《うえくらのぶゆき》、十一代代官布施胤将《ふせあきまさ》そして、十二代代官大原紹正《おおはらつぐまさ》と三代にわたり側近として職務を果たすほど信頼の厚い人物である。それは内外に知れ渡っておる。武においても、野太刀自顕流《のだちじげんりゅう》の使い手でその名を飛州に轟《とどろ》かせておる。最初に斬られたのは使用人の与平。与平の太刀筋はまさに野太刀自顕流の初太刀の太刀筋そのものであった。其奴《そやつ》以外にその流派を使う者は高山役人にはおらん」

「では、なおさら決まったも同然。しかし、斬ったのが役人とは限らんのではないか」紺の方から証を塗り固める手助けのように聞いた。

「役人以外に役人を殺《あや》める者など考えられん」と宋哲はさらりと言ってのけた。

「刺客を雇ったとは考えられんか？」

「この高山に、それほどの腕のある者で、刺客《しかく》を依頼されるような侍は、一人として思い浮かばぬが」

紺は納得せざるを得なかった。刺客を依頼される者と言えば、山道で出会った三浪人、あの程度であろう。役務《えきむ》以外での遺恨、怨恨は到底考えられなかった。

「野太刀自顕流とは、あまり聞かぬ流派じゃが、津田はこの地の者ではないのか？」

「野太刀自顕流とは薩摩《さつま》で生み出された流派でな、わしも此奴《こやつ》以外にこれを使う者を聞いたことがない。もちろんおらんとも限らんが……津田がなぜこの剣を会得したか詳しくはわからん。……それ以上、お前が知ってどうする」

「どうもせん」

「今、お前が心の奥底で何を考えているのか、わしには見当がつかん。二つに一つであることは間違いないが……討とうと考えておるのなら言わせてもらうが、そのようなことのためにお前をここまで育てたわけではない。草としての技もそのために授けたわけではない」

「爺には感謝しておる。妙な勘繰りは無用じゃ。両親が目の前で斬り殺された者などこの世にはいくらでもいよう。だからと言って仇討《あだうち》などと目くじらを立てて生きていくのも面倒じゃ。そのような愚行は、暇人粋人《ひまじんすいじん》に任せておけばよいではないかね。わたしは、そのようなことには関わり合わん」紺はこれが本音かどうか己でも測りかねた。しかし、今はこのように振る舞うしか手立てはないと思った。

宋哲から言わせれば、紺が嘘をつくときの口調は一気に一本調子でまくしたてて語尾が強くなることを見抜いていた。今の口調が丁度それであった。

紺は内心を見透かされまいと、宋哲の目から顔を背けたが、それが却《かえ》って紺の内心を現していた。
「ならんぞ」と宋哲は厳しい口調で一喝した。

三

母美里の、苦悩に歪《ゆが》む顔、差し伸べる血塗《ちまみ》れの手。細く白い指から滴《したた》る鮮血は、畳の上に音を立てて点々と落ち、途切れることなくいつまでも落ち続けている。紺の記憶は、そこで途切れていた。紺はその場でどのように振る舞ったのか記憶は定かではない。なぜ助かったのかもわからぬまま今に至っている。何者かに助けられたのか、賊《ぞく》に見逃されたのか、それともその兇状《きょうじょう》をどこかに隠れて見ていたのか。果たして、本当に見ていたのか……。

その日は、端午の節句の前日、壬子《みずのえね》であった。朝からあわただしく美里も使用人の浜も走りまわっていた。床の間には純七郎の大小とともに菖蒲刀《しょうぶがたな》が飾られ、その横には鍾馗《しょうき》を描いたのぼり旗が立てられていた。餅を蒸す香りが家中に立ち込める中、純七郎が二つになる善久郎をあやしながら、動き回る善久郎をなだめながら、陣羽織を着せる手筈《てはず》を確かめていた。役務に明け暮れ、家内のことは美里に任せきりであるため、このようなことにはからっきし役に立たぬのが純七郎であったが、ようやく要領を掴《つか》み、手っ取り早く着せられるようになったころ、玄関の方が騒がしくなった。気の早い伯父夫婦がやってきたかと思ったのもつかの間、与平が息せき切って座敷へと駆けこんできた。

「旦那さま大変でございます」与平が叫び、純七郎が振り返ると同時に凶刃は背後から与平を斬りつけた。斬ったのは黒い頭巾《ずきん》を被った長身の侍であった。絶叫とともに和《なご》やかであった山蔵家は惨劇の場と化した。

紺は長い夢を見ていた。夢というより記憶の再現というべきか。布団の中、庵《いおり》の中二階の紺の寝床である。すでにうっすら青い空が木戸の隙間から見て取れた。どこか遠くでホトトギスが啼《な》いている。乾いた木をこすり合わせるような甲高い声を繰り返している。紺は聞きながら、まだぼんやりとする頭で、さてどうすべきか、どうすることが最善なのかと考えあぐねていた。

宋哲に言わせれば、仇討《あだうち》など推奨できるはずもない。そのようなことは紺にもわかってはいるが、紺に言わせれば、それを受け入れることなど到底できそうにない。四つの紺の胸の中に大きなしこりを作った咎人《とがにん》が目の前に姿を現したのである。今まで払拭《ふっしょく》できなかったのであれば、これからもできぬことは容易に推察できる。しかも、その者が目の前に居れば、しこりは更に膨らむばかりであろうと紺は思った。生涯、これを抱えて生きていかねばならぬかと思うと重荷はいかばかりか。どこかで重荷は下ろさねばならぬと考えることは道理ではないか。

窓の隙間から薄日が差してきた。鳥の鳴き声はホトトギスからスズメの囀《さえず》りへと変わっていた。餌となる小さな虫を取るべく忙《せわ》しなく飛び回る様子が手に取るようにわかる。下階では囲炉裏端で宋哲が、まだ布団に包《くる》まるようにして眠っていた。何を考えているのかわからぬのが宋哲。眠っているのか、すでに目を覚ましているのか。重荷を抱えたまま生きろと言うのか。

今の自分に何ができるのかと問う紺はそっと寝床を出ると木剣を手に取り、外へと出た。朝露が朝日に照らされて晶々《しょうしょう》と輝いていた。紺の息が白く流れた。じっと自分の手にある木剣を見つめる。このようなもので太刀打ちできるとは到底思えないが。

紺は四つのころからクナイの投擲《とうてき》だけではなく剣術も日々の稽古の中にあった。むしろ、クナイを投げることより、木剣を振り回す方が好きで、性に合っているとさえ思った。しかし、所詮、木剣。所詮、女。しかも草であるがゆえ真剣の扱いなどは専《もっぱ》らしてはこなかった。木剣によるあくまでも己を守る手段としての最小限の技の会得のみであった。そんな自分に何ができるというのか、己に問うてみた。丈が短く、止《とど》めを刺せぬ偏《かたほ》の剣は紺の分身のようであった。

今度、小銭が溜まったら爺に内緒で刀を買うべきか。こっそりと稽古をするべきか。しかし、我流で野太刀自顕流の使い手である津田正助に太刀打ちなどできようか。紺の中ではすでに津田正助を討つ向きへと傾いていたが、それが本心であるのか自身でもわからなかった。向かったとしても、はたしてそれができるものかと大きな問も膨らんでいた。津田とて、快く討たれてはくれまい。負ければ己の命はないのであるから。

善久郎に津田正助について話すべきかと、また新たな問が頭を擡《もた》げたが、これに関しては、もうしばらく己の胸の中に止めておこうと思った。

四

六月の半ばになり、頼まれていた靫草《うつぼくさ》を採取した紺は、朝一番で天生を出ると、昼八ツ（午後二時ごろ）には高山へと入り、その足で喜楽堂へ赴《おもむ》いた。去年は権六にしてやられたのであった。一両は堅いと思いきや、権六が大量に納入したことによりせっかくの忍冬《にんどう》が半額となってしまった。今回は、靫草の量は多いが、ひょっとするとまたしても権六に先を越されて半額にされまいかと、恐る恐る暖簾の隙間から喜楽堂を覗《のぞ》いたがどうやらその様子はなかった。大量の靫草は届けられてはいない様子であった。紺は、二助が別の草の吟味をする姿を見ながら、忍びこむようにして店へ入ると、二助の前の三和土《たたき》へと立った。

「靫草を持って来たんじゃが、どうじゃろか?」と笑顔を交えながら紺は言った。

紺に気が付いた二助は苦笑いを浮かべた。「待ってましたよ、紺さん」

「待っておったと? 本当ですかね」と言いつつ紺は背負子《しょいこ》の竹籠《たけかご》を降ろすと、二助が広げた筵《むしろ》へと靫草を広げた。

二助は、今まで吟味《ぎんみ》していた草をそちらへと退けて、手早く靫草の品定めに取り掛かった。しかし、早速、渋い表情を浮かべた。指先で扱《しご》いたり、鼻先へ持っていって匂いを嗅いだりしながら仕分けられた靫草を一通り吟味すると喉に引っかかった物を吐き出すように言った。

「紺さん……物は申し分ないですね」

「一両、いや、一両二分じゃ。負けんぞ」紺はやくざ者の押し売りのように凄《すご》むと、値切りに応戦すべく身構えた。二助の渋い顔は、なぜか突然ニコリと変わり、「よいですよ、一両二分で」と拍子抜けするほど呆気《あっけ》なく許諾を得ることとなった。

「よいのか。どういう風の吹き回しじゃね。熱にでも中《あた》ったかね」と紺は二助の顔を覗き込んだ。ニコリ笑顔の裏には何かあると勘繰るのは当然のことである。

「いえ、いえ、いつもお世話になってる紺さんですから。これくらいは……」と二助は言いつつ、何か喉に閊《つか》えたような口ぶりである。紺の目つきが険しくなったことに気付いた二助は、満面の笑みを取り繕って言った。「実はね、紺さんとの取引は、これで最後にしなければならないんですよ」

二助の口から出た突拍子もない言葉に、紺は耳を疑った。確かに今までには何度となく「これっきりじゃ」と怒鳴ったことはあるが、自分の聞き間違い、勘違いかと思い、思わず相好が崩れた。「はい？　もう一度お願いできますかな？」

「何をですか？」と二助の顔が引きつった。

「今、おっしゃったことです。何を最後にしなければならないんですかね」自分でも心なしか声が震えたことに紺は気付いていた。

「お取引ですがね」

「だれとだれのお取引ですかね」

「うち、つまり、喜楽堂と紺さんとのですがね。ですから手切れ金ということで一両二分……」二助の呼吸が荒くなり、額に脂汗が滲《にじ》んだ。もうひと押しすれば二助の心の臓を止めるのは容易かもしれんと紺は思ったが、そこは冷静になって紺は聞いた。

このとき、少々大人になったと自分でも思った。

「どういうことか、ちゃんと説明してもらえんですかね。わたしは十のときからこちらへ出入りさせてもらっておる。八年になるかの。それほど長いとは言えない年月じゃが、わたしはわたしなりに精一杯やらせてもらったつもりじゃ。言い過ぎたこともあろう。それなら謝るが。二助さん。ひょっとすると、権六が、『わしが一手に引き受ける。しかも半額で……』と身ぶり手ぶりで言いましたかね」

「いいえ、権六さんは関係ありませんよ。権六さんとのお取引も、もうできません」

「じゃあ、一体、どのような理由でわたしと縁を切るというんじゃね？」

「実はね、代官所のお達しなんですよ。漢方の材料となる草、花、種の納入は代官所が選定した業者のみ許す。それ以外からの納入は罷《まか》りならんとのことですわ。わたしらもとんと困っておるんですわ。わかりますよね、紺さんなら。特定の業者のみの取引と決められてしまえば競り合いがなくなり、買い取りの金額も吊り上げられてしまいますし、当然物の質も落ちてしまいますわ。もう踏んだり蹴ったりですわ」

「なぜ、代官所はそのような策に打って出たんじゃね」

「大きな声では申せませんがね、特定の業者と組んでその上前を撥《は》ねようとしてるわけですよ。要は、運上金を増したいわけですよ」と二助は紺の耳元に口を寄せて言った。

「取り仕切っているお役人はだれじゃね」

「運上改役《うんじょうあらためやく》の津田正助様でございますな」

「運上改役の津田……どんな役人じゃね」ここでその名を聞くことになろうとは紺は思ってもいなかった。腹の中がぐるりと捩《よじ》れるような気がした。

「わたしもよくは知りませんがね、ちょっと聞いた話では、なんでも尾張藩《おわり》に居たお役人で、そちらから十五、六年前に来られたとか」

「尾張藩からかね。なんでまた？」

「さあ、そこまでの事情は存じ上げませんがね」

「わかった。わたしが直接会って話を付けてくるわ」間近でじっくりとその面《つら》を拝《おが》むよい機会であると紺は思った。

「……だれに会って……ですかね？」

「今、話に出た津田じゃ。運上改役の津田なにがし様に決まっておろうが。山の熊に会ってどうするんじゃ？」

二助の顔色が途端に変わった。「あかんあかん。無理じゃ無理じゃ。だれか止めてやってくれ。わたしらまでお咎《とが》めを受けかねんでな」

立ち上がった紺の周りを手代《てだい》や小僧があわてて取り囲んだ。小さな丁稚《でっち》も駆けつけて紺を見上げて通せん坊をしていた。その目と紺の視線がかち合ったとき、紺はふと我に返った。代官所へ怒鳴り込んでも会えるとは思えんし、万一、津田と面と向かったところでどうにもなるわけではない。その顔を見たければいつでも見られる。それくらいの忍《しのび》としての技は持ち合わせているつもりであった。

「もう、よい。冗談じゃ。そんな目で見るな丁稚どん」と紺はニコリとして小さな丁稚を見下ろした。

一両二分を受け取ると「長い間お世話になりましたな。もし、お許しが出ましたらまたお声をかけてくださいまし」と紺は世話になったことに対して丁寧《ていねい》に頭を下げて店を出た。二助もすまなそうに丁寧に頭を下げた。こればかりは二助のせいではない。二助に当たったところでどうにもなるわけではないが、数歩歩くうちに治りかけの熱がぶり返すように怒りが蘇《よみがえ》り、腹が立って仕方がなかった。この熱を冷ますにはこれしかあるまい。――酒じゃ。熱は酒で散らすしかなかろう――

当然のように紺の足はまつ屋へと向かった。まだ日は高く、まつ屋では仕込みのころであろうが、そのようなことを気にする紺ではなかった。ただ、酒が飲みたいだけであるから仕込みなど紺には関係のないこと。

いまだ暖簾《のれん》がかからぬまつ屋の障子を力任せに開けると「酒が飲みたい。酒だけでよいから頼む。茶碗でな」とずかずか入りこむ。何事かと呆気にとられるお為と松造は顔を見合わせた。

「こんな刻限からかね。こんな刻限から飲み始めたら店のお酒が無くなっちゃうね」

「頼む、お為さん。わたし、酒が飲めるのも今日が最後かもしれんのじゃ。明日には首を括《くく》るかもしれんのじゃ。最後のわたしの願いじゃ。聞き届けてもらえんじゃろうか」と紺は手を合わせて蝿《はえ》のように擦り、頭を下げる。「後生じゃ」

「あらまあ、そんなに切実な悩みを持っていたのね、紺ちゃん」

「おかしいかね。わたしが死ぬほど悩むのが、そんなにおかしいかね」と紺はお為にも当たる勢いであった。「はいはい」とお為は赤子をあやすかのように紺の願いを聞き届けようとした。松造も諦《あきら》め顔でお為に頷《うなず》いた。

しばらくしてお為が盆に、徳利《とっくり》三本と肴の朴葉味噌《ほおばみそ》を載せて紺のところへやってきた。

「何があったか知らないけどね、飲みすぎると身体《からだ》に毒だよ」
「いいんじゃ、もう生きてはいけんのじゃから、どうなってもいいんじゃ。この熟《う》れた体が山賊の慰《なぐさ》み物にされようが、身を腐らせて穴と言う穴から血膿を噴き出そうが、もうどうでもいいんじゃ。明日は骸《むくろ》じゃ」と紺は徳利の酒を茶碗に注ぐと一気に呷《あお》った。

草を採って生きる？　我ながら甘いことを考えていたものじゃ。紺は、そんなことが永遠に続くものと考えていた。世情に疎《うと》い浅はか者のとんでもない思い込みであった。山奥で悠長《ゆうちょう》に、呑気《のんき》に生きてきた報いかもしれん。馬鹿であった。

――このようなところで躓《つまず》くとは思ってもおらなんだわ――紺はひとりでぶつぶつと言いながらつぎつぎに茶碗酒を呷った。

日も暮れて一刻（約二時間）もすると居酒屋まつ屋の席はほぼ埋まり賑《にぎ》わいを見せていた。酒をちびりちびりと飲む客に、歌舞伎談義に花を咲かせる客、江戸の旅の土産《みやげ》話を講談調で語る客がいて、いつものまつ屋の喧噪《けんそう》であった。

「津田が何様じゃ」喧噪を斬り裂く声が店の奥から響くと、その場は一瞬にして静寂と化した。「かかってこんかね、手打ちにしてくれるわ。イモ侍めが」と台詞は続く。

まつ屋の客は顔を見合わせると一人の客が、丁度そこへ酒を運んできたお為に聞いた。「だれか、奥で喧嘩でもしていなさるかね？　尋常じゃねえ様子だが」と客。

「ああ、気にしないでくださいね。独《ひと》り言ですよ。虫の居所の悪い娘が管《くだ》巻いてるだけですから」

「独り言かね？　大きな独り言だね」

別の客が「あの声は紺だろ。関わり合いにならないほうがいいぜ。素面《しらふ》でも性質《たち》が悪い。呑めば手がつけられんから」

「あの件だ。代官所が山野草の取扱業者を選定した件だろ。だが、あれじゃ無理もねえ。あれを生業《なりわい》にしてる者は飢え死にしてしまうわ」と別の客。

「山野草が売れなくても、紺なら身体を売ればいい金になるんじゃねえか。なんなら俺が買ってやってもいいんだが」とまた別の客。

「だれが身体を売るんじゃね？　身体など死んでも売らんわ。ほしけりゃ、かかってこんかね」と紺がぬーと顔を出して店の中を見渡した。皆、目を合わさぬように俯《うつむ》く。

紺が正気を取り戻したのは翌日の明け六ツ（午前六時ごろ）であった。すでにお為が朝の仕込みに取りかかろうとしているときであった。「大丈夫かね、紺ちゃん」と湯呑《ゆのみ》に塩水を作って持ってきてくれた。

「さすがに頭が痛いわ」

「あたりまえじゃね。三升は飲んだかね」

「そんなには飲んでおらんわ。二升五合くらいじゃ」と紺は塩水を一気に飲み干す。

湯呑をちゃぶ台に置いたとき、壁に立てかけてあったものがコトンと音を立てて倒れた。ふと見ると、紺の傍らに見慣れぬ物が倒れている。風呂敷に包まれた長さ二尺五寸（約七十五センチ）を少し越える物である。

「なんじゃこれは。だれぞの忘れ物かね？」と紺は手に取る。持った感じはずしりと重い。二百匁《もんめ》（約七百五十グラム）はあろうか。手触りと重さからして紺にはそれが何かすぐにわかった。だが、なぜそこにあるのかはわからなかった。だれぞからの貢物《みつぎもの》か？　以前、一朱銀が四つ並べて置いてあったことはあったが、その類《たぐい》か。

「覚えてないのかね」とお為は笑みを含む呆《あき》れ顔を作った。

紺は「とんと」とあっけらかんと首を傾《かし》げた。

「夜五ツ（午後八時ごろ）だったかね、ちょっと出かけてくると言って、ふらふら出ていったかと思うと、半刻（約一時間）ほどして戻ってきたときにはそれを抱えておったがね。刀かね。まさかとは思うけど、代官所へ討ち入る気じゃないだろうね」

紺は眉間《みけん》に皺を寄せ悩み苦しみながらもそのときのことを思い出そうとするが「討ち入りかね。そのつもりだったかもしれんね……だめじゃ思い出せん。とにかくわたしが買ってきた物らしいから、とりあえずわたしの物じゃな」と言い風呂敷包みを開いてみた。

刀ではなく、それより短い脇差《わきざし》であった。臙脂《えんじ》色の鞘《さや》に納められ浅葱《あさぎ》色の柄糸《つかいと》で巻かれた脇差である。拵《こしら》えは決して良いとは言い難《がた》い。

「いくら出したんじゃね」とお為が覗きこむ。

「覚えておらん。ここにあるということは金に折り合いがついたんじゃろう。大したものではないわ」紺が懐の巾着《きんちゃく》を取り出して見てみると中にあったはずの金は半分ほどとなっていた。三両二分は払ったであろう。もともと刀を買うつもりで数両の金は入れてきたはずである。薬草を売った金を足して買うつもりであったが、はたしてよい買い物をしたのか、鈍刀《どんとう》を掴《つか》まされたのか今になって不安になってきた。風呂敷の中には一枚の書付が添えられていた。それには購入したらしい古道具屋の毛知屋《けちや》の印と、この脇差を造った刀匠らしき者の名、主馬首一平安代《しゅめのかみいっぺいやすよ》と記されていた。

「お為さん、この名を知っておるかね」とお為にその書付の名を見せたが、

「あたしが知るわけなかろう」とのそっけない返事。それもそうじゃなと紺は思っ

た。

　毛知屋はここから目と鼻の先にある。評判はよいとはいえない店である。店の主《あるじ》は亀助《かめすけ》という名の、もうかれこれ七十になる爺さんで、相当なひねくれ者で客との諍《いさか》いは絶えないとの噂である。宋哲との付き合いは二十年になろう。長年痛風を患ってい
て、紺は宋哲が調合した漢方薬を届けているが、「ちっともよくならんどころか、ますます悪くなるがの」といつも文句を聞かされる。その腹いせに鈍刀を売りつけたかもしれないのである。

「さて、これは、一杯食わされたかもしれんな」紺にはとんとわからなかった。「名などどうでもよいが、しかし、わたしはこれで何をしようとしているのであろうか。まさか討ち入りか……本気なのであろうか」紺の中の心の紺も、さてどうしたものかと考え込んでいるようであった。

　このことは、爺には決して悟られまいと思ったが、爺は紺の隠し事を見抜く目に長《た》けていて、隠し通せるものかどうか不安が過《よぎ》った。

　その日の夕の七ツ（午後四時ごろ）に紺は天生へと戻った。紺は天生の庵《いおり》に宋哲の気配がないことを確認すると、それでもそっと忍び足で庵へと入り、中二階の紺の寝

床へと脇差を持ちこんだ。布団の脇の葛籠《つづら》の着物の下へそっと忍びこませると何事もなかったかのように振る舞うため「平常心じゃぞ」と己に言い聞かせた。しばらくはそのままにしておこうと思った。

平常心でに振る舞うことがどれほど難しいことか紺にはわかっていた。特に紺は根が正直であるため、すぐに顔や行動に現れる。それを見逃さないのが宋哲であった。

宋哲は、その日の午後、白川郷から迎えが来て、ぎっくり腰のお鶴《つる》婆さんの往診を頼まれ、夕方近くになって、庵へと戻ってきた。宋哲は、戸口を入って三和土《たたき》を三歩歩《あゆ》んで「妙じゃな」と思った。いつも三和土に無造作に脱ぎ捨ててある草鞋《わらじ》が、今日に限って揃えて置いてある。紺が上《あ》がり框《がまち》へと上がるとき、忍び足で上がったに違いないと宋哲は読んだ。

「爺、お帰り。どこぞへ往診かね」

「そうじゃ、白川郷のお鶴婆さんのところじゃ。またぎっくり腰じゃと。あの腰は癖になっておるようじゃ。いずれまた呼ばれることになるじゃろう。四、五日したら膏薬をとどけてやってくれ」

「そうか、世話が焼ける婆さんじゃの」と宋哲の顔を見ずに薬草の仕分けをする。紺も警戒しながらも悟られまいと普段通りに振る舞おうとするが、言動がぎこちなくなるのが自分でもわかる。紺は思い切って先手を打った。「本当に腹が立って仕方がないわ」と怒鳴ってみた。

「何かあったか？」と宋哲は奇異に思い聞いてみた。

紺は喜楽堂での一件を話してみた。今後の取引を断られたこと。代官所が山野草の取引を特定の業者に一任すること……。

さすがにこれには宋哲も驚いた。「何と、代官所がそこまでやるとは……なぜもっと早く言わん」「今、帰ったところではないか」

宋哲にとっても他人《ひと》ごとではない。宋哲は漢方薬を調合し作るが、すべての薬を作るわけではない。作れない薬もあれば、周辺の山では手に入れることのできない薬草もある。それらは問屋を通して買わねばならないのである。代官所の目的は運上金であるため、それらの価格も跳ね上がることが懸念される。医師の仕事にも多分に影響することが予想されるわけである。「さてと、困った」と言いながら顎《あご》を掻き、はたして紺の様子に奇異を感じたのはそのせいであろうかと別の頭で考えてみた。

「明日、もう一度、白川郷へ往診に行かねばらなん。総代の田中孫左衛門《たなかまござえもん》さんの心の臓が思わしくないと聞くので診に行くが、お前も一緒に来てくれぬか」

断れば変に勘繰られる。「よいが」と二つ返事で了承した。普段、白川郷へは近いこともあって宋哲は一人で往診へ行くのが常であった。一人の方が気楽でいいことと、好きな酒も気兼ねなく飲めるというのもその理由であった。

翌朝、紺が白川へ同行する支度を整えていると、「やはり、一人で行くこととする。お前は竜骨を挽《ひ》いておいてくれぬか」と妙な具合に予定を変更してきた。気まぐれな宋哲のことであるからどこかにうまい酒が飲める店があったことを思い出したのかと思い、顔には出さぬが「ああ、よいぞ」と平静を保ちつつも内心喜んだのは紺であった。逆にそれに不審を抱いたのは宋哲であった。いつもなら素直に喜ぶのが紺であったが、このときばかりはそれを押し隠していたので宋哲は何かを隠しておるなと確信した。草としてまだまだ半人前じゃな。

一汁一菜の朝飯をすませると宋哲は往診の支度に取り掛かった。それを横目で見ながらそわそわする紺の様子を、宋哲も横目で見ながら、はたして何を隠しているのやらといろいろ勘繰ってみた。

「では留守を頼む」と言い宋哲は、一旦は庵を出て、見えなくなるまで歩くと、木陰で身を隠して時を稼ぎ、紺が動き出すのを待った。面倒臭い娘じゃなと宋哲は思った。素直な娘ならこのような手段を使わずともすむのだが。どこの躾《しつけ》の間違いでひねくれたのかと、あれやこれやと考えてみたものの、心当たりは思い浮かばなかった。

やはり、生まれつきか。血には抗《あらが》えんものじゃとひとり。

　紺は宋哲の姿が山道の先へ消えたことを確認するが、しばらくは言われたように竜骨を挽いていた。宋哲のこと、忘れ物と称して突然に戻ってくるやもしれんと、その気配を気にしていた。狸と狐の化かし合いのような時が、半刻（約一時間）ほど続いた。

「もう、よいかな」と呟《つぶや》くと紺は立ち上がって窓の隅からそっと外を覗いた。人の気配のないことを確認すると紺は中二階へと駆け上がり、葛籠《つづら》の中を探った。脇差は隠した時のままそこにあった。そして脇差を引っ張り出すと鞘《あや》から抜き、窓を開け、差し込む日の光に刃を照らしてみた。反射した光に照らされた紺の顔は思わず笑みを零し、まじまじと見入った。美しい朝日のような光沢と雲海を思わせる刃紋は絶妙な調和を醸し出していた。とても鈍刀とは思えぬ代物《しろもの》である。三両そこそこでこのように美しい脇差を手に入れられたことに紺は満足であったが、さて斬れ味はどうじゃろかとの疑いも湧いた。斬れなければ見た目がいくら良くとも刃物としては役立たずである。

　紺が動き出したことを悟った宋哲であったが、宋哲には紺が庵の中で何をしているかまではわからなかった。ただ、じっと木陰で様子を窺《うかが》うのみであった。首筋と足元を蛭《ひる》に食われて難儀したが、もう少し様子を見ることにした。

刃物を手に入れれば斬りたくなるのは紺のみにあらず、人の性の必然。

紺は腰に差すと階段を駆け下り、庵を出た。紺が向かったのは龍神の滝の方向であった。そのあたりであれば人の目に咎《とが》められることはまずない。思う存分脇差を振うことができると考えてのことであったが、その後ろ姿を追うのは宋哲。気の逸《はや》る紺には背後の気配を窺う余裕すらなかった。「やれやれ。あのような物を手に入れよったか。しかも浮かれすぎじゃな」と呆れ顔を隠すことはできなかった。宋哲はふと思い立って、素早く庵へと戻り、すぐに出てくるとあるものを手にして紺の後を追った。

滝の脇には開けた場所があり、昔は修行僧が小屋を建てて寝泊まりした場所であった。今は、修行する者もなく、小屋もなく、紺の独擅場《どくせんじょう》となっている。

宋哲が龍神の滝へと着いたときにはすでに紺は脇差を抜き、剣豪よろしく、ブナの若木を相手に見立て上段に構えていた。高さが人の背丈の倍ほどで、幹の太さは二寸(約六センチ)ほどあろうか。宋哲は、紺には無理じゃなと思った。真剣を振るったことのない紺には、振り抜く加減がわからぬはず。あの木は一刀では斬れぬ。悪くすれば刃が欠けるであろうと見た。

次の瞬間、紺は脇差を振り下ろした。目の高さにて、斜めの切り口を開けると、上の木が音もなく落ちた。「ほう」と思わず宋哲の口から声が出た。

紺がその声に反応して振り向いた。

「見つかってしもうたか」と宋哲は木陰からこそこそと姿を現した。

見つかってしもうたかと思ったのは紺の方も同じであった。

「爺、そこで何をしておる」

「見物じゃ」と言うが、気まずい空気が龍神の滝一帯に立ち込めた。やがて、滝の音がその空気を包み、水飛沫が風に乗って紺と宋哲を濡らした。

「往診はどうしたんじゃ」と紺が照れを隠すように脇差の刃を見た。

「あれは……取りやめじゃ」と宋哲は頬を摩《さす》りながら紺へと歩み寄った。

「嘘か」紺は憮然《ぶぜん》とした顔を見せた。やはり、よからぬ勘は当たっておったかと思った。もう一歩踏み込みが足らなんだようじゃとにわかに悔やんだ。

「お前は、そこで何をしておる」

「わたしか、わたしは……薪《たきぎ》にする木を切っておった」と見え透いた嘘で対応した。

「よくもまあ抜け抜けと」

「お互いさまじゃ」と笑ってすませられぬのがこの事態であった。紺が仇討《あだうち》を本気で考えていることがはっきりしたのである。しかし、止められるものではないことを宋哲は見切っていた。

「どれ、見せてみろ」宋哲は脇差を受け取ると、刃を凝視し、片手で二度三度と振ってみた。心地よい風切り音が二度三度と走った。

「どうじゃこの脇差は」

「刀身二尺一寸（約六十三センチ）というところか。元は名刀であったろうに、おしいものよ」

「どういうことじゃ？」

「刃に対して柄《つか》が長すぎる。しかも反りが甘い。今は脇差になっておるが、元は刀であったということじゃ」

「短くなったということか」

「おそらく、先端が欠けたか、折れたかし、形を整えた後、研ぎ直したものじゃ。だが、お前にならば丁度よいかもしれん。女子《おなご》の腕の力ではその刃と柄の長さの方が釣り合いがよいかもしれん。いくらで買い求めたのじゃな」

「三両二分じゃ」紺は本当のところ、正確な金額は覚えていないが適当に言った。

「名は」

「主馬首一平《しゅめのかみいっぺい》……とか」

「何と……」宋哲はその名を聞き耳を疑った。主馬首一平安代といえば大業物《おおわざもの》。確かに刃の趣にはそれ相応の品と威圧感が漲《みなぎ》っている。偽物とは思えぬ。元の刀であればとてもそのような端金《はしたがね》で手に入るものではない。しかし、折れた刀であれば二足三文となるが……。しかし、どうしたものかと宋哲は考えた。いくら二足三文の刀であってても主馬首一平安代。誠に惜しいものよ、と胸中では思ったが已《や》むを得んと腹を決めた。

「紺、その脇差で打ち込んでまいれ、稽古をつけてやるぞ」

紺の顔に、一筋の光明《こうみょう》が射したかのように目が輝いた。「誠《まこと》か。つまり、許しが出たと思っていいわけじゃな」

「許したわけではない。勘違いするでない」と宋哲は釘を刺した。

「じゃあ、なぜじゃ？」

「稽古をつけてやると言っておるだけじゃ。嫌なら止《や》めておくがいい」

「わかった。……じゃが、これは真剣じゃ、爺を斬ってしまっては後味が悪いが」

「馬鹿たれ。お前のような屁《へ》っ放《び》り娘に斬られるほど耄碌《もうろく》はしておらん。もし、お前にわしが斬れれば津田を斬ることができるやも知れんが……。よいから斬り込んでまいれ。真剣で斬り込む際の勘を養うのじゃぞ」と言いながらも魂胆に飛び込む狐にほくそ笑んだ。

「爺の得物は？」

宋哲は無言で紺の木剣を突き出した。庵に寄って持ち出した紺の木剣であった。

「わたしの木剣ではないか」

宋哲はいかにもと頷いた。

紺は「では」と八双《はっそう》に構えた。脇差を立て、右頬近くに寄せ、左足を半歩前に出す。紺が最も美しいと思う剣の構えで一度試してみたかった構えである。紺の口元に力が入り、頬がピクリと動く。目は大きく聞かれ冷淡に輝いた。手加減のない証《あかし》であった。

紺の剣はほとんどが我流であるがゆえに癖がない。癖がないことは厄介でもあると宋哲は心得ていた。

さてどこから斬りこんでくるかと、宋哲は紺の足を見た。左足をわずかに右へ動かしたところを見ると、右へ踏み込み、右上から左下へと、小手狙いと一瞬で読んだ。

宋哲がそれを誘ってやろうと先に仕掛けた。踏み込むと紺は案の定、戸惑ったように斬り込んだ。宋哲は一瞬早く身を引く。紺の振りおろした脇差は宋哲の眼前二寸の空《くう》を斬った。勿体《もったい》ないが仕方があるまいと、宋哲は空を斬った主馬首一平安代の峰を追いかけ、木剣でその峰を叩《たた》いた。耳を劈《つんざ》く金属音が広がり山肌へと吸いこまれた。緊張が解け、静寂が蘇ると龍神の滝の音だけが響いていた。

紺は呆気にとられた。紺の手元が衝撃と共に急に軽くなった。手に柄は残っているもののその先が消えていた。刃の先端というより刃の大部分一尺九寸（約五十七センチ）ほどが折れて地面に突き刺さっていた。柄に残る刃は二寸（約六センチ）ほどである。峰を叩けば簡単に折れるのが刀である。

呆気にとられた顔から呆然の顔へと変貌した紺の顔がそこにあった。

五

庵《いおり》へと戻るとき終始無言を通した紺は、庵へ着いても無言のまま中二階で胡坐《あぐら》を掻いて座し、柄《つか》と折れた刃先を、臍《ほぞ》を噛む思いで交互に見下ろしていた。昨日までは一本であったものが今は二本になっている。喜ばしいことでは更々ない。妙な感慨に苛《さいな》まれていたせいで宋哲に対する怒り憤《いきどお》りは抑えられていた。しかし、それが湧き上がり噴出するのもそれほど時を要するものではないかもしれない。感慨が駆逐され、怒り憤りが勢力を増し、形勢を覆す瞬間がまさにこの時であった。紺は中二階から飛び降りると、宋哲の前に立ちはだかった。舞いあがった埃《ほこり》が落ちる間もなく紺は口を開いた。

「爺、どういうつもりじゃ」

薬研を挽きながらも宋哲には紺の言いたいことなど手に取るようにわかっていた。そろそろ来るだろうと予測もしていた。

「まあ座れ、紺」宋哲は穏やかな口調で紺の荒ぶる気を制した。感情でぶつかれば感情で跳ね返されかねぬ。紺の性格は知り抜いている。それ故、根付いた紺の目論見《もくろみ》を制することは無理かも知れぬと宋哲は思っていた。

怒りに震えながらも紺は胡坐で座し、胸の前で腕組みをした。言いくるめられまいと鎧《よろい》を纏《まと》ったいつもの怒りの様相は、腹の中でぐつぐつと沸きかえる怒りの音が聞こえるようであった。しかも歯を食いしばり、口から飛び出そうとする何かを抑えるかのように、これでもかと口元に力を込めている。

「どのような魂胆であのような脇差を買ったかは知らん。だが、お前には本来必要のないもの」

「わたしの金で買ったもの」

「それがどうした」

「簡単にお釈迦《しゃか》にされては割りが合わん。偽物であったということか？　大業物《おおわざもの》であればあのように呆気《あっけ》なく折れるはずもない。そういうことか」

「お前は、刀のことは何もわかっておらんようじゃな。無理もないが」

「ちゃんと教えてくれんか、今までのように」紺の顔に、溜《た》めこんでいた苛立《いらだ》ちが浮き出た。

宋哲は必要なことはもとより、意味のないこと、都合の悪いこと、何でも包み隠さず紺に教え伝えてきた。どのようなときに何の役に立つかわからぬ。知恵はじゃまにならぬ、知っていて損はないというのが宋哲の方針であった。

「よいであろう」と宋哲はわずかに考えると、ひとつ息を飲んで話し始めた。「紺も刀の造り方は大方、知っていると思うが……」というところから始まった。

刀とは焼きと冷却を繰り返して鍛え上げることにより、反りが生まれる。薄い刃の方から先に冷えることにより、まず本来の刀とは逆に反る。その後、厚い峰の方に反り返る。このとき刃は弓の弦のように張り詰めることとなる。そのまま冷えて硬質となったものが刀である。張り詰めた刃は強靭《きょうじん》であるが……。

「裏側から叩《たた》けば意外と脆《もろ》いものよ」

「だから本物であっても簡単に折れたというわけか」

「偽物であればあのように容易には折れなかったであろうよ。本物であったから折れたわけじゃ」

「最初から折るつもりであったか。謀《はか》ったわけじゃな」

「あのような物をお前が持っていては良からぬことが起こると思ったからじゃ。命を無くすよりはよかろう」

「そんなことは分からんではないか。なぜわたしが負けると断言する」紺は宋哲を睨《にら》むもすぐにそっぽを向く。宋哲の言うことはいつも一理あり、言うことをそのまま聞いていさえすれば悪いようにはならなかった。だから却って紺にとっては面白くない。反駁《はんばく》できぬ苛立ちのぶつけどころを探すのに苦慮するばかりである。

「お前はお前の未熟さをまったく分かっておらん。お前のためを思う気持ちがわからんか」

「わたしはこの気持ちを背負ったまま生きていかねばならんのか」

「その方がよい。仇討《あだうち》などと言うことは心の弱い者のすること。それを乗り越えるのが人じゃ。そうやって人は成長していく」

「侍は仇討を美徳としているではないか」

「お前は侍ではない。侍には侍の掟《おきて》がある。侍皆が自らの意志で立ち向かうのではない。大半は已むを得ずじゃ。仇討などしてはならん。草を採って生き、草として生きればよい」

「腑に落ちん」

「落ちずともよい。酒でも飲んで流し込めばそれでよい。十五のころよりそのようにしてきたではないか」紺が酒ではじめて我を忘れたのは十五の冬。クナイで熊を仕留めたことを宋哲にこっぴどく叱られて憂さ晴らしに宋哲が隠していた酒を飲んだ。これほどの妙薬があることを知ったのはその時であった。

「こればかりはそうはいかん」と紺は足と手を組み直した。

「そこまで言うのなら津田正助が両親の仇である確証はあるのか？　そう思い込んでいるだけではないのか。早合点はお前の命取りになりかねん」

「これから探す。どうせ暇じゃし」買い手がいなければ薬草を採っても意味がない。一生暇になったような気がした。

「ならん」と宋哲は一喝した。しかし、この一喝が利いたのは紺が十二の時まで。それ以降は利いた例《ためし》がない。

紺は不貞腐《ふてくさ》れたように天井を向いて口元を歪《ゆが》めた。聞き入れてはおらぬときの紺の顔である。

しかし、宋哲も、刀と津田との妙な因縁を感じ、証《あかし》はなくともそこに何らかの繋《つな》がりがあるかもしれぬと勘繰った。主馬首一平安代は薩摩の刀工である。徳川吉宗《とくがわよしむね》に気に入られ、江戸で作刀するように命じられ、一葉葵の御紋を茎《なかご》に入れることを許された名工である。津田の使う野太刀自顕流も薩摩の流派である。これも何かの因縁かも知れぬ。因縁の輪廻《りんね》を断ち切ることは甚《はなは》だ難しいかもしれぬと宋哲は思った。

六

例年にないほどの長い梅雨が明け、山に豊富に含まれた水も一通り捌《は》け、普段の渓流の流れへと戻り、山の緑とともに木陰が日に日に濃くなる七月。しばらく顔を見せなかった善久郎が餅と酒を背負って汗だくでやってきた。

「暑いのう。飛騨の夏はなぜにこれほどまで暑いんじゃろか。山間《やまあい》であればすごしやすくてもよかろうに。何かの祟《たた》りかの」と火照《ほて》った顔に玉の汗を浮かべながらも上機嫌に荷を解いた。

「どうしたんじゃ。いいことでもあったか。わたしは踏んだり蹴ったりじゃがな。まあ、おいおい話すで、早よ上《は》がれ」と紺も久々の善久郎の来訪に上機嫌であった。

宋哲も酒の匂いを嗅《か》ぎつけてか「上がれ上がれ」と急《せ》かし立てた。

善久郎は出された茶を一気に飲み干し、「もう一杯」とお代わりをし、その調子で立て続けに五杯飲むと、「ああ、生き返るのぉ」とはちきれんばかりの笑顔を見せた。

「なんじゃ、言いたいことがあるんなら、勿体《もったい》つけんと早よ話さんかね」と苛立《いらだ》ちを抑えきれぬらしく紺は、腹ぺこの狐が手負いのウサギに飛びかからんばかりの体《てい》で向いた。

そんな紺を見て善久郎はおかしそうに腹を抱えて笑った。

「待て待て焦るでないわ、今話すで」となおも善久郎は笑う。

「笑っておらんと、早よ話せ」

「わしな、わしな……」と笑いを堪《こら》えながら善久郎は話し始めるが「そうじゃ、先生、その酒は下り物じゃ、旨いぞ。姉ちゃんに飲まれんように気を付けたほうがええぞ」と再び話を逸《そ》らす。我慢も限界に達し、紺の指が善久郎の左頬に食らいついた。

「痛《い》てててて……姉ちゃん、痛てえよ」と言いながらなおも笑っていた。

「話すまで、この手は放さんでな。今にお前の頬はちぎれるぞ。飯は食いづらくなるから覚悟せいよ」

「分かった、話すで、話すで」

「早《は》よ話せ。話したらこの手を放してやるで」

善久郎はそれでもなお、ひくひくと鼻を膨《ふく》らませて勿体付けるように笑った。

「早よ話さんか」と紺の指は更《さら》に力が入った。

「痛てて……あのな、あのな、わし、嫁をもろうたんじゃ」と善久郎。

囲炉裏《いろり》の周囲が静まり返った。そこにいた三人、紺、善久郎、宋哲の動作が止まり、一呼吸を置き、お互いの顔を見合わせると腹の底から笑い声を上げた。紺の手はいまだ善久郎の左頬に食いついたままである。

「なかなか面白いが、そんな嘘は通じんわ。嘘を言うと閻魔《えんま》に舌を抜かれるぞ。爺、法螺《ほら》吹きに効く薬を煎じてやってくれんか。うんと苦い薬じゃ」

宋哲が「そうじゃのう、ちょっと考えてみるわ」と酒の匂いを嗅ぐ。

「本当なんじゃ。嘘じゃないわ」と善久郎。

「お前、いくつじゃ」

「十六じゃ」

「お前のような小狸のところへ来てくれるような女子《おなご》がおるはずなかろう」

「おったんじゃからしかたなかろう」

「人か？　狸か？」

するとと今度は善久郎の指が紺の左頬に食らいついた。

「狸じゃねえ。人じゃ。かわいい女子じゃ。おカヨというんじゃ。悪く言うと姉ちゃんでも承知しねえぞ。よろしくしてやってくれんか、紺姉ちゃん」

紺と善久郎はしばらくの間、睨《にら》み合い、ようやくお互いの食らいついた手を放し、そしてまたしばらく睨み合っていた。そして、また大笑い。

「やっぱり、嘘じゃ嘘じゃ。お前は地獄へ落ちるわ」と紺は転げて腹を抱えた。

「本当じゃて。本当じゃと言っておろうが」と善久郎は床を拳《こぶし》で叩《たた》いた。

お互いに腹が捩《よじ》れるかと思うほど散々《さんざっ》ぱら笑った挙句《あげく》、善久郎は息を整えながらようやく詳細を話し始めた。

善久郎の話によると、嫁に来たおカヨという娘は善久郎より一つ下の十五で、本郷村のすぐ隣の吉野村の百姓の娘であるとのこと。

「おカヨは幼馴染《おさななじみ》でな、初めて出会ったのは多分、五つか六つくらいのころで、はっきり言ってよう覚えておらんが、縁日の時だったように思う。丸々として光っておった。まるで正月の鏡餅のようで、かわいさのあまり食べたくなるほどじゃった」と
善久郎は思い出話をするように空《くう》を見つめながらニヤリニヤリとし、傍《はた》で見ている紺

には気持ちのよいものではなかった。

「おカヨが十くらいのときだったか、いじめっ子五人ばかりに取り囲まれて手籠《てご》めにされそうになっていたときじゃ、そこへわしが偶然通りかかってな、見て見ぬ振りもできん性質《たち》でな、『そんなことをしてはいかんぞ、弱い者いじめはいかん。手籠めはなおいかん』といって其奴《そやつ》らの頭を、たまたま持っておった木刀でデコボコにしてやったことがあったんじゃ。それ以来、おカヨはわしを慕《した》ってくれるようになってな、『いつか善久郎どんのお嫁さんになる』って言ってくれるようになったんじゃ。だったら早い方がええじゃろ。わしだっておカヨが好きじゃし、横槍が入ってもつまらんから、てっとりばやく嫁にもらったほうがええじゃろと思ってな、ずっと機会を窺《うかが》っておったんじゃ。つい先日、ようやくそのことを親父様に話したんじゃ。すると、とんとんと話が進んでな、祝言《しゅうげん》となったわけじゃ」と善久郎は天井を向いて大口開けて笑った。

「爺、わたしにも酒を残しておいてくれ。こんな話を聞かされては素面《しらふ》では寝られんかもしれん」と紺は善久郎の話をつまらなそうな顔で聞いていた。

「話を聞きたいと言ったのは姉ちゃんのほうじゃろ」

「そんな長い話はもうよい。掻《か》い摘《つま》んで話せ」

しかし、善久郎の話は止まらなかった。

「嫁に来た時のおカヨは綺麗《きれい》じゃった。この世のものとは思えんほど綺麗じゃった。天女様が舞い降りなさったかと思ったわ。朝日の中でも燦然《さんぜん》と輝いておった。草原に咲く一輪の百合《ゆり》のようじゃった。周りにいる連中が蕺草《どくだみ》に見えたわ」

「蕺草にはちゃんとした効能があって重宝するんじゃがな、爺」と紺は宋哲を見る。

宋哲は酒を手酌でちびりちびりと……。

馬に揺られて来たおカヨの表情を善久郎は演じるが、どうもピンと来ぬ。楚々《そそ》と家へと入るおカヨを手振り身振りを交えて善久郎は演じるがどうもピンと来ぬ。金屏風《きんびょうぶ》の前に二人揃って鎮座し、雄蝶雌蝶《おちょうめちょう》の介添《かいぞ》えによる三三九度を演じるがこれもどうか……。

「おカヨはな、おちょぼ口でお神酒《みき》をちゅーと吸うんじゃ。かわゆくてかわゆくて、それを見たとき、わしは死んでもええと思ったわ」と善久郎はおちょぼ口を真似して見せ、両の腕で己を抱きしめる。しまいに善久郎は自ら高砂《たかさご》を謡《うた》いながら舞い始めた。

「わたしはこれを最後まで見届けんといかんのかの？」

宋哲は少し離れた所から眺め、酒を飲みながら手拍子で盛り上げる。

「姉ちゃんも来ればよかったんじゃ」

「知らぬ者に行くことはできんじゃろ」

「そうか、知らせるのを忘れておったんじゃな。なんやかんやで忙しかったからの」

「用もないのに来るくせに、肝心なときには忘れておるんじゃな。よいわ、そんなもんじゃ。お前と言う男は」と紺は不貞腐《ふてくさ》れた。「次のときには呼んでくれ。必ず行くでな」と皮肉を交えてみた。

「嫁をもらうのは一生に一度きりじゃ。嫁はおカヨ以外に考えられんで」

「どうであろうか」紺はふと思いついて聞いてみた。「で、お前、初夜はうまくできたのか、そのおカヨとか申す嫁と……」

「初夜か……疲れてすぐに寝てしまったな」と善久郎はあっけらかんと言う。

「嘘じゃろ。お前の顔には、相当なスケベな相が出ておる。それはないじゃろ。ひょっとすると、うまくできんかったのじゃろ。そっちの方は奥手か」と紺は呵々《かか》と笑った。

「あのな、わしとおカヨはもう十年以上の付き合いじゃ。男と女の契《ちぎり》なんぞ、とうにすませておる。あれはわしが十三で、おカヨが十二のとき、十月の半ばじゃったな。家《うち》の納屋でこっそりと会ったときじゃ、おカヨはな、干し草の中でわしに急に抱きついてきた。わしにはすぐに分かった。おカヨはわしを求めておるとな。どきどきしたが、わしは居ても立ってもいられず、咄嗟《とっさ》に褌《ふんどし》の脇から引っ張り出して押し込んだんじゃ。そのときはあっという間じゃった……。気がつくとな、おカヨは泣いておった。わしは悪いことをしたような気になってな、何度も謝ってな、ぎゅーと抱きしめたんじゃ」

「もうよいわ。やめてくれんか。聞いたわたしが馬鹿じゃった」

「だからといっておカヨは尻の軽い女子《おなご》ではないぞ。わしを信じてくれたからこそじゃ。……姉ちゃんはまだ生娘か。まさかそんなことは……」

「爺、酒くれんか。素面では聞けん話になってきたぞ」

「あの新田とかいうヤサ侍はどうなんじゃ。姉ちゃんには意外とお似合いかもしれん」

紺の顔が、火が付いたように赤くなった。

「何もないわ。あるわけなかろう。あれ以来、会っておらんのじゃからな」兵吾殿は今ごろ何してござる? 紺の脳裏にその横顔が浮かんだ。

「押しかけ女房ってのはどうじゃ」

「馬鹿たれ。相手はそんな身分ではないわ。百姓じゃあるまいに」と言いながらも紺は考え込んだ。何かよい方法はないものかと。「馬鹿馬鹿しい」と吐き捨てながらも、わたしだって、武家の娘。今でこそ田舎医者の娘となり下がってはいるが、その気になれば方法なぞ、なんぞあるはずじゃやと。

善久郎はそんな紺の心を見透かしてか笑い転げた。「見てくれに似合わず奥手なんじゃな。こんな山奥にいたら一生、嫁のもらい手なぞないわ。いたとしたら熊か猪《いのしし》くらいのもんじゃな」と吹き、仕返しとばかりに一層笑い転げてみせた。

そのころになると宋哲は土産《みやげ》の酒を飲み干したらしく、隣の座敷へ移動し、座布団を枕にして横になっていた。鼾《いびき》を掻いているところをみると狸寝入りではなく、最早《もはや》いい気分で寝入っているらしい。善久郎の話は、もうしばらく嫁の話が続いた。そんな調子で一刻（約二時間）も喋った善久郎もようやく喋り疲れた様子で一息つくと紺の顔を見て真顔となり、そして急に悲しそうな顔に変わった。「姉ちゃんは親父様やお袋様のことを覚えておるか？」

「何じゃ、急に改まって」とその変わりぶりには紺も戸惑いを隠せなかった。

善久郎は座を正すと紺に面《めん》と向かって「親父様、お袋様が死んだ時、わしは三つにも満たなかったせいか、何も覚えておらん。天袋の中で呑気《のんき》に寝ておったらしいな。今思えば歯がゆくて堪《たま》らん。悔《くや》しゅうて堪らん。姉ちゃんは四つであったろ。ならば、何か覚えておろうかと思ってな」と聞いた。

紺の記憶にあるのは母親の最期の顔のみであった。笑った顔、澄ました顔、怒った顔も見たはずであろうが、全てが覆いつくされ、覚えているのは苦痛と悔しさに満ちた母親の顔と血に塗《まみ》れた手である。それを善久郎に話すか話すまいか頭《かぶり》する間に葛藤《かっとう》し、そして挙句、これは話すまいと決めた。紺にとっても総毛立つほど辛《つら》い思い出を、なぜ何も知らぬ善久郎にわざわざ話す必要があろうか。己の胸の内のみに留《とど》めておこうと思った。

「嫁をもらえば、次には子供ができよう。わしは本当の親のことを知らん。育ててくれた親父は厳しいが本当に親身になってくれた。だがな、本当の親というのがどんなものか、わしは知らん。子供ができたらどのようにあやせばよいのかもわからん。何か覚えておることがあれば教えてくれんか」

それはもっともじゃと思いつつも、どのように応《こた》えてよいものやら紺は思案に余った。そればかりは紺にもわからなかった。どのようにあやし接してくれたかなど四つの紺にも覚えはない。

「どのように接するかなど、考えることなどないわ。そのようなことは実の親子でさえ覚えてはおらんわ。お前のまま、気持ちのまま接すればよいのではないか。わたしにはそれくらいのことしか言えん」と紺は伏し目がちではあるが応えた。存外、それでよかったのではないかと言い終わってから安堵《あんど》した。

善久郎は紺を見ながら、腕組みをしながら黙って聞いていた。その言葉を噛みしめるように口の中で繰り返すと「姉ちゃん、いいこと言うな。伊達《だて》に二つ余計に歳をとっておらんな。己のまま、気持ちのままか……。なるほど。格好つけんでもよいということか。それじゃあ簡単じゃ。いつものままでええということじゃな」沈んでいた善久郎の顔が明るくなり、肩の荷を下ろしたかのように背筋が伸びた。

「そういうことじゃ」と紺が言うと二人は大きな声で笑った。宋哲が鼾を止めて寝がえりを打った。

しばらくすると、今度は紺が真顔を作った。

「何じゃ、今度は姉ちゃんか。新田のヤサ侍のことで相談か」

「そうではないわ」と一拍置くと「お前は、津田正助という名を聞いたことはあるか」と聞いた。

「津田正助……ああ、あるぞ。代官所の重役じゃろ。大原代官の右腕じゃ。大原を操ってるとも言われておる悪党じゃ。高山の町で何度か見たことがある。馬に乗って偉そうにふん反り返っておった陰気な侍じゃ。それがどうしたんじゃ」

「わしらの両親の死に関係しているようじゃ」

「大場の親父から聞いた話によると、二人とも斬られて殺されたそうじゃな。五月だったそうじゃな。端午《たんご》の節句の前日だったそうじゃな。理由はようわからんと言っておったが、どうやら代官所の中に敵がいたとか。その津田何某《なにがし》というのが糸を引いておったと言うことか。至極納得ゆく話じゃな。それとも直接手を下したのか」

「それはまだわからんが……。だが、わたしが先日、あの津田の目を見たとき、どこかで見た気がした」頭巾《ずきん》から覗《のぞ》く目が下手人の唯一の記憶であった。

「今も生きておるのなら、わしはその仇《かたき》を討ちたいと思っておった。しかしな、何の手だてもなかった。のうのうと生きて笑っておるかもしれん仇をこの手で討ちたいんじゃ。そう考えることは間違っておるか。姉ちゃんもそう思っておったのか」善久郎は身を乗り出して紺の顔を見、鼻息を荒《あら》らげた。

「無論じゃ。忘れたことなどないわ」同じ思いを分かち合う血が流れていると紺は確信した。

紺と善久郎の話は夜更けまで続いた。どうするか、どうすることもできないかもしれん。しかし、このような話だけでも、わずかばかりか溜飲《りゅういん》が下がる思いがした。

二人が寝入ったのは白々と夜が明け始めたころであった。そして二人が目覚めたのは朝四ツ（午前十時ごろ）に差しかかろうとするころであった。

「もう一日くらいゆっくりしていけばよかろうに」と紺はあわただしく帰り支度をする善久郎に言った。

「わしは忙しいんじゃ、こんなところで悠長に狐姉さんと遊んでる場合ではねえので。すぐに戻らんといかんのですわ。なぜかしらんが、とんでもなく楽しかったわ」

「握り飯くらい持って行って、途中で食うがええ。ちょっと待ってろ」と紺は大急ぎでお櫃《ひつ》の中の残り飯を握ると善久郎に持たせてやった。

「姉ちゃん恩に着る。きっと母ちゃんの味と同じじゃな。今度は本郷村へ遊びに来てくれ。おカヨを紹介するで」と言い、庵《いおり》を出ようとして、ふと立ち止まり、再び紺に歩み寄り、耳打ちするように言った。「また、代官所が何かをやろうとしてるようじゃ。前代未聞の大騒ぎになりそうじゃ」と小声ながらあっけらかんと言いつつも、深い意味を含めているように思えた。

「お前、嫁をもらったんじゃぞ。遊び半分、騒ぎに加わってはならんぞ」

「わかっておる。じゃが、これは遊びじゃねえんじゃ」と善久郎は言い、笑いながら手を振ると庵を離れていった。善久郎の背中は木漏れ日の中、小さくなっていった。

助太刀

一

人との関わりをあまり持たぬ紺であったが、人伝《ひとづて》に少しずつ代官所の意向というものが耳へ入るようになった。世情に疎《うと》い紺の耳に入るくらいのことであればよほどの大事業となることであろう。それからというもの、紺も知らず知らずのうちに代官所の動向に耳を欹《そばだ》てるようになった。善久郎が別れ際に言っていた代官所の次なる手とは、恐らく検地のことであろうと予測ができた。諸政など紺には絵空事、対岸の火事、他人の腹痛程度にしか考えてもみなかったことであるが、薬草の売買を禁じられた今となっては尻に火が付いたも同然で、薬草の売買が解禁にならぬものかと、代官所の次の一挙手が気になるところであった。

代官所が行おうとする検地とは、田畑の広さを測り、年貢を決めるものである。飛州において、これ以前に行われたのは八十年前の元禄検地であった。それ以後、新たに開墾した土地や畑から水田へと転換された農作地において測り直すのである。この年、明和九年（一七七二）二月、江戸では大火が発生した。俗にいう明和の大火であった。これにより幕府の財政は逼迫《ひっぱく》し、窮地に立った幕府は全国の諸大名、天領地代官、郡代へ年貢の増量を下知《げじ》したのであった。それに応えるべく、大原代官は大掛かりな検地を実施しようと模索していたのである。

翌年、安永二年（一七七三）二月、大原は代官所へ飛州の名主、組頭を集め、検地実施の意向を告げた。ただし「古田は検地せぬ」としたことに、名主、組頭らは、わずかながら安堵した。しかし、翌三月には大原代官自ら地役人を引き連れ、高山城二の丸跡の空き地を利用し、検地の予行演習を試みたとのことは、耳にした百姓衆の胸中を騒がせることとなった。その噂は、白川郷の仮宅へ移っていた紺の耳にまで入っていた。

白川郷の仮宅から天生の庵《いおり》へ移って十日あまりした三月の中旬であった。

紺が思うところあって龍神の滝へ向かおうと庵を出たとき、滝とは逆の方向からやってくる見覚えのある雲水の姿が目に入った。源信坊こと左助であった。左助が宋哲を訪ねてきたのは約一年ぶりであった。今でも源信坊と名乗っているらしく、相変わらずの格好で現れた。

「まだ雲水か」と紺が叫んだ。

「この出で立ちが妙に気に入ってな、このまま本当の坊主になっても良いとさえ思っておる」と一年ぶりの挨拶もそこそこに笑った。

「積もる話は後にして、わたしはちょっと野暮用があるで、龍神様のところへ行ってくる。爺の話し相手でもしてやってくれ。暇そうに鼻毛ばかり抜いておる。酒はないがな」

「ちょうどよい。先生と話があるで、お前の話し相手は飯のときにでも」と左助は編み笠の紐《ひも》を解《ほど》いた。「何をしに龍神様へ行くのじゃ？　縁結びの願掛けか？」

「まさかな。あの龍神様にそのような御利益《ごりやく》があるとは思えん……詳しく知りたければ爺に聞けばよいわ。すべて爺のせいじゃ」と急に膨《ふく》れ面《つら》を現すと紺は重そうな荷を入れた背負子《しょいこ》を担《かつ》ぎ直し、足早に龍神の滝へと向かった。

左助は一年近くもどこで何をしていたのであろうか、何しに宋哲に会いに来たのかと次々に湧き上がる問を押し潰しながら歩を進めていた。左へ折れるところをうっかりして通り過ぎ、半町（約五十五m）ほど行って気付き、慌てて戻ることとなった。やはり、お上からの命を受けて隠密《おんみつ》として動いておるのじゃろうか。聞いても答えてくれるわけもなく、はぐらかされるだけであろう。当然といえばそうなのであるが、もうそろそろ話してくれてもよかろうにと、妙に歯がゆい気分となる。わたしには任は下らんのか。いきなり任が下っても迷惑な話だが、その才幹《さいかん》はないというのか。爺は何を考えておる？　草を採って生きていけるとばかり甘い幻想を描いていたが、売れぬとなった今では、売れぬ草を採ってもしかたがなし。しかし、何もせぬわけにもいかぬ。善久郎は嫁をもらって一家の主《あるじ》として生きようとしておるのに、自分は何をしていいかわからぬ。さて、どうしたものか。必要とされぬほど寂しいことはない。押しかけ女房でもしてみるかとにんまりしてみる。気が付くと、龍神の滝壺《たきつぼ》から湧き立つ水飛沫を被《かぶ》っていた。頭を冷やせとの暗示かもしれぬと紺は思った。

紺は龍神の滝から少し離れ、水飛沫のかからぬ流れの緩やかな沢の畔《ほとり》に腰を落ち着けると、背負子を下ろした。中には数種類の砥石《といし》とヤットコ、宋哲に折られた脇差がそれぞれ晒《さらし》に包んで押し込んであった。紺は折られた刃に茎《なかご》を設け、自分好みの短刀に造り変えようと思い立ち、ここへやってきたのであった。せっかく三両二分（だったか）という高い銭を出して手に入れた脇差をむざむざと一振りで折られて笑っていられようか。しかし、左助はどんな用件で宋哲のところへ来たのであろうか。それも紺の中では気になり、様々な思いが紺の胸中に渦巻いていた。

紺はヤットコを使って柄《つか》に収まる三寸（約九センチ）ほどの茎《なかご》を作り、舞い錐《ぎり》という道具で柄を留めるための目釘穴《めくぎ》を開ける。そして砥石で形を整えているところで人の気配に気付いた。振り向くと、久留米絣《くるめがすり》の着物に身を包んだ左助が立っていた。

「器用なもんじゃな。紺はよほど刃物が好きとみえる」と左助は笑いを堪《こら》えながらもおかしそうに言った。左助の気配と言うのはすぐ背後まで近付かないとわからぬのでどきりとすることがある。滝の水音のせいもあろうが、気配を殺して近付く術はさすがと言うほかない。「已《や》むに已まれずじゃ」と照れを隠しながら紺は応えた。そう言われて妙に嬉しい気分の自分がいることに気付く。このような山奥で生きていれば、何事も己の技量でやり繰りせねばならぬので当然と言えるが、紺も嫌いではないので自《おの》ずと技量が上がるというものである。

「どれ、見せてみろ」と左助は手を出し、紺の手から短刀を受け取った。

「へし折ってこいと命じられたのではないじゃろうな。爺なら言いかねん」

「わしはそのようなことには加担《かたん》せぬ」

「どうじゃろか」

「後が怖いでな」

左助はその短刀をしげしげと見、光に翳《かざ》したりしながら見分した。「紺の細工もよいが、見事な刃紋じゃ。さすが主馬首一平安代《しゅめのかみいっぺいやすよ》」と感心しきりであった。「もしこの刀が何事もなければ、わしが生涯のうちでこれを直《じか》に手にすることはなかったであろうな。どのような経緯《いきさつ》でこれがこの場へ落ちたのかはわからぬが、紺の両親の死と少なからず因縁があろう。厄介《やっかい》になる代わりに少々探ってやろうと思ってな」とニヤリ笑って紺へ短刀を手渡した。

「本当か左助。いつまでおられるんじゃ」

「先生から大方の話は聞いた。放ってはおけぬ。お前のことじゃから気にしていては何事も身が入らぬことじゃろうと慮《おもんぱか》ってじゃ。いつまでかはわからん。しばらくと言うほかない。言っておくが、中途で反故となるやもしれんで、その時は悪く思うな」左助は落ち着いた口調で紺の気持ちを諭《さと》すように言った。その左助の口調は懐かしく、そして妙に心穏やかになっていく自分を見つけることができた。兄妹のように育ったのは八年ほどだったろう。しかし、その間、左助の背中を遠くで見ていただけであった。大きく、頼り甲斐《がい》のある背中であった。ゆくゆくは左助の嫁になるのではなかろうかと考えたこともあったが、いつの間にかそのような思いは消え、左助は師匠のような存在となっていた。

「紺には、その代わりと言っちゃあなんだが、旨《うま》い物を食わしてもらうでな」

「よいが。すったて汁でよいか?」

「それじゃそれじゃ、それが食いたかったのじゃ。寒い山道を歩いておるとな、温かいすったて汁のことばかりが目に浮かぶわ」と言いながら腹を摩《さす》った。腹の虫の鳴く声が聞こえるようであった。

紺の手作りの短刀は見事な出来栄えで完成となった。一尺六寸（約四十八センチ）の刀身と五寸五分（約十七センチ）の柄の比率はすこぶるよく、見た目よりも軽く、手に思いのほか馴染む。男に比べて非力な紺であってもこの比率であれば十分に素早く振り抜くことができよう。鍔《つば》は小ぶりで黒無地の喰出鍔《はみだしつば》。鞘《さや》は元の脇差のものを短くして流用し、深紅の柄糸《つかいと》を丁寧に巻き、お揃いの下げ糸で仕上げている。「どうじゃ、よい出来栄えじゃろ」と得意満面の紺であった。

それを見て危惧《きぐ》するのは宋哲ばかりではなかった。佐助も同様であった。

それ以来、紺の腰は木剣と短刀を帯びることとなった。少々重さもあり、以前とくらべると少々歩きにくいというのが紺の感想であった。

二

大原代官は、その月の末には下切《しもぎり》村の検地を実施した。その様子を見た百姓衆は、十数名の手代（下級役人）と地役人のみで簡略的に行っていることから、検地といえども大原代官の目論見《もくろみ》では形式的な検地のみで済ませようとしているのであろうと高を括《くく》った。ほっとしたのもつかの間、大野郡灘郷《なだごう》へと入った検地役人一行の動きは本格的なものとなった。梵天竹《ぼんてんだけ》を立て、十文字に縄を張り、ひずみたるみなども考慮し、実測にいくらかを減じる目こぼし、手心なども一切なかったため、それを知った百姓衆は泡を食うこととなった。この事実は翌日には大野郡全ての村々にまで伝えられることとなった。各所では寄り合いが行われ「検地はなんとしてでも止《や》めさせねばならん」との百姓衆の声で一致することとなった。

花里村《はなさと》から始まり、西之一色村《にしのいっしき》へと検地は順次に進められた。その間も百姓衆は思案し、もし五割増になりかねんのであれば、三割増で手を打つことはできぬものかと試しに代官所へと願い出るも虚しく突っぱねられることとなった。ならばと検地も割増も同意せぬとして、検地そのものの受け入れを断る村も出始めた。

百姓衆はたびたび集会を開くと、不満と不安をぶつけあった。そして騒ぎは相乗的に益々《ますます》膨らむこととなった。ここで代官所の言いなりになれば末代まで苦汁を舐《な》めねばならんと悟った村人は、他の藩に嘆願し、検地の中止を口添えしてもらう越訴《おっそ》、大名の駕籠《かご》に直接願いを出す駕籠訴《かごそ》、目安箱に願いを出す箱訴《はこそ》を繰り返すことを申し合わせた。

大原代官も百姓衆の動きを、傍観するばかりではなく、不満と怒りを鎮《しず》めつつも、思うように検地作業を運ぶべく「検地は上意であるのでやめるわけにはいかん。今までの水帳（帳簿）も活用し、今回の検地においても格段の徴収増にならぬようとりはからう」と通達したのであった。

しかし、大原代官の約束はいとも簡捷《かんしょう》に破られる形となった。「古田は検地せぬ」との約束は反故《ほご》となり、古田をも厳しく測量したことに対し、大原代官は『時にのぞんでは虚言放言も世の宝』と吹き、百姓衆の憤怒憤激を、更に増長させることとなったのである。

「役人どもは、わしら百姓を虚仮《こけ》にしておる。このままで済ませるわけにはいかねえ」と集会で拳骨を突き上げて号叫《ごうきょう》を発したのは本郷村の善久郎であった。

百姓衆の動きに対し、更に大原代官は、騒動、寄り合いの禁止、駕籠訴、箱訴の禁止などのお触れを出した。

左助はそんな百姓衆の動きを尻目に、しかし、聞き耳を欹《そばだ》てながら、津田の閲歴を探るべく歩き回った。歩き回るうちにふと代官所の内情に詳しい人物の顔を思い起こし、その者に会うべく向かった。紺も、どうせ暇じゃし、天生の庵《いおり》に籠《こも》っていてもつまらんしと、思うところあって高山まで左助と共に出てきたが、高山でのそこからは別行動となっていた。途中、騒がしい光景も所々目にしたものの、今の紺には他人事《ひとごと》としか映らなかった。紺は白川郷の宗門人別改帳《しゅうもんにんべつあらためちょう》に記載される白川郷の民であるため、高山の者としては扱われない。白川郷の田畑は照蓮寺《しょうれんじ》の寺領が多く、今回の検地には含まれておらず、言わば、白川郷の民は部外者であった。しかし、草が売れずに窮する紺は複雑な立場であった。

紺が高山へと出向いた用向きとは人と会うことであった。宗哲が紺の父純七郎から聞き及んでいた唯《ただ》ひとり知り得ていた親類である。「あの男はどこかで土を捏《こ》ね、雑器を焼いておるだろう」との宗哲の言葉を頼りにやってきたのである。長く音信が途絶えていた母の伯父喜平《きへい》という人物である。紺は、喜平という名を頼りに窯元《かまもと》をいくつか回ると、ほどなくして突きとめることができ、喜平とも難なく対面することができた。若くして武士を辞め、生活雑器を焼くことを生業《なりわい》とする六十絡《がら》みの老人であった。深い髭《ひげ》を蓄えてはいるものの、母の目、母の鼻筋とよく似るところは、当時の母の面影を蘇《よみがえ》らせる切っ掛けとなった。

紺には喜平に会った記憶はない。四歳以前に会ったとしても壮絶な記憶の隙間に残っているとは到底考えられないが、喜平には何らかの記憶が残っていることを期待しつつ会ったものの、呆気《あっけ》なく裏切られることとなった。

「はて……」と喜平は言ったきり、困り果てたように押し黙った。喜平は首を傾《かし》げ、髭を撫《な》で回すばかりであった。髭に付いて固まった土が粉になって落ちた。

「母のことは覚えておられますか」と掬《すく》い上げるように紺は聞いてみた。

「美里か……。その名に聞き覚えはあるが……面立ちまではちょっと……わしが顔を合わせたのは二度か三度か、それも若いころでな。年を考えると、そなたのご母堂は幼子であったろう」とそこでもひたすら髭を撫で回した。伯父といっても親類とは疎遠であったらしい。武士の家に生まれながら武士を捨て、焼き物の道へと入った身内は恥とされたものである。喜平は「わざわざ来てもらったが、役に立てずにすまん」と申し訳なさそうに顔を下げた。無駄足に思えたが、しかし、山蔵家に奉公していた使用人の老夫婦については記憶があるとの光明を見出《みいだ》した。何でも、美里の実家の遠い親戚の老夫婦を山蔵家に紹介した関係で記憶に深く留《とど》めていたとのことであった。

紺は高山の木賃宿で一夜を過ごすと、夜明けとともに北へと向かった。

使用人の老夫婦の住んでいた加賀沢《かがそ》村は、宮川を下流へと下った、飛州のほぼ端にあたる。道程にして十三里（約五十二キロ）とのこと。いまだ雪の残る山道を紺は加賀沢村へと向かった。やはり、高山からさらに北へ行くとはっきりと寒さを感じる。木々の色付きや土の匂い、風向きから感ずるに、この地方の本格的な春はもう少し先のようである。

どの村を通っても検地の話を聞かぬことはなく、加賀沢村も騒ぎの渦中にあろうと予想していた。まだ陽があるうちに十三里を歩き通した紺は無事に加賀沢村へと辿りついた。意に反し、村はひっそりとしていた。加賀沢村は山間に佇《たたず》む戸数わずか九つの集落で、粗末な家々は宮川を見下ろす斜面にへばりつくように密集し、歪《いびつ》な田畑は、わずかばかりの平らな土地に無理やり鏤《ちりば》められた、あたかも寄木細工のようであった。

尋ね人は、加賀沢村の出であるとは聞いたが、今でも健在であるかどうかはわからぬとのこと。十数年前まで、山蔵家に二十年以上にわたって夫婦ともども奉公していた使用人のお浜である。夫の与平は凶刃によりその場で息を引き取っていることは聞き及んでいる。当時、惨禍の全てを目にして生き残ったのはお浜のみである。喜平によれば、お浜なら何か知っているかもしれぬとのことで紺は一縷《いちる》の望みを繋《つな》いだのであった。

紺は、畦道《あぜみち》をやって来る鍬《くわ》を担《かつ》いだ百姓を見つけると、駆け寄り、お浜について聞いてみた。

「ちょっと尋ねますが、お浜さんの家はどちらですかね。この村だと聞いて来たんですが」

泥と汗で赤黒く汚れた顔に疲れを見せながら百姓は「お浜さんの家ならあの家じゃね。苔生《こけむ》した屋根の家があるじゃろ」と山の中腹を指差した。その方角を見ると、一段高い斜面に三軒の家が並ぶ中、萱《かや》の屋根が青く覆われ、所々から草が生える家があった。

「お浜さんは御健在ですかね?」と紺は不安の色で聞いてみた。

「ああ、生きとる。ほとんど寝たきりらしいがな」と肩越しに百姓は言い、畦道を行くが再び振り返り、「昨日は縁側で陽に当たっておったわ」と付け加えた。

喜平の話によればお浜が生きておれば七十はとうに越えているとのこと。紺の胸中は、間に合ったみたいじゃが、話はできるじゃろうかと、やはり危惧《きぐ》に苛《さいな》まれた。

教えられた家を訪ねると四十絡みの女が出てきた。

「天生から来ました、紺と申します。こちらにお浜さんはおられますか?」お浜に会いたい旨を告げると、一切の詮索もされることなく丁重に奥の座敷へと通された。破れ放題の屏風《びょうぶ》の前に継ぎだらけの布団が敷いてあって生き死にのわからぬほど薄っぺらい老婆が寝ていた。

「ばあちゃんに客人じゃよ」と女が声を掛けると頭をかすかに動かした。掛け布団が重いせいか、もはや自分の力では起き上がれそうにないように思えた。女に掛け布団を剥ぐってもらい、背中を押してもらってようやく起き上がったそのお浜の顔に、紺は昔の面影を見出した。すると封印されていた記憶が堰《せき》を切って溢《あふ》れ出した。紺は子供ながら「お浜」と呼び捨てていた。それでもニコリと笑うお浜の顔を思い出した。竹箒《たけぼうき》を振り回しながらお浜を追いかけまわし、父純七郎にこっぴどく叱《しか》られたことを思い出した。庭の松の木に上って下りられなくなり、泣いているとそこへ差し伸べられたのがお浜の手であったことを思い出した。迷い込んだ猫の髭《ひげ》を抜くと、お浜が「痛い痛い」と泣き真似をして見せたことを思い出した。次から次へと思い出されて胸が詰まり苦しくなった。

「お浜さん。わたしのこと覚えておるかね?」と紺はお浜の横へと座した。

お浜は、両手で紺の頬に手を当て、ほとんど白くなった瞳で紺の顔をまじまじと見た。

「美冬《みふゆ》さまかね?」と掠《かす》れた声でお浜は聞いた。

「そうじゃ、美冬じゃ。わかるかね」紺は十数年ぶりに古い名前で呼ばれ、思わず目頭が熱くなった。

しかし、後ろに付きそう女は、首を横へと振り、言った。「ばあちゃんはね、ボケちまっててね、会う人はみな美冬さまなんじゃよ」と呆《あき》れて笑った。

紺はお浜の顔を両手で押さえ、眼前まで顔を近づけ「美冬じゃよ。本当の美冬じゃ」と何度も名を言った。

「ほんまじゃ。美冬さまじゃ。本当の美冬さまじゃ。お元気でなによりじゃ」最早《もはや》見えるはずのない目で紺の顔を見据え、涙を浮かべた。「わかります、わかります」と何度も頷《うなず》き、枯れ枝のような手で紺の手を握った。

「わかるか、わたしは元気じゃ。善久郎も元気じゃ。世話になった。感謝しておるぞ」

お浜は嬉しそうに笑顔を震わせながら頷くと次から次へと大粒の涙を落とした。

「ばあちゃんわかるのかね」と女は泣き崩れそうになるお浜を抱き抱えた。

お浜はそれ以上何も話さなかった。ただ、呻《うめ》くように泣くばかりであった。長い間、気に掛けていた紺と善久郎の消息がわかり、無事であることがわかり、大きな安《あん》堵《ど》の中で横になった。紺は座敷を出ると、囲炉裏《いろり》の間へと移った。

「あなたが美冬さんだったたんですね。ばあちゃんはね、十四年ほど前にこの地へ戻ったときから事あるごとに美冬さんと善久郎さんのことを話していましたよ。無事にしているかとか、風邪はひいてないかとか、里親にいじめられていないかとか、いつも気に掛けてましたね。ばあちゃん夫婦には子供がおりませんでしたので、美冬さんや善久郎さんが自分の子供か孫のように思っていたんでしょうね」女は親類の者でイトと名乗った。イトは十年ほど前に養女としてこの家に入ったと話した。山蔵家での惨劇についても詳しく聞き及んでいるとのことで、紺の話はよく通じた。

「どんなことでもよいのですが、下手人に関わることで、お浜さんから聞いたことはないですか」

紺は両親を殺害した下手人に繋がる確たる証《あかし》が欲しかった。イトは考える間もなく、すぐに話をはじめた。幾度となく、くどいほどに聞かされた話のようで淀《よど》みなく口は動いた。

「ご両親を斬った侍は、背丈のある蛇のような目をした男であったと。頭巾をした口で何かを叫んだようで、言葉の端々に遠くの国の訛《なま》りがあったとか。ただ、それがどこかはわからないそうで、それくらいでしょうか」と言いながらも、ふと何かを思い出したように立ち上がると「ちょっと待って下さいね。お渡ししたいものがあるんですがね」と楚々《そそ》とした足取りで隣の部屋へと行き、どうやら箪笥《たんす》の引き出しを開けているようであった。「渡したい物？」と聞き紺はどきりとした。お浜から渡される物と言うのは予想もしていなかった。

しばらくして戻ってきたイトが手にしていた物は縮緬《ちりめん》の風呂敷に包まれた小さなものであった。それをイトはやおら開くと、また白い半紙に折り包まれた物が現れた。半紙は丁寧に折りたたまれていて、書状か書付かと思うほどに薄いものであった。しかし、それを扱うイトの手つきからはそれなりの重さが感じられた。イトはそれをゆっくりと開いた。薄暗い囲炉裏端であってもそれは嘲《あざけ》り笑うかのように鈍色《にびいろ》に輝いていた。

「これは切っ先……」驚きのあまり声にならず、紺の口から呟《つぶや》くように漏れた。

「そうですね。刀の切っ先ですね。切れますから、気を付けてください」とイトは紺に手渡した。三寸（約九センチ）ほどの長さの刀の先端であった。研ぎ澄まされ、鮮やかな光沢を見せる側面に対し、断面は荒削りの石のようであった。何らかの力を受けて折れた刀の切っ先であることは間違いなかった。

「これは、ばあちゃんがあの出来事のすぐ後、庭で拾ったものだそうです。二つ目の踏み石と三つ目の踏み石がの間に挟まっていたとか」山蔵家の庭には池があり、縁側《えんがわ》から大小八つの踏み石が並び池の縁までつながっていた。「代官所の聞き取りの時にも話していないそうです。これを知る人はわたしと美冬さんだけです」

「なぜ、お浜さんはその時、役人に話さなかったんでしょうか？」

「たぶん、代官所の役人は信用できないと思ったんでしょうよ」と言ったが「美冬さんのお父様以外ですが」とイトは取り繕《つくろ》うように笑った。

紺は、切っ先の刃紋を食い入るように見つめた。朝靄《あさもや》のような優雅な刃紋。今にも動き出して刃から湧き立つようである。見覚えのある、どこかで見た刃紋に酷似していた。紺は腰の短刀を抜いてその刃紋と見比べた。事情を知らぬイトは奇異な目で紺の様子を眺めていた。

紺は直感した。――似ている――と。まさかこの短刀の刃が父と母の命を……と得体の知れない不思議な縁《えにし》と恐怖を同時に味わうこととなった。なぜ刃先が折れたのか、この場で答えを見出《みいだ》すことは無理であろうと思い、思考を打ち切ることにした。

「これをお預かりしてよろしいですか？」との紺の問に、

「どうぞ持って行ってくださいまし。お渡しするようにばあちゃんから頼まれておりました。これでわたしも肩の荷が下りました」とイトは安堵からか晴れやかな笑みを浮かべた。

その夜はお浜の家に宿を取り、翌朝、夜明けとともに出立した。紺は帰途の中で暖かい胸の内を味わっていた。胸の内が幾度も熱くなり、涙が溢れ、山道の行く手が涙で滲《にじ》み、山の緑が一色に見えた。紺はひとりではなかったこと。一人で生きてきて、これからも一人で生き、一人で死んでいくとばかり思っていた。気遣ってくれる者のいない寂しさは、それを味わったものでないとわからないに違いない。どこかで心密《ひそ》かに案じてくれる人がいたことがわかっただけでも、今までの寂しさが嘘だったかのように消えたのである。気に掛けてくれる人がいたことは喜びと、心強さを得た気分であった。帰り際にもう一度お浜の手を握った。「一日でも長く生きてくだされ」と囁《ささや》くと、聞こえてか、弱々しくはあったが握り返された紺の手にそのぬくもりがいつまでも残った。このぬくもりを生涯忘れまいと思った。お浜の手を通して母のぬくもりを感じた気がした。もっと早くこのことを知っていれば、ここまで捻《ひね》くれた性質《たち》に落ちてはいなかったかもしれないと思うと無性に宋哲に腹が立って仕方がなかった。宋哲の顔が思い浮かんだ途端、「そうじゃ、わたしには弟の善久郎がいたわ」と歯を剥《む》き出して笑う善久郎の顔が浮かんだ。あの弟はわたしのことは何も考えてはおらんじゃろうと思った。頼りになる者ではないと諦《あきら》めにも似た気持ちになった途端、涙が乾き、目の前が明るくなり、おかげで足取りが速くなった。

左助は飛州の動きを、百姓、代官所にかかわらず見届け、幕府へ報告する任を帯《お》びていた。左助とは別れ際に示し合わせた七日町村の旅籠《はたご》十字屋で落ち合うこととなっていた。

三

紺が高山へ入るころには陽が傾き、十字屋に到着したときにはすでに日が暮れ、店先行燈《あんどん》に明かりが灯《とも》るころとなっていた。草鞋《わらじ》の紐《ひも》を解《ほど》きながら、もう左助は到着しているだろうかと宿の仲居に尋ねるが、まだ到着してないとのことで、それでは先に風呂へ入るか夕餉《ゆうげ》にするかと迷っているところへ「相部屋でよいぞ。よいよい。わしらは兄妹じゃ」と声がして左助がずかずかと上がり込んできた。

「おう、待っておったか」と左助は黄色い歯を見せて笑った。

「遅い、腹が減って一貫（約四キロ）ほど痩せてしまったわ」と紺は口を尖《とが》らせた。

「先に食っていてもよかったのに。遠慮するお前ではないじゃろ」

「食おうと思ったところへ左助が来たのじゃよ」と紺は屈託なく笑った。

左助が旅支度を解いているところで二人の夕餉の支度が整い、紺は左助が座に着く前に、すでに箸を付けていた。「腹ペコ狐はなんとはしたないことか。行儀作法を叩《たた》き込まんといかんな。でないと嫁のもらい手がないぞ」と左助は呆《あき》れた。

「行儀作法があれば、わたしでも嫁のもらい手があるのかの？」

「どうじゃろうか？　芝居も叩き込まんといかんかもしれん。一年ほど芝居小屋へ修業へ入るか」と左助は首を傾《かし》げながら口元を歪《ゆが》めた。

紺の腹の虫が少し落ち着いたところでお浜のところから持ち帰った切っ先を左助に見せた。左助は切っ先を手に取ると行燈の明かりに近付け、時折、口をもごもごと動かしながらしばらく見入っていた。「短刀を見せてくれぬか」と左助。

紺が脇に置いてあった短刀を差し出すと、左助は箸を置いて手に取り、するりと鞘《さや》から刀身を抜き、切っ先と短刀を見比べた。しばらく見比べると一口茶を飲み、重々しい口調で言った。

「正確な元の長さはわからぬが、刀身と茎《なかご》、折れた刃先を合わせると元の刀に戻りそうじゃな。わしの見立てでは刃紋も同じ。身幅、重《かさ》ねも通ずるようじゃ」

宋哲に折られた時の手元の部分は天生の庵《いおり》にあり、それを合わせるとほぼ全てが揃うこととなる。

「佐助の見立ても、この短刀の切っ先であったことに間違いないということじゃな」

左助は黙って頷《うなず》き、何事かを考えるように黙ったまま、飯を掻き込み、味噌汁で流し込んだ。何か言いたいのであろうが、言い渋る様子が紺にはよくわかった。

「なんじゃ、言ってくれんか。言いたいことが喉まで出ておるんじゃろ。無理やり飯で押し戻してるようじゃ」

「待ってくれんか。この飯だけ片づけるからの」と口ごもりながら左助は言う。紺はその様子を、手を止めて待っていた。

「そのように見られておると飯が喉を通らなくなるわ」と左助は言うが、紺は黙ったまま視線を左助へと向けていた。もう、紺の喉には飯は通らなくなっていた。

左助は沢庵《たくわん》を二つ続けざまに口へ放り込むと音を立てて咀嚼《そしゃく》した。何から話そうか、どのように順序立てて話すべきかを考えているようであったが、左助の口から出た言葉は至極単純であった。

「この刀の元の持ち主が分かったんじゃ」

「津田じゃな」その名を発する準備ができていたとばかりに紺の口から飛び出した。

そうじゃと言うように左助は目を閉じてゆっくりと頷いた。

この簡単な答えをよくもまあ勿体《もったい》付けてくれたもんだと紺は思った。しかし、答えは簡単であったとしても、その答えから紺の行動はとても危険なものとなろうと左助は予想していた。答えるべきではなかったかとさえ思った。

左助の話によれば、紺が買ったという古道具屋毛知屋へ持ち込んだのは渋川六左衛《しぶかわろくざえ》門《もん》という浪人で、五年ほど脇差として帯《お》びていたが、金に困って一半年ほど前に売り払ったとのこと。その渋川は名田町《なだまち》の一国堂という古道具屋から買ったとのこと。更に探索したところ、その一国堂へ持ち込んだ人物も判明した。持ち込んだのは松宮左《まつみやさ》内《ない》という浪人で、七年ほど脇差として帯び、やはり金に困って売り払ったとのことであった。松宮が手に入れたのは花里村の刀剣商朝日屋であったとのこと。朝日屋は今から十四年ほど前に質屋大黒堂から仕入れたとのことであった。

「大黒堂へ持ち込んだのが、津田正助であったわけじゃ。いくらで売り買いしたかもわかったが、それも聞きたいか？」

「いらん」と紺は突っぱねた。それを聞いたところで何の役にも立たぬ。左助は鼻で笑ったが、「妙な因縁じゃな」と顔色を曇らせて紺を見た。

「因縁ではないわ。好機じゃ」と紺の胸は高鳴った。

紺は、馬上から見下ろした蛇のような目を思い出した。

「しかしな、これだけで津田が仇《かたき》と決まったわけではないぞ」と左助は慎重を促《うなが》したが、

「いや、わたしには聞こえるようじゃ。天から討てと命じられておるようじゃ」と紺

は譲らなかった。馬上から紺を見下ろすあの目を見たとき、紺には全てがわかった。あの日、幼い紺はあの目で見下ろされていた。その場にいた者でなければわからぬ勘のようなものであろうと紺は合点した。紺の胸中では、津田が、父母の仇であることがはっきりした。

「聞くところによると、紺の母様は凶刃に一矢報いようと短刀で立ち向かったらしいな。さすがお前さんの母様じゃな。逃げるどころか立ち向かって行くところはお前さんそっくりじゃ。その血が仇《あだ》とならねばよいと思うばかりじゃ……。母様が渾身《こんしん》の力で振った短刀と津田の主馬首一平安代がかち合ったとき、刃先が折れて飛んだのじゃろう。それをお浜という女が拾って後生大事に持っておった。それが今、ここにある。しかし、まさか主馬首一平安代の刃先が折れるとは……子らを守ろうとする母親の一念かもしれん」

「我らに残してくれた執念の手がかりじゃ。無駄にはできん」と紺は残りの飯を掻き込んだ。「我らとは誰のことじゃ？……わしは入っておらんじゃろな」と左助は冷めた茶を音を立てて啜《すす》るとくぐもった声で言った。「お前のご両親が、草葉の陰でそれを望んでおると思うか？」左助はそのまま紺を見つめた。

「まだ、何か言わねばならぬことがありそうじゃな」紺は断ち切るように左助から目を逸《そ》らした。

「言うべきか言わぬべきか、迷っておる」

「最初から言う魂胆であろうに。でなければそのような前置きはすまいて」

「そうじゃな」と諦《あきら》め顔で左助は肩を落とした。周囲の耳を気にしてか重い口調で、呟《つぶや》くように話し始めた。「今、飛州では何が起こっておるかは世情に疎《うと》い紺でも知っておろう」と紺の様子を確認するように見た。「そうじゃ。代官所の検地に対して百姓が怒っておる。怒っておるだけならよいが、それだけでは収まりそうもない。途方もないことが起ころうとしておる。わかるか？」

「一揆か」と紺。

「そうじゃ。一揆じゃ。しかも途轍《とてつ》もない規模の一揆じゃ。百姓衆の怒りと不満が、田畑の下で渦巻いて煮え滾《たぎ》っておる。わしも、いろいろな国で一揆を見てきたが、これほどの一揆は、そうそうないじゃろう。いくつかの村が力を合わせたくらいの一揆なら頻繁に起こっておる。内々に抑えられることがほとんどじゃが、ここで起ころうとしているのは違う。飛州全てを巻き込む規模の一揆が起ころうとしているわけじゃ」

「大原代官ごときにそこまでせんでもよいと思うが、大袈裟《おおげさ》じゃの」と紺は他人事の

ように言うが、

「ではないぞ」と左助。

「どういうことじゃ？」

「敵は大原代官ではないということじゃ。よいか、ここ飛州は天領地じゃ。天領地を治めておるのは代官ではない。代官は木偶《でく》人形じゃ。敵は幕府じゃ。飛州百姓衆は幕府と戦おうとしておるのじゃぞ。大大名でさえ恐れおののく幕府じゃ」

それを聞いた紺の背中にぞくりとしたものが走った。それが手足の先まで広がった。恐怖なのか、武者ぶるいなのか、それとも両方が入り混じったものなのか。ただ、逃げたいとの気持ちは微塵《みじん》も起こらなかった。むしろ、加わりたいとの気持ちが湧き上がってくることに不思議なものを感じた。

「駄目じゃぞ。お前まで……」と左助の言葉は意味深長であった。「お前はすぐに顔に出るからの」

紺は左助の心の底を見極めようとその目を睨《にら》みつけた。左助は黙って目を閉じた。

「善久郎か。善久郎が一揆に加わろうとしているのじゃな」

「やはりわかるか」

「以前、天生へ来た時も善久郎は得意げに話しておった」――馬鹿たれめが――と心の内で紺は叫んだが左助にも聞こえたようであった。

「お前さんと同じ血じゃ。村から村へと走り回って人を集めておる。役人に目を付けられればきつい御咎《とが》めがあろう」

「放っておけばよいわ。痛い目にあわねば気がつかぬ。馬鹿には強い薬が必要じゃ。嫁をもらったことだし、そうそう無茶な真似はせんじゃろ。どうせ使い走りでもさせられておるんじゃろうて」と紺は心配を包み隠すように呆れ顔で笑ったが、そこまでの馬鹿ではないと思いたかった。

左助は横のつながりも多様であるらしく津田の素性についても語ってくれた。

津田は元の名を永田《ながた》八郎左衛門正助といい、薩摩藩主島津《しまづ》重年《しげとし》家臣永田幸四郎左衛《こうしろうざえ》門孝親《もんたかちか》の子息、三兄弟の二男として生を受けている。津田がこの地へ赴任する経緯については二十年ほど前に遡《さかのぼ》ることのこと。

宝暦三年（一七五三）、幕府は薩摩藩に対して手伝普請として美濃・伊勢・尾張の地においての木曽《きそ》川治水普請を命じた。三川分流普請とも言われる宝暦の大工事であった。木曽川、長良《ながら》川、揖斐《いび》川の下流では合流と分流を繰り返す地形のため一度《ひとたび》大雨が降るとたちまち洪水が起こり、周辺の村々では甚大な被害をもたらした。幕府は年貢の徴収にも関わるこの水害を食い止めるべく治水普請を立案し、それにあたらせたのが薩摩藩であった。

「勢力を付けつつあった薩摩を恐れ、普請に関わる費用も全て薩摩藩に負わせることで弱体化を画策したわけじゃ。薩摩藩士の中には異を唱える者も多く、幕府と一戦交えてでも断るべきと声を荒らげる者もいたそうじゃ。至極当然であろう」と左助。

しかし、薩摩藩家老、平田靫負《ひらたゆきえ》は幕府の要請を全て受け入れ、総奉行として陣頭指揮にあたった。

「薩摩から美濃へ足を運ぶだけでも大変な苦労があるわけじゃが、多数の藩士を連れ、しかも生活に伴う物資をも運ばせたわけじゃ。幕府はその普請の際、徹底してじゃまをしたそうじゃ。まだまだあるぞ、幕府は普請にあたる薩摩藩士には粗末な食事のみで行うように命じたそうじゃ」と左助はそこで冷めた茶を一口啜った。紺はその顔を見ながら黙したまま聞いていた。

「そのあまりの無体な仕打ちに、切腹をもって幕府に抗議する薩摩藩士が続出した。薩摩藩士だけではないぞ。幕府側の役人も抗議のため二名が切腹しておる。しかし、改善されることなく、普請工事は続けられた。一年半ほどで普請工事は終結するが、その間に抗議のために切腹した薩摩藩士は五十一名に上り、病死者三十三名を出した。普請奉行の平田靫負はその責任を負って最後に切腹した。しかし、切腹という事実は全て公にはなっておらん。全て病死ということで処理された」

紺の、疑問に満ちた顔色に左助は応えた。「考えてもみい。幕府に抗議して切腹したとなれば、お家断絶は免《まぬが》れん。永田家では長男が家督を相続しておるそうじゃ。誰が文句を言えよう」

紺は聞き終わると息を飲んだ。幕府の無慈悲な画策とそれを甘んじて受け入れた薩摩藩士の執念に身震いするほどであった。

「じゃが、津田は……」

「そうじゃ、津田じゃ。当時は永田であったが」と左助は話の筋を戻した。「父親の永田幸四郎左衛門孝親と二男の正助、そして三男は薩摩から同行し普請工事に加わっておった。父の孝親は抗議のために切腹しておる。同行した息子二人は思い止《とど》まっておる。……その後、河川管理のために美濃の地にとどまった者たちがいた。その中に正助が含まれていたわけじゃ。管理を任された者たちは尾張藩に取り立てられることとなった。しかし、尾張藩でも幕府から目を付けられておる元薩摩藩士を持て余すこととなった。そこで内々に幕府へ手をまわし、黙認させる形でそれぞれを各地へ飛ばした。江州（滋賀）へ飛ばされた者もおれば、野州（栃木）へ飛ばされた者もおる。永田は飛州の高山へと飛ばされたというわけじゃ。しばらくは代官所の雑用のようなことをさせられておったようじゃが、そこでの働きぶりに目を付けた当時の代官上倉《うえくら》彦左衛門信門《ひこざえもんのぶゆき》に認められ、跡取りに難儀をしていた地役人の津田弦十郎和重《げんじゅうろうかずしげ》の娘婿として津田家へ入ることを勧められたわけじゃ。安寧の地を見つけたのかどうかはわからんが、わしから見れば、気の毒と言うか、哀れと言うか……」と左助は口を結び気の毒そうに首を振った。

「わたしの方がわずかばかり幸せか？」

「そうかもな」と左助は苦笑いを見せた。

「酒が飲みたくなったわ」と紺。

「わしもじゃ、喋りすぎたせいか喉《のど》が渇《かわ》いた」

左助が廊下へ出て手を打ち、仲居を呼び「酒を五本持ってきてくれ」と告げて座に戻ると「話はまだ終わらんのじゃ」「であろうな」と紺は足を組み直すと身を乗り出した。

「津田家へ入ったのはよいが、そこでもやはり元薩摩藩士として幕府から目を付けられていた。幕府は一つでも薩摩藩士の家を潰そうと、口実を模索していたわけじゃ。しかし、津田は、薩摩の永田家存続のためにもなんとか幕府に取り入ろうと、過去三代にわたって代官の側近として真摯《しんし》に仕え、政策のじゃまとなる者を抹殺してきたというわけじゃ」

「わたしの父母は薩摩の永田家を守るための肥《こ》やしになったわけじゃな」

「肥やしなどと言うではない。犠牲になったとでも言うべきじゃ」

「どっちでも同じじゃ」

酒が運ばれると紺は徳利《とっくり》から直《じか》に飲んだ。喉《のど》に引っかかった何かを押し流そうとでもしているかのように喉を鳴らして紺は酒を飲んだ。

「新田家もそうじゃな」

「津田が直接的、または間接的に手を下した数は十数名に上ると言われておる」

「わたしにとって、それはどうでもよいこと。わたしの父母の仇をとればそれでよい」

左助は、紺の決意は最早止《と》められないことを確信した。

紺にとっても意外であった。仇討などとは考えずに生きてきた。「……そのような愚行は、暇人粋人《ひまじんすいじん》に任せておけばよいではないか」と呪文のように唱えていた己が信じられなくなった。己を偽って生きてきたのかもしれんと思った。

「津田に何があっても表沙汰にはならん。それは安心するがよい。津田の、裏での画策は内々では知られたるところ。それを利用してきた代官も、黙認してきた幕府も表沙汰にはできぬこと。それぞれに威信もあるでな。じゃが逆も同じ。紺に何かあっても、わしも杉浦先生も何もできん。命を絶やすことになるやもしれんことを覚悟してかかることじゃ」左助は酒を手酌でお猪口《ちょこ》へと注ぎ、ちびりちびりと口へ運んだ。

「津田はな、月末には山を見回る。どの道を通るかはその日の気分次第だそうじゃ。じゃが、前回とは同じ道は通らんと……通常、供の数は五名だとか……」と徳利に語るようにぼそぼそと言い、「しかし、簡単でないぞ。野太刀自顕流の使い手と聞いたが」と紺をちらりと見た。

どうすればよいのか……紺は余計なことを聞いた思いであった。早く討てと言っているようなものではないか。左助はお節介が過ぎる。

奇遇

一

紺は、己の剣術の未熟さを心得ていた。クナイに頼れば頼るほど剣術の上達は遅れる。飛び道具はやはり強い。女であっても剣豪を倒すことも容易である。よほどの達人の目を持っていなければ己に放たれるクナイを避《よ》けることは至難の業である。宋哲はそれ故《ゆえ》、クナイを徹底的に教え、的確に捉えるよう精進させたのであろう。しかし、できればクナイは使わず、また、その他の忍《しのび》としての技を使わず、津田の得手《えて》とする剣で仕留めたいと考えていた。なぜそのように思うか、紺にも確《しか》とはわからぬが、武士には武士の作法で仕留めることが、最も強い屈辱を与えることになるのではないかと漠然と思った。積年の恨みを屈辱に変え、今際《いまわ》の際《きわ》であれ津田に味あわせたかったのかもしれぬ。しかし、このまま津田の野太刀自顕流に立ち向かったとて、到底勝ち目などない。返り討ちにされることは火を見るより明らか。返り討ちならまだしも捕らえられ、咎人《とがにん》として流刑《るけい》、あるいは獄門となるやもしれん。そうなれば目も当てられまい。さてどうしたものかと紺は考えながら高山の町をぶらぶらしていると、知らず知らずのうちに武家屋敷に囲まれていた。先ほど、橋を渡って宮川の東へと入ったところまでは記憶しているが、はて、ここはどこじゃろかと見渡した。しばらく歩き、角を右へと折れたところで目の前の人影に驚いて立ち止まった紺は、その人影の顔を見てどきりと胸を鳴らした。その高鳴りはおさまるどころかそのまま連続して高鳴った。目の前の相手に聞こえるのではないかと戸惑うと更に高鳴った。

「ああ、紺殿。紺殿ではありませんか」と先に声を掛けたのは兵吾であった。

「兵吾殿」と全身が炎に包まれたような気分でようやく声にすることができた。

「今日は、どちらかへ御用ですか」

「……はい。御用です。何かと申しますと……爺、いえ杉浦先生に頼まれて薬を届けに参りましたが、道に迷いまして難儀しておりました」紺は、うまい嘘を咄嗟《とっさ》に思いついたものだと思った。

「薬のお届けですか。どちらへ？　この辺りならよくわかりますのでご案内しましょう」

「……いえ。お忙しい所、ご足労をおかけしては申しわけありませんので」

「何を言われますか。兄のことで大変なご足労をおかけし、わたしの命までお助けいただいて感謝してもしつくせません。わたしは紺殿のお役に立ちたいのです」

そう言われても咄嗟に出た嘘であるので行く宛てなどないのである。

「それより、その後、身の危険を感じることはございませぬか？」

「ええ、あれ以来ありません。結局、兄がなぜ、誰に殺されたのかもわからず仕舞いで、仇を討ちたくとも討てぬことに苛立《いらだ》っております」と項垂《うなだ》れ、心底から無念の気持ちが湧き出る様子が紺にもよくわかった。同じ仇を持つ身であることもその気持ちを増長させていたかもしれない。しかし、本当にそうであろうかという疑念もあった。代官に対する反抗から抹殺されたことがわかればそこからの推測は容易ではあるまいか。しかし、できぬ理由、やらぬ理由を模索しているようにも思えてならなかった。その気持ちは紺にもわからないでもなかった。

「ご心中をお察しいたします」と頭を下げた紺は殊勝《しゅしょう》な自分をそこに見つけた。

「お気づかい痛み入ります」と兵吾の方もなんだかぎこちない対応であった。

「兵吾殿は今日はどちらへ？」

「わたしですか、わたしはこれから道場へ参ります。堀部先生から、ここのところ腕が上がったとお褒《ほ》めのお言葉をいただきまして、ますます稽古に熱が入るところでございます。連日の稽古ですがまったく苦になりません。しかも、近々、代官所の方へ出頭するようにとの命もありまして、兄の後、材木改役の任に就けそうにございます。それまでに少しでも剣術の腕を磨いておこうと考えております」

「それはようございました。では、その気持ちを大事になさっていただき、わたしなどに構わず、道場へ参られた方がよろしいのではありませぬか」

「しかし、困っている紺殿をそのままにして行くことは……、では、どちらをお訪ねになりたいかだけ言っていただければその方角だけご案内いたします」

しかし、どの屋敷を訪ねるつもりもなかったので、その武家の名すら出てこなかった。とその時「津田様のお屋敷でございます」と唯一心当たりのある名を出してみた。

「津田様のお屋敷ですか、それなら」とその方角を指差し「この道をまっすぐ行き、一本目の道を左に折れ、次の道を右に折れ……」と兵吾は丁寧に道を教えてくれた。

紺は知っていたが、「はい、この道をまっすぐ行って、一本目の道を左に……、次の道を右に……」と復唱した。

「津田様はどこかお悪いのですか」と兵吾は立ち入って聞いてきた。

一瞬、紺はどきりとしたが「ここだけの話ですよ。絶対に他言無用ですよ」と念を押し声をひそめて兵吾の耳元へ口を寄せた。「実は津田様は痔なんです。それも相当に悪いのです」

「なんと……。痔がお悪いのですか。そのようには見えませぬが。それではさぞかし馬に乗るのは辛《つら》かろうに。我慢強いお人ですな」と兵吾は湧《わ》き上がる笑みを堪《こら》えながらも感心しきりな顔を作った。「絶対に内緒ですよ」と紺は再度念を押すと、丁寧に頭を下げて兵吾とはその場で別れた。

よいわ、それくらいの嘘は。両親の仇の利息にもならんと思いながら、とりあえず兵吾に教えられたように道を歩くと津田の屋敷の前まできた。いくつもの苦難の歴史と風格を兼ね備えた威厳ある門は開かれ、さもあざ笑うかのように紺を見下ろしていた。

憎《に》っくき津田八郎左衛門正助。紺は軋《きし》むほどに奥歯を噛みしめた。紺は、その場に唾《つば》を吐き捨てるような気分で背を向けると、今度は兵吾の後を付けた。とは言え、すでに兵吾は堀部道場へ到着しているころであろう。その道を追って歩いた。宋哲はかつて堀部道場へと通い、剣術の稽古に明け暮れていたことから、今でも時折、道場を訪れ、旧友や道場主堀部と歓談することを楽しみにしている。幾度となく紺も同行しており、道場の様子も場所もよく知り得ていた。

末広町《すえひろまち》の木戸を潜《くぐ》るとすぐに木刀の打ち合う音と入り乱れる裂帛《れっぱく》の声が聞こえてきて紺の血も騒ぎ始めた。来るたびに騒ぐ己の血の不思議である。

堀部道場の看板が掛かる門を潜ると、裂帛の声は更に激しさを増し、木刀の打ち鳴らす音は嵐の中で大木の枝が騒ぐようであった。胸の鼓動は弥《いや》が上にも高まり、その打ち鳴る音の中へと身を投じたくなる思いに駆られるのであった。

道場を隔てる壁には格子窓が所々に設けられていて、そこから剣術の稽古風景を覗《のぞ》くことができる。しかし、見物人は多く、格子窓は人の頭で埋め尽くされるほどで、紺の頭が入るような隙間は一分《いちぶ》もなかった。

「ちょっと中を見せてくれまいかね」と一人の見物人に声を掛けたが、ちらっと振りかえるだけで聞き入れられず、さてどうしたものかと悩むこととなった。

「もう、充分に見物したであろう。もう帰ったらどうじゃ。仕事はどうした？」と紺は道場の掛け声にも負けじと怒鳴った。一人の見物人がそれに応えた。「何言ってるんだよ。ここはな、いつまで見てても構わねえんだよ。明日の朝、早く来な。仕事だと？……大きなお世話だ」と鼻であしらわれて笑われた。

紺の顔が馬にでも踏まれたように険しくなった。腰の木剣に手を添えたとき、「紺ちゃんじゃねえか。久しぶりだな。どうしたいこんなところで」と声を掛けたのは三瓶《さんぺい》であった。恰幅《かっぷく》のいい体が、羽織ったどてらにより更に大きく見え、背中の天狗の刺繍が周囲を威圧する。蟀谷《こめかみ》から頬に掛けての刃物傷が強面《こわもて》に一層の迫力を引き立たせている。この辺りを取り仕切るヤクザ飛川《ひかわ》組の頭領で、紺が子分の刀傷を縫ったのも一度や二度ではない。飛び出した腸《はらわた》を押し込んだこともあった。残念ながらその子分は助からなかったが。

「三瓶親分じゃないですか。その後、お加減はどうですか」と紺が聞いた途端、そこにいた見物人は蜘蛛《くも》の子を散らすように一人残らず消えた。三瓶も痛風の持病があり、宋哲の処方する漢方薬が欠かせない患者の一人であった。

「まああだな。だがな杉浦先生にも言われたんだが、わしの病は死ぬまで治らねえらしいから先生の薬で抑えておくしかねえんだとよ。しかたねえさ、これは前世の因縁じゃと竜安寺の和尚が言ってなさったわ。前世でも散々悪さしてきたんだろうよ。てことは来世も病持ちってことかもしれねえな」と三瓶は笑った。「で、どうした。道場見物かい？」

「ちょっとわたしも剣術でも習おうかと思いましてね」

「紺ちゃんがかね？　その必要はねえんじゃねえか。あっという間に千原《ちはら》組の連中を十人も叩《たた》きのめしたそうじゃねえか。聞いてるぜ」

「どこから、そんな話が……五人だったはずですがね」

「いいんだいいんだ謙遜《けんそん》しなくてもいいんだ。わしもその話を聞いて、うちの若い衆にも剣術のひとつでも習わせようかと、ちょっと見に来たんだが……。だけどよ、うちの子分にはいかがなものか、ちょっと考えてみるわ」と言い、笑いながらその場を離れていった。

三瓶のおかげで、そこの格子窓がひとつ、一人占めできたことは都合がよかった。他からの冷たい視線を感じたが紺は気にしない。

紺は格子の隙間から道場を見回した。決して広いとは言えぬ道場では二十人ばかりの門下生が十人ほどに分かれて向かい合い、上段に構えた木刀を相手に右左と連続して打つ、切り返しという基本稽古を繰り返していた。

師範代であろうか、壮年のがっちりとした体躯《たいく》の男の「打ちかた止《や》め」の掛け声で一斉に打ち合いは止まり、道場は一瞬にして静寂と化した。静寂となった途端、格子窓から、門下生たちの発する熱気が吹き出したようであった。汗と吐息の混じった熱気は噎《む》せるようであったが不快には感じなかった。むしろ一体感を味わい、心地よいとさえ思った。

「兵吾殿はどこじゃ」と紺は目を見開き、一人一人の顔を値踏みするように見ていった。兵吾の姿は反対側の窓際にあった。格子窓から差し込む光の筋に照らされていた。「おっ、いた。兵吾殿じゃ。後光が差しておるようじゃ」と紺はご満悦。

道着姿で汗を流す兵吾は今までに見た兵吾の中で最も凛々《りり》しい姿であった。欅《けやき》の陰で涙を流す兵吾とはとても同じ人物とは思えなかった。兵吾は息を切らしながら袖《そで》で幾度も額から顎《あご》へと滴《したた》る汗を拭《ぬぐ》っている。兵吾は、同じ程の背丈の、おそらく二つ三つ年下の門下生であろう、幼く見える顔と向かい合い、木刀を交えていたようであった。

師範代の「整列」の掛け声により等間隔で横一列に並び、木刀を正眼に構えると、蹲踞《そんきょ》して息を整える。「構え」で立ちあがると、「打ちかた始め」の掛け声で一斉に相手の木刀に向かって打ち始めた。いままでの静寂が一転、嵐の中で乱れ打つ枝の如くとなった。

兵吾も、それに倣《なら》い木刀を激しく振った。が、どうも妙である。足の踏み込みと腕の振りの調子が合わず、なんともちぐはぐなのである。紺は呆気《あっけ》に取られ、己の目を疑った。――なんじゃ、あの打ち方は。あれは本当に兵吾殿か？　それとも、このような流派なのか？――他の門下生の打ち方は、踏み込みと腕の振りが合っている。異なるは兵吾のみ。

なんとも屁っ放り腰である。宋哲の話によると以前から屁っ放り腰であったそうな。他の言い方をすれば、兎が跳び跳ねながら筮竹《ぜいちく》を扱《しご》いているようであった。紺は以前には兵吾の剣術姿を見たわけではないが、贔屓《ひいき》目に見ても、とても上達したようには見えず、これで上達したと言うのであれば、以前はどのような状態であったのだろうかと思い浮かべてみたが、どうしてもその姿を思い浮かべることはできなかった。堀部師範は、どのような意図を持って上達したなどと言葉を掛けたのであろうか。何らかの意図を目論《もくろ》んでおべっかを使ったのか。……そうではあるまいと紺は思った。師範の堀部英斎はおそらく兵吾を褒めてその気にさせ、剣術に対する意欲を向上させようとの魂胆であろうと紺は読んだ。それに気が付かぬ兵吾は、何とも……。

しかも堀部師範の魂胆ははずれていると思った。兵吾の熱意は決して他の門下生に引けを取るものではない。ただ、剣術に必要な資質が極めて乏しいということなのである。

その時、紺の脳裏に閃《ひらめ》くものがあった。そうじゃ、よいことを思いついたとばかりに、紺の顔がぱっと明るくなると、思わず笑みを零《こぼ》した。しかし、宋哲は反対するであろうとの懸念《けねん》も過《よぎ》った。苦虫を噛みつぶしたような宋哲の歪《ゆが》んだ顔を思い浮かべた。

紺は一旦宿屋へと戻ると、左助への手紙を宿の仲居に手渡した。

《わたしは先に天生へ戻る。後でゆっくり帰るといい。帰りには団子を土産《みやげ》に頼む》と。

その日のうちに紺は天生へと戻ることとなった。

二

　夜五ツ（午後八時ごろ）。忙《せわ》しない足音を聞きつけたのは、宋哲が一人で夕餉《ゆうげ》に向かっているときであった。紺がまた何か企《たくら》みを携え、戻ってきたのであろうとすでに察していた。さてなんであろうかといろいろと考えを巡らすも、それらしき口上を思い浮かべるにはいたらず、途端に食欲が失せる気分であった。

　紺は、戸を荒々しく開けると「ただ今戻りました」との言葉もなく草鞋《わらじ》をはぎ取るように脱ぎ捨て上がり込み、囲炉裏《いろり》を挟んで宋哲の前にどっかりと座した。そして宋哲を睨《にら》みつけた。宋哲はこのような姿勢で睨まれることにはもう慣れている。「何じゃな」と箸を止めることなく穏やかな口調で問うた。

「わしな……」と紺は話し始めようとしたところで「わしではなく、わたしであろう」と宋哲は紺の出鼻を挫《くじ》いた。紺は興奮すると我を忘れ、言葉が乱雑になることを宋哲は憂えていた。「そうじゃ、わたしじゃ……」

「草鞋は揃《そろ》えたか？」

「後で揃える」と言い、紺は一息吸い「わたしは本格的な剣術を習いたいのじゃ。堀部道場へ通いたいのじゃ」

「ほう」と宋哲は感心したように頷《うなず》いた。

「爺にも確かに教えてもらった。感謝しておる。じゃが、もっと強くなりたいのじゃ」

「強くなってどうする？」

「強くなって悪いか」

「目的がなければ強くはなれん」

「強くなりたいと言う目的では駄目か？」

「駄目ではないが、それだけか？……津田を討つためであろう？」

「それもある」津田を討つための剣術、兵吾に近づくための剣術。一石二鳥ではないかと目論《もくろ》んだのが紺であった。「もし、爺が駄目だと言うのであれば、わたしはここで腹を切る」と帯に差してあった短刀を抜くと、床に置いた。

「飯を食ってる前で腹を切られては困る。飯が不味《まず》くなる」

「潔《いさぎよ》く許してくれれば美味《うま》い飯が食えると言うものじゃ」と紺は短刀を掴《つか》む。

駄目じゃと言えば本当に腹を掻《か》っ捌《さば》くであろうかと試してみたい趣向も湧いた宋哲であったが、その口から出たのは紺が予想もしていなかった端的な言葉であった。

「行くがよいわ」

わずかに沈黙の風が吹き抜けた。

「……なんと？　今、なんと？」紺は聞き間違いではなかろうかと首を突き出して聞き返した。

「許すと言ったつもりじゃが、不服か？」と宋哲は最後の飯を口へと押し込んだ。

剣術とは十年、二十年と精進して会得するもの。いつまでに何を会得しようとする魂胆なのかと問うのが宋哲であった。甘い魂胆の紺の鼻をへし折りつつ、独り立ちさせようとする腹もあるにはあった。

「よいのか……堀部先生に紹介状を書いてくれるんじゃな」

「しかたなかろう。お前のようなじゃじゃ馬を押しかけさせるだけでは古い馴染《なじ》みに失礼であろう。わしからも頼まねばならん。よいか、堀部殿の顔に泥を塗るようなことのないよう、行《おこな》いにはくれぐれも気を付けることじゃぞ」と宋哲は釘を刺した。

「承知」と紺は手を突いて頭を下げた。

「そして、道場へ通う間は、酒もご法度《はっと》じゃ」と宋哲は睥睨《へいげい》するよう紺を見つめた。

「…………」頭を上げた紺からは歯切れのよい返事は聞かれなかった。返されたのは不服そうな顔のみであった。

「何じゃ、その顔は。できんと申すか」

紺は、しばらく考える素振りを見せた後「……承知……じゃ」と心なしか声を震わせて言うと再び頭を下げた。

紺は、翌日には庵《いおり》を出る準備を始めていた。天生へ来て十五年、宋哲と生活を別にすることは初めてであるが、感慨のない、むしろ味気ない旅立ちであることが意外であった。ここ天生を離れることより、明日からの高山での生活が楽しみであるからかも知れぬと紺は思った。

庵の戸口で荷物をまとめていると、一日遅れて戻った左助が「何事じゃ。夜逃げか」と不思議な光景を目にし、しばらく呆然とその様子を見ていた。

「お天道様が機嫌よう上ってござらせる。……わたしな、この庵を出て高山へ行くことにした。そこで剣術の修行をすることに決めたわけじゃ。この庵ともしばしのお別れじゃ。爺の面倒を頼むぞ」

「正気か？」

「正気じゃ。爺の面倒を見るのがそれほどに嫌か？　ここにいる間だけじゃよ」

「そうではない。紺はクナイの修練は確かに積んだ。目を見張るようじゃ。しかし、剣術に関しては疎《おろそ》かにしてきた。付け焼刃に当て布をする程度で津田に勝てると思うておるのか」

「当て布をする程度とは随分な言い方じゃな……わたしだってあれから少しは修練を積んだ」と紺の声は弱々しくなったが、威勢は一気に反転した。「やってみんことにはわからんではないか。わたしの好きにさせてくれ。やらずに諦《あきら》めるより、やって斬られた方が気持ちがよいわ」

「斬られれば痛いぞ」

「死ぬまでの辛抱じゃ。死ねば痛みは治《おさ》まる。であろう」

「さてとどうかな……先生はなんと？」

「許してくれたわ。さすが爺じゃ」

左助は庵へと飛び込むと、しばらくの間、ひそひそと何やら話をしているようであった。耳をすましてもその内容まで窺うことはできなかったが、どうやら身を案じてくれていることはわかった。しかし、ここで引きとめられても困る。一刻も早く出立したいものだと思った。幸い、左助にも宋哲にも引き止めようとする様子は見られなかった。紺は妙に複雑な気持ちで天生の庵を出ることとなった。

思い立った二日後、背負子《しょいこ》に行李《こうり》を三つばかり載せた紺が高山へ入ると、ちょうど山王祭の真っただ中であったが、その騒がしい屋台曳《ひ》きにも気を留めることはなく、その足で堀部道場の門を叩《たた》いた。応対に出た門下生は紺を見て、「紺さん、今日はどなたかの往診ですか？　杉浦先生はどちらに？」ときょとんとした顔で紺を見ていた。

「そうではありません。堀部先生にお願いがありましてお会いしたいのです。お目通り願いたい旨、お伝えください」

「はあ」と応対した門下生は首を何度も傾《かし》げつつ奥へと引っ込んだ。

しばらくして座敷へと通された紺は堀部英斎と直接面談することとなった。白髪を後ろで束ねた細身の老人であるが、額と頬は深い皺に埋め尽くされ、しかし、目はいたって穏やかであることが却《かえ》ってただならぬ威厳となって紺を見据えていた。宋哲とは同期の門下生であったというが、はるかに品があり、包容力が滲《にじ》んでいる。堀部道場は堀部英斎の先々代が開いた道場で、今の師範で三代目となる。

紺は懐を探ると、宋哲からの紹介状を取り出し、恭《うやうや》しく差し出した。お互い、知らぬ顔でもないので堅苦しい空気ではなかったが、堀部の顔色は優《すぐ》れなかった。堀部は受け取った手紙をおもむろに開くが、手紙に目を通す間も表情を崩すことはなかった。堀部は読み終わると、無言で手紙を畳《たた》み、懐へと入れた。

「どうなさいました」と即答での色良い返事をいただくつもりであった紺がその顔色の理由《わけ》を尋ねた。

「困った」と堀部は項《うなじ》をぺたぺたと叩きながら猫が伸びをするように天井を見上げた。

「なにをそれほどお困りですか」紺が堀部の顔を覗《のぞ》き込んだ。

「いろいろと困っておる」

「いろいろとは？」はっきりしない堀部の態度に紺は苛立《いらだ》ちを抱き始めていた。

堀部から話を一つ一つ聞く。まず一つ目、紺が女であること。「当道場では女の門下生をいまだかつて入れたことがないのだ」とのこと。二つ目、紺の住まいをどうするかということ。「この手紙には、住まいを手配してやってほしいとあるが、すぐに手配することは、なかなか難しくてな。一月ほど時を要する。その間はどうするか」とのこと。三つ目、門下生の数のこと。「門下生が多くて、手狭で、今でも困っておる。さらに増えると頭数の調整が難しくなる、日によって多くなったり少なくなったり、刻限によっても……」とのこと。四つ目、断るに断れぬ。「宋哲の紹介であれば無下に断ることもできん」とのこと。

「では、入門は許可されたということでよろしいですね」と紺はうっすら微笑むと、丁寧に頭を下げた。

「そういうことになるかの」と堀部は、それでもなお困り顔を消すことはなかった。「そうじゃ」と堀部の顔に薄日が差したかのように相好が崩れた。「この奥の間が、ひとつ空いておる。新しい住まいが見つかるまでそこを使うがよい。いや、待てよ……そうじゃそうじゃ、よいことを思いついたぞ。丁度よい。先月、賄《まかな》いの娘に辞められてな、困っておったんじゃ。その娘の代わりに、ここへ住み込んで賄いをしながら剣術の修行をするとよいわ。数が合わんときに稽古すると都合がよい。それがよい。そうしなさい」と堀部は一人で喜びの体《てい》を表した。「今、ちょっと話してくるでな。芳《よし》に……芳は妻じゃ」と立ち上がると、いそいそと奥へと入っていった。紺はなにかしらよい方向に転がり始めた気がした。紺が堀部道場へ入門すると、堀部にとって、日に関係なく、刻限に関係なく頭数を合わせられやすく、下働きが入ることで道場の切り盛りもできて一石二鳥となり、紺にとっては剣術の修行と兵吾に近づくことができるのとで、一石二鳥で、「合わせると二石四鳥じゃ。いや……二石四鳥なら一石二鳥と同じではないか。……待てよ、わたしの入門を一石と見なせば四つの良いことが重なるわけじゃから四鳥じゃ。つまり一石四鳥じゃな。これでよい」と妙な算段を立てながらほくそ笑んだ。「なぜにもっと早くこれに気が付かなんだ？　時を無駄にしたか。何事も行いに早く移せということじゃな」と人生の機微を悟ったような思いであった。

しばらくすると二人の足音が入り乱れて廊下の向こうから近付いてきた。堀部は、紺を芳に紹介した。「天生から出てきたわしの古い友人の娘の紺じゃ」と、そして紺に芳を「妻じゃ」と紹介し、そして「紺は奥の部屋付きとなったで、いろいろと教えてやってくれ」と押しつけるようにしてその場を離れた。「そうですか。承知いたしました」と顔色一つ変えず芳は堀部の後ろ姿に言うと、紺を品定めするかのように見た。紺は丁寧に頭を下げるばかりであった。今日一日で下げた頭の回数は、今まで生きてきて下げた回数よりも多いと紺は思った。一人で生きるということはなんとも煩《わずら》わしく疲れるもんじゃとここでもひとつ悟ったような気がした。

その日のうちに奥の部屋に入ったが、荷を解《ほど》くことなくとりあえず一息ついた。「疲れた」と大の字になって天井を見上げた。今日一日がひどく長かったような気もするが、あっという間であったような気もする。翌日になってから荷物を解くこととなった。

三日目には、すでに、道場では女の門下生が入門したとの噂が、どこからか洩《も》れて広まり、やがて道場内外がざわつくこととなった。興味を抑えきれぬ門下生が廊下の《これより門下生の立ち入りを禁ず》の立て札が置かれるところまで来ては首を伸ばして覗くが、その様子を芳に見咎《みとが》められ、「剣の道を極めようとする者が何と見苦しい。慎《つつし》みなさい」などと叱責《しっせき》を買う始末。

紺は四日目にして、道場へと出ることとなった。「今日の午後は門下生の人数が少ない、しかも半数に分けられぬので紺も参加するとよい」とのことで、早速というべきか、急遽《きゅうきょ》、稽古に出ることとなった。その際、芳に「武芸を嗜《たしな》むとは言え、女の身だしなみも疎かにしてはいけません」と言われ、言われるがまま髪を整え、慣れない薄化粧を施した。さらに宛《あて》がわれた薄紅の着物と藍染の袴《はかま》に身を包み、緊張の面持ちで道場へと入った。

宛がわれた身支度は長身の紺によく似合い、凛々《りり》しいことこの上なく、女と言うことだけでなく、瑰麗《かいれい》な立ち居振る舞いからか道場の中ではひと際目立っていた。すでに稽古の準備に勤《いそ》しむ最中《さなか》であったが、紺が現れた途端、門下生たちの視線が一斉に集まった。山の中で育った紺は、これほど多くの目に一斉に晒《さら》されるようなことは初めてで、ぎょっとして身が縮む思いであった。なぜそのような目で見るのか、わたしであるぞ。紺は山犬の群れの中に放り込まれた雌狐の気分とはこのようなものであろうかと妙な感慨を味わっていた。その中の一つ一つの顔を見ていたが、期待していた兵吾の顔は見あたらず紺はわずかばかり気落ちすることとなった。「今日は来ぬのか」ひとりの中堅と思われる門下生が紺へと近づいた。「はて、どこかでお会いしましたか？」と紺の顔をしげしげ見ながら聞いたのはがっちりした体躯《たいく》の二十二、三歳の門下生である。

「わたしでございますよ。吉井様《よしい》」と言われて驚いたのは吉井笹元《ささもと》であった。

「わたしのことをご存じでありましょうか。どこかでお目にかかりましたか？」と、吉井はいささか意表を突かれ、照れたように頬を赤らめた。

「はい、以前、頭の傷を六針ほどお縫いしました。お忘れでございますか？　ここでございます」と紺はその額の傷を指差した。吉井は練習試合の最中、相手の木刀が頭部を直撃してぱっくりと割れ、夥《おびただ》しいほどの血を流して卒倒したことがあった。折しも高山へ来ていた宋哲のところへ治療の依頼があったが、他の怪我《けが》人の治療に追われており、やむなく代役として紺が呼ばれて治療に当たった次第であった。痛みのあまり暴れまわる吉井を数人で押さえつけながらの傷縫いはなかなか難儀であったことを覚えている。

「わたしの傷ですか？」と傷に手をやり、まさぐるようにしていると、そこでようやく吉井は気付き目を見開いた。「紺さんですか」と、突拍子のないその声で一斉に門下生が集まってきて紺を取り巻いた。

「杉浦先生のところの紺さんじゃないか」「ああ、誰かと思ったら紺だよ」「なんだ紺か」と、あちらこちらで驚嘆と落胆の声が入り乱れたかと思うと、取り巻いた三分の二ほどがそそくさと引き揚げて行った。わたしとわかった途端に興ざめるとは、なんとも無礼千万な連中じゃと腹《はらわた》が煮え繰り返りそうになったが、そこはぐっと堪《こら》えた。新米であるがゆえ節度を弁《わきま》えなければとかろうじて歯止めがかかった。しかし、今度の怪我の治療は手荒いことを覚悟せいよと腹の中で呟《つぶや》いた。

「こんどの新しい門下生と言うのは紺さんでしたか」

「新しい門下生がわたしひとりなら、わたしのことでございましょう」と紺は仏頂面で答えた。なんだか話をするのも煩《わずら》わしくなってきた。

「しかし、またどうして剣術など」と吉井は話を戻した。

「わたしが剣術を習ってはいけませんか？　わたしだって武家の出です。剣術を嗜んでも罰《ばち》は当たらぬと思いますが」とつい声を張り上げてしまった。不味いと思ったが口から出てしまった言葉は戻せない。吉井の方も悪いくじを引いてしまったとばかりに顔色を変え、「いいんじゃいいんじゃ。好きにしたらいい」と子犬を追い払うような手振りをしながら自身が離れて行った。取り巻いた者も一人残らず散って行った。

腹の煮え繰り返りも収まらぬうちに刻限となり、門下生が整列すると、おもむろに現れた堀部によって紺の紹介がなされると「コンコンコン」と誰かが囃《はや》したてた。整列した門下生の中から声を押し殺しながらくすくすと笑いが聞こえ、肩を揺する者ちらほら。紺は一人残らず顔を覚える。「あの六人じゃな……」

稽古はまず前進正面素振りから始められた。各々《おのおの》が間隔を開けて木刀を振る。

「紺は、今日は稽古の様子を見るだけにするか。慣れるまでそれがよかろう」と堀部は言うが、「いいえ、木刀を振りとうございます」と紺は即答した。紺にとっては一刻も早く、剣術の何かを掴みたいとの焦りもあった。容易なことでないことはわかっているが、黙って座っているわけにはいかなかった。

「木刀は用意しておるな。では振ってみるがよい」と堀部のお許しが出たところで早速準備にかかる。

紺はあらかじめ目星をつけていた木刀を手に取ると、握りを確かめながら軽く振ってみた。紺の使用していた木剣とは長さ重さにおいてはかなり異なり、振りにも影響するが、そこは臨機応変に対応できる山の娘である。もっとも、すでに木剣にて素振り稽古はしていたため体の動きは申し分ない。どんな木刀であろうと数度振ると、長さと重さの違いの感覚を身につけてしまう。これが我流の強みでもある。

まずは挨拶代わりに前進正面素振りを披露してみた。道場の皆が、それとなく紺の振りを見ていた。草採り娘に木刀が振れるものか、振れるのは鎌くらいではないのかと腹の中で笑っていた門下生たちはそれを見て唖然《あぜん》とした。様《さま》になっているどころではなく、振りの速さと止めの的確さにおいてはそれを凌《しの》ぐ者は今のこの場には一人としていないことを思い知らされた。その振りを見た者が皆同じ驚きを抱いた。師範の堀部もしかり。宋哲の弟子として十数年を過ごせば当然であろうと納得をするも、

「さてと困った」とまたもや腹の中で呟いた。

その後、後退が加えられ、跳躍素振りへと続く。このころになると皆の額や首筋に汗が光り始め、息が上がるのが見て取れた。

「では切り返しにかかれ」と堀部の声で素振りを終えると、休むことなく切り返し稽古に入る。切り返しとは二人ひと組になり、一人が木刀を正面に構え、それをもう一人が右左と交互に打ち込む基本の稽古である。いつもの倣《なら》いなのか、ほとんどの者がすぐに二人ひと組の稽古相手ができたものの、紺以外に一人だけ、取り残されたものがいた。

道場を見まわした堀部が「おお、丁度よい。兵吾、こっちにまいれ」と呼んだ。

紺は兵吾がこの刻限の稽古に来ていたことに気付いていなかった。いつの間に加わっていたかわからないが、確かに兵吾の顔があった。紺の胸が高鳴った。

「兵吾殿しばらくです」と挨拶するも兵吾は気まずい顔色を作った。

「ああ、紺殿しばらくです」と兵吾はぎこちない返事である。

「兵吾、紺の切り返しを受けてやってくれ」と堀部。

「はあ」と気の抜けた声を兵吾は返した。自分でいいのかという問いが含まれていることは紺にも分かった。すでに他の者たちは切り返し稽古にかかっており、激しい打《だ》突《とつ》音を響かせている。いまだに稽古に入っていないのは紺と兵吾だけであった。

兵吾はもたもたしながらも木刀を顔の前に真っすぐに構えると、紺はその木刀に向かって打ちかかった。激しいような気が抜けたような中途半端な打突であった。戸惑うような兵吾の顔を紺は見ていた。剣術の資質のない兵吾であっても山道を駆け抜け、三侍をあっという間に倒した早業、それに加え、今の身にこなしからして、ただ者でないことくらい即座に判ずることはできたわけで、なぜそのような達者な者と組まなければならないのかという問に苛《さいな》まれ「恥を掻くのが落ちではないか」との内心の声が紺にも聞こえたようであった。紺にとっては、兵吾を気遣い、怪我をさせず、敬遠されたくない思いから知らず知らずのうちに力が抜けていた。そんな両者の思いを見逃すわけもなく堀部の顔色は曇った。「紺、兵吾、真面目にやらんか」

両者ともに「はい」との返事。それから紺は少し強く打ったが、

「紺、ふざけておるか」と再び叱責の声が飛んだ。

紺は腹を括《くく》ると精一杯の力で打ち込んだ。打突音は格段の違いであった。道場の激しい打突音の中でもひと際大きく、激しくなった。速さと力強さは誰よりも勝っていた。兵吾の顔が恐怖に歪《ゆが》み、歯を食いしばり足を踏ん張るも、じりじりと壁際まで下がった。

「紺、止《や》め」と堀部は言い、「吉井、兵吾と代わって紺の剣を受けてやれ」と命じた。さすがに兵吾では荷が重いと感じ、相手を変えることにした。

兵吾はそれでも一礼し、痺れる手をぶらぶらさせながら元の場所へ戻ろうとしたとき、紺が駆け寄り「兵吾殿、大丈夫ですか」と声を掛けた。「大丈夫です。お気づかいなく」と兵吾は不貞腐《ふてくさ》れながらその場から捌《は》けた。兵吾の自尊心を傷つけてしまったのではないかと紺は思った。女に打たれて壁際まで押されるとはやはり男として不《ふ》甲斐《がい》なさを感じたのではないだろうか。やはり、少し手加減をすべきだったのではないだろうかといささか後悔が湧いた。

吉井との切り返し稽古が始まると、「吉井様なら遠慮はいらぬな」と、最初から渾《こん》身《しん》の力で打ち込んだ。やはり吉井であっても体勢が崩れじりじりと壁際まで下がった時、吉井の木刀が折れて飛んだ。それを見た全ての門下生の動きがぴたりと止まった。

紺の細い腕、細い体躯からいかにしてあのような打突が生まれるのか、堀部にもわからなかった。身体の撓《しな》りと腕の振り合いに起因するものが大きいと思われるが、それだけでは説明できぬことは堀部の経験から言えることであった。あれだけの速さと身のこなしがあれば技の切れにおいても相当な手練《てだ》れであろうと見抜いた。――宋哲はとんでもない狐を送り込んできたもんじゃ。紺はおそらく己の力を自認してはおるまい。宋哲でさえも……。やれやれ困った。男どもが萎縮しなければよいが――と堀部の懸念の種は次から次へ芽吹き始めていた。

次に役をかわり、吉井が打ち、紺が受ける側となった。吉井は折られた木刀の仇《かたき》とばかりに堀部の「始め」の声が掛かると同時に渾身の力で紺の木刀を右左と繰り返し打った。さすがに体格のよい吉井の打突音はすさまじく、紺の打突音を凌ぐほどであった。紺も必死に踏ん張るも体勢は徐々に押されていった。しかし、いくら打てども紺の木刀をへし折ることはできなかった。吉井の息が上がり、力尽きようとしたころ、堀部の「止め」の声がかかった。堀部は不敵な笑みを湛《たた》えていた。「吉井、今日は良い稽古になったであろう」

「はい、己の未熟さを思い知らされました」と紺に一礼すると一歩下がった。

そこで堀部は皆に向かって言った。「今の吉井と紺の切り返しを見たと思うが、吉井の木刀はへし折られたにもかかわらず、紺の木刀はへし折られてはおらん。何の違いでこのようなこととなるか、わかる者はおるか」と問うた。「吉井はさすがにわかったようじゃが」と堀部はニヤリとし、そちらへと視線を流した。吉井は黙って俯《うつむ》いていた。

一同は互いに顔を見合わせていたが誰も答えられる者はおらず、いささか業《ごう》を煮やした堀部は吉井に「説明してやれ」と顎《あご》で促した。

いつもは威勢のいい吉井であったが、気落ちしたような籠《こも》った声で説明を始めた。

「つまり……紺さんの、わたしの木刀への打突は正確無比。木刀が上下しようが左右にぶれようが一点に集中していた。だから折られた。わたしの打突はそうではなかった。一点に集中することなくぶれていたというわけだ。ぶれていてはへし折ることはできん」と。

「そういうことじゃ。長く辛い修行の賜物《たまもの》じゃ」堀部が睥睨するように言うと一同がざわついた。その時から皆の紺を見る目が明らかに変わった。

その後、地稽古となる。実戦さながらとまでは行かないまでも、相手を負かすことを想定した打ち合いの稽古である。

吉井と紺が打ち合うと、それはすさまじいものとなった。紺の木刀は、正確さと速さでは吉井を凌ぐが、打ち合いの経験が少ないせいか、攻めあぐむことも多く、一方、吉井は、正確さや速さは紺には及ばないものの、力強さと打ち合いの経験により、勝負は互角となり、一進一退の攻防となった。他の者は、打ち合うのを止め、それをしばし見入った。

そのときから場内の空気が変わったことに堀部は気付いた。門下生たちの気合の入り方がいつもとは明らかに違っていた。これは紺の出現によるものであろうとひとつの光明《こうみょう》も見出《みいだ》した。

本郷村へ

紺は、堀部道場へ入門して十日ほどが経ったころ、朝の陽ざしと春の風に誘われてふと思い立ち、芳《よし》に事情を話して二日の暇をもらった。芳に「本郷村へはどのように行ったらいいでしょうか」と尋ねたところ「本郷村ですか。一日掛かりになりますね。さてどの道を行けばよいか」としばし考えた芳から「本郷村へ行くなら二つの道がありますね。一つは大雨見山《おおあまみやま》を廻《まわ》る道ですが、少々遠回りになります。道も整っていて歩きやすく、行く人も多く、山賊が現れる心配はないでしょう。もう一つは十《じゅう》二ケ岳《にがだけ》の脇を通る道ですが、早く行ける道ですが何度か河を渡らねばなりませんよ。今の時期は雪解けの……」と聞いたところで「十二ケ岳の道で参《まい》ります。明日の夕刻には戻ります」と話を打ち切ると早々に道場を出た。芳はおっとりした性格なのか話がゆっくりで、しかも丁寧で長い。最後まで聞いていると陽が頭上にまで上りかねないので適当なところで打ち切った方がよいことをこの十日で学んだ。芳にとってみれば、なんと気の短い女子《おなご》じゃろうかと思うばかりであろう。山賊や冬眠から目覚めた蛇や熊に気を付けねばならぬことを言って聞かせようと思っていたところで打ち切られたことに少々立腹したが、山を知り尽くした紺なら大丈夫であろうと快く送り出した。

四月の末といえども、まだ山の上には雪が残り、春の陽気はそれを少しずつ解《と》かし、その水は山肌を流れ、落ち葉の下を流れ、やがて河へと流れ込むが、その河の水は身を突き刺すように冷たい。しかも、流れも速く、慣れた者でなければ渡るに難儀この上ない。しかし、紺があえてその道を選んだのは、一刻も早く善久郎の顔を見たいと思ったからではなく、おカヨという善久郎の嫁の顔を見たいからであった。どんな娘じゃろうか。へちゃむくれで笑ってしまったらどうしようかとも道々考えた。そんな時には尻を抓《つね》って堪《こら》える覚悟を持っておこうと紺は思った。

「どんなへちゃむくれであろうとわたしの義妹《いもうと》なのじゃ。会わずにおられようか」と逸《はや》る気持ちは足の運びを早くした。

宮川へ注ぎ込む支流を何度となく渡るが、やはりその水の冷たさは尋常ではなかった。深さこそそれほどではないが、あたかも氷水のようで途中、足の感覚が無くなり何度も躓《つまず》きそうになるも、おカヨの顔を見るためじゃと己の足に言い聞かせて踏ん張った。

昼八ツ（午後二時ごろ）には山を抜け宮原村へと出ることができた。善久郎の住む本郷村は、もう目と鼻の先であったが、そこから戸惑うこととなった。「はて、善久郎の家は本郷村のどこであろうか」詳しく聞いてないことをそこまで来て思い出した。行けば分かるに違いないくらいにしか思っていなかった。紺は、畑の中を突っ切る道に立ち止まると、ぐるりと見渡した。紺は、畑で鍬《くわ》を振るう百姓の姿を目に留め、大声で、「善久郎の家はどこじゃね」と聞いた。百姓は「善久郎どんなら善左衛門さんの家じゃな」と言い指を差した。「向こうか」と聞くと「そうじゃ」と言うのでぺこりと頭を下げてそちらの方へと再び歩き始めた。紺は再び家を聞いた。すると、「そこじゃそこじゃ。村長の大場善左衛門さんのお家はそこじゃ」と指差した家は途轍《とてつ》もなく大きな屋敷であった。一町（約百十m）四方ほどが漆黒の板塀に囲まれ、外から見ても三つ四つの倉の屋根が見える。「道場より大きな家ではないか。貧乏百姓の家とばかり思っておったが、これはなんとまあ大きな屋敷か……」と驚きと、呆《あき》れが入り混じる声が思わず紺の口から洩《も》れた。

紺は開け放たれた門を潜《くぐ》ると、その整然とした前庭に目を瞠《みは》った。手入れの行き届いた松や紅葉、ツツジが池を囲むように植えられ、水の底では鯉が優雅に泳ぎ回っていた。

石畳を十間（約十八m）ほど歩くと広間のような玄関があり、そこで紺は「どなたかいますか」と声を掛けるが、家の中はひっそりとしていて、人の気配は感じられなかった。紺は懲りず、何回か更に大きな声を掛けた。すると、奥の方から足音が聞こえてきて、やがてその足音は大きくなって紺へと近づいてきて、一人の若い女が息を切らしながら紺の前に姿を現した。小柄《こがら》で福々しい赤ら顔の女で、年は十六、七か。

「はい、どちらさんでありましょう」

紺はすぐにそれがおカヨと分かり、思わず笑みを零《こぼ》しつつも、「こちらに善久郎はおりますか」とその女に聞いた。

「善久郎は、今は出かけておりますが……」とそこまで言い女の相好も崩れた。「紺さんでございますか」

「お前さんがおカヨか」と紺は亀のように首を突き出し、金魚を見るようにしげしげと覗《のぞ》き込んだ。善久郎が「かわゆいかわゆい」ととろけるような顔で自慢しただけのことはある。薄暗かった玄関先が途端に明るくなったようであった。

おカヨは三和土《たたき》へはだしのまま駆け下り、紺の手を取ると五寸（約十五センチ）ほども背丈に差のある紺を見上げ、「いつ来て下さるかとお待ちしておりました。紺さんのことは善久郎どんからかねがねお噂を聞いておりました」と弾けるような笑顔を見せたので紺は逆に戸惑うほどであった。あの善久郎が自分のことを褒《ほ》めて話すとはとても思えず、どのような話をしたか気になるばかりである。

座敷に案内されると、家の主《あるじ》である大場善左衛門が顔を出し、堅苦しい挨拶をしているところへおカヨが茶を運んできた。主は気を利かしてか入れ替わるようにおカヨへ座を譲るとその場を離れた。紺はおカヨに面と向かって、またしげしげとその顔を見、更には撫《な》で回しながらその手触りを楽しんだ。まるで赤子の頬のようにすべすべしていて柔らかい。「よく見せておくれ、わたしの義妹じゃね」と嬉しそうに撫で回すと、紺は腹の底から嬉しさがこみ上げてきた。「何がそんなに嬉しいんですかね?」とおカヨは怪訝《けげん》に訊くが、紺は笑って撫で回すばかり。おカヨもつられて笑い出す始末であった。

「すまん。わたしはずっと一人だったからな。善久郎が現れ、そしてお前さんじゃ。でな、つい……」と言い、ようやく紺はおカヨから離れた。「善久郎がな、わたしのところに来て、お前さんを自慢するんじゃ。かわゆくてかわゆくて、しかも気が利くええ女子じゃとな。聞いていてつい腹が立ってな、それほどまでに自慢するのならさぞかし別嬪《べっぴん》じゃろう。どんな嫁じゃろうか見てやろうと、わざわざ高山から来たのじゃ。その通りじゃった。善久郎は果報者じゃな」と紺は肩を揺すって笑うと、再びおカヨの頬を撫で回した。

「善久郎どんは紺さんのことも自慢しておりましたよ」とおカヨはこれ以上撫でられまいと顔を隠しながら言った。

「あの善久郎がわたしを自慢しておったと? まさか、自慢など」

「本当ですよ。姉ちゃんはすごい、この飛州に、姉ちゃんに適《かな》う者はおらん。三浪人をあっという間にやっつけてしまうんじゃ。今時の木《こ》っ端《ぱ》役人など目ではないわって、身振り手振りを交えて……何があったんですかね」と詳しくは話してはおらぬようで、そんなところに善久郎の機転のよさと、人の心を掴《つか》む話術の妙を垣間見《かいまみ》た。

「何もないんじゃ、ちょっとしたいざこざがあってな、簡単に話を付けただけじゃ。それを大袈裟《おおげさ》に言っておるだけじゃ。善久郎は少々話を膨らませるところがある。そこは悪い癖じゃな」と紺はごまかしたがごまかしきれたとは思えなかった。おカヨの顔がきょとんとしている。詳しく聞かれても答えられないのでそれ以上聞かれると困ったことになると思いながら視線をおカヨから逸《そ》らした。察しておカヨは「はあ、そうですか」と気の抜けたような返答をした。「……そう、さっき、高山から来られたと仰《おっしゃ》いましたが、天生ではないのですか」

「それじゃ、良いことを聞いてくれた。さすが善久郎の嫁じゃ。実はな、わたしは今、高山に住んでおる。堀部道場じゃ。しばらくはここで賄《まかな》いをしながら剣術の稽古をすることになった。善久郎に伝えておいてくれんか。間違って天生へ行っても爺……杉浦先生しかおらんで、つまらんぞとな」

それから紺とおカヨの話は他愛《たわい》のない話へと移っていった。半刻（約一時間）も屈託のない時を過ごしたころ、ふと気に掛かった。「善久郎はどうしておる？」と聞いた途端、おカヨの顔が翳《かげ》った。その様子で紺は察した。善久郎は代官所のやり方に反発して何かしらの策を練っているのであろうと。そのために村々を走り回っているのであろうと。紺も左助からその旨を聞いていた。

紺はこの日、大場の屋敷に泊まることとなり、善左衛門と向かい合わせで夕餉《ゆうげ》を取ることとなった。そんなとき、なんだか宋哲と向かい合わせで食事をしているような気分になり、天生の宋哲を思い出した。爺は今ごろ何してござらっせるか？　酒でも舐めてござらっせるか？

善左衛門は薄くなった白髪を後ろでちょこんと束ねた恰幅《かっぷく》の良い老人で、深い優しさを漂わせながらも秘めた強さを兼ね備えた家長と紺は見た。その人柄が善久郎をあのように豪放磊落《らいらく》に育て上げたことの所以《ゆえん》らしい。嫁のおカヨを物怖《ものお》じさせないところもその証であろうと思った。

「紺さんと言いましたな。こっちの方はどうじゃな？」と親指と人差し指で輪を作って傾けた。「少々なら」と紺は思わず謙遜を込めて言った。

おカヨが酒を運んだ時、「お義父《とう》さまはお強いので、お気を付けくださいましな」と耳打ちされた。その言葉は、却って紺の闘志に火を付けることとなった。

善左衛門は始終陽気であった。酒の勢いも手伝ってか、身振り手振りを交えて饒《じょう》舌《ぜっ》であった。善久郎の幼いころの話、「善久郎は子供のころは身体が弱くてな、すぐに風邪をひいて高い熱を出してな、何度も諦めかけたものじゃ」とか「あれは七つのころじゃったたな、忘れもせん、いや、八つのころじゃったか、使用人たちと山へ入って山菜を採っておったときのことじゃ、倒木の下に潜んでおったヤマカガシに尻を噛まれて大騒ぎをしたわ。怪我《けが》は大したことなくてよかったが、偉いのは喰いついたヤマカガシをひっ捕らえたことじゃ。わしに喰いつくとはふとどき者じゃと言って、使用人にそれをその場で料理させて喰ってしまったわ。そうじゃ、山犬の群れに囲まれたこともあった。三十匹はいたが、それを全て蹴散らしたと自慢しておったが、少々大袈裟に言う癖もあるから、恐らく五、六匹というところじゃろ。イノシシと相撲を取ったとも言っておった。これは眉つばじゃな。せいぜい相手はウリ坊じゃろうな。イノシシには違いないが……。十の時、隣村の村長のところまで遣《つか》いに出したところ、昼日中から山賊に取り囲まれたこともあった。それを一網打尽にして役人に引き渡したとの話もあったが、これは後から聞いたところによると、日ごろから仲の悪い隣村の連中と喧嘩しただけの話じゃった。善久郎は自分を大きく見せようと法螺《ほら》も吹くから厄介じゃ」と真っ赤な顔で善左衛門は笑ったが、善左衛門の話もどこまで信じていいやら分からなかった。

紺は、——何じゃ、わたしの子供のころとそう大差ない話じゃな。姉弟というのは、やはり同じ血が流れているものらしい――と、誇らしくもあり、こそばゆくもあった。

善左衛門の話は夜更けまで続いたが、気が付くと姿は消えていた。何度か厠《かわや》へと立ったところまでは覚えているが、その後、戻ってこなかったとみえる。紺は一人で猪口《ちょこ》を傾けていた。いつごろ床へ入ったかは覚えていないが、ことのほか旨い酒であったことはよく覚えている。

翌日、紺は朝早くに大場の屋敷を出て高山へと戻ることとなった。善左衛門は二日酔いで寝込んでいるとのこと。善左衛門は「あの娘は狐ではなく蟒蛇《うわばみ》じゃった」と寝落ちする間際、うわ言のように呟《つぶや》いたという。

紺が見る村々の様子は、前日とは明らかに違っていた。農作業そっちのけで数人から十数人が屯《たむろ》し、語り合っている。時には怒号さえ聞こえてきては通りすがりの紺を驚かせる。たった一日でありながらその違いが明らかであるのは、状況の切実さを物語っていると言うべきであろう。緊迫の度合いが増し、殺気立つ百姓の様子がありありとわかった。この時期から飛州の百姓衆の動きは具体的となり拡大し、やがて蜂起へと展開しようとしていた。百姓総代、大沼村の久左衛門《きゅうざえもん》らが大垣藩へ、検地の取りやめを進言してもらうべく向かうことから始まった。俗に言う越訴《おっそ》であるが、結果的に門前払いを喰らうこととなった。さらには京都二条関白家に伝手《つて》を頼りに検地取りやめの依頼をすべく向かったが、これも転蹶《てんけつ》することとなった。悪いことに、越訴の目論見《もくろみ》が江戸幕府の耳に入ることとなり、それに関わった十一人は江戸勘定所へと召喚《しょうかん》されることとなった。勘定所で取り調べを受けた結果、その中の四人に対して入牢の沙汰が下った。

道場破り

一

紺は、堀部道場の部屋住みとなって、一月《ひとつき》ほど経《た》ったころ、ようやく掃除の段取りが身に付いてきた。道場の稽古も一日おきにそつなくこなし、新たな生活が滞りなく回り始めていた。道場の掃除は、その日、出席した門下生が交代で行うこととなっているが、紺に限っては免除されていた。その代わり、門下生立ち入り禁止の立て札より内側の廊下と三つの部屋掃除、庭掃除は毎日、紺の仕事となっている。これなら通いの門下生の方がよっぽど楽じゃろうなと愚痴の一つ二つ出るも、部屋賃と日に二度の食事には代えられぬ。銭がなければ結局、仕事で稼がねばならぬので同じことではないか、などととりあえず天秤に掛けてみるも、明確な答えが出ることはなかった。

一応は板に付いたので、しばらくはこのまま続けてみようと思った。

三つ目の部屋の障子の桟《さん》にハタキを掛け、廊下の雑巾《ぞうきん》掛けに取りかかろうとした矢先、道場の様子がいつもと違うことに気付いた。妙に静かであった。木刀の打突《だとつ》音も聞こえなければ掛け声も聞こえない。しかし、無数の門下生の気配は確かにあり、それが不安と動揺の気となり、雪崩を打つように紺のところまで押し寄せた。「何事じゃね?」と雑巾を片手に道場を覗《のぞ》き込んだ。

二十名ほどの門下生は、半々で対立するように真中に谷を作り、中央を一様に睨《にら》みつけていた。その視線の先には紺色の擦《す》り切れた着物に黒い袴《はかま》を身に付けた武士がひとり腕を組み正面を虚《うつ》ろな目で見つめながら座していた。武士とはいえ、その世俗に塗《まみ》れた容姿から浪人であろうと推察できた。「また浪人かね。浪人というのは厄介なものじゃね」と紺は独《ひと》りごちた。

紺の近くにいた武村《たけむら》という門下生に「あれは何者かね?」と小声で聞いてみた。

びっくりして振り返った武村は「ああ紺さん、あれは道場破りですよ。谷口吉十《たにぐちきちじゅう》郎《ろう》とか名乗りました。時々、あの手の輩《やから》が乗り込んで来るんです。どうするんでしょうか？」と不安そうに答えるが、どことなく他人事《ひとごと》のようであった。門下生にとっては、特に堀部道場でなければならないと固執する者は少なく、他の道場に移る術《すべ》もあるわけであるから、さてどうなるかと興味の目で見物する者も少なくない。

「浪人の腕試しかね」と紺。

「それもありますがね、要はお金です。わしが勝ったら看板をもらっていく。嫌なら金を払えってことです。浪人の生活は厳しいようですから」

「ほう、あれがそうかね。話には聞いたことがある。だったら、打ち負かして叩《たた》き出してしまえばよろしかろう」と言う紺も、それができればこのような騒ぎになってはおらんであろうと重々わかっていた。

「もう、渡辺《わたなべ》さんと、松井《まつい》さんが打ち負かされております」と武村は道場の隅を指差した。隅には頭を抱えて蹲る《うずくま》渡辺と、肩を押さえて痛みに顔を歪《ゆが》める松井の姿があった。両名とも中級者であり、巷《ちまた》の浪人くらいなら打ち負かす技量はあるはずであるが、他愛《たわい》もなく敗れたとのことであった。「あの浪人、並みの相手ではありませんよ。今日は、悪いことに、堀部先生と師範代の井上《いのうえ》さんが不在なのです」と武村は不安そうに付け加えた。

「どちらへ行かれたのかね？」出かけられるとは聞いておらぬ紺が心配そうに声を潜《ひそ》

めて武村を見た。

「来月行われる奉納試合の件で飛騨天満宮へ出向いております」

「困ったことじゃね。看板を持っていかれたらこの道場はどうなるんじゃろかね？」

「潰《つぶ》れることになるでしょうね」

「看板くらい造り直すわけにはいかんのかね？　わたしも手伝いくらいするがね」

「そういう問題ではないと思いますが……」と武村は本心から言っているのかと半分呆《あき》れ顔で紺の顔を見ていた。わかっておるわ、面白いかと思って言ってみただけじゃとの意味を含めて鼻で吹いた。しかし、よりによってこのような時になのか、この時を狙ってか、それは聞いてみぬことにはわからないが、今、留守を任されているのは飯塚六郎太《いいつかろくろうた》である。師範代の代理である。道場の中では上級者であるが、師範、師範代に比べれば遥かに力不足である。困った胸の内から染み出したように脂汗が幾筋も流れている。

「師範代の代理であれば、負けても傷はつかんじゃろ。少々の金で済むのなら払ったらどうかね」と紺が安易に言うも「駄目ですよ。我が道場はそのような金で収めたことはないのです」と武村の力を込めた声が道場に響き、声の先にいる紺に皆が注目した。

「あの浪人の流派はなんですか？」と紺は小声で武村に聞いた。

「あまり聞いたことのない珍しい流派です。確か、野太刀……」

「野太刀……野太刀自顕流ですか」紺は驚きのあまり、腹の底から吹き出したような声となった。再び道場中の注目を浴びることとなった。そこで、「では、わたしが」と紺はひょいと手を挙げた。しばし、沈黙の後「だめじゃだめじゃ紺なんてだめじゃ」と嵐のような声が渦巻いた。

「なぜ、わたしではだめなんじゃ？　わたしもこの道場の門下生じゃぞ」と紺は声を張り上げた。そこにいる全ての者を敵に回したような気分であった。

すると飯塚が素早く寄ってきて「自惚《うぬぼ》れるな紺、お前のような入門一月《ひとつき》足らずの者に当道場の命運を任せられるわけなかろう」と叱責《しっせき》した。

「では飯塚さんがお相手すればよいことではござりませぬか」

「わしか？……わ、わしは、いま肩を痛めておるで、まっとうな勝負ができんのだ」と芝居じみた仕草で肩をさすった。痛めておるとは初耳であったが、このような弱腰にはやはり任せられまい。

「では、どうするんですか？　打つ手はありますかね」と言われて困る顔の色が濃くなったのは飯塚であった。

「女のわたしなら、もし負けたとしても言いわけは立つでしょう」

「どのような言いわけじゃ？」

「それは飯塚さんの方で考えてください。わたしはそういうのは苦手ですから」

「わしも苦手じゃ」と飯塚は目を剥《む》いた。

当初は怪訝《けげん》な顔をしながら二人の様子を見ていた谷口であったが、収拾つかぬ問答を見て、すでに勝ったかのような余裕の表情に変わるのがわかった。腹に据えかねた紺が「わたしがお相手いたします」と前へ出た。どよめきが道場に渦巻いた。すぐにそれは落胆に変わり、溢れ返って行き場を失った落胆は格子窓、戸口から雪崩出たようであった。格子窓には見物人の顔が無数に並んでいて成り行きを興味深げに見ている。

「なんじゃと？」と脳天から突き抜けるような声を上げたのは谷口であった。「女子《おなご》じゃろ。この道場は女子に命運を任せるか。わしを愚弄《ぐろう》する気か」

「不服であれば、そのままお引き取りを」

紺は言いながらも支度を始めた。ちょうど掃除のために懐へ入れてあった襷《たすき》で袖《そで》を留めると、お気に入りの木刀を握り二度三度と振ってみた。毎日のハタキがけ、拭《ふ》き掃除は足腰の鍛錬《たんれん》に都合よいのか、ここ一月《ひとつき》ほどで、木刀が驚くほど軽く感じられるようになり、風切り音が自分でもわかるほどに鋭くなった。地稽古においても、当初は慣れないせいもあってか思うように動かなかった身体も慣れるに従って軽くなり、ことのほか物足りなくなるほどで、機会があれば己の腕前を試したくてうずうずしていたところであった。決してのぼせ上がっているわけではなく、冷静な判断に基づいて挑もうとしている己を自覚していた。しかし勝てるとの明確な自信などはなかった。ただ、なんとなく勝てるのではないかという漠然とした思いつきから、つい声を上げたまでであった。

谷口の表情からは、その心の内を察することはできなかった。女の門下生が対戦することで赤子の手を捻《ひね》るようなものと腹の内でほくそ笑んでいるのか、女ごときと剣を交えることが不快なのか、真意は測りかねたが、谷口は「よかろう。だが、わしが勝てば遠慮なく看板はもらっていくが、異存はないであろうな」と聞いた。

その問に対しては皆、顔を見合わせながらも無言を貫いた。

「どうなんじゃ？」と谷口は紺を問い詰めると同時に門下生一同を問い詰めた。

「異存はない」と道場に声が響いた。声が放たれた方へと一同が顔を向けると、そこに堀部の姿があった。皆が紺に視線を注いでいるうちに堀部が静かに戻っていた。その後ろには師範代の井上がにこやかに佇《たたず》んでいる。

「井上さんが戻ったのなら井上さんがお相手すればよいのでは……」と門下生の一人が言った。「そうです無礼な浪人など叩きのめしてやってください」との声も挙がった。

「その必要はないぞ。わしも紺の腕を見てみたいものじゃ」と看板が懸《か》かる立ち合いにもかかわらず、何とも呑気な趣《おもむき》の堀部であったが、それは堀部の度量の大きさを表すものかもしれない。井上もそれに同調するように笑って頷《うなず》いた。ひょうひょうとしながらも腹の底では何を考えているのか掴《つか》みかねるのが井上であった。しかし、門下生の中では右に出る者なしの兵《つわもの》である。

「紺、好きに立ち合うがよい」と堀部は許し、上座へと移動して座した。

「ひとつ、わたしから紺へ忠告いたしたいがよろしいか。紺はまだ若輩者。それくらい許していただいてもよかろう」と井上が谷口の顔を見た。谷口は面倒臭そうな顔を作りながらも小さく頷いた。

井上は準備を整える紺へと近づくと、にこやかに言った。「よいか、お前さんが、野太刀自顕流への対し方を、身をもって会得しようとしていることは承知しておる。堀部先生からそのように伺っておる。しかし、この立ち合いは木刀での、言わば抜き身からの立ち合いである。その剣法の極意は会得できぬぞ。初太刀での下からの斬り上げは使われぬ」

立ち合った途端に戸惑わぬようにとの配慮からの助言であった。

なるほどと紺は思った。刀の真剣勝負であれば鞘《さや》から抜く動作から始まるが、木刀では正眼で構えた状態から始まる。「野太刀自顕流の攻撃は突進にあることを忘れるな。力をいなすことじゃ。そしてもう一つ、あの眠そうな目に惑わされるな」

「肝《きも》に銘じます」と紺は素直に頷いた。助言がなければ戸惑い、苦戦したか、あるいは敗戦したかもしれぬなと紺は危ういところを救われた気分であった。己にも味方が確かにいることを実感できて嬉しかった。紺の心がすっと軽くなった。

蹲踞《そんきょ》から木刀を構え睨み合った両者は、立ち上がると紺は正眼に構え、谷口は八双《はっそう》に構えると共に奇声を発した。奇声を発した途端、谷口はかっと目を見開いた。どこにこのような大きな目を隠していたのかと思われるほどの目で、つい先ほどまでの眠そうな目は、紺を油断させるための芝居だったのかと思わせるほどの豹変《ひょうへん》を遂《と》げた。渡辺さんと松井さんはこの目にしてやられたのかも知れんと紺は思った。

谷口は紺の動揺につけ込むかの如くに突進してきた。

――野太刀自顕流の攻撃は突進にあるとは、これのことか――それはわかったが、しかし、いなすとはどういうことじゃろと、紺は考えた。——聞けばよかった——と思った。

とりあえず、紺も出る。谷口の剣を正面から受け止めると見せかけて、踏みとどまり、体を躱《かわ》し、さらに谷口の剣を鈍角に受け流した。思ったほどの速さではなかったが、その剣の重さは尋常ではなかった。鈍角に受け流しただけでも両の腕は痺れるほどであった。まともに受けていれば、木刀がへし折られ、頭を砕かれていたかもしれぬと思った。

しかし、その重さが仇《あだ》となったらしく、谷口の剣は床すれすれにまで振り下ろされ、体勢はつんのめる形となった。刹那《せつな》、紺の剣は谷口の左肩を打った。谷口はそのまま、前のめりに倒れ込んだ。

「はい、それまで」と堀部の軽やかな声が飛んだ。

門下生からは、再びどよめきが湧き上がった。道場の命運が明に転がったことより、紺が手練《てだ》れを打ち負かしたことの驚きから成るどよめきであった。確かに紺の動きは速く、正確であるが、それは稽古の中だけのこと。実戦では通用しないと皆が思っていた。その度胸のよさと機転には皆が舌を巻くこととなった。紺の株が更に上がったことは言うまでもない。

谷口吉十郎は、門下生たちに取り囲まれると着物と袴をはぎ取られ、襦袢《じゅばん》姿にされたかと思うと庭まで引きずり出され、頭から井戸水を浴びせられて外へと放り出された。春の日差しが降り注ぐ陽気とはいえ、井戸水を被るにはまだ早い時期。谷口は歯の根が合わぬほど震えながらとぼとぼと道場を去って行った。道場の真中には谷口の着物と刀が忘れ物のように置いてあった。

道場の正面には書が掲げられている。『無為而成《むいにしてなす》』。老子の言葉が力強い筆致で書かれている。堀部はその書を意味ありげに見上げていた。

「これはいかがいたしましょうか。少々臭《にお》いますが」と紺は座すると堀部に聞いた。

「風呂の焚《た》きつけにでもしたらよかろう。しばらくは臭い風呂になるかもしれんが」と堀部は目を細めた。「刀は安物じゃな。大した金にはならぬが古道具屋へ売れば酒代くらいにはなろう」

「ひとつお尋ねしたいのですが」と紺は改まると堀部に向き直った。「なんじゃな」と堀部は眉を上げた。

「もし、わたしが谷口に負けていたらどうなさったのでしょうか?」

「お前が負けておったら、潔《いさぎよ》くこの道場を畳んで、天生の山にでも籠《こも》って土でも捻《ひね》ろうかと思っておったんじゃが、紺のせいでそれもできんようになった。やれやれ……」と堀部はわざとらしく気落ちして見せた。

「本気で言っておられるのですか？」

「冗談じゃ。馬鹿たれ」と堀部は呵々《かか》と笑った。

「では、わたしに勝算があると見込んで立ち合いを許したのでございますか？」

「あの程度の浪人なら、紺でも十分に立ち合い、勝機ありと踏んだまでじゃ。あの場にいた門下生にはちと荷が重たかろうが、お前なら八分二分であろうと読んだ。たとえ二分の方であっても、その後には井上も控えておるわ。……だがな、お前さんが目指しておる津田という武士はあの程度ではないぞ。踏み込みも速く、奥深い。剣も重い。井上からも聞いたと思うが、野太刀自顕流の初太刀には気を付けることじゃ。思った以上に伸びてくる。野太刀自顕流の極意『初太刀を疑うべからず』であれば、すなわち、初太刀を外すことじゃ」

「それがわからぬのです。どのような型でございますか？」紺の食らいつくような目が堀部の目を捉えた。

「まだ早かろう。焦るでない」というと堀部はその場を離れて行った。「いかんいかん、焦りは禁物じゃ。若いというのは困ったものじゃ。成り行きに任せるということも……」と背中でぶつぶつと呟《つぶや》きながら姿を消し、語尾は聞き取れず。

しかし、紺は、気になって仕方がなかった。初太刀からの斬り上げ。紺にはその型を思い浮かべることができなかった。初太刀で斬り上げるとは……刀の刃は上向きの状態で腰に帯びられているわけであるが、その状態で素早く抜き、斬り上げることが果たしてできようか。

二

高山陣屋より南へ五町（約五百五十ｍ）ほど行ったところ、田畑に囲まれ、こんもりと緑に覆われた厳《おごそ》かな一画がある。飛騨天満宮である。延喜三年（九〇三）、菅原《すがわら》兼茂《かねしげ》が謫居《たっきょ》していたこの地において大宰府に配流となった父菅原道真《みちざね》の死を嘆き悲しみ、自らの手で像を彫り、祠を建立し祀《まつ》ったことが始まりとされる。

六月三日その境内において奉納試合が行われることとなっていた。菅原道真公を偲びつつ、飛騨武士の剣術の向上を目指して行われる剣術の腕比べである。飛州には大小合わせて十ほどの道場があるが、伝統、格式、評判などが加味され、神社や氏子によって三つの道場が選ばれる。二カ月前にはその発表があり、境内にて掲示がなされていた。

選ばれたのは実力と伝統を兼ね備えた梶派一刀流の堀部道場、声望と格式のある一刀流の藤沢道場、近年実力を付けてきた直心影流の秋明館であった。誰が聞いても無難な選出であった。その三つの道場から各五名と、タイ捨流、一刀流、新陰流、そして野太刀自顕流と様々な流派が混在する代官所組五名、合計二十名が参加することとなっていた。

参加を許される道場には名誉なことであり、参加を目論《もくろ》む道場も多く、水面下での熾烈《しれつ》な争いがあるものの、三つの道場は、ここ数年は不動で、堀部道場の参加は恒例となっていた。道場破りの谷口がやってきた折り、堀部と井上が出向いていたのはその件での打ち合わせであった。今年こそは何としてでも一等組となり、堀部道場の名を飛州へと轟《とど》かせたいものと堀部は意気込んでいた。最終戦までは勝ち残るが、今一歩のところで一等を逃すのが常で、前回、前々回と二度にわたって代官所組との決勝戦で敗れている。二度とも最後に敗れたのは師範代の井上であった。二度目の時は、日ごろひょうひょうとした井上も、涕涙《ているい》に甘んずることとなった。対戦者は津田正助であった。

すっかり夜も更け、静まり返った堀部道場の奥座敷では奉納試合に誰を選出するかで揉《も》めていた。師範代である井上は外すことはできず、次の実力者はそれに匹敵する大倉《おおくら》である。体躯《たいく》も立派でありながら俊敏な動きと機転ある立ち回りには定評があるものの、かっとなると我を忘れ、剣が乱れるところが師範代に上がれぬ所以《ゆえん》であった。しかし、二人目としては決定である。三人目は最近力をつけた元井《もとい》、四人目は機転の利く技に定評のある木村《きむら》であった。ここまではそれほど悩むことなく選出できたが、問題は五人目である。候補は四人いるが、どれもドングリの背比べのような帯《おび》襷《たすき》であった。その中に紺の名があったが。

「紺は駄目ですぞ」と酒を酌み交わしながら井上が堀部に進言した。

「なぜじゃ？　女だからか」と怪訝《けげん》そうに堀部は聞いた。

「そうではありません。紺の動機は不純です」

「そうであろうか。遺恨があればそれを滅するのが武士の本懐であろう。その心わからんでもない。紺にも武士の血が流れておる。それをもって精進する者は多い」

「これは仇討《あだうち》ではありません。奉納試合です。紺は動揺のあまり、自らの剣を失うのではないでしょうか」

「どうであろうか。しかしそれも修業のひとつではないか」と堀部は顎《あご》をまさぐった。

「先生は何かと紺を前に出そうとしているようでありますが、何故《なにゆえ》？」

「そうではないが……」堀部は少々困ったが、素直に返答した。「確かにそうかもしれん。女子《おなご》だからかもしれん。女子がどこまでできるか、わしにもようわからんでな。紺の真の力が見てみたいと思うてな。ただの興味じゃて」

この奉納試合には代官所の役人も五名が出場することとなっており、当然、津田が加わることは明らかである。しかも殿《しんがり》であろうことも予測できる。堀部も井上も紺が津田を仇《かたき》として狙っていることは承知しており、それ故《ゆえ》、平常心による尋常な立ち合いはできぬであろうと予見したのである。

「紺が津田と対戦するとは限らんのじゃぞ。先鋒、次鋒に当てるくらいはよいかもしれんと思っておる。無理かの？」と堀部は井上の顔色を窺《うかが》った。

刹那《せつな》「そんなことはありません」と障子を開けて飛び込んできたのは紺であった。

「話を盗み聞きするなどとは無礼であろう」と井上がいつもの笑顔を消して声を荒らげた。気配に気付かなかったことへの腹立ちも交じっていたかもしれない。このような強い口調の井上は初めてであった。堀部は、逆に肩を揺すって笑った。「よくも気配を消してそこまで来たものじゃ。いつからそこで聞いておった？」

「四半刻（約三十分）ほど前からでございます」

「その間、気付かなかったということか。わしらも未熟ということじゃな。それとも見事と言うべきか。紺が刺客《しかく》なら二人とも命がなかったかもしれん。さすが宋哲殿の弟子じゃな」と堀部は眉を上げて笑った。

「そのようなことを褒《ほ》めてはいけませんよ、先生」と井上は堀部を窘《たしな》めた。

「この娘、まだまだ何かを秘めておるようじゃ。見てみるのもおもしろいとは思わぬか。決まりじゃな。野太刀自顕流にぶつけてみるのもおもしろいかもしれん」と堀部は井上を見た。

「紺にはまだ無理ですよ。万一、勝たれた日にはわたしの立場がありません」と井上は困り顔を作った。

「そう簡単ではないことはわかっておる。紺もそれほど甘くないことくらいわかっておろう。負けても本望じゃろうて。命を取られるわけでもあるまいし。決めたぞ、井上。いつになくおもしろくなってきたわ」堀部はいつか来るであろう真剣勝負のときのため、前もって一度、対戦させてやりたいとの思いを抱いていた。

「先生がおっしゃるのなら、仕方ありませんね」と井上は諦《あきら》めたように肩を落として力を抜いた。

紺はその日から深夜に及ぶまで薄暗い道場で幻の仇を思い浮かべながら木刀を振る日が続いた。紺が知る野太刀自顕流の使い手は、先日の谷口と名乗る浪人だけである。谷口も武芸者としては決して駑才《どさい》の類《たぐい》ではない。その谷口でさえ津田には到底及びもしない技量であることは、井上でさえ歯が立たぬことから明白である。もちろんそこで対戦したとしても仇を取ることができるわけではないし、そのようなことは毛頭考えてもいない。無論、木刀による試合にすぎぬ。負けたからと言ってそこで終わるわけではない。真剣勝負の事前支度でよいのではないか。しかし、そう考えるも紺の木刀の振りには殺気が籠《こも》り、その目には津田の額に木刀を振りおろす幻想が見えていた。

奉納試合

一

梅雨の前の挨拶代わりなのか、六月に入ってからも五月晴《さつき》れのような日差しが降り注ぎ、木々ひと葉ひと葉の緑が鮮やかに光っていた。乾いた風が取り巻くも、身体を動かすとたちまち汗が噴き出す。しかし、程良い汗は闘志を燃やすに丁度よいとばかりに飛騨天満宮の境内《けいだい》のあちらこちらには、木刀の素振りに励む出場者の姿を見ることができた。

境内中央には六間（約十一m）四方の試合場が整地され、土埃《つちぼこり》が立たぬよう水が撒《ま》かれ準備万全の様子で弥《いや》が上にも緊張は高まりつつあった。

朝五ツ（午前八時ごろ）。堀部道場の仲間と共にやってきた紺も緊張の面持ちで神社境内へ入ると、まずはぐるりと見廻《みまわ》した。紺の目は津田の姿を無意識のうちに探していたが、まだそこに津田の姿を見つけることはできなかった。津田のみが敵ではないが、気にならぬわけはない。知らず知らずのうちに紺の目は津田を探していた。井上の予感が的中することは癪《しゃく》であるが、津田を目の前にしたとき、平常心でいられようか、紺に自信はなかった。

紺も場に慣れてきて少し落ち着いたころには、神社の境内は出場者や見物客でごった返すほどとなり、それを見計らってか試合場正面で太鼓が一つ打ち鳴らされた。

「くじ引きを始めるゆえ、各組から一名選出されたし」との声が響いた。四つの組の対戦相手を決めるくじ引きであるらしい。「では誰のくじ運がよいか、くじで決めようではないか」と言ったのは木村であったが「何をもたもたしておる。みっともないぞ。とっととお前が行ってこんか」との大倉の言葉で、尻を蹴飛ばされたかのように木村が駆け出した。先が思いやられる気持ちでその後ろ姿を四人が見ていた。

しばらくして、戻ってきた木村は息を切らしながらも上気した笑顔で「どうですか、わたしは幸運を引き当てましたよ。秋明館との初戦です」と声を張り上げた。であれば当然、代官所組と当たるのは藤沢道場となる。代官所から選ばれた猛者《もさ》揃《ぞろ》いである。五名はまさに強敵。実戦の中で鍛え上げられた武士から、更に選び抜かれた猛者揃いである。中でも津田は別格である。最初に対戦することはどこも避けたいところであるが、不運にも藤沢道場が外れくじを引くこととなった。安堵《あんど》の思いはあるものの、所詮一時凌《しょせんいちじしの》ぎにすぎぬことは皆わかっていた。

代官所組と初戦だけでも避けられたことは堀部でさえ安堵に顔を綻《ほころ》ばせた。

試合は三本勝負で、先に二本を取ると勝ちとなる。勝ったものは次の対戦者と戦うこととなる。勝ち続けていても後の者に交代することはできる。五人対五人で立ち合い、相手の選手全員を負かした組が勝ちとなる決まりである。

堀部道場の一陣も境内の南側に陣を張ると、しばらくは各々《おのおの》、初戦の相手を思い描き、士気を高めることとなった。紺も同じく、様々な相手を想定して木刀を振り、臨戦に身構えた。気付くと、見物人の数は倍ほどに膨れ上がっており、出場する組の面々も揃っているようであった。

試合場を挟んだ向かい側に座禅を組み黙想する男がいた。肩幅があり、座禅を組みながらもその体躯《たいく》の良さが目を引く男である。「あれが津田であるぞ」と井上が紺の耳元で囁き、顎《あご》で促《うなが》した。紺の目は、その先の津田を捉えた。目を閉じ、静かに、穏やかに黙想する姿であっても、そこから湧《わ》き立つ圧倒的な気迫は、奇声を発し木刀を振る他の者とは比べ物にならぬほどすさまじい。紺がその姿に吸いつけられるように凝視していると、突然、津田の目が開き、紺を見た。すると、紺の身に震えが走り、思わず目を逸《そ》らした。「わかるのか？　奴は化けものか？」と紺は思わず呟《つぶや》いた。紺が津田を仇《かたき》として狙っていることは知らぬはず。己が発する何かを感受したのであろうかと紺は思った。

「気にするでないわ」と相好を崩した堀部が紺の耳元で囁《ささや》いた。「お前は、お前だけと思っておるようじゃが、彼奴《あやつ》を見ているのはお前だけではない。彼奴は見られていることを承知しておる。負けてもよい。負けるつもりで向かえ。だが、己に負けるでない。勝手な思い込みは敵を大きくし、己を小さくする」己に負けること、戦わずして負けることが最も屈辱であることを堀部は言った。「己に負けると後を引くでな」紺は気が付いた。自分で自分を縛りつけ、身動きがとれぬようにしていたかもしれぬと思った。呪縛が解けたように紺の身体がすっと軽くなった。紺も座禅を組むと目の前の試合場を見、目を閉じ、黙想へと入った。

どれほど経ったか、頭をトンと小突かれ、紺ははっと気付いた。

「このような時に、よく居眠りなどできるもんじゃな。余程に図太い神経をしておるんじゃな」と元井。

「わたしは黙想しておったのです」と紺。

「嘘じゃ。鼾《いびき》を掻いておったぞ」

「嘘じゃ。わたしは鼾《いびき》など掻かん」と膨《ふく》れ面《つら》を見せる紺。

「早く前へ出んか」と元井に襟首《えりくび》を引き上げられ立たされた。試合場には、すでに皆が整列していた。南側には堀部道場組と藤沢道場組。北側には秋明館組と代官所組である。初戦で対戦する組が向かい合って一列に並んでいた。審判が各組を呼び上げるとそれぞれ一礼する。

「おお、女子《おなご》がいるぞ」と見物人の中から声が飛んでざわつき始めた。二十人の出場者の中にたった一人、女がいることはひどく目立っていた。かつての奉納試合でもそのようなことは一度もなかったことである。

「あの顔はどこかで見たような気がするが。ひょっとすると、あれは杉浦先生のところの紺さんじゃないかね」と誰かが言った。「おお、紺ではないか。しばらく見ないと思ったらこんなところに」「なんだ紺か」との声も聞こえた。紺は思わず顔を潰した。わたしを嫌っておる者もやはりいるのか。なぜわたしは嫌われるのであろうか、後でじっくりと考えることにしようと胸中。

津田は代官所組の大将で、最後に位置し、紺は堀部道場組の先鋒で、最初に位置する。試合場を挟んで丁度対角にお互いの姿を呈する形となった。副将の八代《やしろ》と大将の津田以外は初めて見る顔とのこと。おそらく、度胸試しに抜擢《ばってき》されたのが初顔の三人の剣士であろう。何が起ころうと最後の津田が後片付けをすれば面目は保たれるとの腹なのであろう。

顔見せが終わり一旦、陣へ戻るとすぐに太鼓が打ち鳴らされ、立ち合いの準備となる。先鋒戦は堀部道場の紺と秋明館の広瀬《ひろせ》であった。広瀬は、年のころは二十五、六、年齢から言えば中堅であろう。くりっとした目が顔の両端に離れて付いていて、鼻が低く胡坐《あぐら》を掻いている。――イナゴのような男じゃな――と紺は思った。しかし、落ち着いた様子から場慣れした兵《つわもの》と認めた。他流試合に、しかも大勢の人の前で立ち合うことは、紺にとってははじめてのことで、不安と緊張の渦中であるが、この場の空気に飲まれることは己に負けることであると紺は悟った。まずは空気に飲まれず、相手だけを見据えることに心がけた。

「あの広瀬という男は奉納試合の常連じゃ。得意技と言うほどのものはないが、安定した剣を捌《さば》く」と井上が助言を紺へと投げかけた。紺は無言で頷《うなず》くと前へ出た。

「堀部道場門下、紺。対するは秋明館門下、広瀬」と読み上げられると、二人は試合場の中央へと歩み出た。先鋒対先鋒の立ち合いであった。

「おお、紺じゃ。やっぱり紺じゃ。今日は酒を飲んでおらんか？　飲むと手がつけられんが。素面《しらふ》ではどうじゃろうか」とどこからかからかいの声が聞こえた。――この声、聞き覚えがあるぞ。乾物屋の安吉《やすきち》じゃな――と紺は思った。――覚えておけよ――と心の中で呟《つぶや》いた。しかし、妙に落ち着いている自分も不思議に思えた。

——行ける——と紺は思った。

蹲踞《そんきょ》し立ち上がると審判の「始め」の声。

紺は正眼に構え、奇声をひとつ発し、息を整えると相手を見た。広瀬も負けじと奇声を発する。

両者とも足元をまさぐるように差し出すと、じわりじわりと左へ回った。と同時に相手との距離を測り、自分の間合いへと誘《いざな》う。

一回り程すると、紺の方が先に自分の間合いへと広瀬を誘い込んだ。紺は浅く息を吸うと、咄嗟《とっさ》に大きく踏み込んだ。途端、何もない所で躓《つまず》き、体勢を崩し、前のめりになったところで、広瀬に右肩を打たれた。審判による「一本」の声が上がった。

紺も、その呆気なさに驚いたが、それ以上に驚いたのは後ろで見ていた堀部道場の面々であった。声も出せず、お互いの顔を見合わせるばかりであった。「大倉、酒はあるか」と聞いたのは師範の堀部であった。

「ありますが、紺に飲ませる暇はありませんが」

「わしが飲むんじゃ。見ておれん」との会話を知らずに紺は二本目の立ち合いに挑もうとしていた。紺は、——どうも足腰が固くなっていかん——と、その場でぴょんぴょんと飛んでみた。

蹲踞《そんきょ》すると紺は新たな心で立ちあがった。

再び正眼に構えると、自らを奮い立たせるため掛け声をひとつ発した。今度は足を止《と》めて相手を見た。相手の出方を見、その出方に合わせようと思った。しかし、一本を取った余裕か、広瀬は微動だにせず、紺を見据えるだけであった。

ならばと、紺は一歩踏み込み、誘ってみた。紺の足が土埃を上げた瞬間、広瀬が出た。

しめたとばかりに紺は広瀬の間合いをずらすように半歩遅れて出、広瀬の呼吸を狂わすと、振りおろされた木刀を右へ払い、体勢が崩れたところで広瀬の額を打った。

「一本」との審判の声が響いた。安堵《あんど》したのは紺ではなく、堀部道場の面々であった。互いに顔を見合わせ、肩の力を抜いた。「やはり酒が必要じゃな」と堀部。

一対一で迎えた三本目の立ち合いであるが、一本を取ったことにより、肩の力が抜けたのか、場に慣れたのか、ことのほか身体が軽く動き、二本目も呆気なく広瀬の額を打ち、連取するに至った。

「御苦労。上出来じゃ。一時はどうなるかと思ったがな」との堀部の言葉で紺は下がることとなった。紺は後者の木村に任せ、陣へ戻ることとなった。勝つには勝った紺であったが、納得できず、悔しくて堪《たま》らず、終始無言となった。陣に座すると紺は俯《うつむ》いたまま、じっと拳を握っていた。

「負けてはいかん。だが、負けることを恐れては、なおいかん」と紺の横顔に堀部が言った。「恐れるあまり、身が固くなるでの」

紺は目を閉じたままその言葉を聞き、腑の底まで落とし込むように飲み込んだ。

「今は猛省するときではない。ここでは他の者の立ち合いをよく見ておけ」と堀部に叱責《しっせき》され、それでまた、紺の心は萎《な》えることとなった。

二

紺の後の対戦では木村が相手方の次鋒を倒し、その後、中堅に木村が敗れる形となった。その後、元井が中堅を倒したところで、次の副将に元井が敗れた。次に出た副将の大倉が倒したが、最後の大将に大倉が敗《やぶ》れ、最後、秋明館の大将と堀部道場の大将井上の対戦となったが、これは井上が二本を危なげなく連取し、当道場の師範代としての面目は保たれる形となった。しかし、いつものひょうひょうとした井上に笑顔は浮かばなかった。これから行われる藤沢道場と代官所組との立ち合いの後には嫌でも堀部道場が対戦することとなる。ここで浮かれることはできず、井上でさえも平常心ではいられなかった。

「最初だけは意表を突かれたが、その後は順当と言っていいじゃろう」と堀部はほくほくとした顔で、いつの間にか用意された酒をぐいと呷《あお》った。堀部だけがよい顔色に出来上がっていた。

次は藤沢道場組と代官所組の試合となる。堀部の予想では、代官所の最初の二人で藤沢道場の五人を倒すのではなかろうかとのことである。ひょっとすると津田は最後まで出ず仕舞いとなるやもしれんとの予想もできた。それだけはなんとしてでも阻止せねばと堀部は思った。人は一つ年を取ればその分、進歩せねばならん。道場とて同じこと。

太鼓が打ち鳴らされると対戦相手が試合場の両側に立ち並び向かい合った。殿《しんがり》には津田の姿が控えていた。相変わらず落ち着いた表情で試合場の中央を見つめていた。あの穏やかな武士が本当に両親を斬ったのであろうかと紺が疑心を抱きたくなるような静寂を湛《たた》えた顔であった。

「武士とはそういうものよ」と堀部は紺の心を読んだかのように言った。「内に秘めた熱き思いも、冷徹な心も表に出さぬ。出せばそこを突かれ命取りになりかねぬ。であるから何も考えぬ。虫の心になることじゃ。と言っても紺にはまだ無理じゃ」と堀部は笑った。「焦るな。好機は必ず訪れる」

紺は――爺の言うことより分かりやすいわ。爺は、何事も回りくどくていかん――と思った。言いたいことは同じであろうがとも思った。

すでに立ち合いが始まろうとしていた。蹲踞《そんきょ》から立ち、両者とも正眼の構えからお互いの出方を見ていた。両者は微動だにせず、静寂の中で止まっていた。見物人もそれを静かに見ていた。風が砂塵《さじん》と落ち葉を舞い上げて動いていた。

「これは根比べとなりそうじゃな。先に動いた方が負ける」と堀部が酒を一口呷って喉を潤した。「飲むか？」

「いえ」と紺は断った。

紺は立ち合いといえば、奇声を上げて激しく打ち合うものばかりを見てきたが、これほどの静かな立ち合いがあることを初めて知った。静寂であっても体力を消耗し、緊張感は増すばかりであろうが、それに耐えられなくなり、動いた方が負ける。体力と精神力の勝負であると紺は悟った。藤沢道場の先鋒は赤井《あかい》という三十絡みの男。紺は、動けぬと見た。代官所組の先鋒は小塚《こづか》という二十五、六の童顔の男。相手の出方を見ていると見た。年が若いとは言え、分《ぶ》があるのは代官所組の小塚であろう。

自分であれば、この者を前にした時、どう対処するか紺は考えてみた。ひたすら待つか、それとも踏み込む振りをして相手を誘うか、しかし、ここまでの手練《てだ》れにそのような小細工が通用するものであろうか。先鋒とは言え師範代級の武士である。

四半刻（約三十分）も睨《にら》み合った時が過ぎた。動かずとも日差しに晒《さら》された両者とも汗が噴き出し、背中には大きな染みを浮かび上がらせていた。見物している者もさすがにダレてきたか、「まだか、おーい」とか「案山子《かかし》か。寝てるんじゃねえだろうな」とか声を掛ける輩《やから》も現れた。

「待っても出ても同じかもしれんな。酔いが覚めてしまったわ」と堀部は不平を漏らした。「誰かっ」と見廻《みまわ》した堀部は門下生の一人を見つけると、銭を渡し、酒を買いに走らせた。

そのとき、藤沢道場の赤井が動いた。これ以上、立ち合いを長引かせれば体力の消耗ばかりと悟ったに違いない。一か八かの勝負に出たのである。勢いよく踏み込んだ赤井は木刀を振り上げ、相手の脳天目がけて振りおろす。しかし、小塚は危うく木刀で受け止めた。そこからは鍔《つば》競《ぜ》り合《あ》いとなった。先ほどの静寂が嘘のように動の戦いへと移った。

「先ほどまでの立ち合いとは格が違うのう。酒はまだか。今ならうまい酒になりそうなんじゃが」と堀部は升《ます》をこつこつと指先で弾いた。

両者は鍔競り合いからお互いを押し返した。腕力は互角のように見えた。離れた瞬間、間髪いれず一気に小塚が前へ出た。赤井が打って出た時と同じように剣を振り上げると脳天目がけて振りおろした。赤井は木刀で受けるが、その勢いがすさまじく、体勢が押され、よろめいた。小塚はそこをすかさず連打の猛攻に打って出た。上段からの打ち下ろし二度三度四度……同じ個所《かしょ》を打ち続け、相手に反撃する隙を与えず。赤井は堪《たま》らず、そのまま後ずさりする一方となった。

「決まったのう。最早《もはや》、反撃する力は残っておるまい」と堀部は誰にともなく向けた。

赤井は後ずさるも足がもつれ、体勢を崩したところ、木刀が小塚の太刀筋から逸れた。そこを狙いすましたかのように小塚は渾身《こんしん》の力で打ち下ろした。小塚の木刀は赤井の脳天を叩いた。頭を打ったとは思えないような甲高い音が響いたかと思うと「一本」の声もほぼ同時に響いた。ゆっくりとしたどよめきが湧き起こった。

赤井は頭から血を噴き出し、白目を剥いて崩れ落ちた。同門の門下生が駆け寄り、取り囲み介抱するが、赤井は動くこともままならず、そのまま運び出されることとなった。二本目の立ち合いはできぬとのことで小塚の勝ちとなった。

「今の立ち合いを目に焼き付けたか。あれは野太刀自顕流の戦い方じゃぞ。おそらく津田から伝授されたものじゃろう」と堀部。

「あまり見た目の良い剣法ではありませんな。力任せの突進とは」と紺。

「勝つための剣であろう。酒はまだか？　次の立ち合いが始まるではないか」と堀部が周囲を見回した時にようやく酒が到着した。「間に合ったか」と堀部はにんまりして酒を注いだ。

次の立ち合いも小塚が出ることとなり、初めのうち、お互いに睨み合っていたものの、先の立ち合いほど時をかけず、小塚が意表を突くように打って出た。体力の消耗を考えてのことであろう。そして、しばらくは打ち合いとなったが、やがて先の立ち合いのように上段からの打ち下ろしの形となった。小塚の連打が相手の攻撃を封じ、木刀をへし折らんばかりに打ち続けた。相手は歯を食いしばって耐えていたものの、そこで、小塚は戦法を変え、がら空きの胴を打った。強烈な胴打ちはあばら骨を数本折ったに違いなかった。相手は蹲《うずくま》るように倒れ、のたうつように転がり、息も絶え絶えであった。二本目の立ち合いはできそうもなく、同門の門下生によって抱き抱えられるようにして退場することとなった。

小塚はそこまでで次鋒の倉地《くらち》と交代し、藤沢道場の中堅との立ち合いとなった。

倉地と藤沢道場の中堅の立ち合いは、審判の「始め」の声で、堀部が酒を一口呷って、試合場へ目をやると、すでに決着がついていた。「どうなったんじゃ?」

「いえ、よくわかりませんが、終わったようです」と紺もその速さに、どのような剣筋で決着がついたのかわからなかった。

「今のは、始めの声と共に両者が突進し、剣を一度交えると同時に倉地が剣を払い、その剣先で相手の鳩尾《みぞおち》を突きました。あれじゃあもう立てませんね。目方の乗った重い突きでしたから」と井上が唇をへの字に曲げて首を横へ振った。

「なるほど」と堀部は納得した。

その後の立ち合いでも倉地は、藤沢道場の副将、大将も危なげなく倒すこととなった。中堅すら出ず仕舞いの対戦であった。

「よくもあのような猛者《もさ》ばかりを揃《そろ》えたものじゃな。藤沢道場も雑魚《ざこ》揃いの道場ではないはずだが」と堀部は気の毒そうに顔を顰《しか》めた。

三

藤沢道場組と代官所組の立ち合いが終わると、一刻(約二時間)ほどの時を空《あ》けることなる。その間に試合場を整地し水が撒《ま》かれる。それにより新たな気持ちの立ち合いとなる。

堀部道場の側では堀部を中心に陣が組まれ、門下生が額を突き合わせ密談が交わされていた。「さて、代官所組との立ち合いじゃが、おそらく代官所組の登場の順は変わらんであろう。彼奴等《きゃつら》は武士の威信を重んじるであろうから、一度決めたことは簡単には変えん。じゃがわしらは、勝つためにはそのような呑気なことは言っておられん立場じゃ。そこで、それに合わせてどう対戦するかを考えねばならん。紺の先鋒を止《や》め、後に回そうと思うのじゃがどうであろうか」と堀部はまず一つの案を出した。前の試合ではかろうじて勝つことはできたものの、まだこのような場所での試合には不慣れな様子で、しかも疲れもあると堀部は判断した。それに反対する意見は出ずであった。「では、大倉を先鋒とするのはどうでしょうか。随分前のことですが、小塚が町の道場へ通っているころ、他流試合において対戦したことがあり、その時には一本を取っております。小塚の方はどれほど腕前が上がったかはわかりませんが、大倉も精進してますゆえ、ぶつけてみるのも一考かと。まずは一勝を」と井上が提案した。「よいぞ」と堀部が同意した。「次は？」と井上。「次は元井じゃな。大倉の不出来の場合に連敗は戦意の喪失につながる。何としてでも阻止せねばならん。その後は木村、紺、井上と続けばよいじゃろ」と堀部が順序を確定させた。異存なしと皆が頷《うなず》いた。

用意された握り飯にて簡単に腹ごしらえをすると、紺をはじめとする堀部道場の面々は、各々《おのおの》己の中の敵と立ち向かい、木刀を振るうこととなった。静かに振るう者、奇声を発しながら振るう者、様々であった。代官所組の侍も同じであったが、ただひとり座して岩の如《ごと》く黙する者があった。津田であった。津田は相変わらず小揺《こゆる》ぎすらせず、虚《うつ》ろな目を向け、試合場の中央を見つめていた。その様子を見ていた紺に

「あの津田という侍が何を考えているのか知りたいか？」と耳元で囁《ささや》いたのは堀部であった。「気になるか？」といやらしく笑った。酔っ払いは嫌いじゃなと思ったが、

「はい、気になります」と紺は素直に堀部の横顔に応えた。

「わからんか？」と堀部はさらにいやらしく笑った。「わかりません」と紺。

「あの男は今、旨い酒が飲みたいもんじゃと考えておるだけじゃ。勝って、旨い酒をたらふく飲みたいものよと考えておるだけじゃ」と堀部は嘘とも本気ともつかぬ笑い顔で言った。

「ほんとですか」と紺が真顔で応えた。

「よいかな、紺。誰が何を考えておるか、そのようなことは誰にもわかることではな

い。そのようなことを考える必要はないということじゃ。生きるか死ぬかのときに、一か八かの賭けをしてはならん。実体のないものと戦うと己の恐怖が膨らむばかりじゃ。目の前の実の敵と戦うのみ。じゃがな、そう大して外れてはおらんと思うぞ。どれほどの剣豪といえども、人とはその程度のものじゃ」と堀部は酒臭い息を吐き散らしながら笑った。

「なるほど旨い酒のことか。わたしもこの立ち合いに勝って、旨い酒を飲みたいものじゃ」と紺も呟《つぶや》いた。

「わかったか。じゃあ笑え。紺、わしを見て笑え」と堀部は言った。

紺には堀部の言う意味が即座にはわからなかった。笑えとは笑うことか？

「紺、いいから、わしを見て大笑いしてみろ」と堀部。

「はあ」と呆気《あっけ》に取られながらも紺は「ははっ……あははは」と気が抜けたようではあったが、とりあえず笑ってみた。

「もっと大きな口を開けて大きな声で、馬鹿笑いをしてみろ」

紺は、ちょっと戸惑って、どうすれば笑えるか素早く記憶の中で、最近笑ったときのことを思い出してみた。そうじゃ……と閃いた。善久郎の祝言《しゅうげん》の話を聞いた時の、善久郎のおちょぼ口と高砂《たかさご》の舞いを思い出してみた。すると紺の腹の底が震え、無理なく大笑い、そして馬鹿笑いをして見せることができた。

「そうじゃ、もっと笑え」と堀部は促《うなが》した。それを見た堀部道場の門下生たちも何事かと思いながらも、やがて釣られて笑いはじめ、そして、堀部道場の陣は笑い声に包まれた。

笑い声は向こう側の代官所組まで響き、代官所組の面々の、木刀を振る腕がぴたりと止まり、その者たちの目が堀部道場の陣へと向けられた。岩のように黙していた津田でさえも何事かとその目を向けた。

「呑まれるべからず。呑むべし。これであいこじゃろうて」と堀部も己の頬《ほお》をぺたぺたと叩《たた》きながら笑った。

四

「今年は代官の大原様は見物に来ておられんようじゃな」

「おお、本当じゃな。いつもなら代官所組の後ろに陣取って酒を飲みながら見てござらっせるが、やっぱり今はそれどころじゃないらしい」と見物人の中から会話が聞こえてきた。聞くところによると、今年の見物人の数は、いつもの年より少ないとのこと。検地による憤慨で百姓衆が奉納試合を見物する気分になれぬのであろうと紺は思った。善久郎が来ていれば、必ず笑顔で声を掛けてくるはずじゃと思うのだが、それもないということは善久郎もこの場に来ていないのであろう。善久郎の顔が見られればそれが力となり、津田にも勝てるかもしれんと思ってもみたが、甘いか。あの笑顔にそこまでの御利益《ごりやく》を望むのは無茶かもしれん。しかし、どこで何をしておるのじゃろうかと善久郎を憂えた。

最終決戦は、組の面子《メンツ》の多少の違いこそあれ一昨年、去年と同じ組の対戦となった。因縁の立ち合いとも言えるが、木刀の素振り一つ見ても、堀部道場はいささか浮足立つように見え、対して、代官所組は余裕さえ感じられるようであった。負けが込めば込むほど、その差は色濃くなるであろうことは堀部が一番感じるところであった。

対戦の始まりを知らせる太鼓が一つ二つ三つと響いた。

いつになく引き締まった顔つきの大倉が試合場の中央へ歩み出た。いつも下らない駄洒落《だじゃれ》ばかりを飛ばして周囲から顰蹙《ひんしゅく》を買うことの多い大倉にもあのような一面があることを紺は初めて知った。体格の良さでは代官所組の先鋒小塚に勝っていて力負けすることはないであろう。機転は利くものの、かっとなると我を忘れ、剣が乱れるところがある。小塚の先ほどの戦いぶりを見たところ、流派と言うものを意識させない、つまり、我流に近い戦いぶりであることから、変則的な攻撃をされた場合には大倉は、ある程度の対応はできそうであるが、それを越えると勝機は遠のくのではないかと紺は思った。

「早い段階で勝負すれば大倉が勝つであろうな。時を掛ければ少々まずい」と堀部は呟《つぶや》いた。そして「大倉もそれは分かっておるはずじゃ」と付け加えた。

蹲踞《そんきょ》の後、「始め」の声が掛かり、一呼吸するとそれが合図だったかのように大倉は一歩大きく踏み出した。小塚は驚いたように身構えると、大倉の剣を受ける形を取った。大倉は小塚の剣を激しく打った。先ほどの立ち合いで小塚が使った連打を彷彿《ほうふつ》させるような打ちこみに小塚は防戦するばかりであった。しかし、大倉も深追いをせず、ほどほどのところで身を引く。紺も、よい攻めであると見た。小塚は気圧《けお》されてか動揺の色を滲《にじ》ませていた。

審判の「待て」の声が掛かり、中央へと引き戻され、再開されるや否や、今度は小塚が前へと出るが、動揺のせいか、攻撃に覇気がなく、大倉の剣によって簡単に押し返されてしまい、剣が上がったところで、大倉は素早く胴を抜き、「一本」の声を響かせた。

堀部はよい流れに満悦し、にこやかに酒を呷《あお》ると「これなら二本目も行けそうじゃ。場数の違いが表れておるな」と頷《うなず》いた。

その言葉通り、次の立ち合いも難なく胴を抜いて一本を取った。堀部の陣から安堵《あんど》の声が無数に洩《も》れた。すると「一つ勝ったくらいで喜ぶでないわ。馬鹿たれ」と堀部の酒臭い叱責《しっせき》が飛んだ。堀部陣営はその一喝によって瞬く間に引きしまった

代官所組の次鋒は倉地である。先の立ち合いでは始めの声と共に一撃で決めており、その剣の型が見えぬ相手であった。大倉と同じような体躯《たいく》で、顔つきもどことなく似ていたが、駄洒落を飛ばしそうな口元ではなく、緊張のためか真一文字に結ばれていた。

立ち合いが始まると、お互い手の内が見えぬらしく、ただ睨《にら》み合って奇声を発するのみで、踏み込みもままならずお互いに攻めあぐねていた。しばらく睨み合っていたが、埒《らち》が明かぬと業《ごう》を煮やしたか、大倉が半歩踏み込んでは下がるを繰り返し、誘いを掛けるが、倉地には簡単に乗ってくる気配はなかった。倉地を軸に、その周りを大倉がすり足で回る形となった。倉地は防戦から、隙を見て攻撃に移る戦法のようにみられた。大倉にもそれは分かっていた。しかし、どうしたものかとしばし悩んだ。と、その時、倉地が意表を突いたかのように打って出た。面食らったのは大倉であっ

た。切り返しながら打たれ、防戦一方となった。しかし、腕力に物を言わせるように大倉は踏みとどまり、押し返すと、一旦、両者は離れ、試合場の中央へと戻った。二人とも大きく息を弾ませた。

「五分と五分じゃのう。さてと面白くなってきた。よいところで酒が切れるのぉ。だれか、買ってきてくれ」と堀部は再び門下生を走らせた。酒の量が増すにつれて、堀部は我が陣営の急迫などどこ吹く風となり、あたかも見世物でも見物しているかのように歓楽にも酔いしれているようであった。しかし、堀部にとっても道場の勝敗は重要であるはずなので、故意に、そのように振る舞っているだけなのか、本心なのか、皆は測りかねていた。

立ち合いが再開されると、一転、両者が勢いよく踏み込み、激しい打ち合いとなった。

「こうなると体力勝負じゃな」と堀部は空になった升《ます》を口へと運び傾けて「無いぞ。まだか」と叫ぶ。堀部道場門下生の中では一、二を争う体力の持ち主である大倉であったが、倉地に関しては未知数であった。大倉が試合場際《きわ》まで押したかと思えば、今度は倉地が押し返すを何度か繰り返すと、両者は激しく肩で息をした。力業では埒が明かぬと算段した大倉は一か八かの賭けに出た。倉地が押して来た時、その剣を強く跳ね返し、隙を見て、喉を目がけて突きを掛けてみた。すると、それが見事に的中し、倉地の突進する勢いもあって激しく喉を突いた。

「一本」の声。

倉地は喉を潰され堪《たま》らずのたうち回った。息をすることさえ苦しそうに身を捩《よじ》り二本目を戦わずして倉地は運び出された。津田はそれさえも顔色一つ変えず無言で見ていた。

二人を打ち取り最早《もはや》、体力は限界と思われたが、大倉は下がることはせず、立ち合いを続ける姿勢を表した。この代官所組との立ち合いが最後であるから、相手方に少しでも体力を消耗させ、後の者を有利にするのが得策と考え、負けが確定するまで戦うことに決めたのである。堀部の意中も同様であった。

三戦目、代官所組の相手は小林《こばやし》という剣士であった。ひょろっとしていて大倉より三寸（約九センチ）ほどは背丈がある。大倉は過去にも他流試合にて何度か立ち合っているものの一度としてその身を打ったことはなかった。動きにしなやかさがあり、流れるような動きは内面的な手ごわさを感じさせた。立ち合いが始まると同時に、大倉は最後の闘志を剥《む》き出し、気迫を絞り出して打ち合った。しかし、最早、当初の気迫は感じられず、やがて押され、一本二本と立て続けに取られることとなった。

下がることとなった大倉は、陣へと戻ると力尽きたかのように倒れ込んだ。しかし、大倉の顔には、やるべきことをやり遂げたとの満足そうな笑みが浮かんでいた。

「どうじゃ。あっぱれであろう。代官所組の奴を二人打ち取ったぞ」

「もう一人くらい行けると思ったんじゃがな、まだまだ修行が足らんわ」と堀部は言いながらもほくほく顔で酒を呷った。

「大倉さん、見直しましたよ」と紺は汗だくの大倉の顔を覗《のぞ》き込んで健闘を称《たた》えた。

「見直したとは、お前さんはわしのことをどう見ておったんじゃ？　馬鹿たれ」と大倉は言い、笑みを零《こぼ》し目を閉じた。そして、大きな息を繰り返した。

次の立ち合いが始まろうとしていた。

堀部道場の次鋒は元井である。真面目を絵に描いたような面構《つらがま》えで、笑顔一つ見せず、無駄口一つ叩《たた》かぬ男であった。小柄《こがら》で力強さこそないものの、その身の軽さを生かした技の切れ、動きが持ち味であった。今回の奉納試合で初めて選出され、それゆえか、表情はいつにも増して固くなり、堀部は選出を誤ったかと酔いの中で懸念の味を見つけていた。

懸念の味は図らずも的中した。動きがいつもの元井ではなかった。固くぎこちない。持ち味を発揮する暇もなく一本を取られ、その後、しばらくは応戦したものの、二本目もあえなく取られた。悔しそうに陣へと戻る元井の顔はまともに見ることはできなかった。

そんな元井を堀部が叱咤《しった》した。「馬鹿たれ、お前は己に負けたのじゃ。故に一分もの力も出せずに終わったのじゃ。修行の為直《しなお》しじゃな」と厳しい目を向けた。元井は黙って頷いた。次に出る木村は元井の二の舞いを演じぬよう大きく息をすると腹から絞り出すように奇声を発し、己に活を入れた。しかし、それは己の弱さをさらけ出すことでもある。

「目に見えぬ敵と戦うべからずと教えたはずじゃが……。どいつもこいつもまだまだじゃな」と堀部は呟いた。

木村は気合こそ入ってはいたものの、ぎこちない動きから早々に一本取られることとなった。しかし、そこで目が覚めたのか、動きが格段によくなり、立て続けに二本を取り、小林を打ち破った。

「やれやれ、わしも酔いが覚めたわい。酒が一升無駄になった」と堀部は不満の顔を表した。

そして副将として出てきたのは八代という剣士であった。この剣士は奉納試合の常連であった。肩幅があり、背丈も六尺（約百八十センチ）はありそうで、しかも、精《せい》悍《かん》な面構えは、この男からは何としてでも勝ちを得たいと思わせる嫉妬心を煽《あお》る相手であったが、簡単に勝てる相手でないことは木村も心得ていた。

「始め」の声が掛かると八代は静かな姿勢で正眼に構えた。木村は三つほど呼吸をする間、様子を窺《うかが》い、己の間で踏み込んだ。渾身の速さで振り下ろしたが、小鳥でもあしらうように撥《は》ね退《の》けられ、逆に額《ひたい》を打たれることとなった。わっと、堀部陣営から思わず声が上がった。額を打った乾いた音は木村の負けを確信させるものであった。

木村はそのまま卒倒し、動かなくなった。

「一本」との声が的外れのような間で聞こえた。堀部の門下生が駆け寄り、様子を見ながら堀部の陣営まで運ぶこととなった。介抱むなしく、立ち合いの続行は不可能となり負けが確定することとなった。

その瞬間、紺の胸の鼓動がひとつ大きく鳴った。しかし、その後は、自分でも驚くほど穏やかとなり、速《すみ》やかな足取りで試合場の中央へと向かうことができた。

「ほう、紺が一番、腹が据《す》わっておるようじゃな。酒を飲むよりじっくりと見た方がおもしろそうじゃ」と堀部がメザシを齧《かじ》った。

見物人の中から「おお、紺じゃぞ。紺が出てきた」「やっぱり紺じゃ」との声があちらこちらから湧いて出た。紺にはそれが声援のように聞こえ、見物人を味方につけたようで一層心強く感じられた。「ケンケン鳴かぬか」今のは豆腐屋の矢之助《やのすけ》じゃな。聞き捨てならぬぞと紺の眉がぴくりと動いた。

紺は蹲踞すると静かな目で八代を見据えた。八代も一つの立ち合いを制した余裕からか紺の目を鏡に映すように穏やかに見据えていた。

「始め」の声。

五

紺は正眼に構えるとひとつ奇声を発した。八代も正眼に構え、呼応するかのように奇声を発した。そしてお互いの姿と気配を見ながら、すり足で地べたを探るようにゆっくりと右へと回った。紺は半歩出る。しかし、八代は動じず。紺は半歩下がった。それを何度か繰り返すと、紺は一気に出た。

二度三度と木刀を切り返し交え、乾いた音を響かせた。互いに隙がなく、身を打つことはできず、一旦は離れた。八代の剣は重く、正確であった。紺の剣を確実に躱《かわ》していた。しかし、紺には不思議と余裕があった。八代の動きがはっきりと見えていた。腕力の差はあるものの、速さでは負けておらぬことを紺は実感した。

紺は再び打って出た。八代は二度同じ手は喰わぬとばかりに逆に体を動かして躱し、今度は八代が打って出た。それを見切った紺が八代の木刀を鈍角に受け流し、体勢の崩れた八代の額に木刀を叩《たた》きつけた。「一本」の声が響いた。

どよめいたのは見物人ばかりではなかった。堀部陣営と代官所陣営もその鮮やかさに目を瞠《みは》った。八代は堪《たま》らず膝《ひざ》をついた。倒れる寸前に木刀を杖のようにし、かろうじて体を支えたが、大きく息をし、意識を必死に保とうとしていた。だが、焦点が定まらぬようであった。額からは血が流れ出していた。八代はなおも戦う意志を見せ、立ちあがろうと膝に力を入れた。しかし、膝は利かなかった。

紺は胸中で——立つな——と叫ばずにはいられなかった。次の対戦に備え、出来る限り体力は温存したい。

八代はその声が聞こえたかのように、ゆっくりとうつ伏した。しかし、それでもなおも立ちあがろうともがいた。額から流れた血が鼻筋を伝って点々と乾いた地べたへと落ちた。

そこへ、代官所組の者が数人駆けつけて場外へと抱えて出た。介抱するも八代の額の怪我《けが》は意外に深く、二本目の立ち合いはできぬことから紺の勝ちとなった。

「紺が勝ったぞ。さすが紺じゃ」との声。「やっぱり狐か。妙な術でも使ったのか」

との声も。和菓子屋山椒《さんしょう》堂の伊佐治《いさじ》じゃなと紺にはピンとわかった。「女だから油断したんじゃな」との声もどこからか聞こえたが、その声に心当たりはなかった。とりあえず声だけは覚えておこうと思った。

——次は津田じゃ——と思った途端、紺の胸はかつてないほどに高鳴った。しかし、その胸の高鳴りは心地よいものであった。両親の仇《かたき》との対戦だからではなく、より強い者と対戦できることから、紺の中の闘志が戦う喜びのあまり咆哮《ほうこう》を上げたのかも知れない。己の中の血が煮えたぎって逆流するかのように感じた。紺にとって初めての感覚で、戦うことの快感を得た瞬間であった。

代官所組の大将である津田が左手に木刀を持って能の舞いを思わせるような足取りで紺の前に立った。見物人から「二度のまぐれはあるめえ」との声。再び和菓子屋山椒堂の伊佐治であった。わたしに怨《うら》みでもあるのかと紺は思った。一度、面と向かい腹を据《す》えて問い質す必要がありそうだと、覚書を心の隅に張り付けた。

津田が蹲踞《そんきょ》の姿勢に入る時、右手で刀を抜くような動作をして、木刀を正眼に構えた。その動作の中に斬り上げるような抜き方が含まれていた。紺はそのとき妙な、わずかな違和感を覚えながらも立ちあがった。

風が吹き抜け、つむじ風となり、二人の間を通り過ぎたとき、「始め」の声が掛かった。

受けた違和感はわずかであったためか、紺の意識は引きずることなく断ち切られ、眼前の津田へと集中した。木刀を構えた津田は穏やかな表情ではあったが、全身から迸《ほとばし》る闘志は、今までの剣士とは比較にならぬほど濃厚で鮮烈であった。

紺は、目の前の男が両親の仇であることを、このとき忘失し、ただ、己の木刀を眼前の敵に叩きつけたいとの単純な欲望のみでその男を見据えていた。恐らく津田も、紺が女であることを意識せず、同じ思いで己を見据えているであろうと紺は思った。その目はそれを物語っていた。

両者はじりじりと間を詰めると、木刀の先が重なろうとするほどの間となった。木刀の先がぶつかり合って音を立てた。

津田の頬に力が入り、筋が走った。その瞬間、意表を突くように津田の足は踏み出し、木刀を振り上げると突進し、紺の頭上へと振り下ろした。紺は体を左へと躱した。風切り音とともに津田の剣が紺の顔前を掠めた。そして更に水平に剣を流した。予測していた紺は、素早く離れ、距離を取った。剣の振りはさすがに速いと感じたが、身に目方がある分、体は一瞬出遅れることが分かった。そして、踏みとどまる時、若干の体勢の崩れがあることを紺は見出《みいだ》した。しかし、これは策略なのか、技量なのか、判断はつかなかった。

再び津田と紺は睨《にら》み合った。そして再びお互いに間を詰め始めた。木刀が重なり、紺が津田の木刀を弾いた瞬間、今度は紺が踏み込んだ。

「馬鹿たれ。まだ早いわ」と堀部が叫んだ。焦りが機を逸することを……。

瞬間、紺は踏みとどまり、水平に振られた津田の剣を躱《かわ》すと、開いた津田の胴へと突きを食らわした。突きは見事に津田の鳩尾《みぞおち》へとめり込んだ。

「一本」との声が響いた。

津田はかっと両目を見開き、膝《ひざ》をついて大きく息を吐いた。二度三度と息をすると木刀を杖のようにして立ち上がった。

「ありゃ。紺が一本取ったぞ」と驚嘆の声を上げたのは堀部だけではなかった。

代官所組側からもどよめきが湧き起こり、それぞれの顔には、目前で起こった稀覯《きこう》による驚きの色が滲《にじ》んでいた。津田から一本を取った者は、奉納試合においても、代官所内の稽古試合においても、かつて一人としていないのであるからその驚きは尋《じん》常《じょう》ではなかった。しかも、女の剣であったからその驚嘆は如何許《いかばか》りか。

「紺は狐じゃのうて、もののけじゃの」と甲高い声。

「やはりもののけじゃったか」と嗄《しゃが》れた声。

「もののけじゃ、もののけじゃ」と野太い声。

「わしは抓《つま》まれておるか？　これは夢か？」と響く声。

「天生の化《ば》けものじゃ」との声も聞こえた。それ以外にもいろいろな声が交じっていた。決して賞賛する声ばかりでなく、畏怖の念を含む声が多い。

――だれがもののけじゃ。だれが化けものじゃ。言いすぎであろう。乙女じゃぞ。生娘じゃぞ――義三《よしぞう》に為助《ためすけ》に吉松《きちまつ》に信兵《しんべい》に……ああ覚えきれぬ。

津田は、あれだけの突きを食らっておきながら、すでに平然とした顔付きに戻っていた。渾身《こんしん》の突きであったことは紺自身が確信していた。常人であれば半刻もの間のたうちまわるに違いないのだが。――彼奴《あやつ》こそ、もののけではないのか――

両者が中央で向かい合うと二本目が開始された。

同じ手は通用しないことなどわかっている。どうするか紺は悩んだ。津田の出方を見るか、先に仕掛けるか……。それは津田も同じであった。体型、顔付きの違いこそあれ、紺は鏡に向かっているような境地であった。

紺が間を詰めようとすると、津田は一歩下がった。津田が紺を恐れているようにも見て取れた。紺が味をしめたようにもう一度間を詰めようとした時、津田が大きく踏み出し、紺へと打ちかかった。その結果、津田の間合いとなり、津田の木刀が紺を襲った。紺は防御するも、すさまじい力の連打によりじりじりと押され防戦一方となった。

木刀を打たれる衝撃で、やがて腕が痺《しび》れ始めた。これが野太刀自顕流の突進なのであろう。しかも道場破りの谷口何某《なにがし》とやらの突進とは格が違うものであった。紺は歯を食いしばって耐えたが、やがて、――持たぬ――と紺は思った。しかも、悪いことに、木刀から変調を感じとった。紺の木刀が受ける音が変わったのである。木刀に亀裂が生じたのである。――不味《まず》い――と思った次の瞬間、津田も手ごたえを確信し、ここぞとばかりに渾身の振りを浴びせかけた。目方の乗った津田の重い木刀が紺へと容赦なく振りおろされた。そして鈍い音とともに、ついに紺の木刀は折れ、折れるとともに津田の木刀が紺の額へと振りおろされたが、咄嗟に頭を右へと振った。すると、津田の木刀は紺の左肩へとめり込んだ。紺の左肩には軋《きし》んだ音とともに激痛が走った。

「一本」の声。

打たれた瞬間、紺はその来旨を即座に感悟した。左肩の鎖骨が砕かれたのである。左腕が指先まで痺れて利かなくなった。額を打たれなかったことがせめてもの救いであっただろう。あの重い剣で額を打たれれば命は無かったかも知れぬ。紺が反射的に頭を右へと振ったことが幸いしたが、津田の目論見《もくろみ》が的中したのかそうでないか、その心を推し量ることはできなかった。津田は顔色一つ変えず、試合場の中央へと戻った。

一本を取りながらも紺の立ち合いが不可能となり、無念ながら津田の勝ちとなった。

負けはしたものの紺にとっては価値ある一本であったことに間違いはなかった。あの足の動き、打ち込みの鋭さを知っただけでも大きな成果と言えた。次に戦うときは真剣であろう。その時のために、己の剣を熟成させるため一層の精進を誓断した。しかし、もうひとつ気になることがあった。明確には分からぬが、津田が蹲踞した後の違和感である。今までに見たことのない一つの動作が含まれていたような気がするが、はて何であろうか。痛みに抗いながら左肩を濡《ぬ》れた手拭《てぬぐ》いで冷やし、考えてみたものの、意識は朦朧《もうろう》とするばかりで、この時点ではその違和感とやらを勘破するにはいたらなかった。痛みと苛立《いらだ》ちが去来するばかり。「触るな、自分でやるでよい」と包帯で腕を吊る手伝いをしようとした大倉の手を払いのけた。「心配しておるんじゃぞ」と言いつつ、大倉の鼻の下が伸びている。

その後に津田と立ち合った井上は、善戦したものの、立て続けに二本を取られ、結果的に堀部道場は代官所組に敗れることとなった。一等組は昨年に続き代官所組となった。

「皆、善戦じゃのう」と堀部は酒臭い息を吐きながらも一旦は労《ねぎら》ったが「善戦であろうが、負けは負けじゃ。真剣であれば皆揃って三途《さんず》の川を渡らねばならぬところ……基本から叩き直さんといかん。特に精神の鍛錬は初めからやり直しじゃ。覚悟いたせ」と最後にはかつてない叱声《しっせい》となった。

六

暗闇に包まれた堀部道場では蝋燭《ろうそく》の炎一つを見つめて紺が座していた。陣は散会し、道場には紺以外誰ひとり残ってはいなかった。すでに夜五ツ（午後八時ごろ）となっていた。格子窓から吹き込む風に頼りなく蝋燭の炎が揺れ、紺を映す影もそれに伴って大きく揺れた。自ら練った湿布薬を貼るも左肩の痛みは今も鼓動に合わせて明滅を繰り返した。しかし、それでもあの違和感が気になり自室で横になる気にはなれなかった。記憶が新鮮なうちに反芻《はんすう》し、突き止めたいとの心が今の紺を動かしていた。

廊下の先から足音が聞こえ、その足音が次第に大きくなった。足音の主が持つ蝋燭に照らされた顔は堀部であった。片方の手には徳利《とっくり》を下げていた。

「どうした、まだ悩んでおるのか。悩んでおるだけでは答えは見つかるまいて。一杯どうじゃ。傷に障らねばの話じゃが」と紺の前に座すると懐から猪口《ちょこ》を二つ取り出して、ふっと埃《ほこり》を吹いた。

「わたしはここでお世話になる間、酒は飲まぬと杉浦先生と約束をしました」

「よいわ、今夜ばかりはわしが許すでな。傷に障らねばな」

「傷には障りません。……それではお言葉に甘えて頂戴します」と紺は頭を下げた。

堀部はひとつの猪口を紺に手渡した。紺は右手で受けると堀部の酌を受けた。暗闇の道場に二つの影があたかも風に煽《あお》られるように揺れていた。

「何を悩んでおるのかは大方の察しはつく。野太刀自顕流のツボじゃな。……よいよい、手酌でよい」と堀部は口角を緩めると手酌にて酒を呷った。「わしが教えてしまえば簡単なのだが、それではお前のためにならんでな。じっくりと悩むことじゃ。悩むことで他のものも見えてくるというもんじゃ。険しい道の先には福が待っておる。紺なら気付くはずじゃが、その怪我《けが》が治るまでは無理かもしれん。焦るでない。この酒、ここへ置いておくで飲むがいい。旨い酒じゃ。紺には足りんかもしれんが」と堀部は言うと猪口の酒を呷り、その場を立った。「どうすれば初太刀で斬り上げられるか……。気付けば何でもないことじゃ」堀部の影は廊下の奥へと小さくなっていった。

初太刀で斬り上げるとは……「焦るでない」との堀部の言葉が酒を勧めた。

容赦無用

一

奉納試合から三日経ち、左肩の痛みも和らぎつつあったが、ここにきて再びずきずきと痛み始めたことに気付いた。――雨が近いせいか――と思った。雨が降る前には傷が痛み始めることを宋哲の教えから学んでいた。紺は、もうじき梅雨に入ろうとしていることを感じながら右手だけで掃除に精を出していた。試合の翌日とその次の日は、内儀《ないぎ》様の計らいで掃除を免除してもらったものの、さすがに三日目にはそれに甘えられぬと紺は身体を動かし始めた。鈍る身体を元に戻すにも時を要するので、紺もそうした方がよいと考えた。しかし、右腕だけでは不便この上ない。右手で箒《ほうき》を振るい、足で塵取《ちりと》りを押さえる。この動きは剣の鍛錬に使えぬであろうかと考えるも、そう都合よい考えは浮かばなかった。

庭の隅にある井戸から水を汲《く》み上げようとするが、右腕だけでは釣瓶《つるべ》をうまく引き上げることができない。拭《ふ》き掃除はどうしたものか、雑巾を絞るのも不便じゃと思いながら、空を見上げた。曇天であるが、今日一日は持ちそうであった。今年の梅雨は長くなりそうな予感がした。

紺は梅雨が嫌いであった。両親が殺されたのは五月であった。その直後、しばらくは人の出入り、出会いが激しく、悲しんでいる暇はなかったように思うも、一月《ひとつき》ほどして両親のいないことに気付き、寂しく、辛《つら》い時期を送ることとなった。寂しい時期と、じめじめした梅雨が重なり、一層憂鬱《ゆううつ》な思い出となって紺の心の底に染み付いていた。

拭き掃除は後回しにして障子にハタキを掛けることにした。——三日分の埃《ほこり》とはいえ、それほど大したことはないぞ。これからは三日に一度のハタキでよいか——などと小ずるいことを考えてみる。それを終えると、もう一度、井戸端へ向かい、釣瓶を引き上げてみる。縄を腕に巻いて引いてみたが、それでは力は入らず、桶《おけ》は上がってこない。——そうじゃ、己がくるくると回って、身体に縄を巻けばよいであろう——と名案を実践しようとしたところで背後からの足音に気付いた。紺が振り返ると「手伝いますよ。片腕では不便でしょう」と笑顔を見せたのは兵吾であった。

「兵吾殿」と紺は頭の天辺《てっぺん》から出たような裏声が迎えた。

「今日は昼からの稽古ですが、紺殿の怪我《けが》が気になって早く来てしまいました。怪我の具合はどうですか？」と兵吾は気遣いながら釣瓶を引き上げると、桶に水を移し替えた。

気になったのだったら翌日にでも見舞いに来てくれればよかろうにとも思ったが、それでも紺は嬉しかった。兵吾の方から会いに来てくれたことは初めてだった。

「今はもうさほどの痛みはありませんが、完全に骨が繋《つな》がるには一月《ひとつき》は要すると思います」

「そうですか。お大事にしてください。それはよかった。それにしても、あの突きはすごかったですね。津田様から一本を取ったあの突きです。津田様が相手の剣を受けて膝を突いた姿なんて初めてみました。代官所でも敵ながらあっぱれとの評判でした。男でも津田様から一本を取れる者はおりません。それなのに女の紺殿が一本とは……」兵吾はその時の立ち合いを思い出してか、目を輝かせて突きの手振りを交えて語った。「わたしなんてとても足元にも及びません」

「稽古に稽古を重ねれば……」できます。と紺は言いかけたが、兵吾の拙《つたな》い動作では二十年修行しても無理であろうと思った。

「できますかね」と兵吾が堅い顔で聞くも「……ええ、多分」と曖昧な返答しかできなかった。兵吾も察したかのように「どうですか、これからちょっと出ませんか？」と表情を柔和に変えて紺の顔を見た。

「はい？」と唐突な誘いに面食らった紺が妙な声を出した。

「国分寺の境内《けいだい》においしいわらび餅を食べさせる店があります。行ってみませんか」言うが早いか、兵吾は紺の右手に握られていた箒を取ると、庭石に立て掛け、「行きましょう」と紺の手を引いた。紺は、兵吾にもこのような強引なところがあることを知り意外であったが悪い気はしなかった。

堀部道場から北へ三町（約三百三十m）ほど歩いたところに飛騨国分寺がある。天平十三年（七四一）に聖武天皇により建立の詔《しょう》が発せられ、天平十八年（七四六）創建された寺である。樹齢千年を優に超える大銀杏《おおいちょう》に見下ろされる境内には茶店が出、晴天の日よりには多くの人で賑《にぎ》わう。紺は、一歩下がりながら兵吾と共に歩く己の中に慎ましやかな部分を見出《みいだ》していた。紺と兵吾は他愛《たわい》のない話をしつつ時折笑顔を見せながら飛騨国分寺までやってきた。到着し、山門を潜るが、この日、曇天のせいか人は疎《まば》らであった。境内の隅には茶店が立ち、赤い毛氈《もうせん》の掛けられた床机《しょうぎ》が三つほど並んでいるものの、客は一人。侍が編み笠をかぶり、茶を啜《すす》るでもなく、菓子を摘《つま》むでもなく、身じろぎもせず木像のように座していた。

「紺殿、あそこに座っておられる方が見えますか」と兵吾は今まで見せていた笑顔を消すと指を差した。

「ええ、見えますが……」と紺の笑顔も同時に消えた。紺の中にかっと怒りが迸《ほとばし》った。裏切りを受けた気分で兵吾を睨《にら》みつけた。兵吾は悪びれることもなく「あの方が、紺殿と話がしたいとのことです」と言って退《の》けた。それでわたしをここまで誘い出したというわけですかと喉元まで出かけたが、あえて言わず。「あの方は、津田様ではございませぬか」と。その黙然《もくねん》とした姿は、あの試合場で目にした津田と寸分違わぬ姿であった。

兵吾は「その通りです。津田様でございます」と、口元に力を込めて頷《うなず》いた。

「あの方がどのような方か兵吾殿はご存じでありましょうか？」兵吾の腹を探るつもりで紺は聞いた。

「もちろんです。運上改役の……」「そういうことではありません。あなた様の兄上を亡き者にした張本人であることを知っているのかということを尋ねておるのです」

紺は思わず怒鳴った。声は津田にも聞こえたはずであるが構わないと思った。むしろ聞こえるように大きな声を出したわけである。津田の編み笠がかすかに動くのが分かった。

「知っています」

「ではなぜですか」

「わたしもこの地で生きる武士です。たとえ兄の仇《かたき》であっても役目は役目。上役の命令であれば従うのが役人」兵吾は毅然《きぜん》として言った。

「そうでございますか。殊勝な心掛けでございますな」紺は憐憫《れんびん》を含めた笑みを湛《たた》えて見るばかりで、それ以外の言葉を見つけることはできなかった。

「ご苦労様でした」と紺は皮肉を交えながら軽く会釈をすると兵吾から離れ、津田の方へと向かった。自分は今まで兵吾に何を期待し、何を求めていたのであろうか。己が勝手に幻想を抱き、それに酔いしれていたにすぎなかったのではないだろうか。始まってもおらぬことなら終わったことにもなるまいと思った。紺は己の愚かさを噛みしめながら津田へと歩を進めた。

二

津田は相変わらず身じろぎもせず座していたが、意識は紺の気配を確実に手繰り寄せていた。紺が津田の前まで来ると、そこでようやく編み笠を上げて紺を見た。

「紺でございます」と紺は軽く会釈をした。

「いつも刀は差しておらんのか」と津田は紺の丸腰を見た。

「掃除の合間に出てきたものですから」と答えたものの、紺は普段から刀は差してはいなかった。脇差も差したり差さなかったりである。

「女子《おなご》でも脇差《わきざし》くらいは差した方がよい。心構えができるというものじゃ。腑抜け侍でも一人前に二本差しておる。それはそれで胸糞《むなくそ》悪いが」と編み笠によって見えなかったが、津田は眉を顰《ひそ》めたに違いなかった。

「わたしは武士ではありませんので」

津田は虚を突かれてか、編み笠から覗《のぞ》く口元が歪《ゆが》んだように見えた。

「目の前に立っておられると話しにくいものじゃ。立ち合いではない。座らんか」と津田は穏やかな口調で言い、目配せした。

「それではお言葉に甘えて」と紺は津田の座する床机《しょうぎ》の端に腰を掛けた。予《あらかじ》め注文してあったのか、紺が座するとすぐに茶とわらび餅が運ばれて紺と津田の間に置かれた。

「怪我《けが》の方はどうじゃ？」津田は茶に手を伸ばすと一口啜った。

「快方に向かっております。頓着《とんちゃく》は無用に願います」と言いながら紺はわらび餅を見ていた。喉から手が出るとの言葉を実感した。手を出せば靡《なび》くことになるであろうと紺の心のどこかで自らを止める言葉が響いた。このような輩《やから》の横で食っても美味《うま》くなかろうと。津田は編み笠の下で笑ったように見えたが、紺には何を笑ったのか判ずることはできなかった。紺の強がりを笑ったのか、わらび餅に向く目を笑ったのか。紺はやるせない怒りを覚えた。

「このようなところへ呼び出すとはどのようなご用件でありましょうや」

「しかし、あの突きは見事であった」津田は鳩尾《みぞおち》の辺りに手をやり、その痛みを振り返っているようであった。「まさか女子に突きを食らわされるとは思うてもおらなんだぞ」

「左様で。……で、ご用件は？」

津田は急《せ》かす紺に呆《あき》れるように少し間を置くと、ゆっくりとした重い口調で言った。

「剣を構えた時、其方《そなた》から殺気が漂っていたように思えた。たかが奉納試合。そこで殺気を抱くとは少々合点がゆかぬのでな。その殺気が気のせいなのか、本意であるのか、それが知りたくて御足労願った次第である。己の感性を信じてよいものかどうか、わしもまだまだ未熟のようじゃ」

「わたしとは、今日で何度めの対面とお思いでしょうか？」

「今日で二度目であろうか。先日の立ち合いと、今」

「いいえ、四度目でございます」

「四度目とな」津田は驚きが隠せなかったようで編み笠を上げて紺の横顔をまじまじと見た。「はて、それ以外に、どこぞで会ったと申すかな」と津田の口が動いた。

「一年と三カ月ほど前、お屋敷の前でお会いいたしました。わたしは背負子《しょいこ》を背負ってその横を歩いておりました。津田様は馬に乗って出かけて行かれました。火急の御用でも持ち上がったのか、覚えておられませんか？」

記憶の澱《おり》を掻き混ぜるようなわずかな時が流れると「おお、覚えておる。その場に不似合いな女子《おなご》がおるものじゃと気に留めたものじゃ。牢内で下手人が自害したとの知らせがあったゆえ、急遽《きゅうきょ》出向いた。そのときじゃな」と津田は口角を緩めた。「あのときの女子がお前であったか」

「それがわたしでございます。そしてそれ以前にも……」

「それ以前……どこでじゃな？」津田は謎解きを楽しむように声の調子を上げると編み笠を傾《かた》けた。

「島川原町の山蔵《さんぞう》の屋敷でございます」紺は腹の底から絞り出すような低く強い口調を向けた。津田はそれを受け止めるかのように身構えると、紺へ角ばった目を向けた。

「山蔵……いつのことじゃ」

「十五年前になりましょうか」

津田は記憶の中の澱《おり》を更に攪拌《かくはん》するかのようにしばらく沈黙し、そして重そうに口を開いた。

「わしの目の前に立っておった、あの時の幼女であったか。確かにその目と重なるのう」津田は言うと、紺の目を凝視した。

「なぜ、わたしの両親を斬られましたか？」紺に向けられた津田の目に問い質した。

「詳しくは申せぬ。役目としか……」

隠すことなく、惚《とぼ》けることなく、認めたことは意外であるとともに武士の潔《いさぎよ》さを見た気持ちであった。そしてそれは信念を持って斬ったことの裏付けでもあった。

「代官に反発する者への見せしめでございましょうか」

「それでよい」

「ではなぜわたしを斬らなかったのでございましょうか？」

「斬る必要に迫られなかったからであろう」と己のことでありながら津田は曖昧《あいまい》に応えた。斬ってもよかったがとの意味も含まれていたようであった。

「斬られた者、斬られた者の家族のことを考えたことはおありでございましょうか？」紺の手は膝の上で固く握られ小刻みに震えていた。

「考えぬ。考える必要などない。武士とはそういうものである。役目とは大きなもの、役人は先を見ておる」津田は悟ったかのように穏やかに答えた。

「では、仇《かたき》となるも覚悟の上でございましょうな。それが命取りとなるやも」

「無論である。仇を取りたくば遠慮なくかかってまいれ。それで納得した。あの時の殺気はまさしく本物であったわけであるな。わしの心眼も本物であったということじゃ」と津田は満足したように右の頬を上げると口元を歪めた。

「わたしからもお聞きしたいことがあります」

「なんじゃ？」津田が眉を上げたことは、編み笠の中の津田の表情が見えずとも紺にはわかった。

「奉納試合の立ち合いの時、わたしの額を狙いましたが、わたしも津田様から殺気を感じました。それは真のもの？」

「殺《あや》めようとしていたかもしれん。殺気に応えたまでじゃ。この次の立ち合いは真剣となろう。女とて容赦はせんが、よいな」

「もちろんでございます。容赦無用に願います」

「それを聞いて安心した」津田は頬に深い皺を作って笑った。「食って帰るがよい。ここのわらび餅は美味いぞ」言い終えると、津田は懐から銭を出し、それを毛氈《もうせん》の上に落として床机を立った。

「お前の本懐が遂げられることを祈っておるぞ」ちらっと編み笠の下から紺を見ると、深い笑みを湛《たた》えてその場を後にした。

——あのうすら笑いは何じゃ——紺の内心では煮えたぎった血が渦巻いた。——自信の現れか、それとも死を覚悟しておるのか。本懐が遂げられた時は己の命が尽きる時であろうに、それをしゃあしゃあと「祈っておるぞ」だと？　しかも、あのうすら笑い。わらび餅を食って帰れじゃと？　気は確かか？——紺の鼻息は毛氈を揺らすほどであった。

山門では兵吾が佇《たたず》み、手持無沙汰な様子で二人の様子を見ていた。津田は山門を出るとき、兵吾に二言三言声を掛けるとそのまま出て行った。

紺は津田の姿が見えなくなるのを待って、床机を立った。そして津田の後を追うように山門へと向かった。兵吾が紺を待っていた。

「わらび餅は召し上がりましたか？」と兵吾は呑気《のんき》に聞いた。

「いえ、食しておりません。そのような気分にはなれませんでしたので」紺は不服をそのまま顔に現したかのような仏頂面で兵吾から顔を背けたが、「そうですよね、津田様の前では召し上がれませんよね。今度、日よりの良い日に、一緒に食べに来ませんか。わたしが奢《おご》りますので……」と紺の様子に気が付かないのか、あえてそのように振る舞っているのかわからぬ様子で紺の顔を覗《のぞ》き込んだ。

「いえ、止《や》めておきます」と紺はなおも不快が膨らみ、言葉にしてきっぱりと突き放った。兵吾の能天気な性格はどこから来るのかと疑問に思った。ひょっとするとこれは、敵を欺くための謀《はかりごと》かとさえ思った。

「そうですか、残念です」と兵吾は本当にがっかりしたような顔で俯《うつむ》いた。

長い物に巻かれる生き方も、一つの生き方ではある。その生き方を選んだのであれば責める気にはなれなかった。

「では帰りましょう。送ります」と兵吾は先を歩いた。

「いえ、一人で帰れますから」と、紺は早足で兵吾を追い抜いた。

「そうはまいりません。わたしが連れ出したのですから、責任を持ってお送りします。津田様からもそのように仰せつかっておりますので」と言い、張り付くように紺の横を歩いた。

「ところで、津田様とはどのようなお話をされたのですか?」

「津田様とですか?……痔にヨモギは効くかという相談でした。やってみないとわからないとお答えしておきました」

「はあ、そうですか。やはり津田様の痔の具合は、余程お悪いのですね。お気の毒です」

紺は、兵吾のことでは失望し、津田のことでは承允《しょういん》を得た。

紺は無言で歩いた。兵吾はその横を歩きながらいろいろなことを話した。ある店の前を通ると「ここの心天《ところてん》は材料の天草をわざわざ讃岐《さぬき》から取り寄せたもので、飛州で一番うまいのです」とか、「この店では以前、番頭が若女将《おかみ》に手を出して、旦那さんに刺し殺され、成仏できない番頭の幽霊がときどき出るそうです」とか、「この家の庭に植えてある松の木には天狗が下りてきて、嫌がらせに瓦を飛ばしたそうです」とかどこまで本当の話かわからないまま、紺は黙って聞いていたが、思い余って口を挟んだ。

「天狗はどうして瓦を飛ばしたのですか？　何か、よほど腹に据えかねることでもあったのですか？」

「いえ、そこまでは存じ上げませんが……」と、怪訝な顔から兵吾は無言となった。

道場へ着くと、紺はぺこりと頭を下げていそいそと門を潜った。兵吾がどのような顔で紺の後ろ姿を見ていたのかはわからなかった。

庭に戻ると早々、内儀《ないぎ》様よりお小言を頂戴することとなった。「紺、なんですか、箒《ほうき》をほっぽり出したまま、どこへ行っておったのですか。出かけるなとは言いませんが、出かけるのなら片づけてから、一言言ってお出かけなさい」と。

「申しわけございません」と紺は頭を下げるばかりであった。

わらび餅

二日ほど雨が続いて三日目の朝にはようやく雲間からお天道様が顔を出した。お昼ごろになると夏を思わせるような日差しが照り始め、降った雨を立ち昇《のぼ》らせた。湿気を含んだ風と、時折吹く乾いた風に戸惑いながら、紺は相変わらず不自由な身体で庭の掃き掃除をしていた。すると、いつぞやのように声が掛かった。

「紺殿。紺殿」と。兵吾の声であった。紺はしばらく聞こえない振りをして掃き掃除を続けた。庭の玉石を踏みしめて兵吾は紺の背後へと歩み寄った。

「怒っておられるのですか？　この間のことは申し訳ないと思っております。この通りです」と兵吾は、紺の背に向かって頭を下げた。

「ここは門下生の方の立ち入りはご遠慮願っております」紺は背を向けたまま、箒《ほうき》を動かす手を止めないまま淡々と言った。

「今日が最後です」と兵吾。

「何がですか？」紺は唐突な言葉にきょとんとし、箒を動かす手を止めた。

「わらび餅です」と兵吾は覗きこんで紺の横顔に投げかけた。

あのぷるぷるとしたかわいらしさが目に浮かんだ。紺は無性に腹立たしくなった。期待して出向いたあの時、食べ損ねたことは大きな獲物を取り逃がしたに等しい悔しさと罪悪感があった。それが今になって沸々と止めどなく蘇《よみがえ》ってくるのである。それを餌に誘い出そうとする兵吾はやはりずるい。

——兵吾、卑怯《ひきょう》であるぞ。これが屁《へ》っ放《び》り侍のやり方か——

暑くなると鮮度が落ちるため、食べられる時期は決まっており、今日がその最後の日であるとのこと。

「後でひとりで食べに行きます」と紺はつんけんと言った。

「人目が気になりますか？」

「そうではありません」人の目など気にするわたしではないと胸中で付けくわえた。

「では、行きましょう」と兵吾は紺の手から箒を取り上げると庭石に立て掛けた。

「一言、奥様に言ってこないと叱られます」

「後で、わたしが謝りますので、さあ、行きましょう。早く行かないと無くなってしまいます」と兵吾は紺の手を引いた。内儀《ないぎ》様に断りを入れると、ひょっとすると止められるかもしれないと兵吾は心配したのであろう。

また何か企んでいるのかと思われるような強引な誘いであったが、紺は諦《あきら》めて兵吾に付いて行くことにした。それできっぱりと吹っ切れそうな気がした。しかし、別の何かを期待する紺もどこかにいたのかもしれない。

飛騨国分寺までの間、兵吾は紺の一歩前を行き、やはりよく喋った。紺は兵吾の背中を見ながら耳を傾けた。

「釋迦《しゃか》ヶ《が》嶽《たけ》雲《くも》右《え》エ門《もん》はご存じですか？」

「いえ、知りません。剣豪ですか？」

「違います。相撲の力士です。わたしもこの目で直《じか》に見たわけではないのですが、途轍《とてつ》もなく大きな力士だそうです。なんでも釋迦ヶ嶽《しゃかがたけ》の身の丈は七尺四寸九分一厘(約二百二十五センチ)あるそうですよ。目方は四十八貫(約百八十キロ)あるそうです」とか、「歌舞伎は見たことはありますか？　三代目市川團三郎《いちかわだんざぶろう》は大人気でしてね、今度、四代目市川團蔵《いちかわだんぞう》を襲名するそうです」とか、「今、江戸では歌川豊春《うたがわとよはる》という浮世絵師が人気で、その浮世絵師の描く美人画は清楚で可憐とのことで、なかなか手に入らぬようです」とか、どこでそのような話を聞き込むのかわからなかったが、江戸の話が多かった。

紺は、さして興味はなかったので、しばらくは黙って聞いていたが、次第に腹が立ってきて、懐の奥深くに押し込んであった堪忍袋の緒が音を立てて切れるのがわかった。溜まっていた今までの我慢が一気に溢れだし、思い余って兵吾の話に割って入った。「兵吾殿は悔しくないのですか」とその背中に突き刺すように問いかけた。

兵吾の足が止まった。そして口を閉ざした。思いつめるように俯《うつむ》くと、「そうですね、そう思われても仕方がありません。兄を殺されていながら、殺した仇《かたき》の僕《しもべ》となっているのですから、おかしいですね」

「わたしなら機会を狙い、必ずや……」

「わかります。しかし、わたしには無理です。紺殿のように強い心を持ち合わせてはいない。剣術もからっきし駄目です。強い者が生き残り、弱い者は傅《かしず》く。これが武士の掟です。これも生き残るための手段なのです。わたしは死にたくないのです。家も守らねばなりません。そう考えることはいけませんか？」兵吾はそこで口を噤《つぐ》んだ。守るものが多いほど臆病になることを紺は悟った。紺には守るべきものがない。だからどんな相手にでも立ち向かっていけるのかもしれないと思うと紺の語気が弱まった。

「他に何か方法があるはずです。なぜそれを考えないのですか。津田は手段など選んではおりません」

「わたしは新田家に二男として生まれました。兄が家督を継ぎ、何事もなく役務《えきむ》を全うするとばかり思っていました。呑気なもんです。でも、それが普通ではないですか。みんなそうなんですから。突然、兄が殺されて、いきなりどうしろというんですか。武士の家に生まれたからといって、身も心も強いとは限らないのです。弱い武士もいます。無理です。屁垂《へた》れなんです。紺殿の言われる通りの屁っ放り侍なんです。いいんですよ、笑っても。自分でも情けなくて、笑えてなりません」

紺は兵吾の前で屁っ放り侍などと言ったことなどあろうか？　どこかで言った記憶

はあるが、どのように回り回って兵吾の耳に入ったのであろうか……。

兵吾は涙ぐんでいた。悔しいがどうすることもできない思いが涙と共に溢《あふ》れていた。紺は考えたこともなかった。武士の家に生まれれば武士の魂が宿るとばかり思っていた。その理屈で己にも熱い魂が宿っていると思っていた。紺の口からはそれ以上の言葉は出てこなかった。

「行きましょう。早くしないと……」兵吾は再び歩き始めた。

飛騨国分寺は多くの参拝客で溢れていた。雨上がりの晴天に、待ちかねた人々が押し寄せたらしい。わらび餅が食べられるのも、わずかであることも理由であったかもしれない。茶店も客が一杯で赤い毛氈《もうせん》が人で埋まっていた。二人が、しばらく木陰で待っていると、丁度二人分の席が空いたので、紺と兵吾はそこへ腰を掛けた。

そして兵吾が二人分のわらび餅を注文した。紺は終始無言であった。二人の間に気まずい間が出来ていた。しばらくして盆に茶とわらび餅が運ばれてきて、二人の間に置かれた。きな粉が山のようにかけられた丸いわらび餅が五つ皿の上で震えていた。

「どうぞ、遠慮なさらず。わたしの奢《おご》りです」と兵吾は先ほどの悔しそうな顔を隠して笑顔を見せた。「では遠慮なく」と紺は皿を手にするとわらび餅につま楊枝《ようじ》を刺して口へと運んだ。

口の中で簡単に潰れそうだけれど、潰すのがもったいなくて、そのまま つるんと喉へ流し込んだ。冷たいのど越しが気持ちよかった。きな粉の香りと甘みが程良く調和していた。

「初めてですよ。こんなにおいしいお菓子は」紺はニコリとして顔を兵吾に向けた。

「そうですか。お代わりしてもいいですよ」と兵吾も次々にわらび餅を口へと運んだ。

紺は一皿を平らげると、もう一皿注文し平らげた。しばらく沈黙の時が流れて、

「では戻りますか」との兵吾の言葉で、二人は帰途へと就いた。

口数は少ないまま、堀部道場へ戻ると、門の前で、「今日は、ごちそうになりました」と紺は丁重に頭を下げた。

「喜んでもらえてよかった。では」と兵吾も頭を下げて帰っていった。

その背中を見送り、道場の庭へ戻ると、内儀様が箒《ほうき》を持って、いろいろと言いたげな顔で立っていた。

蜂起

七月に入ると、百姓の騒ぎを尻目に、代官所は検地を村一つ、また村一つと着実に実施し、それに同調するように、飛州百姓の不満も着実に高まっていった。

飛州各村から選ばれた二十数名の者を江戸へと向かわせ、さらにその者らから選ばれた六人によって老中松平《まつだいら》右近《うこん》将監《しょうげん》武元《たけちか》への駕籠訴《かごそ》の決行が立案された。さらに、その失敗に備え、別に選ばれた四人による勘定奉行松平《まつだいら》対馬守《つしまのかみ》忠郷《たださと》邸への駆込《かけこみ》願《ねがい》も、決死の手筈《てはず》が整えられた。このころの法令に照らせば駕籠訴、駆込願の決行には厳しい処罰が決められているものの「もはや一命を失うとも心にかかることなし」との覚悟で臨んだのであった。しかし、その決死の覚悟が報われることはなく、直ちに捕らえられ宿預けとなり、厳しい取り調べを受けることとなった。その知らせは早々に飛州の百姓衆及び代官へと知らされることとなった。

大原代官はそれを耳にすると怒りに震え、その者たちを出府させた村を含める三郡二百八十三か村の三役、名主、組頭、百姓代を代官所へと呼び出し「駕籠訴と駆込願をした者を村の代表として江戸へ向かわせたのであれば村方三役も同罪である。獄門は覚悟いたせ」と脅しを掛けたのであった。

それにより、震えあがったのは出府させた村の三役であり、「その者たちは、誰ぞにそそのかされて駕籠訴、駆込願を強行したもので、決して村の代表ではない」との裏切りとも思われる文書に請印《うけいん》を押したのであった。大原代官による百姓衆を分裂させる策略はひとまず成果を上げたと言えた。

しかし、大原代官の脅しにも怯まぬ村もあった。吉城郡高原郷本郷組と同郷蔵柱《くらばしら》組、見座《みざ》組の名主と組頭であった。その者たちが集まり本郷村小割堤《こわりつつみ》において集会を開くこととなった。

「わしら、こんな脅しに尻尾《しっぽ》巻いて逃げるような屁《へ》垂れ百姓じゃねえ。あの代官に目に物を見せてくれるわ。飛州にも骨のある百姓がいることを思い知らせてやるんじゃ」と百姓衆の前で号叫《ごうきょう》を響かせたのは善久郎であった。善久郎は小さな体に似合わず張りのある怒声で集まった百姓たちの耳朶《じだ》を打った。

「そうじゃ、もっと人を集めるんじゃ。数は力じゃ。百姓がいなけりゃ役人とて飯は食えんのじゃ。わしらに手出しなどできるわけないわ」と善久郎に感化されたように威勢よく鍬《くわ》を振り上げて号叫を響かせたのは宮原村清十郎《せいじゅうろう》であった。

「ここで引き下がれば末代までの恥じゃ。末代まで年貢を絞り取られるんじゃ。子々孫々に顔向けできんじゃろ。引くわけにはいかんのじゃ」と吉野村喜十郎《きじゅうろう》も号叫を響かせた。

百姓の動向を見張っていた地役人からの通報を受け、不穏な空気を嗅ぎつけた大原代官は役人を連れて本郷村の名主である与左衛門《よざえもん》を捕らえるべく駆けつけたが、百姓の抵抗にあい、あえなく追い返されることとなった。各村の名主捕縛へと向かっていた役人たちも同様に追い返されることとなり、そして、周辺の村々の者は、挙《こぞ》って小割堤へと集まり始めた。その規模はどんどんと大きくなっていった。これだけの百姓が集まり、皆の心が一つになれば何かができる、役人など恐るるに足りんと皆が思い始めていた。蜩《ひぐらし》が鳴き始めた九月上旬のことであった。

その後も村々で集会が開かれ、やがて呼びかけに賛同した百姓衆が飛騨一宮水無神社《ひだいちのみやみなしじんじゃ》へと雲霞《うんか》の如《ごと》く集まりはじめた。飛騨一宮水無神社は高山陣屋から南へ一里半（約六キロ）ほどのところにある神社である。神代の昔より飛騨民の信仰のよりどころでもあり、神に見守られた百姓衆の心の支えとなったことも相まって、百姓衆の意気は揺るぎないものとなっていった。夜ともなると百か所以上に篝火《かがりび》が灯《とも》され、遠方の村から数日掛かりで参加する者を迎えた。

一方、高山町をはじめとするいくつかの村、そして白川郷は、再三の呼びかけにも応じることはなく、参加するには至らなかった。白川郷に関しては、善久郎が足しげく出向き、渋る白川郷総代、名主、百姓衆に参加を呼び掛けて回ったものの、当初、検地の対象外であったことや、過去に起こった一揆、石徹白《いとしろ》騒動《そうどう》での悲惨な結末を記憶に留《とど》めていたこともあり、参加するには至らなかった。しかし、飛騨一宮水無神社へと集まった百姓の数は数千にも及んだ。

大原代官は、膨れ上がる百姓衆の騒ぎを聞きつけ、手代を飛騨一宮水無神社へと遣わし、解散の説得を試みるが、集まった百姓衆の意志は固く、受け入れる気配は微塵《みじん》も見られなかった。

十月下旬ともなると飛騨一宮水無神社に集まっていた百姓衆三千人が決起したかのように突如として高山陣屋へと押し寄せ、そこで代官に対し三つの訴えをした。

一つ目、年貢米上納の延期。

二つ目、三千人が江戸へ検地実施の中止を求めて出訴するにあたり、添え状を書くこと。三つ目、現在、捕縛されているものの取り調べの際に拷問を行わないこと。

これら三つのことを求めて大原代官へ迫ったのであった。

不届き千万な強訴《ごうそ》に対して大原の怒りは尋常でなかったものの、一旦は承諾したかのようにあしらい三千の百姓を追い返した。百姓衆は承諾されたものと思い込み、そのときは歓喜に沸くこととなった。

「大原様がわしらの願いを受け入れて下さった。ありがたや、ありがたや」との合唱とともに引き揚げて行ったが、これは大原の策略で、腹の中ではそれらの要求を飲む意図は毛頭なく、時を稼ぐための方便であった。

十月の末ごろ、第一陣、第二陣、合わせて五百もの藩兵が高山へと到着することとなった。大原は時を稼ぎ、郡上藩《ぐじょう》をはじめとする飛州周辺の各藩へ手代を差し向け、一揆鎮圧のための出兵二千五百と武器の調達を要請していたのである。幕府もこれを了承しており、出兵の手配は迅速なものであった。

これを知った百姓衆も対抗すべく、村々に伝令を差し向け、十六歳から六十歳までの男は飛騨一宮水無神社へ集まるように檄《げき》を飛ばした。それに応え、十一月中旬には飛州百姓一万人が飛騨一宮水無神社周辺に集結することとなった。

十五日早朝、兵は静かに動きはじめた。飛騨一宮水無神社手前の鬼河原に陣を張り仮眠を取っていた百姓衆の中へと、それまで息を殺して控えていた郡上藩出兵の第一陣三百の藩兵が一斉に踏み込んだ。仮眠を取っていた百姓衆は意表を突かれ驚き、散り散りとなって逃げ惑うこととなった。さらに、兵は神社周辺に分宿する百姓衆へも襲撃を掛け、踏み込み、蹴散らし、抵抗する百姓に対しては鉄砲による威嚇、または発砲を試みたのであった。

これにより、捕縛者百名以上、死者四名、怪我《けが》人二十四名を出し、大原代官の指示の下、一揆に集結した百姓衆一万は為《な》す術《すべ》もなく郡上藩からの藩兵三百のみによって鎮圧されたのであった。

一揆の狭間

一

一揆決行の数日前、堀部道場の紺のところへ左助が全身から疲労の色を漂わせながら訪ねてきた。何日も風呂に入っておらぬ様子で、臭いもきつく、着物も擦《す》り切れ汚れ放題であったが、久々に紺と会えることの喜びからか笑みを絶やさぬ顔であった。

天生の庵《いおり》で別れて以来であった。

「七カ月ぶりであろうかの。紺も元気そうでなによりじゃ」と左助は脇腹を掻きながら笑顔を振りまいた。「怪我《けが》の方は大丈夫か。剣を持つに支障はないか。骨を折ると腕が利かなくなることがあるからの」

「もう、あれから五カ月も経《た》っておる、すっかりよい。雨の前には少し痛むが。そんな話も左助の耳に入っておるのか」と紺は左肩に手を当てて、左助の顔を見た。

「あたりまえじゃ。この飛州の出来事でわしの耳に入らぬことはないわ。朝日町の曽根屋の縁の下で、飼い猫のタマが子猫を五匹産んだことも、八軒町の白木屋の若旦那が仲居と駆け落ちしたことも全部耳に入ってきておる」

「左助の耳の良さは大したもんじゃな」と紺は呆《あき》れるも笑えて仕方がなかった。

「お前さん、剣の腕は上げたのかな」と紺の笑顔に終止符を打つように佐助は真顔を作りなおした。その顔に深い意味があることを紺は読み取った。「野太刀自顕流に対する策を見出《みいだ》したのか知りたいのじゃ」

　紺の顔も、現実に引き戻されたように厳しくなった。考えぬようにしていても、気を抜くとひょっこりと顔を出す遺恨である。

「太刀打ちできるかどうかはやってみぬことにはわからんが、野太刀自顕流の初太刀の妙は把握したつもりじゃ」

「その程度でよいのか？」と左助は懐疑を含む目を向けた。

「よいとも言えんし、よくないとも言えん。全ては時の運じゃ。なぜそのようなことを聞きに来たのじゃ？」紺は左助の内心を探ろうとした。吉報を期待する胸もあった。

「実はな、数日以内に百姓衆の大きな動きがあるやもしれん。いや、ある。飛騨一宮水無神社には百姓衆の怒りが集まり渦巻いておる。お前にもわかるであろう、今の飛州百姓衆の動きが。見て見ぬ振りをしていても嫌でもわかるはずじゃ。そのとき津田正助も大原代官の右腕として出張ることになる。お前さんの背中を押そうとしているわけではないが、狙うのであればその時がよいのではないかと思うてな。大原代官は郡上藩へ藩兵を要請しておる。それだけではない。苗木藩、岩村藩、大垣藩、富山藩にも要請しておるとの話もある。富山藩には大砲まで用意させているという話じゃ。それは間違いないじゃろう。そして、それだけの兵を動かすには獣道では都合が悪い。であれば高山から飛騨一宮水無神社へ向かう益田街道を使うはずじゃ。さすればその途中、おそらく手前の一之宮下《いちのみやした》あたりに陣を張るはずじゃ。そのあたりに、今は使われておらん山仕事のための作業小屋が三つ四つある。それのどれかに津田が部下と共に指揮所を設け、采配を振るはずじゃ。わしの読みでは三つ目、高台の上にポツンとある小屋ではないかと思う。広さも都合がよいし、まだまだ使えそうな小屋であった。役目に気を取られる津田であれば……どうじゃ」

「どうしろというのじゃ？」紺は惚《とぼ》けたように聞き返した。

「津田が百姓衆の動きに気を取られているうちに討つのが最善ではないかと助言しに来たわけじゃ。お節介じゃったかな」

紺はそれを聞いて黙った。——やはり、左助はお節介じゃ——何事にも、何者にもじゃまをされぬ状況で一対一で立ち合うことが最善と紺は思っていた。しかし、果たしてそのような状況などあり得るのか、甚《はなは》だ疑問に思えてならなかった。自らその状況を作り出すか、それともそれを無視して、できるところで討つか。一揆に乗じて討つことは確かに一件としては目立たぬし、己の姿を隠すにも都合がよい。

「お前がどれほど上達したかは知らんが、半年やそこらで津田と正面から勝負して勝てるとは思えん。奉納試合では一本を取ったらしいが、まぐれと思え。……よいか、そのような私事《しじ》にいつまでも関わっていてはならん。手段を選ぶでない。お前にはお前の役目があるはず」

「わかっておる」紺の声は心の声かと思われるほど小さな声であった。

「というのが杉浦先生からの伝言じゃ」と左助は意地悪く笑った。

「もし、わたしがそこで津田を討ったとき、百姓衆に疑いはかからぬか。他の者を巻き込みたくはない」

「それはあるまい。百姓の技で津田を討てるとは誰も思わぬ。表沙汰にもなるまいて」

「津田は、わたしのことを誰ぞに話したかもしれん。咎人《とがにん》として逃げねばならぬか。わたしはこの地が好きじゃ。この地を離れたくはない」紺はこれが自分の本当の弱さかもしれんと思った。できぬ理由を詮索しているようで恥ずかしかった。

「それも案ずることはあるまい」

「なぜ、そう言い切れる」紺は目を細めて左助の顔に近付いた。

「津田はお前の父母を斬殺しておる。役人としての仲間を斬っておるのだ。それだけではない、十数名が津田の手で、また息のかかった者の手により粛清《しゅくせい》されておる。それが表沙汰になれば大原もそれ相応の責任を取らされるであろう。津田は何者かが差し向けた刺客《しかく》に抹殺されたものとみなされるであろう。下手人の捜索などされぬ。されたとしても上辺《うわべ》だけじゃ。いままでもそうであったように。代官としてはただでさえ大事となっておろうに、これ以上に騒ぎを大きくしたくないはずじゃ」と左助は役人を嘲《あざけ》るような笑みを湛《たた》えた。紺は押し黙った。阻《はば》むものは最早《もはや》何もないことを悟った。

「山は息をしておる。山は動いておる。山は怒っておる。山で生まれ育った者は山を味方に付けるが得策じゃ。手段を選ぶな」

「少し考えさせてくれまいか」と紺は固く口を結んだ。

「考えている暇などないぞ。やるのならすぐにでも覚悟を決めねばならん。手筈《てはず》も整えねばならん」

この好機を逃す手はない。しかし、紺には即答することはできなかった。

果たして津田を討つことができるのか、できなくば、己の命を無くすことは必至である。津田の、あの速く、重い剣を受け止めることができようか。「斬られれば痛いぞ」という左助の声が四方八方から響き、胸の奥へと集まり突き刺さった。己が死というものをそれほどまでに恐れていたことを今初めて知った。「死ぬまでの辛抱じゃ」などと嘯《うそぶ》いていたが、果たして死ぬまで辛抱できるじゃろうかとまた疑問が一つ頭を擡《もた》げた。

一人で生きてきたつもりで、いつ死んでも悔いはないつもりで生きてきたが、いざ、生死の岐路を目前にしたとき、己の弱さと狡《ずる》さを思い知らされることとなった。紺は脇差《わきざし》に手を伸ばした。元は津田の刀であった脇差である。父と母を斬ったのもこの刃が描いた軌跡であった。ここにあるのも不思議な縁である。討つ定めとしてここにあるとしか思えなかった。紺はゆっくりと刃を鞘《さや》から抜いた。蝋燭《ろうそく》の炎が作る二畳ほどの空間に鈍色《にびいろ》の刃が現れ、紺の顔を映した。紺は刃に映った己の顔をじっといつまでも見つめていた。

翌日、紺は決意のないまま揺れる心のみを抱いて動くこととなった。

二

益田街道は高山と飛騨一宮水無神社をつなぐ唯一の道で、宮川に沿って南へと続いている。

紺がここ一之宮下《いちのみやした》へ来る道中も、神社へ向かう百姓の姿を多く見た。怒りと希望が入り混じった顔が今の異常な状況を物語っている。飛州百姓衆の熱い思いがこの辺り一帯に集まっている。蜂起は近いと紺は肌で感じた。

神社の四半里（約一キロ）ほど手前の一之宮下に、今は使われていない数軒の作業小屋がある。左助は、その中の一つを津田が陣を敷くための拠点とするであろうと睨《にら》んでいたが、紺がそこを目にした時、左助の読みは正しかったと思った。街道から真っすぐに延びる田畑の畦道《あぜみち》をそのまま高台へ行くと、古びてはいるものの、まだ使えそうな小屋が人を待つように佇《たたず》んでいた。柿葺《こけらぶ》きの屋根で周囲を板で囲った粗末な造りの小屋であったが一時《いっとき》指揮を執《と》るには十分であろう。囲い板の隙間から中を覗《のぞ》くと、隙間から差し込むわずかな光でも様子がわかった。一畳ほどの大きさの作業台が中央に置かれ、木を輪切りにしただけの簡素な腰掛けがいくつか置かれていて小ぎれいに整頓されていた。始めからこのような状態であったのか、それともすでに準備が始まっているのかはわからなかった。下の街道からは雑草に埋もれて小屋は見えにくいが、上からは街道の様子が手に取るようにわかる。しかも小屋の周囲は下草が抜かれ整地され、動きの妨げになることはなさそうで、采配の拠点とするにも好都合の小屋であった。更に上へと上がり、山の中へと入れば、その小屋を見張ることもでき、紺にとっても都合がよい。

紺の決意は確固たるものとなった。津田をここで討つと。

途端、紺の胸が激しく鼓動し、それが鼓膜までも叩《たた》き頭の中を駆け抜けた。次第に指先が熱くなり、震えが走った。それはやがて燃えるような力へと変わり、全身の血を滾《たぎ》らせた。

紺は、一旦、熱《ほとぼり》をさますと小屋の周辺を歩き回り、地形、草木の様子をつぶさに見た。利用できるものは利用すべく、頭へと叩きこんだ。津田がここへ指揮所を設けるかどうかわからぬまま、すでに紺の心は決まっていた。

小屋から少し上がった左手方向の半町（約五十五m）ほどの所に一抱えもある櫟《いちい》の木がそびえており、紺はその根元に見張所を置くことに決めた。丁度、街道から畦道、小屋と、一目《ひとめ》で見通せる場所であった。紺はそこで、待ち伏せ、津田を討つ策を企てた。

準備を整えるべくひとまず引き揚げようとした時、街道から畦道へと入ってくる者の姿が見えた。紺は慌てて草むらへと身を隠すと息を殺して見守った。

次第に近づく者の姿がはっきりするとそれは若い侍であった。役人らしき者が紺の後を追うように小屋へとやってきた。——兵吾か——と思った。兵吾もすでに代官所役人の端くれ。ここへ姿を現してもおかしくはないが、そうではなかった。若い侍は躊躇《ためら》いもなく小屋へと入った。すでに代官所の準備が始められていることがはっきりしたわけである。代官所が要請した郡上藩藩兵が到着すれば直《じき》に動き出すはず。間近であると確信した。

紺は悟られぬようにその場を後にした。

三

早朝、寝起き間もない紺の所へ、庭から入り込んだ左助によって、郡上藩藩兵が高山へ入ったとの知らせがもたらされた。左助は、昼夜を問わず動き回っている様子であったが、疲れた様子を微塵《みじん》も感じさせなかった。むしろ生き生きと己の役目に誇りを持って遂行しているようで紺は羨《うらや》ましくもあった。

「三百ほどの兵が先ほど入った。その後、まだ二百から三百、続いておるようじゃ」

紺は緊張を漲《みなぎ》らせると、黙したまま頷《うなず》いた。

「じゃが、そう急ぐこともあるまい。藩兵のあの様子を見る限り、夜中歩き通しで相当にへばっておるようじゃ。今日一日は休むはず。兵が動くのは明後日の早朝と見てまず間違いない。それ以上には待たん」

「なぜじゃ？」と紺はその根拠を問うた。

「三百からの兵に飯を食わせるだけでも大仕事じゃ。一日延びればそれだけ出費がかさむ。今の代官には一人分の飯代も惜しいくらいじゃからな」

紺は左助の洞察にいちいち納得した。紺は、兵がいつ動くかが大きな懸念であったが、ひとつふっ切ることができた。しかし、左助は別のことを懸念しているようであった。

「鉄砲の手筈《てはず》まで整えておる。本気じゃぞ。見せしめのために幾人かの百姓を撃つであろう。場合によっては多くの死者が出るやもしれん。これほどの騒動は、そう滅多にないこと。ただ言えることは、いくら人を集めても、いくら意気盛んでも百姓の側に勝ち目はない。一揆において百姓が勝ちを収めた例《ためし》はない。必ず鎮圧されておる。まあ、前例など当てにはならぬが……手筈はよいか」左助にとっては他人事《ひとごと》であろうが、真剣な眼差《まなざ》しは当事者の如くであった。

紺は百姓娘の出で立ちで、背負子《しょいこ》を担《かつ》ぐと高山から益田街道を南へと行き、作業小屋の一町（約百十m）ほど手前で山へと入り、そこからは草を掻き分けながら先日下見をした櫟《いちい》の木の下まで進んだ。紺は背負子を下ろすと丸めて括りつけてあった茣蓙《ござ》を広げて敷き、そこでようやく一息つくため座した。懐から竹の皮に包まれた包みを取り出して開いた。海苔《のり》が巻かれた三つのおむすびに二つの沢庵《たくわん》が添えてあった。そこから一つのおむすびを取ると、小屋の様子を気に留めながらかぶりついた。小屋の様子そっちのけで、味を堪能《たんのう》する。――さすがにうまいものじゃ。――程良い塩味にふっくらとした結び加減は、さすが内儀《ないぎ》様じゃと紺は感心するとともに感謝した。内儀様に「杉浦先生から火急の用件で呼び出されたので今日、天生に戻ります。数日で戻ります」と伝えると、「帰り道、お腹が減るでしょうからおむすびを作っておきますので持っていきなさい。無事に戻ることを祈りながら結んでおきますので早く戻っていらっしゃい」と温かい言葉のこもったおむすびを持たされたのである。一つを、あっという間に腹の中へと押し込むと沢庵を一つ口へと放り込んだ。聞こえるわけもないが、音を立てぬようにそっと咀嚼する。

小屋にはすでに数人の役人が常駐しているようであった。そこへ馬に跨《またが》り、早足で畦道《あぜみち》を駆けあがってくる役人がいた。百姓たちの動向を知らせに来たのであろうと紺は思った。津田の気配は、今のところ見ることはできなかった。

役人たちも百姓の動向を見ているが、百姓たちも役人たちの動向を見ている。今は、何事にも手出しせず、ただ睨《にら》み合い、互いに出方を窺うだけの状況である。

一刻(約二時間)ほどすると日は落ち、辺りは暗闇となった。小屋の前には篝火《かがりび》が焚《た》かれ、その周りで数人の役人が街道を見下ろしている。街道では提灯《ちょうちん》や松明《たいまつ》を手にした百姓が、吸い寄せられるかのごとく、ひっきりなしに神社の方へと流れて行く。

その様子には互いに、これから起こるであろう騒動の緊迫感は感じられず、時を待つ空気だけが漂っていた。紺は、やはり左助の読み通り、今夜は動かぬと思った。月が出ていた。濃紺の空に青白い満月であった。なぜか笑っているように見え、それが善久郎の顔と重なった。――善久郎は何しておる――となぜか急に気になった。調子のよい奴だから、いいように扱《こ》き使われ使い走りをさせられておるのじゃろうと思うと、紺の顔から笑いが零《こぼ》れた。時折、西から雲が流れてきて月を隠すが、すぐにまた顔を出す。紺の背後の林では梟《ふくろう》が暗闇をより深めるように鳴いていた。紺はその鳴き声を枕にその晩は眠った。

東の空がうっすらと明るくなり、山の稜線《りょうせん》が描かれるころ、櫟の木の枝から落ちた朝露が紺を眠りから呼び戻した。よく眠れたのか眠れてないのか、頭は虚ろであった。

ふと気付くと、紺の身体に筵《むしろ》が掛けてあった。このようなことを誰が？　と考えるまでもなく、左助であろうとわかった。しかも、頭の所には竹皮の包みも置いてある。内儀様に結んでいただいたおむすびは昨夜のうちに腹へと入ってしまったので、後は鹿の干し肉と木の実だけで飢えを凌《しの》ぐつもりであったが、その包みは心強い飯となった。それに手を伸ばそうとしたとき、「呑気《のんき》じゃのう」と背後から声がした。紛れもない左助の声であった。紺が振りかえると、左助は杉の切り株に腰を下ろし、紺を見下ろしていた。「そんなに呑気に寝ておってよいのかの。連中に鼾《いびき》を聞かれぬかと冷や冷やしたぞ」と呆《あき》れたように左助は言った。

「わたしは鼾はかかん。……食っていいか。腹が減って目が覚めた」と左助の呆れ顔など見えぬかのように竹皮の包みを手を伸ばした。

「目が覚めたのは露が落ちたからであろうに」

左助は心配したことが損であったかのように声を押し殺し大口を開けて笑った。

紺は包みを開いた。中には麦飯のおむすびが三つに梅干しが添えてあった。紺は頬張りながら小屋へと視線をやった。いつもの左助の飯であった。内儀様のおむすびとは違うが、これもまたいいと思った。「何か動いたか?」と紺が聞いた。

「いや。奴らも寝ておる。どいつもこいつも呑気じゃの。これから何が起ころうとしているのかわかっておるのかのう」

「左助はいつ来た?」

「夜明け前に来た。この辺りじゃとすぐにわかったぞ。お前の考えることはなぜかよくわかる。わかりやすい」

「ずっとそこにいたのか？」

「ああ、ずっといた。お前の顔を見ていた。子供のころとなんら変わらん。嬉しそうな顔をして寝てござった」左助は薄暗がりの中、紺の寝顔を見ながら初めて天生の庵《いおり》へ連れてこられた時のことを思い出していた。親戚の者に手を引かれ、不安と寂しさの狭間《はざま》に取り残された子狐のように震えながらも涙ひとつ見せず、きっと目を見開き、前に広がる世界を見据えていた。その夜、寝床で声を殺して泣いていた紺のことを今でも忘れてはいなかった。打ち解けるまでにかなりの時を要したことも。

雨の中、泣きながらクナイを投げる稽古をしていた紺。

山の中で道に迷い、三日三晩さまよい歩き、ようやく帰りついたとき山蛭《やまびる》だらけの顔で泣いていた紺。ひとつひとつが小川に流れる落ち葉のように次から次へと思い出された。

「なぜ気づかなかったんじゃろうか？　人の気配ならすぐわかるはずなのに」

「さあな。わしはお前にとって空気のようなものだからかもしれん。気に掛けるほどのものではないということかもしれんな」と左助は笑った。

「左助が傍《そば》にいてくれると安心できるからじゃ」

「いつからそんな世辞が言えるようになった？」と左助は右の頬を膨らませた。「いくら世辞を言われても、わしができるのはここまでじゃ。あとは紺の武運を祈るのみじゃ。無事な顔を見せてくれよ。……そうじゃ。杉浦先生からの言伝《ことづて》を忘れておった。紺が骸《むくろ》となっても引き取れんから、自分で勝手に成仏するようにとのことじゃ」と言い終えると左助は立ち上がった。

「わかったと伝えてくれ。そして左助、感謝じゃ。左助は心強い味方じゃ。わたしはひとりではなかった。わたしにもたくさんの仲間がいることがわかった」

左助は手を振ると林の中へと入って行った。姿は林に溶け込むように見えなくなった。しかし、左助は紺の中へと心を置いていった。不安に苛《さいな》まれていた紺の心に温かい思いが残った。

紺の目に動きが見えたのはその日の夜、夜五ツ（午後八時ごろ）のことであった。一頭の馬と、馬の口取りをする役人が松明《たいまつ》と共に畦道《あぜみち》を上がってきた。紺は松明の炎に照らされたその顔を注視した。

一瞬、息が止まり、容姿を再度確認し、ゆっくりと息を繰り返した。「来た。奴じゃ。津田正助じゃ」思わず紺の口から声が洩《も》れた。津田が馬から下りた時、紺の方を見たような気がし、紺は思わず身を屈めた。やがて胸の奥が躍《おど》りはじめ、自分でも血が滾《たぎ》るのがわかった。滾った血が指先まで巡りそこから噴き出しそうになる錯覚を覚え、思わず拳《こぶし》を握った。紺は明日未明、山が動くとの確信を得た。

津田は小屋へは入らず、小屋の前に構え、入れ替わり立ち替わりやってくる部下からの報告を受けると、それに指示をする。指示された部下は端的に答和すると素早く上手へ下手へと走った。篝火《かがりび》に照らされて暗闇に浮かぶ結界の中でその光景は暁七ツ半(午前四時ごろ)まで繰り返された。紺は、動乱が近いことを察知した。

やがて、地鳴りのような音が北の方角から迫ってくることに紺は気付いた。益田街道の北、高山の方角からであった。山に見え隠れするその先から無数の松明の列がこちらへと、歩調を合わせながら向かってくるのであった。紺には、それが幻想的な宗教儀式を見ているようでもあった。これから起こる大きな出来事の前触れに、胸の高鳴りは激しくなるばかりであった。

左助からは郡上藩に三百もの藩兵を要請したと聞いたが、その藩兵を全てここへ集結させたと思わせる光景であった。一団は、手筈を確認するように一旦、小屋の前で立ち止まると、しばらく時を待った。

東の山の稜線が白《しら》んだ空にくっきりと映るころ、津田は篝火が造る結界の中で手を振った。それを合図に再び三百の藩兵は進み始めた。一行が行きすぎると周辺は再び沈黙に包まれた。部下もそれに同行し、小屋の前には、篝火に照らされる津田の姿一つだけが歪《いびつ》に浮かび、静かに揺れていた。

この先の空き地、河原には百姓たちが集まり、野営する。津田は藩兵を使いその寝込みを蹴散らす戦法に出たに違いなかった。

稜線が作る夜と山の境が広くなった。紺は機会を狙った。好機は近いと察した。しかし、まだ早い。もう少し時を……この暗さでは篝火を背にした者が有利となる。この暗さで津田に向かうと、紺には津田の影しか見えぬこととなる。津田からは光に向かう紺の姿がはっきりと見えることとなる。もう少し時を……。

遥か南の方で悲鳴と怒号が入り乱れた。紺は始まったと思った。津田もその方角に向き、耳を傾けているようであった。鉄砲隊による号砲が立て続けに鳴った。

紺は津田を注視した。準備は整えられている。――行くべきか。何を迷っておるのか――紺の心臓が高鳴った。――考えるな。迷うな――意は決され、紺の足は動いた。

紺が茂みの中を移動しようとした時、小屋の脇に蠢《うごめ》く影を見咎《みとが》めて不意に足を止めた。

――何かいる――何かであった。生き物であろう黒い影が動き、津田の背後に忍び寄ろうと企《たくら》む様子が窺えた。獣ではないことは、その動きから判ずることができた。

――人……何者？――紺は、ゆっくりと茂みを掻き分けて近づいた。

影は忍び足を使い、津田の背後へと距離を縮めようとしている。右手は刀の柄を握っている。紺はあの屁《へ》っ放《び》り腰に見覚えがあった。

――兵吾――

兵吾が津田を討とうと企んでいるに違いなかった。あの屁《へ》垂《た》れの屁っ放り侍が津田を討つべく今動いているのである。

――馬鹿な。無理じゃ。お前の剣の腕では、たとえ後ろからでも斬れぬ――この場で声など出せようはずもない。――止《や》めろ。殺されるぞ――紺は心の中で渾身《こんしん》の思いで叫んだ。兵吾を追い込んだのは自分かもしれぬと思った。あのようなことを言わなければ兵吾はこのような暴挙には及ばなかったかもしれぬと思うと今更ながら悔やんだ。兵吾に紺の心の声は聞こえぬ。

津田は遠くから聞こえる雑踏に耳を傾けている。

――いや、勘付かれておる。駄目じゃ。止めろ――紺はクナイに手を伸ばした。

しかし、クナイが正確に届く距離ではなかった。二十五間（約四十五ｍ）は優にあろう。紺の腕をしても正確に届く距離は精々二十間（約三十六m）である。

影は津田の背後に向かって駆け出すと、刃を抜いた。上段に構え、兵吾は突進した。

津田は、顔色も変えず、待っていたかのように振り向くと、右足を大きく踏み出し、身を屈めるようにし、左手で握った鞘《さや》を反転させると、素早く刀を抜き、一気に斬り上げた。野太刀自顕流の初太刀が、鮮明な光の弧を描いた。

「兵吾……」白々とした空に、紺の悲鳴のような叫び声がこだました。だが、遠くの百姓と藩兵の雑踏がそれを打ち消した。

兵吾の左腕と刀が共に飛んで草むらへと投げ出され、身体はその場へと崩れ落ちた。「兵吾、待ってろ。死ぬな」紺はがなり、駆け出した。「津田、許さんぞ」

津田は、声の主《ぬし》へと向き直った。やはり顔色を変えることもなく、待っていたかのようであった。津田は篝火を背にし、八双《はっそう》に構え、紺に向かって走った。初太刀に備えてきた紺であったが、それは無駄となった。八双に構え走り来る津田に立ち向かう術《すべ》など考えてもいなかった。

——どうするか……本能に任せるのみ——

「闇に隠れて挟み打ちとは……。そのような稚拙《ちせつ》な手に落ちると思うたか」

津田は、紺と兵吾が結託して暗殺を企てたと思い込んでいたようであった。紺に言い訳する間《ま》などなく、クナイを一本手にすると、津田へ突進しつつ構えた。

草木が流れ、津田が眼前五間（約九m）の距離となったとき、渾身の気を込めて放った。紺の放ったクナイは薄暗がりに映《は》えることなく薄い筋を引いて津田の膝を捉えた。骨を砕く音は紺に手ごたえを与えた。

津田はわずかな呻《うめ》き声とともに、膝をつき、動きを止めた。しかし、その目は確《しっか》と紺を見ていた。津田は紺との間合いを測り、紺が斬りかかるのを見定めると、迎え撃つように八双から刀を振り下ろした。

紺は地を蹴ると、木剣で津田の刀を受け止めた。途轍《とてつ》もなく重い打突《だとつ》であった。膝を撃たなければ木剣の鉄芯ごと叩《たた》き斬られていたに違いない。紺は脇差を素早く抜くと、津田の左首の動脈へと剣先を差し向け斬り裂き、津田の脇を駆け抜けた。津田は駆け抜ける紺の姿を横目で追うのみであった。

津田の首からは、音を立てて血飛沫が噴き上がった。

ほどなくして津田は、大木が切り倒されるかのようにゆっくりと前のめりに倒れた。

津田は倒れるも渾身の力で起き上がろうとするが、やがて力尽き、かろうじて仰向《あおむ》けになるのみであった。津田は、何か言いたそうに口を動かした。何か言い残したかろうかと思い、紺はその口元を見ていたが、聞き取れるほどの言葉ではなかった。津田の息が絶えるにはそれほどの時を要さなかった。噴き出す血飛沫の勢いは呆気《あっけ》なく弱まり、それは津田の絶命を示した。紺の呼吸が整う前に津田は骸《むくろ》となった。

津田の死を確信すると、その足で兵吾へと駆け寄った。兵吾には息があった。

「兵吾殿、どうして……」

兵吾の唇は微《かす》かに動いた。紺は兵吾の唇を読むかのように凝視し、言葉を受け止めた。

「わたしにも武士としての意地があります。紺殿に負けてはおられません」兵吾は言うとわずかに口を歪《ゆが》めた。

「馬鹿者じゃ。屁垂れなら屁垂れを貫けばよいのじゃ。人の言葉などに耳を貸す必要などないのじゃ。腕くらいわたしが縫いつけてやる。だから死ぬな。死んではならん」紺は兵吾を抱き起こし揺さぶった。しかし、もはや兵吾の目は虚《うつ》ろであった。腹から胸を通り肩へと深い斬り傷が口を開けていた。夥《おびただ》しい血が流れ、地べたが吸いつくせず血だまりとなって広がっていた。

「津田様はどうなりました？」さらに弱々しく聞き取れぬほどの声であった。紺は兵吾の動く唇を読んだ。

「奴は討ったぞ。骸となって横たわっておる。見ろ、あそこじゃ。兵吾の仇《かたき》も、兄上の仇も取った」

「そして、ご両親の仇も……さすが紺殿」兵吾は最期の力で笑った。

「知っておったのか？」

「代官所では密《ひそ》かに噂となっておりました」言い終わると兵吾の目から光が消えた。

「兵吾……」紺は兵吾の身体を揺さぶり、絶句した。本当に兵吾を好いていたのかどうか、今となってはわからぬが、目の前の者の命を救うことができなかったことが悔しくて堪《たま》らなかった。もしあの時、一か八かクナイを投げていれば津田に手傷を負わせ、兵吾に仇を取らせることができたかもしれぬ。もしあの時、一か八か止《や》めるように声を掛けていれば命だけでも救えたかもしれぬ。行いをして失敗することより、失敗を恐れて行わないことの方が何倍も後悔することを身をもって知った。

いまだ、百姓と藩兵の雑踏が響き、鉄砲の号砲が鳴り響いていた。空は白々と明け、残った星が一つ二つ弱々しく瞬き、西の稜線に薄い月が隠れようとしていた。

紺は兵吾の骸をそっと横たえると、立ちあがった。最後に兵吾の頬にそっと手を当てた。温かい優しい頬であった。「わたしは、お前さんの嫁になりたかったのか？

叶わぬ夢をただ見ていただけなのか」と問をひとつ残して去った。兵吾にはそのような気など毛頭なかったことなど紺にはわかっていた。何を望んでいたのか、紺自身、わからなくなっていた。

紺が堀部道場へ戻ったその日の昼には、一揆は鎮圧されたとの噂が飛州の隅々まで広がった。その陰で起こった津田と兵吾の死については、何も語られず、噂にもならずであった。左助の言った通り黙殺される形となった。

たとえ三代にわたり代官のために命を惜しまず働いた者であっても、利用できなくなれば闇へ葬るのが武士のやり方なのだと、紺は思い知った。そして、主《あるじ》を失った新田家は、今後、どうなるのか紺にはわからなかった。兵吾がどのような扱いで葬られたかもわからなかった。津田の流派を知る者が兵吾の斬り傷を見分すれば、津田が兵吾を斬ったことなど一見して判ずることができよう。そこで津田がなぜ兵吾を斬らねばならなかったかという問が生まれよう。そのときにどのような判断をするのか。また、その後、津田が何者に斬られたかという問も生まれよう。新田家が理不尽な扱いを受けなければよいがと思うばかりであった。いずれ左助が探ってくれることを期待するしかなかった。

それにしても、と紺は思った。わたしは兵吾を好いていたのであろうかという問が再び頭を擡《もた》げたが、自ら答えを見出すには至らなかった。最愛の人を亡くしたような心境ではなかった。しかし、懺悔《ざんげ》の気持ちだけは紺の心の片隅に残った。

捕　縛

翌日には飛州全土を巻き込んだ一揆が嘘であったかのように平穏が戻った。百姓たちは各々《おのおの》家へと戻り、冬支度に取りかかった。内心では穏やかならざる心境であることは言うまでもない。一万人を集めた一揆であろうと、三百程度の藩兵にことごとく蹴散らされてしまうのであるから、百姓の付け焼刃《やきば》のような結束など子供の遊びのようなものであったと思い知らされたであろう。今、飛州には百姓衆のやる瀬《せ》無い思いだけが平静を装いながら渦巻いているようであった。

五日目のこと、暁九ツ（午前零時ごろ）。紺が床に就こうとしたとき、庭に人の気配を感じた。紺は覚えのある気配に一旦消した行燈《あんどん》に躊躇《ためら》いもなく火を入れ直し、障子戸に一寸（約三センチ）ほどの隙間を作った。わずかな月明かりに立っていたのは案の定、善久郎であった。

「どうしたこんな夜更けに。だれぞ夜這《よば》いに来んさったかと思ったわ」紺は笑ったが、善久郎からは笑顔の返事は無かった。

「姉ちゃん、元気そうでよかった」紺を案ずる善久郎の声は、心なしか覇気のないものであった。

「上がれ、家の人に見つかると叱られる。誤解されても困るでな」紺は障子を大きく開けると善久郎を迎え入れた。行燈の明かりの中に入った善久郎は、明らかにいつもの善久郎ではなかった。顔色も悪く、幾分窶《やつ》れたようにも紺の目には映った。

紺は、敷いてあった布団《ふとん》を半分に畳《たた》むと、部屋の隅へと押しやり、部屋の真ん中で善久郎と向かい合って座した。

「お前、幽霊じゃなかろうな。先日の一揆のとき、鉄砲にやられた百姓が何人かいたらしいが、その時、撃たれて、まさかこの世の者ではなくなったのではあるまいな」

「そうかもしれんぞ」と善久郎はわずかに笑った。「鉄砲の弾《たま》が、頭の上を何発か掠《かす》めて飛んで行ったが、中《あた》らなんだ。とりあえず今は生きておる」

今はという言葉が、紺は妙に引っかかった。

「姉ちゃんの方は変わりないか」と自分のことより紺を気遣った。

「話したいことが山ほどある。今日は帰れんかもしれんぞ」

「よいぞ」と善久郎は一旦笑みを作ったが、その笑みはすぐに沈んだ。「話したいことはなんじゃ？　それから聞きたいわ」

「そうか。では話そうか」と紺は改まって座り直すと、話し始めた。

まず、最初に話したことは津田を討ったことであった。これに関しては公表されていることではないため、まだ誰も知らぬことであった。

「なんじゃと、津田を討ったと？　討ったということは殺したということか？　あの津田八郎左衛門正助をか」善久郎は小さな目を目いっぱいに開き、狐に抓《つま》まれたような顔をし、口をポカンと開けてしばらく紺を見ていた。「斬ったのか」

「声がでかいわ……そうじゃ、その前にクナイを一本使ったがな。あれを使わなければ、おそらくわたしの方の命がなかったであろうよ」

「よいわよいわ。槍《やり》であろうが鎌であろうが、牙であろうが、何を使おうとそんなの姉ちゃんの勝手じゃ。面と向かって尋常に勝負する必要などないんじゃ。家の中へ土足で上がり込んでお袋と親父をいきなり斬った奴じゃ。手段など選ぶ必要などないんじゃ。さすがわしの姉ちゃんじゃ。津田がいなくなれば、代官所も少しはおとなしくなるじゃろう。あの侍が反発する者を消してきたんじゃからの」

「そうであればよいが……」と紺はそう簡単なことではないと思った。「そしてな」と紺の言葉がそこで止まった。紺の顔色が曇ったのは行燈の炎のせいではないことに善久郎は気付いた。

「どうしたんじゃ？」

「もう一人、死んだ者がおる」と紺の喉が震えて詰まった。

「だれじゃ。わしの知ってる者か？」

「兵吾殿じゃ」

「兵吾？　嘘じゃろ……あのヤサ侍が……」

その経緯など到底想像もつかぬことであろう。紺は津田を斬る前の、兵吾の襲撃の話をして聞かせた。その話にも善久郎は驚きを隠せなかった。腕を組んだままじっと紺の話に耳を傾けていた。そしてひとつ唸《うな》ると、「あのヤサ侍が、津田を討とうとしていたとは……。人は見かけによらぬもんじゃな」と感心しきりに頷《うなず》いた。

「そのような言い方をするでないわ」紺は思わず怒鳴った。深夜の庭に声が響き、紺は思わず口を噤《つぐ》んだ。「わたしが火を付けたようなものじゃ。わたしが追い込んだようなものじゃ。あのようなことを言わなければ兵吾殿は死なずにすんだかもしれん」

「そうかな、兵吾殿は、ひょっとすると最初からそのつもりじゃったかもしれんぞ。誰にも言わず、その機会をじっと狙っておったのかもしれん。寡黙《かもく》な武士と言うものはそういうものじゃ」

「寡黙ではなかったがの」と紺は兵吾の話をひとつひとつ思い出した。しかし、わらび餅の日の、あの涙はその思いを表す涙であったかもしれんと思った。

「姉ちゃん、兵吾殿が好きじゃったんじゃないのか？　嫁になるつもりではなかったのか？　わしはそう思っておったが」

「……わたしもそう思っておったが、兵吾殿が死んで、悔やむ気持ちで、気が抜けただけじゃった。何だったんじゃろうか……わたしはひどい女子《おなご》かもしれん」

「そうじゃのう、姉ちゃんは天生の狐じゃ。そんなもんかもしれん」と善久郎は嘲《あざけ》るように笑った。しかし、紺の表情は浮かぬままであった。

「わたしの勘違いだったようじゃ。わたしはまだ人のことも己のこともようわかっておらんようじゃ。人を好きになるということを……もうよいわ、その話は」紺はそこで打ち切ったが、そんな話を善久郎がこの夜更けに聞きに来たわけではなかろうと

「善久郎、お前はどうしたんじゃ。何か話したいことがあったんじゃないのか」と善久郎の顔を覗《のぞ》きこんだ。

「それじゃ。それなんじゃ」と胡坐《あぐら》のまま尻を動かして紺へと近づいた。「わしは全然、悔いてはおらん。わしの行ったことはちっとも間違ってはおらんぞ。姉ちゃんも恥じることはねえ」

「どういうことじゃ。わかるように説明せんかね」

「わしはな、近いうちにお縄になるかもしれん。いや、きっとお縄になる」善久郎は口元に力を込めて言い切った。

紺はピンと来た。「一揆で、役人に向かって石つぶてでも投げたか？　棍棒《こんぼう》で横っ面でも叩《たた》いたか」

「まあ、そんなところじゃ。それでな、わしがお縄になった後のことなんじゃが、おカヨのことを姉ちゃんに頼みたいんじゃ」

「わたしに何をせいと言うのかの？」

「いろいろとな……もうすぐ、子が生まれる」

「なんじゃと？　お前の子か？」

「あたりまえじゃ。嫁が他人の子を産んだら、そりゃ一大事じゃ。わしの子に決まっておろう」と善久郎は憤慨したように鼻息を荒らげた。

「そりゃめでたいが……なぜ、わたしに頼むのか？　お前がしたことなど、たかが知れておろうに。敲《たた》きか、手鎖《てぐさり》か、悪くとも島流しか……。わたしは、そのようなことは気にせん。まさか死罪にはなるまいて」

「万が一じゃ。その時にはおカヨの力になってやってほしいんじゃ」

「おカヨはわたしの義妹《いもうと》じゃ。何かあればもちろんできる限りのことはするに決まっていようが」何か言い淀《よど》むような口ぶりに紺ははっきりとしない心配事を抱え込むことになった。善久郎は、紺の心配事を包みこむように、今夜、初めて屈託のない笑顔を見せた。「それを聞いて安心したわ。わしが念を押したかったのはそのことなんじゃ。確約をもらって、なんだかすっきりしたわ。わざわざ来た甲斐があったというもんじゃ」と座ったまま善久郎は両手を上げて背伸びをした。

「妙《みょう》な奴じゃのう」

「そしてな、わしの沙汰が終わったら、姉ちゃんに迎えに来てもらいたいんじゃ。おカヨは身重かもしれん。産んだあとなら、何かと赤ん坊のことで大変じゃろうから」

「よいが。どこへでも迎えにいってやるわ」と紺は戸惑いながらも快諾した。

安心したのか、善久郎の表情は一転晴れやかとなり途端に饒舌《じょうぜつ》となった。紺は、善久郎からおカヨの話を明け方まで聞かされることとなった。どこからか鶏の掠《かす》れた一番鳴きが聞こえたころ、「わし、帰るわ。眠いところじゃましして悪かったな」と善久郎は立ち上がった。

「気にせずともよいわ」と言いながら紺は涙目を擦りつつ、大きな欠伸《あくび》を放った。

善久郎が庭から姿を消すのを見届けると、紺は急いで布団へ潜り込んだが、半刻

（約一時間）もしないうちに内儀様《ないぎ》の足音で起こされることとなった。その日一日は眠い目を擦《こす》りながら過ごすこととなった。

一揆から十日ほどすると藩兵五百の手を借りた代官所により、一揆に加担した者たちの捕縛が本格的に始まった。船津町村と本郷村、吉野村その他で捕縛者は総勢三百五十名に及び、この中には善久郎の名もあった。

善久郎はこの日、まだ眠っているところを捕手《とりて》に踏み込まれたが、少しも騒がず、それどころか急《せ》きたてる捕手を宥《なだ》めながら、家を出る準備をした。

「少し待ってくれんか。支度をするでな。逃げも隠れもせん」と言い、顔を洗い、朝餉《あさげ》を取り、両親へ別れの挨拶と詫《わ》びを入れ、仏壇に手を合わせると、妻のおカヨに「親父とお袋のことを頼んだぞ。元気な子を産めよ。困ったことがあったら姉ちゃんに相談するといい。よく頼んであるで」と言い、清々《すがすが》しい顔つきで捕手の縛《ばく》に就いたとのこと。その後は厳しい取り調べを受けることとなった。

十二月中旬には、江戸で駕籠訴《かごそ》、駆込願《かけこみねがい》を決行して捕縛された七名の罪状が決定し、牢内で病死した者を除く六名に刑が執行された。六名全ての者が斬首獄門であった。斬首された六名の首級《しるし》は塩漬けにされ、九日かけて高山へと運ばれ、桐生河原《きりゅうがわら》の刑場に晒《さら》されることとなった。すでに深い雪に覆われてはいたものの、刑場にはそれを嘆く多くの者が集い、咽《むせ》び泣く姿が絶えることはなかった。

一万を超える飛州百姓の声も虚しく、また多くの捕縛者を出したにもかかわらず、翌年、安永三年（一七七四）二月中旬、雪がまだ解け切らぬ中、検地は再開されることとなった。

半年後の八月、全ての検地が終わり、入国していた検地役人も高山を去って行った。しかし、この検地は、これだけの騒動に発展したにもかかわらず全数を測る本検地ではなく、一部を検地したのみで、それ以外の田畑は、百姓自ら検地をさせるという申告制が大半であった。

大原代官は検地により、当初は三割増しを目論《もくろ》んでいたが、結果的には二割六分増、石高にして一万一千余石の増石となったにすぎなかったとして慙愧《ざんき》に苛まれることとなった。

このころ、明和八年（一七七一）に起こった明和騒動の首謀者に判決が下った。代官所による取り調べの結果、打ち入り騒動を先導した者四名が入牢となり、大古井村の伝十郎は死罪、湯屋村の長三郎、その他二名に遠島《えんとう》の沙汰が申し渡された。

それを告知する高札を見上げる人々の中に呆然と立ち尽くす紺の姿があった。

「先導したもなにも、あの時は皆がその気になって、その時の勢いで押し込んだだけじゃなかったのか。伝十郎殿は何もしてはおらんはずじゃ。止めに入った方じゃと善久郎は話しておった。それにもかかわらずこの仕打ちか。いくら長《おさ》といえども惨《むご》すぎるではないか」紺は代官所の無慈悲なやり方に憤りを隠すことができなかった。代官所にとっては処罰するのは誰でもいいのである。見せしめのごとく処刑できればそれが後に通じる。善久郎も、まさかこのような仕打ちを受けはしまいかと紺は不安と憤りの狭間《はざま》でもがき苦しむこととなった。善久郎が捕縛されてすでに八カ月が経っていた。

吉報

八月の下旬ともなれば多少の暑さも和らぐものであるが、いかんせん風通しが悪く、蒸し風呂のような堀部道場では涼を求めるも期待はできそうにない。午前の部であるのに、その中、玉の汗を散らしながら木刀を振るう紺に容赦ない井上の叱声《しっせい》が飛んでいた。ここしばらく、紺からは覇気というものが感じられなくなっていた。以前のように研ぎ澄まされた抜き身の剣のような鋭さは消え、使い古した木剣のようであった。やる気があるのかないのか、ただ木刀を型通りに振っているだけのように見えた。それでも、その他の門下生よりも腕はある。打ち合えばそれなりの強さを見せるが、井上には見抜かれていた。津田を討つという目的を達したことにより、目的を失い、そして、善久郎の安否に心を痛める日々であった。

まだ、稽古を始めて半刻（約一時間）もしないうちにすでに一日剣を振ったかのように疲れ切っていた紺の所へ、後輩の門下生が駆け寄ってきた。

「紺さん、玄関にお客さんです」

「だれじゃね。道場破りかね？　であれば今日は留守ということにしておいてくれんか」

「そうではないようですよ。子供ですよ」

紺は心当たりがないまま、汗を拭《ふ》きながら上気した顔で玄関へと向かった。

そこには十歳くらいの男の子が佇《たたず》んでいた。

「客とはお前さんかね？」

「そうじゃ、わしが客じゃ」と言い、帯の隙間から小さく折り畳《たた》まれた紙切れを差し出した。

「わたしにか？　だれからじゃ。恋文か？　それとも果たし状か？」と聞くも、読むほうが早いと思い、開いて目を通した。

紺は手紙に目を通した瞬間、「ほお」と久しぶりの吉報に思わず声が出た。

昨日の未明、おカヨに子供が生まれたとの知らせであった。元気な男の子とのことであった。「でかしたぞ」

「駄賃くれんか」と、男の子は汗ばんだ手を出した。

「ここまで走ってきたのか？」

「そうじゃ。一朱くれれば本望じゃ」

「分かった。祝儀じゃ」と言い周囲を見渡して、傍《そば》にいた門下生に「この子に一朱を立て替えといてくれんか。後で必ず返すでな」と言いそのまま奥へと引っ込んだ。

紺はすぐに本郷村へと出立する準備を始めた。居てても立ってもおられず、支度をする手足が勝手に動いた。どんな赤ん坊か、どんな顔か、善久郎に瓜二つか、はたまた自分に似ておろうか、一刻も早く見たくて仕方がなかった。善久郎の子供であり、紺の甥っ子である。初めての親族の誕生であった。今、出れば、日が落ちたくらいには到着できるはずと、紺は思案し、取る物もとりあえず堀部道場を出立することにした。

途中、手紙を持ってきた子供を追い抜いた。「先行くぞ」というと子供はきょとんとして紺を見送った。逸《はや》る気持ちに任せたせいで、足はいつになく速くなった。

本郷村へ到着したときには、まだ日差しを残していた。ここまで焦らずともよかったかもしれんと紺は自嘲《じちょう》しながら門を潜《くぐ》った。

挨拶もそこそこに、おカヨは弾けるような笑顔を見せながら産着にくるまれた赤ん坊を誇らしげに見せた。指で突ついいただけで弾けそうなほどに丸い赤ん坊であった。

紺は、思い出していた。確かに、その顔に見覚えがあった。幼いころの記憶がまた一つ蘇《よみがえ》った。善久郎である。善久郎の赤ん坊のころの顔である。確かにこの顔を見た。

「善久郎にそっくりじゃや。瓜二つじゃな。早く知らせてやらんとな」

しかし、今、善久郎には面会も差し入れもできぬとのこと。

狸帰る

高山陣屋から宮川沿いに北へ半里（約二キロ）ほど行けば桐生河原《きりゅうがわら》である。安永三年（一七七四）十二月の初旬、このころにはもう肌を切るような北風が吹き始めていた。紺はすぐ手前の七日町村まで来ていた。もう四半里（約一キロ）も歩けば桐生河原である。河原は大部分を大人の背丈ほどの枯れ草が覆いつくしているものの一部だけぽっかりと開いていて、そこが獄門台を設《しつら》える処刑場となっていた。常に腐敗臭漂うこの河原には、以前にも幾度となく通りかかったことはあり、人だかりを目にしたことはあるが、わざわざ河原へ下りてまでして獄門首を見物する気にはなれなかった。それをあえて見物する者の気が知れぬとの思いで足早に通り過ぎる紺であったが……。

左助は役人の動きと咎人《とがにん》の扱いを探る中、善久郎の斬首を知ることとなった。斬首については公表も公開もされることはなかった。百姓衆が騒ぎ出すことを恐れてのことであろう。左助の話では、もうすでに善久郎の首は晒《さら》されているとのことであった。五日の早朝、収監されていた牢から引き出され、牢の前で執行されたとのこと。それを知った左助が紺のところへと駆け込んでくれたことから知ることとなったが、紺にはいまだもって信じることができなかった。

己の目で善久郎の首《くび》を見るまでは、その死を受け入れることはできなかった。あの善久郎が死んだだと？　嘘であろう。信じられるものか。使い走りの小僧など、敲《たた》きか手鎖《てぐさり》か、悪くとも島流しであろうと高を括《くく》っていた。それなのになぜこのような寒風吹きすさぶ河原に……首だけ。左助の性質《たち》の悪い嘘であろう。しかし、左助がそのような嘘を吐《つ》く男ではないことは紺が一番よく知っていた。

紺の額は徐々に冷たくなり、しかし、ねばりつくような汗が滲《にじ》み出すのを感じていた。汗は胸や背中にも滲み出して着物を張りつかせた。もし、善久郎の首をそこで見たとき、己はどのような顔をするのか、どのような声を出すのか、どのようにのたうちまわるのか、紺自身にも見当がつかなかった。考えすぎじゃ、人間違《まちが》いじゃと紺は自分に言い聞かせた。だれかがもう善久郎の首を見たというが、死んだ者の顔などというのは、血の気がなくなり、苦痛に歪《ゆが》み、ひょっとすれば取り調べの時に大きな傷を受けたかもしれぬ。見間違いであってもおかしくはない。それは間違いであってくれとの思いであった。その首が大口を開けて笑っておったなら、それは間違いなく善久郎であろうが。

様々な思いを撹拌《かくはん》するうち、紺は桐生まで来ていた。小高い土手を越え、河原へと下りると、そこが桐生河原である。河原から無数の人の気配がどよめきとともに、冷え冷えとした冬の風と混じり、しかも何者かの腐臭とも混じり合い、土手を駆けあがって紺のところまで流れてくる。間違いなくその向こうには獄門台がある。死骸がある。首がある。

重いのか、根が生えたのか、紺の足はすくんで動かなくなった。これまでにも数多《あまた》の死骸を見てきた。斬り刻まれた死骸も見てきた。腸《はらわた》が掻き出された死骸も見てきた。幼いころには両親の死骸も見た。しかし、これまでとは比較にならぬほど見るに辛《つら》い死骸となることは想像に難《かた》くない。紺は、自分がこれほどまでに臆病であったかと情けなくなった。しかし、獄門首の恐怖に、善久郎の待ちわびる顔が勝るには、それほどの刻《とき》を要しなかった。意を決めたかのように紺の足が動いた。力強く土手を踏みしめると、紺は土手を登り始めた。やがて、河原が見えてきて、人の気配が強くなった。半町(約五十五m)四方の、枯れ草が刈り取られた所には見物人が二十人ほどと多くはなかったが、その者たちの作る空気は、人の生首を見物するような神妙な空気ではなく、見世物を物珍しそうに見る空気で、そんな人の顔が紺には無性に腹立たしかった。しかし、人垣から少し離れた枯れ草の中では泣き伏す女の姿もあった。間違いなくここは晒しの場であった。当の騒動により裁きが下った者は、磔《はりつけ》四名、獄門十名、死罪二名、遠島十四名、追放十四名、長尋《ながたずね》九名、その他過料九千百八十九名であった。

土手の上から見ると、土を盛った台の上に獄門台は二台並べて設えてあった。その横に筵《むしろ》で囲まれた番小屋が建てられていて、貧相な番人が一人、竹棒を持って立っていた。罪状が書かれた捨て札が立てられ、その横には篝火。二台の獄門台の上には首と思われる黒い塊が四つと三つに分けて晒してあった。獄門は十名であったがすでに三名が牢死していて首は七つとのこと。

あの獄門台の上の七つの首の中に善久郎の首があるというのか。紺は目を伏せると、そのまま土手を下りた。

土手を下りると獄門台は人垣に隠れて見えなくなった。紺はその後ろで覚悟が決まるまでしばらく待っていた。そのとき、なぜかさっと人垣が二つに分かれて獄門台へと導くような道ができた。紺が顔を上げると、目の前に一つの首があった。それが善久郎であった。変わり果てた顔であったが善久郎であるとすぐにわかった。

「やはり善久郎か……」紺は、その顔をまじまじと見た。首だけの、なんとも寸足らずの善久郎。ずんぐりした体でも無いよりはましじゃなと紺は憐れんだ。

獄門台には七つの首が並ぶ。どれも醜悪であったが、中でもとりわけ醜《みにく》いのが真中の善久郎であった。拷問によるものか、頬の傷に加え、鼻は欠け、烏《からす》にでも突《つ》つかれたのか、眼窩《がんか》がぽっかりと開き、唇が半分ほど千切りとられて歯は剥《む》き出していた。

「なんでこんなことになったんじゃ。間違いじゃろ。善久郎、お前は狸ではあるが不細工ではなかったはずじゃ。かわいい弟じゃ。融通が利かん馬鹿者じゃが、気風《きっぷ》のいい好男児じゃったはず。逃げても罰はあたらなんだぞ。善久郎、お前は大馬鹿者じゃ。まんだ十八じゃろ。お前の人生はこれからじゃなかったのか」

紺は歯を食いしばった。血を吐くような思いを飲み込んだが涙が溢《あふ》れ、目の前の風景が滲《にじ》んで歪《ゆが》んだ。

「悪くても島流しじゃと言っておったじゃねえか。本当は最初からわかっておったんじゃろ」紺の両の目から涙が溢れた。

善久郎は獄門台の上から残った片目で何か言いた気《げ》に紺を見ていた。

――これがわしの生き方なんじゃ。後悔などしとらん――

「何を格好つけとるんじゃ。ただの百姓じゃろ」

善久郎が笑ったように見えた。

――百姓にも意地がある。武士に負けず劣らずの意地じゃ――

「死んで何になる。生きてこそ実が生《な》る花が咲く」

――姉ちゃんも早くええ男を見つけて嫁に行け。そして早く子を作るといいわ――

「余計な御世話じゃ。馬鹿たれが。取り捨てになったらわたしが持ち帰って、こっそり墓を作って成仏させてやる。だから、もうちょっとそこで辛抱するんじゃ。烏が悪さしようとしたらわたしが追い払ってやるから安心するんじゃぞ」

善久郎は微笑んだ。

――頼むわ。これ以上、烏に突つかれるのはまっぴらじゃ。わしは美味いのかの――

善久郎は頬を膨らませて笑ったように見えた。

紺は、人が疎《まば》らになるのを待つと、善久郎の顔が見える草むらへと身を隠した。人がいなくなると番人も小屋の中へと入る。空には無数の烏《からす》が飛びまわっていて、それを見計らったかのように降りてくる。獄門台に止まる烏、首に止まる烏で黒山となる。そして首を啄《つい》ばみ始める。紺は手ごろな小石を集めると、烏に向かって投げつけた。紺の投げた石は的確に烏を捉えた。驚いた烏は一旦は散《ち》り散《ぢ》りとなるが、またすぐに群がってきて啄ばみはじめる。紺は烏が啄ばむたびに、小石を投げた。これを日が暮れるまで繰り返した。そして、背負子《しょいこ》を枕にすると草むらで一晩を過ごした。寒々とした空に青い月が出ていた。篝火は夜通し焚かれ、善久郎の顔を照らし続けた。

東の空が明るくなったころ、気がつくと篝火が消され、善久郎の首は獄門台の上から消えていた。

三日二晩の晒しが終わった首は取り捨てとなり、埋葬されることなく河原のどこかへと捨てられ、獣、鳥に食い荒らされるがままとなる決まりである。

紺は善久郎の首を求めて広い河原を捜し歩いた。善久郎の首が野ざらしになっているかと思うと居ても立ってもおられなかった。鳥に突かれているかと思うと悔しくてならなかった。

紺は、腐臭が渦巻き、無数の死骸や骨が散らばる草むらを歩き回り、善久郎の首を捜し歩いた。草に埋もれる善久郎の首は、おいそれと見つけることはできなかった。

昼近くになって、獄門台から二町（約二百二十m）も離れたところ、人の気配に驚いた鳥が草むらから一斉に飛び立った。紺がその場を覗《のぞ》きこむと、そこに首らしき赤黒い物を見つけた。

「善久郎か……」

――わしじゃ。善久郎じゃ――と声が聞こえた。紺は草をかき分け入ると、それを手に取った。獣、鳥に食い荒らされて無残な面《つら》ではあったが、善久郎の面影が確かに残っていた。

「約束通りに迎えに来てやったぞ。それにしても哀《あわ》れじゃのう。こんな姿になってしまって。首だけじゃねえか。子供が生まれたのに抱けねえじゃねえか」

――待っておったぞ、姉ちゃん。わしを連れて帰ってくれんか――

「そのつもりで来たんじゃ。馬鹿たれが」

紺は善久郎の首を抱きかかえると泣くこともできない善久郎の分まで泣いた。泣いて泣いて、抱きかかえたまま草むらを転がりながら紺は声を上げて泣いた。ひとしきり泣き、泣き疲れ、息も絶え絶えになったころ、紺は吸い筒の水を掛け、枯れ草や泥を洗い流すと真っさらな晒しで善久郎を包んだ。晒しにはすぐに血汁の染みが広がったが、紺はそれを確《しっか》と抱きかかえた。

「南無阿弥陀仏、南無阿弥陀仏、南無阿弥陀仏。おカヨの所へ連れて帰ってやるからな。そこでおとなしく待ってろ」紺は背負子の竹籠に枯れ草を敷き詰めると善久郎の首を入れ、更に枯れ草を入れて中で躍らぬように抑えた。もう夕闇が迫っていた。

「明日の朝にはかわいいおカヨが待つ家じゃ。もうちょっとの辛抱じゃ」紺は背負子を背負うと帰途へと就いた。

道すがら、紺は善久郎に話しかけた。

「下らないことでもいい、もっと話がしたかったぞ。喧嘩もしたかったぞ」

――すまんな姉ちゃん。わしもじゃ。もっともっと話がしたかった。喧嘩もしたかった。姉ちゃんには勝てそうにないが――

「向こうに行けば、父殿と母殿にこっぴどく叱られるであろうよ」

――それも楽しみじゃな。わしには父殿と母殿に叱られた記憶がないからの。……それとな、こっちにヤサ侍がおってな、仲良くやっておる。それでな、姉ちゃんがお前のことを大して好いておらなんだって話したら、がっかりしておったわ――

「余計なことは喋らんでよい」と紺が笑った。

善久郎も大口を開けて笑った。散々笑い、笑い疲れたとき、「おまえはこれで満足なのか」と紺は、横を軽い足取りで歩く善久郎の姿を見ていた。

――わしか？　わしは満足じゃ。……といえば嘘になるな。ちょっと心残りはある。やっぱり、子供のことじゃな。せめてひと目、子供の顔が見たかった。一度でいいから抱きたかった。わしに似ておるじゃろか。姉ちゃんが見て、わしの墓に知らせてくれんか。待っておるぞ――

「わたしはもう見てきたわ。男の子じゃぞ。お前に似て男前とは言えんが……。じゃがな、わたしはそんな男が好きじゃ」

――もう見てきたか。男か。そうか、わしに似ておったか。男前でなくてええ、元気ならそれでええ。それと、おカヨのことくれぐれも頼むで。気丈な振りしてるが、ときどきめそめそするから、慰めてやってくれ——

「勝手なことを言われても困るわ。それは旦那の役目じゃろ」

——そうじゃな、わし、旦那じゃったな。悪い旦那じゃったな。でも頼むわ、姉ちゃん。恩に着るで——

紺の頭上に満月が出ていた。善久郎は空に浮かぶ満月にも負けないくらいに大きく笑った。

天の声

紺は、高山に残るか天生へ帰るか考えあぐねていた。特に、この地へ残る理由もなく、されど、帰ったところで再び以前のように草を採って暮らすこともできそうになく、宋哲の居候として生活することも癪《しゃく》なので、このまま堀部道場で部屋住みの門下生として厄介になることがよいのではないかとも考えた。それを内儀《ないぎ》様に相談すると、「このままここにいるとよい。それでよいよ。なんなら堀部家へ養女に入ったらどうじゃね。この家から嫁に行けばいいんじゃないのかね。養子を取ってもよい。さすれば堀部道場も安泰じゃがね」と言ってくれるので、養女になるかどうかは後々考えることにして、とりあえずこのまま部屋住みの立場に甘えようかとも考えるようになった。しかし、それならば宋哲に一言断りを入れねばならぬと思いつつ、結局、ずるずるとそのままとなった。時折、宋哲も道場へ顔を出しては、堀部と酒を飲みながら歓談し、その合間に紺の話も出るが、特に今の生活が変わることはなかった。

その後、左助の探った話によると、新田家は養子を取ることで存続が叶うとのことであったが、津田家は家督を継ぐ者の目処《めど》が立たず、断絶することとなったとのこと。

三年後の安永六年（一七七七）、飛騨代官は、大原彦四郎紹正《おおはらひこしろうつぐまさ》の功績により、将軍に謁見《えっけん》できる布衣《ほい》郡代へと昇格した。

安永騒動から六年が経った春、雪が解けるのを待っていたかのように左助が源信坊として堀部道場へ顔を出した。この時、紺は井上と共に堀部道場の師範代を務めるまでになっていて、奉納試合においても津田との試合で二等組となった以後、全て一等組となり、界隈《かいわい》では紺の名を知らぬ者はいなくなっていた。

「よい生活をしているようじゃな。紺、肥《こ》えたか？」と左助は、まず挨拶代わりの皮肉を言うと笑った。「噂は聞いておるぞ、道場破りをことごとく打ちのめしているようじゃな」

「己の腕を試そうなどという者に猛者《もさ》はおらんでの。皆、大したことないわ。左助はどうしておる？」

「わしか、わしは相変わらず江戸から越中までを行ったり来たりじゃ」

「楽しいか？」

「これがわしの役目じゃ。楽しいとか辛《つら》いとか考えたことなどない。生きるとはそういうことじゃ」

「何か、わたしに用事があって来たのじゃろ。左助の顔に書いてあるが」

「人の心を見抜く目はさすがに鋭いものじゃの。そうじゃ、杉浦先生から厳命じゃ」

「もう、ないと思っておったが……」紺の心に動揺が走った。己が草であることを忘れかけていた。

「死ぬまで、いや、死んでも命《めい》は下ると思え。嫌か？」

「縛《しば》られて生きるのはまっぴらじゃ」と紺は左助の顔から目を背けた。

「人は求められて生まれてくる。人は求められて育てられる。それに応えて生きるのが不服か。人のために何かをせねば生きてはいけぬ。たとえ人の命を奪おうとも、それ以上の命を救うことになれば意味はある。そのように思わねばやってはいけぬがな」と左助は紺の目を見て刻み込むように言い、「というのが杉浦先生の言葉じゃ」と付け加えた。

「いつも爺の受け売りじゃな」と紺は吹き出した。「わたしはこの時のために爺がもらい受けたというわけか」

「そうじゃ。この時のためじゃ。この時が来ることを読んでおった」

「誰の命を取れというのか」紺は核心に触れるべく、左助の口を見ていた。左助は懐から四つ折りにされた一枚の紙を出した。広げると一人の侍の顔が描かれていた。ほっそりとし、知性的な面立ち。どこかで見た顔であった。さて、どこぞで会ったか？紺は素早く記憶の底を浚《さら》ってみた。ふと記憶が蘇《よみがえ》った。何年前だったか、天生へ帰る道で出会った侍ではないか。山道で蝶を眺めていた侍ではないか。

「これは誰じゃ？」

「これが郡代、大原彦四郎紹正《おおはらひこしろうつぐまさ》じゃ」

郡代の命を狙うことになろうことを紺は薄々感じていた。それがどのような人物かは構わぬが、あの時の侍の命を奪うこととなるとは露程《つゆほど》にも予想はしてはいなかった。

いつか主命により政敵を討つことを見越してもらい受けた宋哲が、草として養育したのが紺であった。なぜ、と聞くまでもなかった。命《めい》が下ればその理由がどうあれ、遂行するだけである。それがその地に根付く草の役目であることは紺も分かっていた。

「大原も哀れじゃのう」と左助は視線を落とし大袈裟《おおげさ》に首を振った。どのような功績を上げようが用済みとなれば容赦なく粛清される。左遷であればよいのだが、強引な執政により民衆の怒りを買った者は民衆の怒りを鎮めるために抹殺されるのが慣《なら》わし。それを指示したのが老中田沼意次《たぬまおきつぐ》である。天領地であるがゆえの謀略であった。期限は一月《ひとつき》の内とのこと。紺には大原郡代に対する怨《うら》みなどない。善久郎が獄門台に晒《さら》されたことにおいても、善久郎は覚悟の上でのこと。郡代のせいではない。世の慣わしである。善久郎の仇《かたき》を取ろうなどと言う気は毛頭なかった。善久郎もそのようなことを望んでいるはずはない。生きる術《すべ》は命《めい》に従うことしかないと思うと虚しくなるばかりであった。大原が哀れか、己が哀れか天秤に掛けたくなるところではないかと紺はじっと己の手を見た。

月の声

左助から命《めい》を受けて二十日ばかりした夜。暁八ツ（午前二時ごろ）、紺は高山陣屋の庭へと忍びこんだ。その姿を、うっすら雲のかかる半月が南の空から見下ろしていた。夜風に吹かれた桜の花びらが紺の目の前を横切り、庭の池の水面《みなも》へと落ちた。静かな夜に紺の忍び足が砂を踏みしめた。

予《あらかじ》め下見をしていた役宅へと迷うことなく進むと、しばらく庭の暗闇で様子を窺《うかが》った。時折見回りが提灯《ちょうちん》を持って現れるが、一度通り過ぎれば、一刻（約二時間）は心配無用となる。これも下見の功効である。

紺は大原郡代の寝間とされる部屋へ歩み寄ると、周囲に気を配りながら障子をゆっくりと開けた。そして中の様子を窺いながら音もなく立ち入った。座敷の中央に敷かれた布団には一人の侍が浅い寝息を立てていた。

紺は横に置かれた行燈《あんどん》に火を入れると、その明かりを近付け、寝息を立てるその顔を覗《のぞ》き込んだ。

大原紹正と知ってその顔を見るのは初めてであった。あの時の顔である。少々窶《やつ》れたであろうか。重責を担ったせいか、歳月のせいか、光の加減か、頬がこけているようにも窺い知れた。

大原は目を閉じ浅い呼吸を繰り返していたが、うっすらと目を開けたかと思うと、布団を捲《まく》り、起き上がろうとした。それを制し、「お静かに願います」と紺は大原の首に短刀を当てた。

「何者じゃ？　わしを郡代大原彦四郎紹正と知っての狼藉《ろうぜき》か？」大原の声は夜を憚《はばか》るように弱々しかった。

「もちろんにございます。わたしは草でございます」

「女か？　なぜそこにいる」

「大原様のお命を頂きに参りました」紺は大原の耳元で囁くように言った。

「誰が寄こした刺客《しかく》か？」

「言えませんが、心当たりはおありのはず」

大原は大きな吐息のあと、薄く笑ったようであった。「いずれ領民たちの反感を買いこのようなことになるのではないかとの危惧《きぐ》はあった。奴らの考えそうなことよ。しかたがあるまい。運命だて」

「これが運命であると？」意外な言葉に紺は不意を突かれそうになり手の刃を握り直した。

「そうじゃ。避けられぬ運命じゃて。しかし、なぜひと思いにやらぬ？　簡単であったろうに」

「確かに。なぜでございましょうか。ひと思いにできぬ思いに駆られました。大原様のお顔を拝見した途端に」

「わしの顔をか。……どこかで会ったと申すか？」と大原は顔を動かして紺を見た。

「身を起こしてもよいか？」

「では、ゆっくりと……」

大原は布団の上でゆっくりと身を起こした。

「さて、どこぞで会ったか？」顔を覆い、目だけを出した紺ではわからぬのも当然であった。しかし、紺は気を抜くことはなかった。

「幕府から命を狙われていては、もはや刃向かってもしかたなかろう。見苦しいだけではないか」大原は自嘲《じちょう》したようであった。大原は再び大きなため息を吐《つ》いた。「このような死にざまより、切腹を命じられた方がよかったわ。わしはな……」と大原は最期の言葉を残すように弱々しい声ではあったが、自らのことを語り始めた。

大原家は、俸禄《ほうろく》四百俵、御目見え以下（将軍に直接謁見できない）の御家人で、紹《つぐ》正《まさ》は大原家の三男として生まれた。三男となれば総じて期待されることはなく勝手な振る舞いが大目に見られるがその分、肩身はひどく狭い。とは言え、その身分、立場を遺憾なく行使できた紹正はその身分、立場を満喫していた。長男は期待された通り文武に秀でた逸材で、父が隠居するとすぐに家督を相続し、要職に就き将来を嘱望される存在となった。しかし、三年目の冬、役所内のいざこざから刃傷沙汰《にんじょうざた》が起こり、それに巻き込まれた長男は大傷を負った。手当ての甲斐もなく五日目に息を引き取ることとなった。その後は当然のように二男が引き継ぎ、やはり長男に劣らず嘱望の眼差《まなざ》しを集めることとなった。しかし、これもまた三度目の冬、はやり病に罹《かか》り、数日間寝込んだ後、あえなく息を引き取ることとなった。

そのころ紹正は、虫を追いかけて日本中を旅していた。西は肥州（長崎・佐賀・熊本）、北は羽州（秋田・山形）まで、二男の死の知らせを受けたときには伊州（三重）にて虫を追いかけていた。

「わしは、幼いころから虫が好きでな。虫を捕まえては、その虫の絵を描くのが楽しみであった。本草《ほんぞう》学者になるのが夢であった」紺は子供のように話す大原のその言葉ですべてが見えたような気がした。

江戸へと呼び戻され、家督を継ぐことを銜《くく》めようとする母、家臣の前で紹正は悩みに悩んだが、お家のため母のため、家臣のため、断ることはできず、已《や》む無く本草学者になる夢を諦《あきら》め、家督を継ぐことにしたのであった。

紹正は役務《えきむ》に没頭した。優秀であった長男、二男に負けぬよう、また大原家の恥とならぬようにと役務に心血を注いだ。しかし、文武を疎《おろそ》かにしたせいか思うような評価は得られず、俸禄は上がらず、家計は火の車となった。そして母、娘と相次いで病死させた。薬代も払えぬほど苦しい状況であった。紹正は己の無力さ不甲斐なさを嘆き、その時から紹正は変わった。変わらなければならなかった。しかし、そのころ出世どころか、左遷の話が出始めていた。

そんなとき、飛州の代官の後任が選別されていた。紹正はかつて父の代から世話になっていた老中阿部正右《あべまさすけ》に自分を飛騨代官へ推挙してくれるように願い出たのであった。阿部正右の口添えもあったことから白羽の矢が立った形となった。勘定組頭からの抜擢に、誹謗《ひぼう》や妨害も数多《あまた》あったが、払いのけ、明和二年（一七六五）四七歳で飛州への赴任となった。

「この地は、わしと大原家にとっての背水の陣であった。後退は許されなんだ。わしを認めさせたい一心であった」

「なぜ、そのような話をわたしに？」

「誰かに聞いてもらいたかった。妻への懺悔《ざんげ》かもしれん。三年前、妻はわしの圧政を嘆いて自害した。さぞかし怨《うら》んだであろう。恥じたであろう。しかし、わしとて根っからの悪人ではない。領民に強いた圧政はすべて幕府からの命によるものであった。わしはそれに従ったまで。されど、幕府は失政をすべてわしに押し付けて消そうとしているようであるな。だが、甘んじて受けようではないか。それもまた役務」大原は自嘲からか、目を閉じて笑った。

「女、どこかで会ったな。聞き覚えのある声のようだが」大原はわずかに紺へと顔を向けた。

「思い出されましたか。確かに一度お会いしております。今から八年前になりましょう。春に。大谷村近くの山道で。大原様は馬から降りて笹原を眺めておられました」

「大谷村……笹原……」と大原は少し考える素振りを見せ「……あの時の女であったか。ただ者でないことはあの時すぐにわかった。だから記憶の底にいたのであろう」

大原は、あの刻限に高山から歩いて来られるのはそれ相応の修練を積んだ者でなければできぬことと即座に判じた。歩く姿からもただの村娘ではないことを見抜いていた。

「もうひとつ聞きたいことがある」

「何でございましょう」

「津田を討ったのはお前か？」

「さて」紺は無表情のまま応えなかった。

「津田の膝にクナイが撃ち込まれておった。忍《しのび》の者の仕業であることは容易にわかった。そこにあるぞ、そのクナイは。持って帰るとよい。よい仕事の物じゃ。お前自身の作か」と大原は顎《あご》で箪笥《たんす》の上置きを示した。

「暗くてわからぬか。わしならすぐにわかる」と言うと大原は素早く立ちあがり、しかし、その足は床の間の刀へと向かい、手が柄へと掛かった。

紺の刃は、予測していたかのように大原の脇腹を斬り裂いた。夥《おびただ》しい血が噴き出し寝間に降り注いだ。紺も返り血を浴びることとなったが、怯《ひる》むことはなかった。大原は脇腹を押さえながらも口元は笑っていた。

「見苦しいとは思ったが、この方が斬り易かろうと思ったでな……どうした？　とどめを刺さぬか。それとも刺すまでもないか。……そうじゃなこの傷では四半刻（約三十分）ともつまい」大原は吐息のように言いその後、大きく息を吸った。「クナイはそこじゃ。勝手に開けて持っていくがよい」

紺は、大原から目を離すことなく立ちあがると、箪笥の上置きを開けた。そこには折り畳んだ袱紗《ふくさ》が納めてあり、手に取ると棒状の覚えのある感触が手に伝わった。紺は開いて中を確認すると、そのまま懐へと入れた。

「やはりお前の物か」大原は弱々しく笑った。

「わたしの方からも聞いていただきたいことがあります」

「わしにか……早く申せ、刻《とき》が迫っておる。最後まで聞けぬかもしれぬ」

「わたしには弟がおりました」わずかに言葉が紺の喉に詰まった。

「弟が……それがどうしたと」

「五年前の暮、一揆の首謀者の一人として獄門となった本郷村の善久郎でございます。わたしの実の弟でございます。十八でございました」

「なるほどそうであったか。姉弟共に逸材であったか。おしいことをした。しかし、それは世の定め。善久郎とやらもわかっておったはず」大原は薄く笑った。

「もちろん覚悟の上で行ったことでございます。それに関してとやかく言う口は持ち合わせてはおりません。ただ、人の命を蔑《ないがしろ》にする者は己の命も蔑に扱われることを身をもって知っていただきとうございます」

「わかっておるつもりじゃが、どうにもならん」と大原は顔を歪《ゆが》めて首を振った。

紺は大原の顔に視線を置きながら後ずさりし寝間を出ようと障子に手を掛けた。しかし、もう一度、大原に近づいた。

「どうした、気が変わったか。ひと思いにやるがよい」

「いえ、ひとつお知らせしたいことがありました」

「何じゃ？」声がさらにか細くなった。傍《はた》から見ても死期が間近に迫っていることは明らかであった。

「ダンダラのことでございます」

「ダンダラ……おお、ダンダラのことか……あの美しい蝶……もう一度見たかったが」と大原の声に心なしか覇気が戻ったように聞こえた。「ダンダラがどうしたというのじゃ？」

「ダンダラの卵は寒葵《かんあおい》に産み付けられます」

「……なんと、寒葵であったか」一瞬、行燈の炎が明るくなったように思われた。

「確かにあの辺りには多くの寒葵が自生しておった。それに気がつけば……どうやらわしにはそちらの方の資質は無かったとみえるな。……そうか、寒葵であったか。それが大事なんじゃ。いつも見ておると大事なことが見えなくなる。小さなことが大事なんじゃや。足元にあったとは……」気がつかなかった、迂闊《うかつ》であったとの気持ちが大原の口から溢《あふ》れた。「そうか、寒葵か……葵を喰う蟲《むし》であったか……」と何度も繰り返した。やがて嗚咽《おえつ》が混じり始めた。

「十粒ほどの水玉のような卵を、葉の裏に産み付けます。わたしが目にしたときは陽の光を受けてそれはそれはきれいに輝いておりました。その卵は十四日ほどで蟲になります」

「……水玉のような卵か。見たかった、見たかった。さぞかし美しかろう」駄々をこねるような大原の目から涙が零《こぼ》れるのを行燈が見届けた。「生まれ変われるものなら次はきっと……」馬の遠乗りに出かけたあのとき、あの場所でダンダラに出会うことは運命であったろう。足元に気を付けていれば、寒葵に気づいたかもしれぬ。気づいておれば、その葉の裏を見たかもしれぬ。卵は餌となる葉に産み付けられる。葵を喰う蟲がいることを知れば、幕府に一言二言物申す気概が芽吹いていたかもしれぬ。なれば苛斂誅求《かれんちゅうきゅう》とはならず、一揆は起こらず、人が死ぬこともなかったかもしれぬ。そして己の命もこのような形で終わらせることにもならなかったかもしれぬ。しかし、それはそれ。

大原には一分の後悔もなかった。己の才覚を思う存分に発揮できたことは、むしろ満足であった。迷いもなく策を遂行し、幕府の期待に応えるだけの成果を収めたことにより、代官を郡代へと昇格させることで武士としての喜悦を堪能《たんのう》するに至った。それで十分ではないか。これはその報い。「わしは、わしのできることをしたまで……」これが大原の魂の根底で逆巻《さか》いた衷懐《ちゅうかい》であった。

「ダンダラの蟲が寒葵を喰うことは内密にしておいてくれまいか……」

大原は、紺の承諾を見届けると、うっすら笑みを浮かべたようであった。その顔から笑みが消えると表情が行燈の薄明かりへと、すっと吸いこまれた。その顔は、あたかも死化粧を施《ほどこ》したかのようであった。大原の息が絶えた瞬間であった。

大原はこの地へ赴任してこれまで順風満帆とはいかなかった。不幸に不幸が追い打ちを掛けるありさまであった。陣屋内での諍《いさか》いから乱闘となり、それが原因で長男勝《かつ》次郎《じろう》を失っている。さらに、三年前に妻を失っている。妻は大原の無慈悲な圧政に抗議しての自害であったとされている。検地の成果が認められ、布衣郡代に昇格した後、大原も原因不明の目の病に罹《かか》り病床に伏せるようになっていた。心身ともに死期を悟っていたと思われる節がある。

紺は大原の部屋を出て、音もなく障子を閉めると来た道を戻った。「そうか、寒葵であったか」と大原の声は紺の耳の奥で何度も繰り返された。やがて、その声も小さくか細くなり、しまいには途切れた。

天生へ

大原紹正の死は内々で病死として扱われ、その後二年間隠されることとなり、執政は息子の大原亀五郎《かめごろう》が引き継ぐこととなった。大原紹正の死が伝えられると、『これは処刑された者たちの祟《たた》りじゃ』と飛州民の間で語られるようになった。

紺は春の山王祭を見届けた。あれほど人ごみや祭など騒がしいものを嫌っていた紺であったが、そこへ住むと、水のせいか空気のせいか、居心地がよくなり、不思議と満喫することができるようになっていた。

それからしばらくして堀部に話の場を設けてもらった。

床の間を背にして座した堀部は神妙な顔つきの紺を見て、すでにその心の内を読んでいた。それも已《や》むを得ぬとも思っていた。さぞかし芳も残念がるであろうとも。

「実は、天生へ帰ろうと思います」

「最近の紺の様子を見ていて、そうではないかと勘繰っておったのじゃ。この家から嫁に行くか、養子を取ってくれるのではないかと、芳共々楽しみにしていたのだが、残念であるのう」堀部は目を閉じると、六年の日々を思い起こしているようであった。堀部は奉納試合に勝ち続けることができようかと心配もあったが、それを理由に止めるわけにもいかず、未練が残るばかりであった。紺は畳に額を付けるほどに頭を下げ、感謝の意を表した。畳に一つ二つと涙が落ちて浸みこんだ。

それから十日ほどした晴天の朝、堀部道場の門下生たちに見送られ、背負子《しょいこ》に行李を堆《うずたか》く積んだ紺が堀部道場の門を出た。春の風に背を押されながら満開の桜の下を行く紺の足取りは軽やかであった。

紺が峠を行くとき、前を行く男の後ろ姿に見覚えがあった。「あれは権六であろう。相変わらず元気そうじゃな」紺は薄く微笑《ほほえ》んだ。薬草を先取されてカチンと来たこともあったが、それとは別に一言言ってやらねば気が治まらぬことがあった。八年の間、心の中に留《とど》めていたことであった。紺は早足で近づくと、その背中に声を掛けた。

「権六、さすがじゃのう。てっきり耳が聞こえんと思っておったが、すっかり騙されたわ」

権六は、聞こえぬ振りをして歩調を変えることもなく先を行った。

「お前も草じゃったとはな」

と、その時、権六の足がぴたりと止まり、紺へと振りかえった。権六はじっと紺を見つめていた。

「籾糠山《もみぬかやま》で二人の浪人を殺《あや》めたのはお前じゃな。お前しかおらんでな。いいんじゃ、いいんじゃ。誰にも言わんでな」と紺はうすら笑いを浮かべながら権六の横を通り過ぎた。

「なぜわかったかの?」と権六は初めて口を利いた。想像していた声より優しい声は意外であった。耳が聞こえぬ、口が利けぬ、お頭《つむ》が少々弱いと装っていた権六であったがここで化けの皮が剝《は》がれたわけである。

紺は横目で見て、嘲《あざけ》るように笑った。その笑いは声になった。

「ボロを出したな。ただ鎌を掛けてみただけじゃ。先回りされた八年前の仕返しじゃ」紺は薄々妙な奴じゃなと思っていたにすぎなかった。己以外にも草がいても不思議ではない。あの付近を縄張りとするのは権六以外には見当たらぬので、ひょっとするとそうかもしれんと思ったまでのこと。「とんだ狸じゃな。いや熊か？」と鼻でせせら笑って見せた。

「人を殺めようと企んでおったので、始末しておいた。もう一人は、それほど悪党には見えなんだで、生かしておいた。飛州にとって善《よ》かれとしたまでじゃ。狐にはかなわん。お前さんもよい腕をしておる。話は聞いておるぞ」虚を突かれたような面持ちで権六はぼそぼそと言った。権六もまた紺と同じように幼いころから修練を積まされ様々な技や知識を習得したこの地に根付く忍《しのび》の一人であった。

「誰にも話さんでくれよ」狐の怨《うら》みは八年祟ることを権六は知った。

「わかっておる。心配するでないわ」と紺はしてやったりの体《てい》で駆け出した。

山桜が花開くにはもう少し時が必要となるらしい。まだ蕾《つぼみ》は堅そうであった。途中、芽吹き始めた木々を見上げながら山道を歩くと寒葵《かんあおい》の群生地が目の前に広がった。ダンダラが無数に飛び交っていた。紺は立ち止まり、ふと見るとその向こうに大原紹正の姿を見つけた。成仏できぬか、それともこの世の見納めか。紺が問うと、大原は微《かす》かに笑い、木々に吸い込まれるように消えた。

「やれやれ」と紺は安堵した。

先日には左助を通じて、帰るとの知らせを出しておいたおかげか、紺が天生の庵《いおり》へと到着すると戸口で宋哲が出迎えていた。そこに見慣れぬ七、八歳の娘が共に立っていることに紺は気付いた。嫌な予感が紺の胸中を過《よぎ》ったが……。

「よう帰ったの。待っておったぞ。五年になるか？」と宋哲は懐かしい笑みを湛えた。

「六年じゃの。爺、年を取ったか？　皺が増えたように見えるが」

天生へ帰っても何をするという当てもないが、ここが唯一、紺の心休まるところである。何も変わらぬ景色、空気、匂いを全身で満喫した。

「その娘はなんじゃ？」紺はどうにも気になり、さすがに我慢できなくなって聞いた。

顔立ち、体つきは整っていて、育ちは悪くなさそうであるが、気が強そうな目を剥《む》き、不服そうな内心を全身から放っている。人慣れせぬ山犬のような娘であった。

「ああ、この娘か……」とわざとらしく今、気づいたように宋哲は娘へと目を遣った。「この娘は……冴《さえ》じゃ。半年ほど前に盗賊に親兄弟八人を殺されてな、一人ぼっちになった。親戚をたらい回しになってな、辛い目にあっておる。見るに見かねた古い知り合いがわしの所へ連れてきた。この娘をお前に預けるで、仕込んでやってくれ」と宋哲は冴の背中を押した。

「わたしがこの娘に何を仕込むんじゃ？　猿回しか？　犬に猿回しはできんじゃろ」

「お前のようにじゃ。わかろうに」宋哲は憤慨した。

「そのような話は聞いておらんが」と紺は応戦するように不貞腐《ふてくさ》れた。

「今、初めて話したのじゃ。頼んだぞ」と宋哲は素知らぬ顔。

そのようなことのために帰って来たわけではないのだが……。

郡代大原紹正《おおはらつぐまさ》が死に、後継の者が執政にあたろうとも、一旦決まった年貢、上納金、冥加金《みょうが》は何ら変わることはない。薬草の取引も勝手にはできぬ始末。どうせ暇であろうにとの宋哲の顔であった。

不服そうな顔で紺と宋哲の顔を交互に見上げていた冴は「仕込むんなら、とっとと仕込んでくれんか。こんな山の中に、いつまでもおられんからな」と吐き捨てるように言った。

「おまえは吉原《よしわら》へでも行って奉公した方がよいのではなかろうか」と紺は嫌味を交え

た。

「ここが気に入らんかったらそうするつもりじゃ。聞くところによると吉原へ行けば、毎日美味《うま》い物が食えて、綺麗《きれい》な着物《べべ》を着られて、暖かい布団で寝られるそうじゃ。ぐずぐずしてたらおばさんのように行かず後家になっちまうでな」と冴は口を尖《とが》らせて突っかかった。

「だれがおばさんじゃ？　師匠と呼ばんか。お前の先生じゃ……だれが行かず後家じゃ」紺は思わず冴のお頭を叩《はた》こうと手が出そうになったが、腹に力を入れてぐっと堪《こら》えた。

「紺にもこれで、少しはわしの苦労がわかるじゃろう」と宋哲。

「苦労と思えば、このようなことは止《や》めればよかろうに。なぜにこのようなことを引き受ける？」と育てられた恩を忘れたかのように紺は宋哲にぶつけてみた。

「わしにも立場があってな、上からの命《めい》があれば受けねばならん。已むに已まれずじゃ」と言うと宋哲はすごすごと庵へと入っていった。

紺は冴に向き直ると、強い口調で言った。

「よいか、わたしは厳しいぞ。覚悟せいよ。泣き言を言ったり、怠けたりしたら龍神様の滝壺へ放り込むぞ」と言葉を向けると、「ちっ」と冴は目論見《もくろみ》が外れたとばかりに舌打ちした。

「今、舌打ちしたか？」と紺は目を剥くと堪え切れずに冴の頬を抓《つま》み上げた。

「しとらん。おばさんの気のせいじゃ。わしは生まれてこの方、舌打ちなど一度もしたことないわ」と冴は歪《ゆが》んだ口で言った。

今度の娘は山犬じゃな。まずは狐に作り変えねばならん。段取りが一つ多い分、紺より厄介《やっかい》かもしれんと宋哲は聞き耳を立てながら思った。

「厄介者を押しつけやがって……爺め」紺の口から思わず溢《あふ》れた。

「誰が厄介者じゃ？」

「何じゃと？　……わたしはそんなこと言っておらんが……」と紺は惚《とぼ》けて見せた。

「言ったわ。わしの耳はええんじゃ……まあええわ。さっきも言ったが、仕込むんならとっとと仕込んでくれんか。早《は》よう山から下りたいでな」

「早よう山から下りたいじゃと……？　では聞くが、どれくらいで仕込んでほしいんじゃ？」と紺は口をへの字に曲げてこれでもかと言うくらいに嫌味を交えて突き付けてみた。しかし、冴も動じることもなく平然と言って退《の》けた。

「そうじゃな、三月《みつき》くらいで頼むわ。それくらいしか我慢できんからの」

「たわけめがっ」紺の怒声は天生の山々に響きわたった。紺は冴の顔に己の顔を押しつけるようにして睨《にら》みつけた。「三月くらいで頼むわじゃと？　ようもぬけぬけと言えたもんじゃな。……では聞くが、お前には生きる術《すべ》があるのか。全うする道はあるのか。武士には刀と家と誉《ほま》れがある。百姓には土地と鍬《くわ》と気概がある。それが術じゃ。お前には何がある？　何があるんじゃ？……応えられんじゃろ。よいか、生きるためにはそれなりの術《すべ》を身につけんといかん。だから皆必死に己を磨くんじゃ。術の無い者は死んでゆく。生きるというのは命がけなんじゃ。百姓も武士も、どっちが悪いわけでも善《よ》いわけでもない。侍である新田新衛門や弟の兵吾にしても家のため、武士の誉れのため、己を犠牲にして死んでいった。津田八郎左衛門正助にしても大原彦《おおはらひこ》四郎紹正《しろうつぐまさ》にしても命を懸《か》けて職務を全うした。誰ひとり泣き言も言っておらんし後悔もしとらん。百姓でありながら善久郎もそうじゃ。己のためではなく飛州百姓のために命を捧げたんじゃぞ。皆、逃げようと思えば逃げられたが、あえて正面から立ち向かったんじゃぞ。己の道を全うするために。全うした者はだれも後悔はせん。わかるか？　わかるまい。お前のような山犬の娘には。……じゃが安心せい、お前が生きていけるようにわたしがみっちりと仕込んでやる。何年かかるかわからんがな……十年か十五年か……じゃがわたしもこんな山の中で、こんな山犬のような娘の相手をいつまでもしておられん。一日でも早く一人前になってもらわんといかん……なんじやその顔は。時化《しけ》た鉄瓶《てつびん》のような顔をして……嫌なら嫌でよいぞ。いつ逃げても構わん。逃げるのなら早い方がよい。今すぐでも構わん。そのほうがわたしとて清々するわ。わたしは追いかけたりはせん。どこへでも行って野たれ死《じ》ぬがよい。寒さと空腹に苛《さいな》まれ、薄れゆく意識の中で、お前は必ず後悔するであろうよ。逃げたことを……だが安心せい。そんなお前でも息を引き取れば骸《むくろ》となり、朽ち果て、やがて土となる。その上に草が生えよう。更には木が生えよう。虫や鳥が飛びかうであろう。それがお前の生きた証《あかし》じゃ。証だけは残ろう。それで満足ならば今すぐここから逃げるがよい」

紺と冴の間を一羽のダンダラがひらひらと横切り、そして高く舞い上がった。紺はそのダンダラには目もくれず、冴を炯然《けいぜん》と見つめながら、いつになれば晴天に雨を降らせられようかと我が身を案じた。

どこからともなく善久郎の笑い声が聞こえたような気がした。

（了）

《参考資料》

『図説・大原騒動―飛騨百姓一揆の史実と伝承』図説・大原騒動刊行会編　郷土出版社
『大原騒動と本郷村善九郎』上宝村教育委員会編　上宝村
『図説飛騨の歴史　目で見る高山市・大野郡・益田郡・吉城郡の歴史』小鳥幸男　郷土出版社
『岐阜県の薬草』尾藤忠旦　郷土出版社
『ギフチョウはなぜ生きた化石といわれるか』いぬい・みのる　エフエー出版

天生の狐
志坂圭

発行日　2019年 6月 15日　第1刷
2019年 7月 16日　第3刷

Discover

Illustrator　山本祥子
Book Designer　bookwall

Publication　株式会社ディスカヴァー・トゥエンティワン
〒102-0093　東京都千代田区平河町2-16-1
平河町森タワー11F
TEL　03-3237-8321(代表)
FAX　03-3237-8323
http://www.d21.co.jp

Publisher　干場弓子
Editor　林拓馬

Proofreader　株式会社鷗来堂
DTP　アーティザンカンパニー株式会社
Printing　株式会社暁印刷

ISBN978-4-7993-2479-0